KB132226

화형 법정

유 소 영

서울대 해양학과를 졸업했다. 제프리 디버의 『본 컬렉터』를 비롯해 『코핀 댄서』, 『곤충 소년』 등으로 이어지는 링컨 라임 시리즈, 『법의관』, 『하트잭』 등의 퍼트리샤 콘웰 작품과 CSI 과학수사대 시리즈, 『인어의 노래』와 같은 미스터리 스릴러를 번역했다.

THE BURNING COURT
by John Dickson Carr

Copyright © 1937 The Estate of Clarice M Carr c/o David Higham Associates Limited.
All rights reserved.

Korean translation copyright © 2013 Elixir, an Imprint of MUNHAKDONGNE Publishing Group.
Korean translation rights arranged with David Higham Associates Limited,
through EYA (Eric Yang Agency).

/

이 책의 한국어판 저작권은 EYA(Eric Yang Agency)를 통해
David Higham Associates Limited와 독점 계약한 '엘릭시르'에 있습니다.
저작권법에 의하여 한국 내에서 보호를 받는 저작물이므로 무단 전재와 무단 복제를 금합니다.

이 도서의 국립중앙도서관 출판예정도서목록(CIP)은 서지정보유통지원시스템 홈페이지(http://seoji.nl.go.kr)와
국가자료종합목록 구축시스템(http://kolis-net.nl.go.kr)에서 이용하실 수 있습니다.
CIP제어번호 : CIP2013000256

The Burning Court

화형 법정

존 딕슨 카

유소영 옮김

이 결말에는 놀라지 않을 수 없다!

엘릭시르

차
례

/

The Burning Court

3

"우리는 아주 즐겁게 저녁 식사를 하고 느지막이 침대에 들었다.
전임자였던 에지보로가 내 방에서 죽은 뒤
방 안을 배회한다는 윌리엄 경의 이야기가 조금 무섭기는 했다―
나는 분위기를 돋우기 위해 아주 겁먹은 척했다."

∥ 새뮤얼 피프스, 1661년 4월 8일의 일기

제 1 부

기소

The   Burning   Court   John   Dickson   Carr

001
☆☆☆

"묘지 옆에 한 남자가 살았는데……."

미완으로 끝난 이야기를 전함에 있어, 독자의 호기심을 불러일으키려면 이 정도의 서두가 적절할 것이다. 여러 가지 의미에서 에드워드 스티븐스 역시 묘지 옆에서 살았다. 이것이 사실을 가장 간명하게 진술하는 표현이리라. 실제로 이웃에 아주 작은 묘지가 있었다. 이웃인 데스파드 집안은 평판이 남달랐는데, 그렇다고 그 집안의 묘지가 대단한 것은 아니었다.

여러분이나 나와 별반 다를 것 없는 에드워드 스티븐스는 6시 48분에 브로드 스트리트 역으로 향하는 열차 흡연 칸에 타고 있었다. 그는 서른두 살이었고, 뉴욕 4번가에 있는 헤럴드 선스 출판사

편집부에서 제법 중요한 직책을 맡고 있었다. 그는 이스트 70번가에 아파트를 빌려 살고 있었고, 필라델피아 근교 크리스펜에 작은 별장이 있어서 종종 거기서 주말을 보내곤 했다. 아내와 그는 둘 다 그 지방을 좋아했다. 1929년 봄 어느 금요일 저녁에 그는 아내 마리를 만나기 위해 그곳으로 가고 있었다. 그리고 서류 가방 안에는 살인 사건 재판을 소재로 한 고던 크로스의 새 원고가 들어 있었다. 이런 것은 모두 사실의 나열이다. 스티븐스도 이제는 설명할 수 있는 사실만을 말하고 눈에 보이는 방식으로 구체화할 수 있는 문제만 다루는 것이 마음 편하다는 걸 인정하고 있다.

그날 낮부터 저녁까지는 별다른 점이 전혀 없었다는 점도 강조해야겠다. 그는 여러분이나 나와 마찬가지로 일상에서 벗어나지 않고 그냥 집으로 돌아가고 있었다. 그는 직업과 아내, 자기에게 맞는 삶을 지닌 건강하고 행복한 남자였다.

기차는 정시에 브로드 스트리트에 도착했다. 역을 돌아 나간 스티븐스는 개찰구 위에 붙은 시간표를 보고 크리스펜으로 가는 기차가 칠 분 뒤에 온다는 것을 확인했다. 아드모어가 첫 정차 역인 급행열차였다. 크리스펜은 본선을 타고 삼십 분 남짓 걸리는, 하버포드 바로 다음 역이었다. 하버포드와 브린 마어 사이에 왜 정차 역이 따로 있어야 하는지 아는 사람은 아무도 없었다. 집도 언덕배기에 대여섯 채가 띄엄띄엄 있을 뿐이다. 하지만 이 마을도 나름의 지역 공동체를 이루고 있었다. 우체국이 있고, 약방이 있으며, 데스파드 저택으로 이어지는 킹스 애버뉴에는 웅장한 다갈색 너도밤나무들 그늘에 몸을 숨기듯 자리 잡은 찻집도 있다. 이 지역의 관습도 아니고 무슨 상징적인 의미가 있는 것도 아니겠지만 장의사까지 있었다.

스티븐스는 이 장의사를 볼 때마다 늘 놀랍고 의아했다. 왜 여기 있는지, 누가 이용을 하는지 궁금했던 것이다. J. 앳킨슨이라는 이름이 명함에나 쓰이는 개성 없는 글씨체로 창문에 써 있었다. 놋쇠 고리에 걸린 검은 벨벳 커튼이 허리 높이까지 쳐진 창문 너머에는 꽃병 역할을 하는 듯한 볼품없는 작은 대리석 덩어리 몇 개가 보일 뿐 사람 그림자나 누가 움직이는 기색이 눈에 띈 적은 없었다. 물론 장의사가 장사가 잘되어서 단골들이 끊임없이 드나들어야 할 필요는 없을 것이다. 하지만 장의사는 사교적인 사람이 많은데, 스티븐스는 J. 앳킨슨이라는 사람을 본 적이 없었다. 탐정 소설의 소재로 쓰면 좋겠다는 생각까지 든 적도 있었다. 장의사가 연쇄 살인범으로 등장하면 가게 안에 시체를 보관해도 의심받지 않을 테고.

하지만 최근 마일스 데스파드 노인이 죽었을 때에는 분명 앳킨슨이 불려 갔을 텐데…….

크리스펜이라는 마을이 존재하는 이유가 있다면, 그것은 데스파드 저택 때문일 것이다. 크리스펜이라는 마을 이름은 1681년 펜실베이니아가 미국에 갓 양도되었을 때 도시를 설계하기 위해 파견되었던 네 위원 중 한 사람의 이름을 따서 지어졌는데, 그것은 펜

씨가 스쿠클 강과 델라웨어 강 사이에 펼쳐진 숲 지대에 살던 모든 사람들과 평화 협정을 맺기 직전의 일이었다. 윌리엄 펜의 친척이었던 윌리엄 크리스펜은 이곳으로 향하는 항해 도중 세상을 떠났다. 하지만 데스파드(마크 데스파드에 따르면 원래 프랑스계 이름이었는데 무슨 이유에서인지 철자가 바뀌었다고 한다)라는 이름의 사촌이 토지를 얻으면서, 이후 데스파드 가문이 이 땅에 대대로 살게 된 것이다. 위엄 있는 한량이었던 이 집안의 가장 마일스 데스파드는 이 주 전에 죽었다.

스티븐스는 기차를 기다리며 새로 가장이 된 마크 데스파드가 여느 때처럼 오늘 밤에도 잡담을 나누러 들르지 않을까 막연히 생각했다. 스티븐스의 별장이 데스파드 저택의 정문에서 멀지 않아서, 그들은 이 년 전부터 친했다. 하지만 오늘 밤 마크나 그의 아내 루시를 보게 될 것 같지는 않았다. 마일스 노인이 거의 사십 년 동안 누린 호화스러운 생활 덕분에 위벽이 걸레짝처럼 헐어서 위염으로 세상을 떠난 것은 크게 침통할 만한 일은 아니었다. 워낙 외국 생활을 많이 했기 때문에 나머지 가족과 친한 사이도 아니었다. 하지만 사람이 죽으면 복잡한 일이 많게 마련이다. 마일스 노인은 결혼을 하지 않았다. 마크, 이디스, 오그던 데스파드는 그의 동생이 낳은 자식이었다. 각자 상당한 유산을 받겠지, 스티븐스는 별 흥미 없이 생각했다.

플랫폼으로 통하는 개찰구가 철컹거리며 열렸다. 스티븐스는 본선 기차에 올라 흡연 칸으로 향했다. 봄밤은 어느덧 잿빛에서 칠흑빛으로 저물어 있었다. 매캐한 흡연 칸 공기와 흐릿하고 우울한 실내등 불빛 속에는 가슴을 두근거리게 하는 시골의 봄 향기가 감돌았다. 차를 가지고 크리스펜에서 기다리고 있을 마리가 생각났다. 반도 차지 않은 기차는 늘 그렇듯 두툼한 신문지를 버스럭거리며 어깨 너머로 담배 연기를 내뿜는 사람들로 나른한 분위기였다. 스티븐스는 서류 가방을 무릎 위에 놓았다. 여유로운 기분이 든 그는 지루함을 달랠 요량으로 온종일 뇌리를 떠나지 않았던 두 가지 일을 머릿속에 떠올렸다. 원래 무언가를 논리적으로 추론하는 성격은 아니어서, 그저 상황에 맞을 만한 설명을 상상해 본 것이었다.

예를 들자면? 예를 들자면, 서류 가방 안에는 고던 크로스의 새 원고가 들어 있었다. 기대하던 원고였다. 고던 크로스(재미있게도 본명이었다)는 편집장 몰리가 발굴한 작가였다. 그는 역사상 실제 일어났던 살인 사건을 기술하는 데 몰두하는 은둔자 같은 사람이었다. 그에게는 마치 직접 목격한 사람처럼 생생하게 사건을 묘사하는 대단한 재능과 보지도 않은 것을 서술하는 악마 같은 능력이 있었다. 때로 오해까지 받을 정도였다. 저명한 판사 한 사람은 닐 크림 사건을 『배심원석의 신사』에서처럼 서술한 사람이라면 틀림없이 당시 그 법정에 있었을 것이라고 경솔하게 쓰기도 했다. 《뉴욕 타임스》는 이렇게 보도했다.

"크림은 1892년에 재판을 받았고 크로스는 40세로 알려져 있으니, 유아 시절부터 대단히 조숙했던 것 같다."

마케팅 측면에서 홍보 효과는 나쁘지 않았다.

그러나 크로스의 인기는 문체보다 소재 선택에 힘입은 점이 많았다. 그는 책을 쓸 때 잘 알려진 사건도 한두 가지 골라 넣었다. 하지만 무엇보다 그가 주력하는 것은 거의 들어 본 사람이 없을 선정적인 범죄, 당대에도 분명 놀라웠고 현대 독자에게도 너무 참신해서 오히려 충격적인 범죄를 발굴해 내는 데 있었다. 사진이나 서류 증거가 첨부되어 있는데도, 워낙 묘사가 생생하다 보니 어느 평론가는 그의 이야기를 전부 교묘한 사기라고 매도하기도 했다. 그런 소동이 한 번 더 벌어지고 난 뒤—이번에도 판매에는 도움이 되었다—결국 크로스가 창작한 내용은 전혀 없다는 사실이 밝혀졌다. 18세기 브뤼셀에서 발생한 참극의 경우, 브뤼셀 시장 본인이 지역사회가 배출한 살인마를 자랑스럽게 여긴 나머지 크로스를 매도했던 비평가에게 격앙된 편지를 보내기도 했다. 덕분에 베스트셀러나 올해의 작품 명단에도 오르지 않았던 고던 크로스는 당당히 헤럴드선스 출판사의 주요 작가로 등극했다.

금요일 오후 스티븐스는 편집장의 호출을 받았다. 몰리 편집장은 양탄자가 깔린 조용한 사무실 책상 뒤에 앉아 황갈색 파일 철에 깔끔하게 정돈된 두툼한 종이 뭉치로 눈길을 보냈다.

"크로스 신작이야. 주말에 집에 가져가서 보겠나? 오월 판매 회의에서 자네가 보고해 줬으면 해. 자네는 이런 유를 좋아하잖나."

"읽어 보셨습니까?"

"음……."

몰리는 잠시 뜸을 들였다.

"어떤 면에서는 그의 작품 중 최고야."

그는 다시 망설이다 덧붙였다.

"물론 제목은 바꿔야겠지. 저자가 아주 거창하고 길고 구체적인 이름을 붙였는데, 영업부에서 찬성할 리가 없어. 하지만 그건 나중에 걱정하자고. 여자 독살범들을 다룬 책인데 내용이 아주 강해."

"좋군요!"

스티븐스는 흔쾌히 말했다.

몰리는 멍하기도 하고 혼란스럽기도 한 표정으로 사무실을 둘러보았다. 뭔가 마음에 걸리는 것이 분명했다.

"크로스를 만나 본 적 있나?"

"아뇨. 사무실에서 한두 번 본 것 같은데, 그뿐입니다."

스티븐스는 복도 모퉁이를 돌아가거나 문을 밀고 나가던 넓은 등짝을 떠올리며 대답했다.

"음……. 특이한 친구야. 계약서 말인데. 그가 계약마다 고집해서 넣는 조항이 하나 있어. 흔히 볼 수 있는 내용은 아니야. 그 외에 다른 내용은 신경도 안 쓴다네. 계약서를 끝까지 읽지도 않는 게 아닐까 의심스러울 정도야. 그 조항이 뭐냐 하면, 책 뒤표지에 자기 사진을 크게 박아야 한다는 거야."

스티븐스는 헛기침을 했다. 벽에는 밝은 색깔의 책들이 빼곡하게 꽂힌 책장이 늘어서 있었다. 그는 손을 뻗어 『배심원석의 신사』를 꺼내 들었다.

"그것 때문이었군요. 저도 궁금했는데 아무도 말을 꺼내지 않더군요. 약력 한 줄 없이 커다란 사진 한 장만 넣고 밑에 이름 한 줄. 그것도 자기 첫 작품에."

그는 사진을 유심히 보았다.

"음, 강하고 지적인 인상입니다. 괜찮은 얼굴이네요. 하지만 책 표지에 이렇게까지 실을 정도로 자기 얼굴에 자신감을 갖고 있는 걸까요?"

몰리는 의자에서 움직이지 않고 고개만 저었다.

"아니, 그런 건 아니야. 그런 식으로 자신을 과시하려는 부류는 아니야. 그쪽과는 거리가 멀어. 다른 이유가 있어."

이번에도 몰리는 묘한 눈으로 스티븐스를 쳐다보았지만, 이내 책상에서 무엇을 집어 들면서 화제를 돌렸다.

"신경 쓰지 말게. 원고는 가져가. 조심하게. 사진이 붙어 있으니까. 아, 그리고 월요일 아침에 출근하는 대로 나한테 오게."

그는 별것 아닌 듯이 말하며 이야기를 끝냈다. 필라델피아 서부를 향해 달리는 열차 안에서, 스티븐스는 원고를 잠시 들여다보려는 생각으로 서류 가방 걸쇠를 반쯤 열었다. 하지만 대수롭지 않은 이런저런 궁금증이 아직 머릿속에 가득 차 있어 잠시 주춤했다.

고던 크로스 문제가 중요하지도 않고 명확하지도 않다면, 마일스 데스파드 노인 문제는 더욱 그랬다. 스티븐스의 상념은 데스파드 저택으로, 너도밤나무 사이의 고색창연한 석조 건물과 잠에서 깨어나고 있을 정원으로 향했다. 작년 여름, 저택 뒤쪽에 지대가 낮은 정원을 걷고 있던 마일스 노인이 떠올랐다. 나이로 본다면 관 뚜껑에 못이 박힐 때 겨우 쉰여섯이었으니 사실 '노인'이라고 할 수는 없었다. 하지만 격식을 차리는 몸가짐과, 희고 반짝이는 칼날 같은 옷깃에서 솟아 나온 깡마른 목, 곱슬곱슬한 회색 콧수염, 정체를 알 수 없는 장난기는 어쩐지 늘 다른 시대 사람이라는 느낌을 풍겼다. 따뜻한 봄볕 아래에서 맵시 있는 모자를 정중하게 들어 보이던 노인의 모습이 떠올랐다. 눈매가 부석부석하고 아파 보였다.

위염을 앓다 죽는 것은 고통스럽다. 마일스 데스파드는 전 세계를 방랑하다 고향으로 돌아온 뒤 맞이해야 했던 느리고 잔인한 죽음 앞에서 초연한 모습을 보였고, 저택 요리사 헨더슨 부인은 그런 모습에 눈물을 찔끔거릴 정도로 감탄했다. 요리사이자 가정부, 저택의 독재자인 그녀는 가끔 주인이 지르는 비명 소리를 들었지만 자주는 아니었다고 했다. 마일스는 데스파드 집안의 조상 아홉 세대가 고서처럼 줄지어 안치되어 있는 가문 예배당 밑 납골당에 묻혔고, 납골당을 봉인하는 석판은 다시 제자리에 굳게 달혔다. 한 가지가 헨더슨 부인을 깊이 감동시켰다. 죽기 전 마일스 데스파드는 작은 매듭 아홉 개가 똑같은 간격으로 묶인 평범한 끈을 가지고 있었다. 끈은 그의 베개 밑에서 발견되었다.

헨더슨 부인은 스티븐스 집 요리사에게 털어놓았다.

"정말 아름다운 모습이잖아. 그걸 묵주 같은 걸로 생각하셨던 것 같아. 이 집안이 가톨릭은 아니지만, 그래도 참 아름다운 모습이야."

이런 헨더슨 부인을 일종의 히스테리로 몰아넣은 사건이 있었는데, 아직 아무도 그 일을 속 시원히 해명하지 못했다. 스티븐스에게 짜증과 우스움이 섞인 태도로 그 이야기를 해 준 것은 마일스의 조카인 마크 데스파드였다.

스티븐스는 마일스가 죽은 뒤 마크를 한 번밖에 보지 못했다. 노인은 4월 12일 수요일 밤에 죽었다. 그날 밤 스티븐스는 아내와 같이 크리스펜에서 지냈는데, 평일에 별장에서 지내는 것은 흔치 않은 일이었기 때문에 날짜를 기억하고 있었다. 그들은 다음 날 아침 부고를 듣지 못한 채 차를 타고 뉴욕으로 떠났고, 나중에 신문에서 소식을 접했다. 15일 주말에 크리스펜으로 돌아왔을 때 조문차 저택을 방문했지만, 장례식에는 참석하지 않았다. 마리가 죽음이나 시체를 보는 것에 대해 극단적인 공포를 지니고 있기 때문이었다. 장례식이 끝난 저녁 스티븐스는 사람 없는 어둑어둑한 킹스 애버뉴를 성큼성큼 걷는 마크와 마주쳤다.

마크는 불쑥 말했다.

"헨더슨 부인이 이상한 것을 봤다는군."

바람이 불고 날씨가 고약한 황혼 무렵이었다. 데스파드 저택으로 굽어지는 킹스 애버뉴에 면한 숲에서는 아직 꽃봉오리가 벌어지지 않았다. 커다란 나무들이 마크의 머리 위에서 마치 그림자처럼 흔들리며 움직이는 것만 같았다. 매부리코를 한 마크의 얼굴은 가로등 불빛 아래에서 창백하고 착잡해 보였다. 그는 두 손을 주머니에 찌른 채 가로등에 몸을 기댔다.

"헨더슨 부인이 이상한 것을 봤대."

그가 다시 말했다.

"워낙 애매하게 말하고 기도문이나 중얼거려서 도대체 뭘 봤다는 건지 잘 모르겠지만 말이야. 마일스 삼촌이 돌아가신 날 밤 삼촌 방에서 한 여자가 삼촌과 이야기를 하고 있었다는군."

"여자?"

"아니, 자네가 생각하는 그런 게 아니야."

마크는 딱딱하게 말했다.

"'특이한 옛날식 옷차림'을 한 여자 한 사람이 삼촌의 방에서 이야기를 하고 있었다고 했네. 그야 그럴 수도 있어. 그날 밤 루시와 이디스와 나는 세인트 데이비즈에서 열린 가장무도회에 참석했거든. 루시는 루이 14세가 총애했던 몽테스팡 부인으로 분장했고, 이디스는 후프 스커트를 입고 보닛을 썼지. 플로렌스 나이팅게일 역할이었을 거야. 아내가 대단하신 정부고 동생은 훌륭한 간호사니까 좌우가 든든했지."

그는 얼굴을 찌푸리며 덧붙였다.

"그렇다고 해도 좀 이상해. 자네는 마일스 삼촌을 잘 모르지? 친절한 악마 같은 노인네였어. 늘 정중했지만 자기 방에 틀어박혀서 다른 사람은 절대 들이지 않았지. 이건 자네도 알 거야. 식사도 자기 방으로 올려 보내게 했어. 병에 걸렸을 때는 훈련된 간호사를 붙였어. 그것도 한바탕 신경전을 벌인 거야. 삼촌 옆방에 간호사를 묵게 했는데, 간호사가 필요할 때마다 드나들 수 있도록 삼촌 방과 이어지는 문을 잠그지 못하게 하느라 골치가 아팠다네. 그러니 헨더슨 부인이 봤다는 '괴상한 옛날 옷차림'의 여자는 아마……."

스티븐스는 무엇이 마음에 걸린다는 것인지 아직도 알 수 없었다.

"별로 이상할 것도 없는 것 같은데. 루시나 이디스에게 물어봤나? 게다가 방에 아무도 들이시지 않았다면, 헨더슨 부인은 여자를 어떻게 봤다는 말인가?"

"창문을 통해서 봤다는군. 2층 베란다 쪽으로 난 창문인데, 삼촌은 보통 커튼을 쳐 놓지. 루시나 이디스에게는 이야기하지 않았어."

마크는 망설이더니 갑자기 커다랗게 웃었다.

"당연하잖아? 아니, 그 점은 전혀 신경 쓰이지 않아. 그게 궁금한 건 아니야. 헨더슨 부인의 말 중에서 마음에 걸리는 것은 다른 부분이야. 그녀의 따르면 옛날 옷차림을 한 이 여자는 — 지금부터 잘 들어 — 마일스 삼촌과 잠시 이야기를 나누다가 돌아서서 있지도 않은 문으로 나갔다는 거야."

스티븐스는 그를 멍하니 바라보았다. 마크 데스파드의 긴 매부리코 얼굴에는 농담인지 아닌지 알 수 없는 진지한 표정이 떠올라 있었다.

"설마……."

스티븐스는 애매하게 말했다.

"유령이라는 소린가?"

마크는 신중하게 단어를 고르느라 이맛살을 찌푸렸다.

"그게 이백 년 전에 벽돌로 막고 판자를 덧댄 문이거든. 수수께끼의 손님은 그 문을 열고 밖으로 나갔다는 거야. 유령? 아니, 그럴 리는 없겠지. 우리 집안은 아주 오랫동안 유령 없이 잘 살았네. 지긋지긋할 정도로 대단히 점잖게 잘 살았어. 점잖은 유령이 있을 리 없지 않나. 가문으로서는 영광이지만 유령한테는 모욕이지. 그보다 헨더슨 부인이 뭔가 잘못 봤다고 생각하는 게 옳겠지."

느닷없이 그는 성큼성큼 걸음을 옮겨 멀어졌다.

그것이 일주일 전이었다. 크리스펜으로 향하는 기차 안에서 그날의 대화를 생각하던 중 스티븐스는 무심하게 수수께끼 조각들을 짚어 보았다. 그는 서로 다른 두 가지 일, 사무실에서 몰리와 나눈 대화와 길에서 마크 데스파드와 나눈 대화를 떠올렸다. 수수께끼를 파헤친다기보다, 이들을 엮어서 하나의 이야기로 만들 수는 없을까 하는 생각이었다. 서로 독립된 신문 기사처럼 아무 관계가 없는 것은 사실이었다. 하지만 어디 보자. 허영심이 아닌 알 수 없는 이유로 자신의 사진에 집착하는 은둔 작가 고던 크로스, 베개 밑에 아홉 개의 매듭을 지은 끈을 숨기고 위염으로 죽어 가는 은둔한 백만장자 마일스 데스파드, 이백 년 전에 벽돌로 막은 문을 통해 방에서 나간 옛날식 옷차림(시대는 알 수 없지만)의 여자. 솜씨 좋은 이야기꾼이라면 서로 관계없는 이런 사실, 혹은 공상을 묶어 하나의 이야기로 만들 수 있지 않을까?

스티븐스는 포기했다. 하지만 크로스에 대해서는 아직 궁금했기에 서류 가방을 열고 원고를 꺼냈다. 원고는 상당히 묵직했다. 십만 단어는 될 것 같았다. 그리고 크로스의 원고가 늘 그렇듯 강박적으로 보일 정도로 깔끔했다. 각 장은 놋쇠 철심으로 철해져 있었고, 문서, 사진, 그림 자료는 클립으로 고정되어 있었다. 차례를 훑어 내려가던 스티븐스의 시선이 첫 장의 제목에서 멈추었다. 손에서 힘이 빠지는 바람에 원고가 무릎에서 바닥으로 떨어질 뻔했다. 제목 때문이 아니었다.

그 페이지에는 오래되었지만 매우 선명한 여인의 사진이 붙어 있었다. 사진 밑에 작은 활자가 또렷하게 찍혀 있었다.

마리 도브리 — 1861년, 살인죄로 단두대 형

스티븐스가 보고 있는 것은 아내의 사진이었다.

002

한동안 스티븐스는 조용히 앉은 채 그 이름과 사진 속의 얼굴을 뚫어져라 쳐다보았다. 원고를 몇 번이나 거듭 들여다보는 동안에 자신이 아직 크리스펜으로 향하는 7시 35분 기차 흡연 칸에 앉아 있다는 사실은 막연하게 의식하고 있었지만 끝없는 어둠에 둘러싸인 듯한 기분을 떨칠 수 없었다.

그는 고개를 들고 무릎 위에서 원고를 정돈한 뒤 창밖을 내다보았다. 마치 치과 의자에 누워서 이를 뺀 뒤 일어나 앉은 기분이었다. 머리가 약간 띵하고 심장 박동이 평소보다 조금 빠른 정도 이상은 아니었다. 이제는 놀랐다는 사실조차 잊었다. 기차는 철로 위를 덜컹거리며 오버브룩을 지나치고 있었고, 저 아래 아스팔트 도로에서는 가로등 몇 개가 빛나고 있었다.

우연의 일치이거나 실수일 리는 없다. 분명 아내의 이름이었다. 마리 도브리. 얼굴도 아내의 얼굴이었고, 표정조차 그가 잘 아는 표정이었다. 칠십 년 전 단두대의 이슬로 사라진 사진 속의 여인이 아내와 혈연관계일 수도 있다. 증조모 정도라면 연도가 대략 맞을 것이다. 하지만 표정의 작은 특징까지 모두 닮은 것은 기묘했다.

물론 문제될 건 없다. 아내의 아버지나 어머니나 친척이 음산한 단두대에서 목이 잘렸다고 한들 무슨 상관인가. 요즘 시대에 칠십 년이나 지난 범죄라면 이미 역사의 일부일 뿐이다. 책상 위에 놓인 두개골 모형처럼 일상과 동떨어진 것으로 생각하여 아무렇지도 않게 받아들이기 십상이다. 그렇지만 놀라운 것은 사실이었다. 사진에는 턱선 바로 아래에 아주 작은 사마귀도 있었고, 마리가 차고 있는 모습을 수백 번도 더 본 골동품 팔찌까지 있었다. 독살범이라는 소제목 맞은편에 아내의 사진이 붙은 책을 자신이 다니는 출판사에서 출간하는 것은 그리 유쾌한 일이 아니다. 편집장이 '월요일 아침에 출근하는 대로 나한테 오게'라고 했던 것이 이것 때문일까?

아니, 아무 의미 없는 일이다.

좀 더 자세히 살펴보려고 사진을 원고에서 떼어 냈다. 사진이 손에 닿은 순간 왜 이렇게 이상한 기분이 들었을까? 이상하게도 그 순간 치밀어 오른 감정은 자신이 아내를 얼마나 열렬히 격정적으로 사랑하고 있는가 하는 깨달음이었다. 사진은 아주 두꺼운 마분지에 인화되어 있었고, 회색은 군데군데 갈색으로 바래 있었다. 뒷면에는 사진작가의 이름이 인쇄되어 있었다. '페리셰 가족 사진관, 파리 7구, 장 구장 12번지'. 인쇄된 글자 위에는 누군가 흘려 적은 손 글씨가 갈색으로 바래 있었다. '너무나 사랑하는 마리. 루이 디나르, 1858년 1월 6일.' 연인일까, 남편일까?

사진에서 파도처럼 밀려오는 것은, 고풍스러움과 현대적인 분위기가 기괴하게 어우러진 여인의 표정이었다. 딱딱한 증명사진에서도 그 표정이 살아 있었다. 큼직한 반신 사진이었고, 배경은 나무와 비둘기가 있는 풍경이었다. 여자는 금방이라도 한쪽으로 넘어질 것처럼 부자연스럽게 서 있었는데, 왼손은 하얀 장식 덮개를 씌운 작은 원탁 위에 놓여 있었다. 목깃이 높은 드레스는 어두운 색의 태피터 같은 재질이었고, 풍성한 옷단에서는 윤기가 흘렀다. 높은 목깃 때문에 머리를 치켜들고 있었다.

어두운 금발에 머리 모양은 약간 달랐지만 얼굴은 분명 마리였다. 그녀는 카메라 쪽을 향하고 있었지만, 시선은 그 너머를 바라보고 있었다. 도톰한 눈꺼풀과 큰 동공, 새까만 홍채에는 스티븐스가 종종 '신비스러운' 표정이라고 부르곤 하는 분위기가 떠돌았다. 살짝 벌린 입술은 희미하게 미소 짓고 있었다. 비둘기와 나무, 탁자 덮개를 배경으로 하고 있으니 거북할 정도로 달콤한 분위기가 풍겼다. 그러나 한편으로는 전혀 다른 느낌도 들었다. 이것은 살아 있다. 저주받은 원숭이 손이라도 들고 있는 기분에 손목이 부들거렸다.

그의 시선은 '살인죄로 단두대 형'이라고 씌어 있는 설명으로 향했다. 여성이 단두대에 오르는 경우는 거의 없었다. 이런 판결이 내려졌다는 것은 도저히 다른 벌을 내릴 수 없을 만큼 끔찍한 짓을 저질렀다는 뜻이다.

이건 장난이나 속임수가 분명해. 스티븐스는 혼잣말을 했다. 젠장, 이건 마리잖아. 누가 장난을 치고 있는 게 틀림없어.

그는 이렇게 중얼거렸지만 속임수 같은 게 아니라는 것을 알고 있었다. 이렇게 놀랄 만큼 선조와 닮은 후손이 나타나는 경우는 흔히 있다. 그것 자체는 이상한 일이 아니라 사실이었다. 마리의 증조모가 참수되었다. 그게 어떻다는 거지?

돌이켜 보면 삼 년 전에 결혼했지만 아내에 대해서는 별로 아는 것이 없었다. 별로 궁금한 적도 없었다. 그녀가 캐나다 출신이고 데스파드 저택과 비슷한 고가古家에서 자랐다는 것 정도만 알고 있었다. 두 사람은 파리에서 만나 이 주 만에 결혼했다. 생앙투안 거리의 양배추 좌판 근처 오래된 빈 저택 정원에서 낭만적으로 우연처럼 만났다. 정확한 골목 이름이나 어떻게 해서 파리 구시가를 탐험하다가 그 집으로 흘러 들어가게 되었는지는 기억이 나지 않는다……. 아마…… 아마…… 그래! 대학 영문학 교수이자 살인 사건 재판광인 친구 웰든의 제안과 관련이 있었다.

삼 년 전 그가 말했다.

"올 여름 파리에 갈 건가? 범죄가 발생한 장소에 관심이 있으면 ○○ 거리의 △번지를 찾아봐."

"거기 뭐가 있는데?"

"그 동네 가서 아무나 붙잡고 물어봐. 수수께끼야. 알아서 찾아내 보라구."

스티븐스는 결국 알아내지 못했고 웰든에게 물어보는 것도 잊어버렸다. 대신 거기서 자기처럼 떠돌아다니던 마리를 만났다. 그녀도 그 집이 어떤 곳인지 몰랐다. 신기한 구시대의 저택 문이 반쯤 열려 있는 것을 보고 들어왔다고 했다. 처음 만났을 때 마리는 정원 한가운데 풀이 껑충 자란 마른 분수대 가장자리에 앉아 있었다.

세 면은 난간으로 둘러쳐져 있었고, 돌벽에는 얼굴이 새겨져 있었다. 그녀는 프랑스 사람으로 보이지는 않았다. 그래도 쾌활하고 자연스럽게 영어로 자기소개를 하는 것을 보니 신기했다. 신비스럽고 아름다운 얼굴은 그녀가 미소를 지을 때마다 발랄해졌다. 정말이지 건강미 그 자체였다.

한데 그녀는 왜 이런 말을 하지 않았을까? 왜 쓸데없이 비밀로 했지? 그 집은 아마 1858년 마리 도브리가 살았던 곳이리라. 사건이 터지고 가족은 캐나다로 이주했을 것이다. 후손인 마리는 조상에 대한 자연스러운 호기심을 안고 범죄 현장을 찾았으리라. 아무개 사촌이나 아무개 고모에게 가끔 오는 편지로 미루어 볼 때 마리의 인생은 단조로운 편이었다. 때로 가족의 이런저런 일화를 이야기해 주기도 했지만, 솔직히 말해서 스티븐스는 별로 신경을 쓰지 않았다. 마리의 성격에는 묘한 구석이 있었고 예상치 못했던 의외의 면이 불쑥 드러나기도 했다. 예를 들자면, 깔때기를 왜 그렇게 싫어하는지? 그냥 주방에서 쓰는 평범한 깔때기인데. 그러고 보면…….

그만두자. 이런저런 생각을 하는 동안에도 스티븐스는 조상 마리 도브리가 신비로운 미소 뒤에 냉소를 숨기고 자신을 올려다보는 시선을 의식하고 있었다. 기요틴 아래 바구니에 머리가 떨어진 천사 같은 모습의 마리 도브리 1세가 무슨 무시무시한 일을 저질렀는지, 왜 다시 책을 펴고 읽어 보지 않나? 왜 망설이지? 그는 원고를 다시 집어 들고 사진을 제1장 뒤에 끼워 넣었다. 크로스는 천재지만 제목 짓는 재주가 없어. 책 전체에는 장황한 제목을 달아 놓고 소제목은 선정적으로 지어서 참신하게 보이려고 하고 있었다. 각 장에는 전부 '무슨 무슨 사건'이라는 제목이 달려 있었다. '죽지 않은 내연녀 사건'이라는 첫 장의 제목은 추잡스러워 보였다.

본문은 픽션의 진영에 직격탄을 날리는 크로스 특유의 서술로 시작했다.

"비소는 흔히 바보의 독약이라고 불리지만, 이렇게 어울리지 않는 이름도 없을 것이다."

이는 『약제사』의 편집자 헨리 T. F. 로즈가 남긴 말로서, 리옹 경찰국 범죄연구소장 에드몽 로카르 박사도 동의하고 있다. 로즈는 이어 이렇게 썼다.

"비소는 결코 바보의 독약이 아니며, 범인들이 이 독을 애용하는 것도 상상력이 부족해서가 아니다. 어리석거나 창의적이지 못한 독살범은 극히 드물다. 증거를 살펴보면 오히려 그 반대다. 비소가 독약으로 아직도 사용되는 이유는 그것이 안전하게 사용할 수 있는 독약이기 때문이다.

무엇보다도 비소 중독을 의심할 수 있는 상황이 아닐 경우 의사가 비소 중독이라는 진단을 내리기가 매우 어렵다. 신중하게 조금씩 양을 늘려 투약하면 증상은 위염과 거의 유사하며……."

스티븐스의 시선이 멈췄다. 눈앞에서 글자가 한데 엉기며 머릿속에 다른 생각이 가득 찼다. 머릿속에 떠오르는 생각을 어떻게 할 수가 없었다. 한심한 생각이라며 자신을 비웃을 수도 있고 미치거나 의리 없다고 스스로를 꾸짖을 수는 있다. 하지만 제멋대로 떠오르는 생각을 어떻게 하겠는가? 이 주 전 세상을 떠난 마일스 데스파드의 사인이 위염이었다. 말도 안 되는 망상이다. 아주 재미없는 망상……

"안녕, 스티븐스."

어깨 너머에서 목소리가 들렸다. 그는 자리에서 펄쩍 뛸 뻔했다.

뒤를 돌아보았다. 기차는 특급 열차가 처음으로 정차하는 아드모어 역에 접근하며 속도를 늦추고 있었다. 웰든 박사가 의자 등받이에 손을 대고 복도에 서서 평소 무표정하게 단련된 얼굴에 궁금한 빛을 드러내고 내려다보고 있었다. 여윈 얼굴은 수도사처럼 뼈가 드러나 있었다. 턱선은 날카로웠다. 단정하게 자른 콧수염을 기르고 있었고 테 없는 코안경을 썼다. 가끔 재미있는 이야기를 하면서 클클 웃거나 폭소할 때를 제외하면 무표정한 사람이었다. 그럴 때는 눈을 커다랗게 뜨고 즐겨 피우는 시가로 손짓을 하곤 했다. 뉴잉글랜드 출신인 웰든은 자기 분야에서 탁월했으며 말수는 적지만 속마음은 따뜻했다. 그는 언제나 수수하게 격식을 갖춘 옷차림이었는데 스티븐스처럼 서류 가방을 들고 다녔다.

"자네가 이 기차를 탄 줄은 몰랐어. 다들 잘 지내나, 스티븐스?"

"앉아."

사진을 눈에 보이지 않게 넣어 두어 다행이라는 생각이 들었다. 웰든은 다음 역에서 내릴 예정이었지만 스티븐스의 권유를 받고 조심스럽게 팔걸이에 걸터앉았다. 스티븐스는 애매하게 말을 이었다.

"아, 잘 지내. 자네 식구는?"

"그럭저럭. 딸애는 감기 기운이 조금 있지만."

웰든은 만족하는 투로 말했다. 일상적인 인사를 주고받는 동안에도, 스티븐스는 웰든이 이 원고를 펼쳐 자신의 아내 사진이 있는 걸 보면 뭐라고 할까 생각하고 있었다.

스티븐스는 불쑥 말했다.

"그런데 자네도 유명한 살인 사건에 관심이 많지. 마리 도브리라는 독살범에 대해 들어 본 적 있나?"

웰든은 시가를 입에서 뗐다.

"마리 도브리? 마리 도브리. 아! 그래. 결혼 전의 자네 아내 이름이었지, 맞아."

그가 돌아보고 씩 웃음을 짓자 광대뼈가 한층 튀어나왔다.

"말이 나와서 말인데, 늘 묻고 싶었는데 잊고 있던……."

"1861년에 단두대에 오른 여자 말이야."

웰든은 입을 다물었다.

"그럼 같은 사람이 아니군."

그는 화제가 느닷없이 감기에서 살인으로 넘어가자 당혹스러운 듯했다.

"1861년? 확실해?"

"여기 그렇게 돼 있어. 그냥 궁금해서. 이건 고던 크로스의 새 책인데, 이 년 전쯤 크로스가 논픽션으로 출간한 것이 사실은 창작 아니냐 하는 논란이 있었지. 혹시나……."

웰든은 다시 속도를 내기 시작한 열차의 차창 밖을 바라보며 단호하게 말했다.

"크로스가 그렇게 말했다면 난 믿어. 하지만 나는 처음 들어 보는데. 내가 들어 본 '마리 도브리'는 결혼한 뒤의 성으로 유명해졌지. 사실 꽤 유명한 살인범이야. 자네도 틀림없이 어디서 읽어 봤을 걸. 기억나지 않나? 내가 자네더러 파리에 가면 그 집을 찾아가 보라고 했잖나."

"글쎄. 계속 말해 봐."

이유를 묻지는 않았지만, 웰든은 어리둥절해 보였다.

"그녀는 그 유명한 브랭빌리에 후작 부인이었네. 아마 상류 계층의 살인 사건 중에서라면 언제까지나 으뜸으로 회자될 만한 미녀 살인범이지. 재판 기록을 읽어 봐. 그것만 읽어도 흥미진진하다네. 당시 '프랑스인'이라는 단어는 '독살범'이라는 말과 거의 동의어로 쓰였는데 그 단어가 하도 많이 나와서 특별 재판소는……."

그는 말을 멈췄다.

"읽어 보게나. 티크 상자, 유리 가면, 기타 등등. 그녀는 자기 가족을 포함해서 상당히 많은 사람을 죽였는데, 파리 시립 병원 환자를 상대로 직접 실험을 해서 솜씨를 갈고닦았지. 아마 비소였던가. 재판에서 그녀가 한 자백은 현대 심리학자들에게도 흥미진진한 히스테리의 실례로 연구해 볼 가치가 있을 거야. 무엇보다 독특한 성적인 진술도 들어 있다네."

"그래, 그래. 듣고 보니 기억이 나는군. 그 사건은 언제야?"

"1676년에 목이 잘린 뒤 화형에 처해졌지."

기차가 다시 속도를 줄이자 웰든은 코트에서 담뱃재를 떨며 일어났다.

"난 여기서 내려야 해. 주말에 할 일 없으면 전화해. 아내가 자네 부인이 부탁했던 케이크 요리법을 알아냈다고 전하랬어. 잘 가게."

스티븐스가 내릴 역도 이 분이면 도착할 터였다. 그는 기계적으로 원고를 봉투에 담아 서류 가방에 넣었다. 말도 안 돼. 있을 수 없는 일이야. 브랭빌리에 후작 부인 사건과 연결시키는 건 불필요한데다 더욱 혼란스러울 뿐이고, 이 사건과 아무 관계가 없다. 단 한 문장만 계속 떠올랐다.

─신중하게 조금씩 양을 늘려 투약하면, 증상은 위염과 거의 유사하며…….

유령 같은 목소리가 기차 앞쪽에서 '크리스펜!'이라고 외쳤고, 기차는 철컹 소리를 내며 멈췄다. 플랫폼에 내려서서 차가운 밤공기를 쐬니 복잡한 생각이 머릿속에서 날아갔다. 그는 콘크리트 계단을 내려가서 좁은 거리로 나갔다. 약국이 좀 떨어져 있어서 어둑어둑했지만, 길가에서 그를 기다리고 있는 낯익은 크라이슬러의 불빛이 보였다.

마리가 차 안에서 문을 열어 주었다. 그녀를 보는 순간 뭔가가 일그러지고 변했다. 그 사진에는 평범한 인간의 육체조차 왜곡시키는 악마적인 힘이 있는 것 같았다. 하지만 차에 한 발을 들여놓고 그녀를 바라보는 순간 그 힘은 사라지고 즐거운 기분이 들었다. 갈색 치마와 스웨터 차림의 그녀는 얇은 코트를 망토처럼 어깨에 걸치고 있었다. 근처 가게 유리창에서 비치는 희미한 불빛이 진한 금발 머리카락을 비추었다. 그녀는 어리둥절한 얼굴로 그를 바라보았다. 날씬한 몸매에서 흘러나오는 낮은 목소리가 들려오자 세상이 다시 현실로 느껴지기 시작했다.

그녀는 화가 난 체하며 말했다.

"왜 거기 서서 싱글거리고 있는 거야? 그만해! 술이라도……."

그녀는 킥킥거리며 말을 이었다.

"부끄러운 줄 알아야지. 난 칵테일을 마시고 싶어도 당신이 오면 같이 취하고 싶어서 참고 있었는데, 혼자 해롱거리면서……."

그는 점잔을 차렸다.

"해롱거리다니, 술 안 마셨어. 다른 생각을 하고 있었을 뿐이야. 여기 있는 바로 당신을!"

그는 마리의 어깨 너머, 캄캄한 거리에 음산한 분위기를 드리우고 있는 희미한 불빛이 흘러나오는 쪽으로 시선을 돌렸다. 문득 눈길이 멈추었다. 불빛은 가게 유리창에서 흘러나오고 있었다. 형체를 알아볼 수 없는 작은 대리석 조각들과 철제 난간에 놋쇠 고리로 걸려 허리 높이까지 내려온 검은 커튼이 보였다. 커튼 너머에 한 남자의 윤곽이 미동도 하지 않고 서 있었다. 거리를 내다보는 것 같았다.

"세상에. 드디어 J. 앳킨슨을 보는군."

"취한 것 같지는 않은데 알딸딸한 모양이네. 빨리 타요! 엘런이 저녁으로 특별한 걸 준비했으니까."

그녀도 어깨 너머를 돌아보았다.

"앳킨슨! 그 사람이 왜?"

"아냐. 그냥 저기에서 사람 모습을 본 게 처음이라. 누굴 기다리고 있는 것 같아."

그녀는 특유의 운전 솜씨로 차를 획 돌렸다. 그들은 너도밤나무와 느릅나무 아래를 지나고 랭카스터 고속 도로를 건너 언덕을 팔백 미터쯤 굽이돌아 데스파드 저택으로 이어지는 어둑어둑한 킹스 애버뉴로 향했다. 오늘이 사월의 끝이 아니라 시월의 마지막 날인 핼러윈 같다는 생각이 들었다. 출발하는 순간 도로에서 누가 이름 부르는 소리가 들린 것 같았다. 하지만 마리가 차를 돌리면서 액셀을 밟았기 때문에 엔진 소리가 크게 나서 확실하지는 않았다. 차창에서 고개를 내밀고 뒤를 돌아보았지만, 도로에 사람이 없는 것을 보고 굳이 마리에게 말하지는 않았다. 마리는 평소와 다름없었고 그를 만나서 기쁜 태도가 역력했기 때문에 이런 생각이 드는 것이 오히려 한심하게 느껴졌다. 피곤해서 환각을 보고 환청을 듣는 게 아닌가 하는 생각이 들었다. 하지만 그것도 이상했다. 그는 황소처럼 건강했고, 때로는 황소처럼 신경이 무디다며 마리가 불평을 할 정도였기 때문이다.

"아, 정말 좋네. 밤공기 좋지 않아? 울타리 앞 큰 나무 옆에 크로커스꽃이 예쁘게 피었더라고, 기억나? 오늘 오후에는 앵초도 발견했어. 아, 정말 얼마나 예쁜지!"

마리는 심호흡을 하고 몸을 죽 펴며 머리를 뒤로 젖혔다. 그러더니 미소 지으며 돌아보았다.

"피곤해?"

"전혀."

"조금도?"

"아니라잖아."

그녀는 어리둥절한 표정을 지었다.

"그렇다고 짜증 낼 것까진 없잖아. 당신 칵테일 한잔 마셔야 할 것 같아. 에드워드, 오늘 밤에는 나갈 일 없지?"

"없었으면 좋겠는데. 왜?"

마리는 눈살을 살짝 찌푸리면서 도로를 골똘히 응시했다.

"마크 데스파드가 저녁 내내 전화해서 당신을 찾았거든. 만나고 싶다던데. 아주 중요한 일이라고 했어. 나한테는 무슨 일인지 말해주지 않더라고. 살짝 흘린 말로는 마일스 아저씨와 관계된 일 같던데. 말투가 아주 이상했어."

그녀는 스티븐스가 잘 알고 있는 '신비로운' 표정으로 그를 돌아보았다. 그를 똑바로 쳐다보는 커다란 눈은 차창 밖으로 스치는 가로등 불빛을 받아 달콤하고 사랑스럽게 보였다.

"에드워드, 그가 무슨 용건으로 보자는지는 몰라도 당신은 신경 안 쓸 거지?"

003
✳✳✳

"그가 전화했어?"

스티븐스는 기계적으로 대답했다.

"피치 못할 일이 아니라면 안 나갈 거야. 상황에 따라 다르겠지만, 무슨 걱정거리라도 있는 건가……."

그는 말을 멈췄다. 자기가 무슨 소리를 하고 있는지 알 수가 없었다. 가끔 마리의 표정이 그에게서 멀어지는 순간이 있다. 마치 안개에 휩싸이는 느낌이었다. 물론 가로등 불빛의 장난 때문일 것이다. 그녀는 마크 데스파드 일은 이미 잊어버렸는지 뉴욕 아파트 거실 가구 위에 놓을 덮개 이야기를 하고 있었다. 그 일은 칵테일을 마신 뒤에 농담처럼 꺼내자. 그러면 잊어버릴 수 있을 테지.

그는 마리가 크로스의 책을 읽은 적이 있는지 기억을 더듬어 보았다. 그의 직업 덕분에 상당한 양의 독서를 하고 있으니 어쩌면 봤을 수도 있다. 마리의 독서 범위는 놀랍도록 넓었지만 깊이가 얕은 편이었다. 주로 장소나 사람에 대한 묘사에만 집중하곤 했다. 아내를 흘끗 보니 코트 소맷자락이 흘러내려 있었다. 왼쪽 손목에는 저 주받은 사진에서 본 팔찌를 차고 있었다. 입에 루비를 문 고양이 얼굴 고리가 달린 세공 팔찌였다.

"당신 혹시 크로스의 책 읽은 적 있어?"

"크로스? 그게 누구야?"

"살인 사건 이야기를 쓰는 사람."

"아, 그 사람! 안 읽어 봤어. 난 누구처럼 병적인 취향은 없으니까."

그녀의 얼굴이 진지해졌다.

"당신과 마크 데스파드, 웰든 박사는 살인이니 뭐니 하는 흉한 이야기에 흥미가 있잖아. 조금 불건전하다고 생각하지 않아?"

스티븐스는 아연실색했다. 농담 삼아 아내가 또 유치원 선생님으로 변신했다고 한마디씩 할 때가 있지만, 이런 식의 말투는 처음이었다. 심한 소리였다. 상당히 심한 소리였다. 스티븐스는 아내를 다시 돌아보았지만, 통통한 얼굴은 어디까지나 진지했다.

"한 유명 학자는 국민들이 살인과 간통에 대해 건강한 관심을

고양이 머리 고리가 달린 팔찌

고양이는 오래전부터 마법과
주술을 상징하는 동물이었다.

유지하는 한 미국은 안전할 거라고 말한 적도 있다고. 당신이 그걸 병적이라고 생각한다면…….”

스티븐스는 서류 가방을 두드렸다.

“이 안에 크로스의 새 책이 있어. 여자 독살범에 대한 책이야. 범인 중에는 ‘마리’라는 사람도 있어.”

“그래? 읽어 봤어?”

“조금 훑어봤을 뿐이야.”

마리는 전혀 관심을 보이지 않았다. 그녀는 더 이상 아무 말 않고 미간에 주름을 잡은 채 정신을 집중해 자동차를 집 옆 차도에 세웠다. 차에서 내리니 갑자기 허기와 피로감이 몰려왔다. 뉴잉글랜드풍으로 지은 시골 별장은 흰색 벽에 녹색 셔터가 달려 있었고, 산뜻한 커튼 사이로 환한 불빛이 기분 좋게 흘러나오고 있었다. 새로 자란 풀 냄새와 라일락 향이 풍겼다. 집 뒤에는 나무로 무성한 구릉 지대가 이어지고 있었고, 언덕 위로 백 미터 정도 올라가면 찰스 2세의 이름을 딴 도로 끝에 데스파드 저택의 웅장한 담장이 서 있었다.

집 안으로 들어가니 의자에 앉아 쉬고 싶었다. 복도 오른쪽은 거실이었다. 불그스름한 오렌지색 천을 씌운 소파와 푹신한 의자, 통통하고 넓적한 갓을 쓴 전등, 흰 벽면의 선반에 꽂힌 알록달록한 책들, 벽난로 위에 걸린 렘브란트의 훌륭한 복제화, 가재도구의 당당한 일원인 칵테일 셰이커 — 간단히 말해 수없이 많은 가정에서 볼 수 있는 전형적인 풍경이었다. 복도 맞은편 식당으로 이어지는 유리문을 통해 뚱뚱한 엘런이 바닥을 삐걱거리고 돌아다니면서 식사를 차리는 모습이 보였다.

마리는 그의 모자와 가방을 받아 들더니 씻으라며 위층으로 보냈다. 그게 차라리 나았다. 그는 휘파람을 불며 다시 아래층으로 내려오다가 계단 맨 아래 단에 도착하기 전에 우뚝 멈췄다. 서류 가방이 복도의 전화 탁자에 놓여 있었는데, 은색 걸쇠가 빛을 발했다. 걸쇠가 풀려 있었다.

무엇보다 기분 나쁜 것은 자신의 집에 무슨 음모가 있는 듯한 느낌이었다. 이런 식으로 불투명하게 가려진 느낌이 싫었다. 모든 것을 깨끗하게 터놓는 것이 좋았다. 그는 이루 말할 수 없는 죄책감을 느끼며 전화 탁자로 다가가서 가방 안의 원고를 얼른 살펴보았다.

마리 도브리의 사진이 없었다.

그는 깊이 생각하지 않고 곧바로 거실로 들어갔다. 집 안 공기가 미묘하게 바뀐 기분이 들었다. 마리는 빈 잔을 손에 든 채 칵테일 탁자 옆 소파에 편안히 앉아 있었다. 얼굴이 달아오른 그녀는 탁자 위에 올려 둔 스티븐스의 잔을 가리켰다.

"왜 이렇게 오래 걸렸어. 마셔. 기분이 좋아질 거야."

술을 마시는 동안 문득 아내가 자신을 쳐다보고 있다는 생각이 들었다. 추악한 생각이 스쳤다. 그런 생각이 든다는 자체가 짜증이 나서, 스티븐스는 생각을 몰아내려는 듯 칵테일을 한 잔 더 마셨다.

그런 뒤 조심스럽게 잔을 내려놓았다.

"그런데 마리, 희한한 우연의 일치가 있어. 킹스 애버뉴 1번지가 갑자기 수수께끼의 집이 된 것 같아. 지금 같아서는 커튼 사이에서 손이 나오거나 찬장에서 시체가 나온다 해도 이상하지 않을 것 같아. 혹시, 혹시 말이야, 아주 오래전에 당신과 똑같은 이름을 가진 사람이 비소를 사용해 사람들을 독살하고 다녔다는 이야기를 들은 적 있어?"

그녀는 얼굴을 찌푸리며 그를 응시했다.

"에드워드, 무슨 소릴 하는 거야? 오늘 집에 온 뒤로 당신 좀 이상해."

그녀는 망설이다 웃었다.

"내가 당신 칵테일에 독이라도 탄 것 같아?"

"왜, 충분히 그럴 수 있지. 농담이 아니고, 정말 말도 안 되는 소리로 들리겠지만, 거의 백 년은 전일 텐데, 당신과 똑같이 생긴데다, 심지어 그 고양이 팔찌까지 낀 여자가 있었다는 이야기 들어 본 적 없어?"

"에드워드, 대체 무슨 소리냐니까?"

스티븐스의 말투가 심각해졌다.

"들어 봐, 마리. 심각하게 생각하진 말고. 그렇게 중요하지도 않고 가치도 없는 일이지. 누군가 자기 딴에는 재미난 장난이라고 생각했는지, 18세기 복장을 한 당신 사진을 책에 넣어 뒀어. 형량으로 미루어 볼 때 동네 사람 절반은 살해했을 법한 독살범의 진짜 초상화인 것처럼 말이야. 하지만 믿을 사람은 아무도 없겠지. 크로스는 전에도 날조를 했다는 소리를 들은 적이 있으니까. 래드본이 《월드》에서 피운 소란 기억하지? 하지만 이번 건 지나쳤어. 솔직히 말해 줘. 마리 도브리가 누구야? 당신 친척인가?"

마리는 일어서 있었다. 화가 난 것 같지도, 놀란 것 같지도 않았다. 그녀는 믿기지 않는다는 당혹감과 걱정, 충격이 섞인 눈으로 그를 지켜보았다. 그러다 반듯하게 몸을 펴고 물러섰다. 이렇게 묘하게 낯빛이 바뀌는 것도, 목 옆에 생긴 주름도 그로서는 처음 보는 모습이었다.

"에드워드, 당신이 진지한 것 같으니까 나도 그렇게 대답할게. 그러니까 오래전에 사람들을 죽인 마리 도브리라는 이름의 여자가 있었다는 말이지? 하지만 흔한 이름이잖아. 어쨌든 당신은 그 사람이 나이거나, 내가 그 사람이라고 생각하는 거지? 그래서 지금 종교재판소 소장 노릇을 하고 있는 거고. 내가 그 마리 도브리라면……."

그녀는 어깨 너머로 등 뒤 벽에 걸린 거울을 힐끗 보았다. 순간 그는 거울이 어딘가 잘못되었다고 생각했다.

"내가 만약 그 마리 도브리라면, 다른 건 둘째 치고 내가 얼마나 나이를 먹었는지는 당신 눈으로 봐서 알 수 있지 않아?"

"그런 뜻은 아니야. 혹시 먼 조상 중에서 그런 사람이……."

"먼 조상이라! 담배 하나 줘. 칵테일도 한 잔 더 따르고. 세상에.

정신 차려."

스티븐스는 숨을 깊이 들이쉬었다. 그는 의자에 등을 기대앉아 그녀를 유심히 바라보았다.

"무작정 나쁜 놈으로 몰아붙이는 능력은 상이라도 줘야겠군. 좋아, 그건 됐어. 당신 좋을 대로 해. 문제는, 멀쩡한 출판사가 작가의 원고에서 사진을 임의로 삭제할 수가 없다는 거야……. 마리, 솔직히 말해. 조금 전에 내 서류 가방 열어 봤어?"

"아니."

"가방을 열어서 1861년 살인죄로 단두대 형을 받은 마리 도브리의 사진을 꺼내 가지 않았단 말이야?"

마리도 슬슬 화가 나기 시작했다.

"절대로 그런 적 없어!"

그녀의 목소리가 갈라졌다.

"정말, 에드워드, 도대체 이게 무슨 말도 안 되는 소리야?"

"음, 거기 없으니까 누가 가져간 게 틀림없어. 이 집엔 엘런 말고는 아무도 없는데 내가 위층에서 샤워하는 동안 도둑이 몰래 들어와서 훔친 게 아니라면 그게 어떻게 없어졌는지 모르겠어. 크로스의 주소가 원고 표지에 있으니까 저자에게 전화를 걸어서 그 사진을 삭제해도 괜찮은지 물어볼 수는 있지만, 사진이 도난당했다면……."

엘런의 투미한 얼굴이 문간에서 나타났다.

"식사 준비됐어요, 스티븐스 부인."

그녀는 활기차게 말했다. 동시에 복도 저편 현관문에서 문 두드리는 소리가 날카롭게 들려왔다.

문 두드리는 소리는 이상할 것도 놀라울 것도 없었다. 하루에도 수십 번 나는 소리였다. 하지만 이삼 초쯤, 스티븐스는 움직일 수가 없었다. 그는 소파에 앉아 아치형 문 밖 복도 구석의 도자기 우산 꽂이를 곁눈으로 바라보았다. 엘런이 투덜거리는 소리, 바닥을 삐걱거리며 현관으로 나가는 소리, 문을 여는 소리가 들려왔다.

"스티븐스 씨 계십니까?"

마크 데스파드의 목소리였다.

스티븐스는 일어섰다. 그는 무표정한 얼굴로 서 있는 마리 앞을 지나면서 그녀의 손을 들어 자신의 입술에 갖다 댔다(무슨 의도였는지는 자신도 잘 알 수 없었다). 그러고는 복도로 나가 기분 좋게 마크를 환영하며, 막 식사를 할 참이었는데 칵테일이라도 한잔하겠느냐고 물었다.

마크 데스파드는 집 안에 들어와서 가만히 섰고, 그 뒤로 낯선 남자 한 사람이 더 있었다. 복도에 있는 청동 랜턴의 불빛이 매부리코를 한 마크의 말끔한 얼굴을 비추었다. 튼튼해 보이는 턱과 건장한 체격에 비해 신경질적으로 보이는 얼굴이었다. 아주 연한 파란색 눈이 재빠르게 복도를 둘러보고 있었다. 억세 보이는 연갈색 눈썹은 미간에서 이어졌고 연갈색 머리카락도 아주 억세 보였다. 변호사인 마크는 육 년 전에 세상을 떠난 아버지에게 체스트넛 스트리트의 사무실을 물려받아 운영하고 있었다. 이론가 타입이라 사업 규모는 작았다. 그는 자신이 매사에 양면을 보는 저주받은 재능을 가지고 있다고 말하곤 했다. 그가 가장 좋아하는 데스파드 저택을 돌아다닐 때는 지주 겸 수렵가처럼 사냥복과 플란넬 셔츠, 코듀로이 바지를 즐겨 입고 끈으로 묶는 구두를 신었다. 그는 음악가 같은 우아한 손가락으로 모자를 빙글빙글 돌리며 복도를 둘러보고 서 있었다. 목소리는 정중하게 미안한 기색을 보였지만 단호했다.

"불쑥 찾아와서 미안하네. 하지만 중요한 일이 아니라면 이러지 않았을 거라는 건 잘 알겠지. 도저히 기다릴 수 없는 일이라……."

그는 문 안쪽으로 들어와 뒤에 서 있던 남자를 향해 돌아섰다. 마크보다 키는 작지만 덩치가 좋은 남자였고, 정중하지만 약간은 방어적인 태도였다. 턱은 파르스름했고, 혼자 조용히 마시는 술 때문에 윤곽이 약간 무뎌졌지만 강인한 얼굴을 하고 있었다. 갈색 눈동자 사이에 브이 자 주름이 새겨져 있었지만, 입매는 유쾌했다. 묵직한 외투를 입은 모습조차 어딘가 남달랐다. 한 번만 봐도 기억에 남을 듯한 사람이었다.

마크가 소개했다.

"이쪽은 내 오랜 친구, 파팅턴 박사…… 아니, 파팅턴이야."

그는 얼른 정정했다. 파팅턴의 표정은 변하지 않았다.

"조용히 할 이야기가 있어, 에드워드. 좀 긴 이야기이지만 사연이 있는 일이라, 혹시, 괜찮으면 저녁을 미루어도……."

"안녕하세요, 마크 씨!"

등 뒤 문간에서 마리가 평소처럼 미소를 띠고 말했다.

"서재로 모시고 가서 말씀 나눠, 에드워드. 식사는 천천히 해도 되니까."

소개가 끝난 뒤 스티븐스는 두 사람을 복도 끝 계단 아래 있는 자기 방으로 서둘러 안내했다. 작은 방이라 세 사람이 들어가니 꽉 차는 느낌이 들었다. 타자기가 놓인 책상 위 전등을 켜자 차갑고 음산한 분위기가 감돌았다. 마크는 문을 조심스럽게 닫고 그 앞에 섰다.

"에드워드, 마일스 삼촌은 살해당했네."

스티븐스는 이 말을 예감하고 있었다. 신경이 곤두서지는 않았지만 그래도 몸속까지 떨리는 것 같았다. 그를 정말 놀라게 한 것은 마크의 단도직입적이고 느닷없는 말투였다.

"세상에! 마크……."

"비소 중독이었어."

"우선 앉아."

스티븐스는 잠시 사이를 둔 뒤 말했다. 그는 책으로 가득 찬 좁은 방 안에 놓여 있는 가죽 의자를 권한 뒤 자신도 책상 앞 의자에 앉았다. 책상을 등지고 앉아 팔을 펴서 책상에 걸치고는 두 사람을 바라보았다.

"누구 짓이지?"

"집안의 누구라는 것 말고는 몰라."

마크가 무거운 목소리로 말을 이었다. 그는 깊이 숨을 들이쉬었다.

"제일 힘든 이야기는 털어놓았으니, 이제 왜 자네에게 굳이 말하는지 알려 줘야겠군."

그는 긴 팔을 무릎 사이로 늘어뜨린 채 몸을 앞으로 내밀고 연파란색 눈동자로 전등을 주시했다.

"내가 해야만 하고, 하고 싶은 일이 있어. 그 일을 하려면 나 말고도 세 사람이 필요해. 두 사람은 구했는데, 그 외에 믿을 수 있는 사람은 자네뿐이야. 하지만 우리를 돕기로 한다면 한 가지 약속을 해야 하네. 삼촌의 몸에서 무엇이 나오든 절대 경찰의 귀에 들어가게 해서는 안 돼."

스티븐스는 어떻게 결정해야 할지 혼란스러운 기분을 숨기기 위해 양탄자만 내려다보았다.

"그 짓을 저지른 자를…… 그게 누구든, 처벌하지 않겠다고?"

마크는 말도 안 된다는 듯 차갑게 고개를 저었다.

"처벌? 아니, 당연히 해야지. 하지만 자네는 이해하지 못할 거야. 우리가 사는 이 사회는 희한해. 내가 분노하는 것이 있다면, 자기 일은 자기가 알아서 하고 남의 일은 남이 알아서 하지 못하게 한다는 점이야. 내가 싫어하는 것이 있다면 그건 바로 유명세라는 단어야. 우리 미국인에게 유명해진다는 건 신이고 열광이자 운명을

49

결정하는 손이지. '나에 대해 뭐라고 말하든 상관없다. 내 이름만 언급해라.' 이것만큼 한심한 신조도 없을 거야. 한 사람이 이룬 성취(좋은 쪽이든 나쁜 쪽이든)를 전화번호부만 보고도 평가할 수 있다는 말이나 마찬가지잖나. 신문의 잘못이 아니야. 그들도 어쩔 수 없어. 사람이 거울을 보겠다는데 거울이 어쩔 수 있나. 오직 허영심만을 충족시키고 싶다면 이해한다고. 하지만 이번 일은 달라. 살인이든 아니든, 난 우리 집안의 사적인 문제를 아무 생각도 없는 독자들에게 맛 좋은 먹잇감으로 던져 주지 않을 걸세. 그게 내 입장이야. 이번 일이 절대 밖으로 새어 나가지 않아야 한다는 것도 그 때문이고.

오늘 밤 자네가 나를 도와준다면 우리는 납골당을 열고 관을 뜯어 시체를 꺼낼 거야. 나는 거의 확신하고 있지만, 비소가 있는지 없는지 확실한 증거를 찾아야 해. 내가 아는 데까지만 말해 주지.

살해당했다는 건 일주일 전부터 알고 있었어. 하지만 어떻게 할 방법이 없었어. 확실하게 알려면 시체를 꺼내서 부검을 실시해야 하니까. 문제는 어떤 방법으로 비밀리에 하느냐였어. 어떤 의사도……."

파팅턴이 기분 좋게 입을 열었다.

"마크가 하려는 말은 명망 있는 의사라면 절대 그런 식으로 부검을 하지 않는다는 뜻입니다. 그래서 절 부른 거죠."

"그런 뜻은 아니야!"

"알아, 이 친구야."

파팅턴은 스티븐스를 바라보며 딱딱한 모자를 두드렸다.

"이 문제에 대해서 제 입장을 말씀드려야겠군요. 저는 마크의 오랜 친구 중 한 사람인데, 십 년 전 이 친구의 동생 이디스와 약혼한 적이 있습니다. 저는 외과 의사였는데 십 년 전만 해도 뉴욕에서 개인 병원을 상당히 크게 했죠. 한데 낙태 수술을 집도했습니다. 이유는 묻지 마세요. 나는 충분한 이유가 된다고 판단했습니다. 그런데 환자에게 수술 후 발작 증세가 있어서 발각되고 말았죠."

그는 이런 내용을 일일이 설명하는 것이 즐거운 것 같았고, 미소에도 씁쓸한 기색은 없었다.

"기삿거리가 없었던 때였는지 마크의 신문 기자 친구들이 벌 떼처럼 달려들었죠. 물론 의사 면허를 뺏겼습니다. 그건 큰 문제가 아니었어요. 저축한 돈이 있었으니까. 이디스는 제가 수술을 해 주었던 여자가…… 아, 이제 뭐 옛날 이야기입니다."

파팅턴은 문 쪽을 쳐다보며 이맛살을 찌푸리고 푸르스름한 턱을 문질렀다. 몇 마디 안 했는데도 벌써 목이 마른 것 같았다. 스티븐스가 눈치채고 일어서서 찬장에서 위스키 병을 꺼냈다.

파팅턴은 말을 이었다.

"그 뒤로 저는 영국에서 편안하게 살았습니다. 그런데 일주일 전 마크에게서 전보를 받고 첫 배를 타고 왔죠. 여기 도착하기 전에는 아무것도 알려 줄 수 없다고 하더군요. 이게 내가 아는 전부입니다."

스티븐스는 잔과 소다병을 내놓았다. 그는 마크의 예상보다 더 열의를 띠고 있었다.

"이것 봐, 마크. 당연히 비밀은 지킬 거야. 한데 자네 의심이 옳다는 것을 확인했다 치자고. 삼촌이 살해당했다는 게 밝혀지면 그 뒤에는 어떻게 할 건가?"

마크는 이마를 손으로 눌렀다.

"글쎄. 그것 때문에 미칠 지경이야. 어떻게 해야겠나? 자네라면 어떻게 할 텐가? 다른 사람이라면 어떻게 할까? 개인적으로 복수를 할까? 또 다른 살인을 저지르라고? 그건 싫어. 마일스 삼촌을 그 정도로 좋아하지도 않았어. 하지만 알고 싶다네. 무슨 뜻인지 알겠지. 집 안에 독살범이 있다는 걸 알고도 아무 일 없다는 듯이 살 수는 없잖나……. 게다가 서서히 고통을 준 방법이 마음에 들지 않아, 에드워드. 마일스 삼촌은 한순간에 죽지 않았어. 잔인한 죽음이었다고. 누군지 몰라도 한 남자가 죽는 광경을 즐긴 게 분명해."

그는 의자 팔걸이를 쳤다.

"또 한 가지. 알고 싶다면 솔직하게 말하지. 누가 며칠 동안, 어쩌면 몇 주 동안 용의주도하게 독을 먹였어. 정확히는 몰라. 삼촌은 비소 중독과 비슷한 증상을 보이는 위염을 앓고 있었으니, 비소를 언제부터 복용했는지 알아내는 건 불가능할 테지. 앓아누워서 전문 간호사를 들이기 전에도, 삼촌은 언제나 점심과 저녁을 자기 방으로 가지고 올라오게 했거든. 마거릿조차……."

그는 파팅턴을 돌아보았다.

"하녀 말이야. 식사를 나르는 마거릿조차 방에 들이지 않았어. 항상 문밖 탁자에 놓아두게 하고는 자기가 원할 때 들고 들어갔지. 한참 그대로 놓아두는 일도 종종 있었고. 그러니 우리 집에 사는 사람이라면, 아니, 내가 아는 한 외부 사람도 누구든 음식에 독을 넣을 수 있었다는 뜻이야. 하지만…….."

마크는 자기도 모르게 목소리를 높였다.

"삼촌은 마지막으로 약을 먹고 다음 날 새벽 3시에 돌아가셨는데 그날은 사정이 달라. 완전히 추리 소설 수준이야. 난 전말을 알아야겠네. 마일스 삼촌을 죽인 사람이 내 아내가 아니라는 걸 확인하기 위해서라도 진상을 밝혀야겠다고."

시가 상자를 꺼내던 스티븐스는 상자를 든 채 얼어붙었다. 이 작은 악행을 누가 계획했는지는 몰라도 참으로 묘한 패가 한 장씩 드러나고 있었다. 마크와 루시. 그는 루시를 떠올렸다. 매사에 유능한 단정하고 예쁜 여자, 한쪽으로 빗어 넘긴 검은 머리, 코 주위에 난 희미한 주근깨, 웃는 얼굴. 모든 사람들이 '파티에 잘 어울리는 사람'이라고 말하는 여자였고, 더없이 행복한 결혼 생활을 하고 있는 부인이었다. 그런 루시를 생각해 보니 말도 안 된다는 생각이 들었다.

마크는 냉소했다.

"무슨 생각을 하는지 아네. 말도 안 되지? 절대 있을 수 없는 일이야, 안 그래? 그래, 나도 알아. 그건 내가 지금 이 의자에 앉아 있다는 것만큼 확실한 사실이라네. 마일스 삼촌이 마지막으로 약을 복용한 날 루시는 밤새도록 나와 같이 세인트 데이비즈의 가장무도회에 있었어. 하지만 그것도 중요하지 않아. 난 빌어먹을 상황 증거를 뒤집어야 해. 자넨 이런 상황에 처한 적이 없다는 걸 다행으로 생각해야 하네, 에드워드. 아무것도 아니라는 걸 알아도 해결하지 않을 수 없어. 비밀이나 음모를 두고 볼 수는 없으니까. 누가 루시를 이런 상황에 밀어 넣었는지 밝히기 위해서라도 마일스 삼촌을 죽인 범인을 알아내야 해. 그러고 나면 문제가 생기겠지. 자네가 이해하도록 설명할 수는 없을 것 같지만……."

"그건 걱정 말게. 아까 상황 증거라고 했지. 무슨 상황 증거 말인가?"

지금까지 아무도 탁자 위의 잔과 술병에 손을 대지 않고 있었다. 마크는 담배 연기를 빨아들이듯이 숨을 깊이 들이쉬더니 위스키를 가득 잔에 따라서 불빛에 비춰 본 뒤 깔끔하게 입에 다 털어넣었다.

"우리 집 요리사이자 가정부인 헨더슨 부인이 범행 현장을 봤네. 마지막 독약을 음식에 넣는 장면을 봤다는군. 그녀의 말에 따르면, 약을 넣을 수 있었던 유일한 사람은 루시뿐이라네."

004

파팅턴은 몸을 앞으로 내밀었다.

"냉정하게 받아들이는 건 좋은 징조이긴 하네만 내가 보기엔 목격자에 대한 신뢰가 떨어지는 것 같은데."

그의 축 늘어진 눈꺼풀이 술을 마시는 마크를 가만히 바라보고 있었다. 스티븐스는 파팅턴도 술 생각이 간절하다는 것을 알 수 있었다. 하지만 그는 잔을 들려고도 하지 않았고, 마크의 손에 있는 잔도 신경 쓰지 않는 척하고 있었다. 스티븐스가 그에게 소다를 섞은 위스키를 건네자, 그는 꾸준하게 술을 즐기는 사람 특유의 태연하고 묘하게 품위 있는 태도로 조용히 술을 마셨다.

"헨더슨 부인? 오랫동안 자네 집에서 일한 그 늙은 여자? 혹시 잘못 보았을 가능성은……."

마크는 피곤한 듯 말했다.

"이렇게 혼란스러운 상황에서는 어떤 가능성도 배제할 수 없겠지. 하지만 부인이 히스테리를 부리거나 거짓말을 한다는 생각은 안 드네. 소문을 퍼뜨리지 않으면 답답해서 못 사는 사람이긴 하지만, 신경질적인 사람은 아닐세. 게다가 자네가 말했듯이 부인과 그 남편은 내가 어렸을 때부터 우리 집에서 일했어. 오그던의 유모였고. 내 동생 오그던 알지, 파팅턴? 자네가 떠날 때 초등학생이었지. 난 헨더슨 부인이 우리 가족을 진심으로 좋아한다는 걸 알아. 루시도 좋아해. 그것도 잘 알지. 게다가 헨더슨 부인은 삼촌이 독살당했다고 전혀 생각하지 않아. 그냥 위염으로 죽었다고 생각하고, 자기가 목격한 건 충분히 있을 수 있는 별것 아닌 장면이라고 생각하고 있네. 덕분에 소문 내지 말라고 신신당부를 해야 했지만."

스티븐스가 끼어들었다.

"잠깐만. 옛날 옷을 입은 수수께끼의 여자와 관계있는 일인가? 있지도 않은 문으로 나갔다는 그 여자?"

"맞아."

마크는 불편한 듯 자세를 바꾸었다.

"그 때문에 계속 생각하게 된 거야. 전체 이야기에서 앞뒤가 맞지 않는 부분이 딱 한 군데 있거든. 말도 안 되잖아! 요전에 자네가 어떻게 받아들이는지 보려고 별 이야기 아닌 것처럼 말해 봤지만……. 생각해 봐. 자네가 판단해 보라고."

우아한 손가락이 다시 초조하게 담배 종이와 담배 봉투를 꺼냈다. 직접 말아 피우는 것을 좋아하는 그는 마치 마술사처럼 담배를 순식간에 만들곤 했다.

"처음부터 다시 설명하지. 지옥의 지도라도 그리는 기분이 들 정도로 기괴한 점들이 있으니까. 가문의 사소한 역사부터 시작하는 게 좋겠군. 한데 파팅턴, 예전에 마일스 삼촌을 뵌 적 있나?"

파팅턴은 생각에 잠겼다.

"아니. 늘 유럽 어디에 계셨잖아."

"마일스 삼촌과 우리 아버지는 한 살 차이였네. 마일스 삼촌은 1873년 4월, 아버지는 1874년 3월에 태어나셨지. 왜 이런 이야기까지 하는지는 들어 보면 알게 될 거야. 아버지는 일찍이 스물한 살에 결혼했어. 마일스 삼촌은 결혼한 적이 없고. 나는 1896년, 이디스는 1898년, 오그던은 1904년 생이지. 집안의 돈은 부동산을 통해 생긴 거라네. 선조가 필라델피아에도 땅을 꽤 가지고 있었고, 이 근방에도 상당히 넓은 땅이 있었어. 삼촌이 대부분 상속했는데, 아버지는 걱정하지 않았어. 자수성가를 해서 법률 사무소도 잘되고 있었으니까. 어머니와 아버지는 육 년 전에 폐렴으로 돌아가셨어. 어머니가 아버지 간병을 하시다가 옮았지."

"기억나."

파팅턴이 짧게 말했다. 좋은 추억은 아닌 듯, 그는 한 손으로 눈을 가리고 있었다.

"우리 집안 배경이 얼마나 평범한지 알려 주기 위해서 이런 말을 하는 거야. 별다른 불행도 없고, 원수도 없고, 사건도 없었네. 물론 삼촌은 영원한 자유인이었지만, 그분의 떠들썩한 주사나 의협심은 요즘 시대에는 오히려 품위 있어 보일 정도로 구식이었지. 문자 그대로 세상에 적이 없었던 사람이라고 할 수 있을 거야. 외국에 오래 살아서 여기 사람들은 거의 모르기도 했고. 누가 삼촌을 독살했다면, 사람이 죽는 것을 보고 쾌락을 느끼기 위해서이거나…… 아니면 돈 때문이었을 거야."

마크는 두 사람을 쳐다보았다.

"돈 때문이었다면 우리 모두, 특히 내가 가장 중요한 용의자겠지. 각자 엄청난 돈을 상속받으니까. 상속받는다는 사실도 다들 알고 있었어. 말했지만 삼촌과 우리 아버지는 거의 비슷한 때에 태어나서 쌍둥이처럼 자랐고 좋은 친구 사이였네. 삼촌은 아버지가 후손을 남긴 이상 결혼할 생각이 없었지. 문제 되는 일은 없었고. 한데 이런 조용한 가정에서 누군가 삼촌에게 비소를 먹이기 시작한 거야."

"두 가지 질문이 있어."

파팅턴이 여전히 무심하지만 조금은 편해진 말투로 끼어들었다.

"첫째, 삼촌이 비소를 먹었다는 증거가 어디 있나? 둘째, 삼촌의 행동이 마지막으로 갈수록 조금씩 이상해졌다는 암시를 언뜻 비쳤는데, 방에서 나오지 않는다든지 하는 것 말이야, 그런 행동이 언제 시작됐지?"

"엉뚱한 인상을 줄 것 같아 그 얘기는 피하고 싶었는데. 삼촌이 기행을 많이 저질렀다든지, 괴짜처럼 변했다든지, 집안을 뒤숭숭하게 만들었다는 말이 아닐세, 항상 구식 예의범절을 자랑스럽게 생각하는 분이었어. 단지 예전과 비교해서 달라졌다는 뜻이야. 처음 변화를 느낀 건 육 년 전 부모님이 돌아가시고 삼촌이 돌아왔을 때였어. 예전처럼 다정한 삼촌이 아니었지. 우울하다기보다 정신이 다른 데 가 있거나 무슨 생각을 골똘히 하는 듯한, 머릿속에 다른 게 있는 분위기였어. 그때는 방에 틀어박히지도 않았고. 그건……
음."

마크는 생각에 잠겼다.

"그건 그렇고, 마크, 지금 저택에는 얼마나 오래 살았나?"

"이 년 정도."

마크는 우연의 일치에 재미있다는 듯 고개를 끄덕였다.

"그 후 몇 달 뒤로군. 정확히 말해 방에 틀어박히셨던 건 아니
야. 점심과 저녁을 방 안에서 먹고 저녁 시간도 거기서 혼자 보냈을
뿐이지. 에드워드, 자네도 하루 일과를 알잖나. 아침 식사는 아래층
에서 하고, 날씨가 좋으면 정원에서 산책도 하고, 담배도 피웠어.
그림이 걸린 회랑에서도 시간을 보내고. 그냥 멍했다고나 할까. 안
개 속에서 돌아다니는 사람처럼. 정오가 되면 방으로 돌아가 하루
종일 나오지 않았지."

파팅턴이 얼굴을 찌푸렸다.

"그 시간 동안 방에서 뭘 하셨지? 독서? 연구?"

"아니, 그건 아니었을 거야. 책을 좋아하는 분은 아니었거든.
하인들 말로는 등나무 의자에 앉아서 창밖만 내다봤다고도 하고.
할 일이 없는지 옷을 갈아입느라 오랜 시간을 보낸다는 소문도 있
네. 옷이 많았거든. 항상 자신의 외모와 차림새를 자랑스러워했지.

육 주 전부터 발작이 시작됐어. 구토, 위경련 같은. 의사한테 보
이자고 해도 들은 체도 하지 않았어.

'쓸데없는 소리! 전에도 이런 적이 있다. 겨자 찜질을 하고 샴페인을 한 잔 마시면 바로 일어날 게야.'

그러다 급성 발작이 일어나서 베이커 박사를 급히 불렀지. 박사가 고개를 저었어. 위염이라고. 유감이라고. 우리는 간호사를 들였는데, 예전의 증상이 단지 정말 위염이었는지는 알 수 없지만 어쨌든 그때부터 좋아지기 시작했어. 사월 첫째 주말에는 아주 좋아져서 다들 시름을 덜었지. 그러다 4월 12일 밤이 되었네.

집 안에는 여덟 명이 있었어. 루시, 이디스, 오그던, 나. 헨더슨 노인 기억하지, 파팅턴? 문지기 겸 정원사 겸 이런저런 집안 관리를 하는 사람, 그리고 헨더슨 부인. 간호사 코빗 양, 하녀 마거릿. 루시와 이디스랑 나는 아까 말했듯이 가장무도회에 갔어. 일이 어쩌다가 그렇게 됐는지 그날 밤에는 모두 집을 비웠다네.

헨더슨 부인은 일주일 가까이 집을 비웠지. 클리블랜드에 사는 친척이 아이를 낳았는데 대모를 해 주기로 해서. 워낙 그런 걸 좋아하는 사람이지. 가족 축하 잔치가 열렸는데 거기서 한참 머물렀네. 12일은 수요일이라 코빗 양은 정기적으로 쉬는 저녁이었어. 마거릿은 좋아하는 남자 친구와 갑자기 데이트가 생겨서 루시에게 외출 허락을 쉽게 받았어. 오그던은 시내 어디에 파티가 있어서 나갔고. 이렇게 해서 집 안에는 마일스 삼촌과 헨더슨 노인만 남았지.

이디스는 평소대로 걱정이 이만저만 아니었네. 아픈 사람이 있으면 여자가 돌봐야 한다는 생각을 갖고 있는 사람이라 자기가 집에 있겠다고 했지. 하지만 삼촌은 말을 듣지 않았어. 게다가 헨더슨 부인이 그날 저녁 일찍 돌아오기로 돼 있었어. 9시 25분에 크리스 펜 역에 도착하는 기차를 타고 올 예정이었지. 그런데 이디스에게 다른 걱정거리가 생겼어. 헨더슨 노인이 포드를 타고 역까지 마중 나갈 텐데 그러면 십 분쯤은 집에 삼촌만 남게 되거든. 오그던이 마지못해 헨더슨 부인이 올 때까지 집에서 기다리기로 했다네. 결국 모든 게 이렇게 결정됐어.

마거릿은 일찍 나갔다네. 코빗 양도 만약을 대비해서 헨더슨 부인에게 지시 사항을 남기고 일찍 나갔지. 루시, 이디스, 오그던, 나는 8시에 간단한 저녁을 먹었어. 삼촌에게서는 먹을 것도 필요 없고 다른 것도 전혀 필요 없다는 전갈이 와 있었어. 기분이 좀 까칠한 날이었거든. 하지만 따뜻한 우유 한 잔은 승낙하시더군. 저녁을 먹은 뒤 다들 옷을 입으러 위층으로 올라갈 때, 루시가 우유를 쟁반에 올려서 가지고 갔네. 이 말은 똑똑히 기억나. 이디스가 계단에서 루시를 따라잡으면서 이렇게 말했어.

'언니는 집에 뭐가 어디 있는지도 몰라. 그건 상한 우유잖아.'

하지만 둘이서 맛을 보더니 괜찮다고 하더라고."

마크의 신중한 말을 듣고 있으니, 데스파드 저택의 커다란 창문 아래 참나무 계단참에서 벌어졌을 장면을 쉽게 상상할 수 있었다. 벽에는 큰 초상화가 걸려 있고, 그 아래에는 욕실 깔개처럼 묵직한 인도 양탄자가 깔려 있으며, 창문 아래에는 전화 탁자가 놓여 있다.

왜 계속 전화 탁자가 생각나는 걸까? 검은 머리를 한쪽으로 빗어 넘기고 주근깨가 살짝 난, '파티에 잘 어울리는 사람'답게 활달하고 쾌활한 루시도 상상할 수 있었다. 루시보다 큰 키에 갈색 머리, 아직 아름답지만 눈가의 피부가 처지기 시작하는 이디스도 상상할 수 있었다. 간섭이 많고 '좋은 취향'이란 말을 입에 달고 사는 여자였다. 두 사람이 우유 한 잔을 놓고 악감정 없이(갈등이 없는 가족이었다) 언쟁을 벌이는 동안, 주머니에 손을 찔러 넣은 냉소적인 젊은 오그던이 멀찍이 물러서 있는 광경도 상상할 수 있었다. 오그던에게는 마크의 신경질적인 면과 진지함이 없었다. 그 역시 '파티에 잘 어울리는 사람'이었다.

그러나 스티븐스의 머릿속에는 이런 의문이 계속 떠올랐다. 마리와 나는 그날 밤 정확히 어디 있었나? 알고 싶지 않았지만, 정답은 알고 있었다. 바로 여기, 크리스펜의 별장에 있었다. 주중에 뉴욕을 떠나 여기로 오는 일은 드물었지만, 판권 문제 때문에 《리텐하우스 매거진》 사람들과 만날 일이 있어서 출장을 왔었다. 나와 마리는 뉴욕에서 차를 몰고 와서 이 집에서 하룻밤 잔 뒤 아침 일찍 뉴욕으로 돌아갔고, 이틀 뒤에야 마일스가 죽었다는 소식을 들었다. 그날 밤에는 손님도 없어서 평소대로 저녁 시간을 보낸 뒤 일찍 잠자리에 들었다. 그래, 평화롭게 잠자리에 들었지.

문득 그는 마크가 다시 말하고 있다는 것을 깨달았다.

마크는 두 사람을 번갈아 보며 말을 이었다.

"그러니까 다시 말하지만 우유는 괜찮았어. 루시가 쟁반을 가지고 올라가서 방문을 두드렸지. 쟁반을 탁자에 내려놓았는데, 보통 문을 곧바로 열지 않는 삼촌이 그날은 바로 문을 열고 쟁반을 가지고 들어가셨어. 평소보다 훨씬 좋아 보였지. 뭔가 찾고 있는데 그것이 뭔지 잘 모르겠다는 듯한 멍한 표정도 별로 보이지 않았어. 자넨 삼촌을 본 적이 없지, 파팅턴. 목 주변은 거죽이 쭈글쭈글하고, 이마가 높고, 희끗희끗한 콧수염을 기른 잘생긴 노신사를 상상해 봐. 그날 밤에는 흰 목깃이 달린 옛날식 파란 퀼트 가운에 목에는 스카프까지 두르고 있었어.

이디스가 말했어. '정말 괜찮으시겠어요? 코빗 양이 외출했으니 종을 울려도 아래층에 들을 사람이 없어요. 필요한 게 있으시면 직접 찾으셔야 해요. 하실 수 있겠어요? 제가 헨더슨 부인에게 돌아오면 위층 복도에 대기하라고 쪽지를 남기는 게 좋을까요?'

마일스 삼촌이 말했어. '새벽 두세 시까지? 말도 안 되는 소리! 나가거라. 나는 이대로도 아주 괜찮으니. 이제 다 나은 것 같구나.'

바로 그때 이디스의 고양이 요아킴이 귀신이라도 봤는지 복도를 쫓아다니다가 삼촌의 발 옆을 지나 방 안으로 들어가 버렸어. 삼촌은 요아킴을 좋아했지. 고양이만 있으면 말동무로 충분하다고, 우리보고 즐거운 시간 보내라고 한 뒤 문을 닫았어. 우린 옷을 입으러 갔지."

스티븐스는 언뜻 별 관계가 없어 보이는 질문을 던졌다.

"루시가 몽테스팡 부인으로 분장하고 파티에 갔다고 했지?"

"그래, 그게…… 공식적으로는."

마크는 무슨 이유에선지 처음으로 놀란 듯했다. 그는 스티븐스를 흘긋 보았다.

"이디스는 도대체 무슨 생각을 했는지, 굳이 몽테스팡 부인이어야 한다는 거야. 그게 좀 더 점잖다고 생각했는지 모르지."

그는 삐딱하게 웃었다.

"사실 루시가 직접 만든 드레스는 회랑에 있는 전신 초상화를 똑같이 본뜬 거였어. 몽테스팡 부인과 동시대 사람이기는 했지. 누구인지는 아직 확실치 않지만. 얼굴과 어깨 일부가 아주 오래전에 산 같은 걸로 훼손됐거든. 누가 복원하려다 실패한 거라고 할아버지가 말씀하신 기억이 나. 어쨌든 크넬러 진품이라고 해서 계속 보관하고 있지만, 이제 어딜 보나 그렇게 보이진 않지. 브랭빌리에 후작 부인이라는 사람 초상화라고 하긴 하는데……. 아니, 왜 그러나, 에드워드?"

그는 신경이 곤두서 있는 듯 퍼뜩 놀라며 물었다. 스티븐스는 자연스럽게 대답했다.

"배가 고파서 그런 것 같아. 좋아. 얘기 계속해. 17세기 프랑스 독살범 말이지? 그 여자 초상화는 어떻게 갖게 됐나?"

파팅턴은 혼자 뭐라고 중얼거렸다. 그는 특유의 힘이 많이 드는 동작으로 몸을 뻗더니 이번에는 주저하지 않고 위스키를 따랐다.

그리고 고개를 들더니 입을 열었다.

"내 기억으로는 가문끼리 무슨 연이 있었던 것 같은데, 안 그런가? 아주 오래전에 자네 가족 사람과 무슨 관계가 있었다든가?"

마크는 답답한 표정으로 얼른 대꾸했다.

"그래. 우리 집안 성은 영어식으로 변형되었다고 했잖아. 원래는 데프레, 프랑스계였어. 하지만 후작 부인은 신경 쓰지 마. 난 단지 루시가 그림의 의상을 본떠서 사흘 만에 옷을 만들었다는 이야기를 하는 것뿐이야.

우리는 9시 반쯤 집을 나섰다네. 루시는 후작 부인 복장, 이디스는 플로렌스 나이팅게일식 후프 스커트, 나는 시내 양장점 주인이 자신 있게 '기사' 복식이라고 한 희한한 옷차림이었어. 겉보기는 이상해도 입으니 놀랄 정도로 편하더군. 게다가 기회가 생겼는데 칼 한번 차 보고 싶지 않은 사람이 누가 있겠나? 우리가 차로 가니까 오그던이 포치 불빛 아래 서 있다가 시끌벅적하게 감상을 늘어놓더군. 우리가 차도로 접어드는 순간, 역에서 헨더슨 부인을 싣고 돌아오는 포드와 지나쳤어.

무도회는 별로 재미가 없었어. 가장무도회치고는 너무 얌전하고 점잖은 분위기였지. 솔직히 따분해서 루시가 춤추는 동안 내내 앉아 있었어. 파티를 떠난 건 2시 조금 지나서였어. 달이 뜬 맑은 밤이었지. 몇 시간 만에 시원한 바람을 맞으니 편안해지더군. 이디스는 레이스 바지라고 하던가, 치마 안에 입는 옷이 찢어지는 바람에

1930년대 뷰익 Buick in 1930s

뷰익은 제너럴 모터스의 대표 모델.
1930년대에 생산된 뷰익 60 시리즈는
클래식카의 대명사이기도 하다.

토라져 있었지만, 루시는 집으로 오는 내내 노래를 불렀지. 집은 아
주 캄캄했어. 차고에 차를 넣을 때 보니 포드는 있는데, 오그던의
뷰익은 들어오지 않았더군. 나는 현관문 열쇠를 루시에게 건넸고,
루시는 문을 열려고 이디스와 같이 먼저 달려갔어. 나는 차도에 서서
숨을 들이마셨지. 우리 집이다, 역시 집이 최고야, 하고 생각했지.

그런데 이디스가 포치에서 나를 불렀어. 나는 현관 쪽으로 돌아
가서 계단을 올라 홀로 들어섰지. 루시는 전기 스위치에 손을 얹은
채 겁먹은 얼굴로 천장을 바라보고 있었어.

그리고 나한테 말했어.

'끔찍한 소리가 났어요. 이 소리! 방금도 들렸어요.'

홀은 오래되어서 밤에는 이상한 기분이 들 때가 있지만, 이건
그런 게 아니었어. 나는 급히 위층으로 올라갔어. 옆에 찬 칼이 거
추장스러운 것도 몰랐어. 컴컴한 위층 복도로 올라가는데, 느낌이
이상하더군. 어디가 구체적으로 이상한 게 아니라, 전체적으로 이
상한 분위기가 감돌았어. 그런 기분 든 적 있나? 뭔가 안 좋은 게
스치고 지나간 기분? 아마 자네는 모를 거야…….

전등 스위치 쪽으로 가려고 하는데 철컥 하는 소리가 들렸네.
자물쇠에서 열쇠 돌아가는 소리가 나더니, 마일스 삼촌의 방 문이
반쯤 열리더군. 안에서 흘러나오는 희미한 전등 불빛에 삼촌 모습
이 어슴푸레하게 드러났지. 간신히 서 있기는 했는데 몸을 앞으로
반쯤 굽힌 채 한 손으로는 배를 누르고 다른 한 손으로는 문설주를

붙들고 있었어. 손등에 혈관이 잔뜩 솟아 있더군. 삼촌은 그렇게 몸을 숙인 채 비틀거리며 서 있다가 힘들게 고개를 들었지. 콧등의 피부는 기름종이처럼 번들거렸고, 눈은 평소보다 두 배는 크게 부릅뜨고 있었고, 이마는 축축했네. 숨을 한 번 쉴 때마다 온몸의 힘을 다 짜내는 것 같았어. 그러다가 번들거리는 눈으로 올려다봤어. 나를 본 것 같은데, 특별히 누구를 향해 말하려는 것 같지는 않았지.

삼촌은 이렇게 중얼거렸네.

'더 이상 참을 수 없다. 통증을 더 이상 견딜 수가 없어. 더 이상 못 참겠어.'

이렇게 웅얼거리듯이 프랑스어로 말씀하시더군.

나는 달려가서 삼촌이 쓰러지기 전에 부축했어. 무슨 이유에서인지 경련을 일으키면서도 필사적으로 허우적거리면서 저항하더군. 나는 그를 부축해 안고 방 안의 침대로 데려갔지. 삼촌은 고개를 돌려 나를 보려고 하는 것 같았는데……. 무슨 말로 표현해야 하나……. 마치 혼란스러운 머릿속에서, 안개 속에서 나를 구별해서 알아보려고 하는 것 같았다고 해야 하나. 처음에는 겁먹은 어린아이 같은 말투로 이러시더군.

'너는 아니지?'

그 말이 내 폐부를 꿰뚫는 것 같더군. 그러다가 정신이 드셨는지 눈이 맑아지면서 침대 위 희미한 독서등 불빛으로 내 얼굴을 알아보는 것 같았네. 어린아이처럼 웅크리던 것도 잠잠해졌지. 뭐라 표현할 수 없을 정도로 감쪽같이 변한 거야. 하지만 영어로 여전히 몽롱하게 뭐라 말하고 있었어.

'욕실에 통증을 덜어 주는 약이 있어.'

그런 비슷한 말을 중얼거리면서 얼른 가져오라고 소리를 질렀지. 욕실까지 갈 힘이 없다고 했어.

약은 예전에 심한 발작이 있었을 때 복용했던 진정제 알약이었네. 루시와 이디스는 백지장처럼 창백한 얼굴로 문간에 서 있었지. 루시가 삼촌의 말을 듣고 약을 가지러 달려갔어. 우리 모두 삼촌이 죽어 가고 있다는 걸 알았지. 하지만 그때는 독 때문이라는 생각은 추호도 없었네. 원래 앓던 병 때문인 줄 알았는데, 그렇게 병이 깊어지면 어떻게 손을 쓸 수가 없잖아. 약을 드리고 이를 악물며 바라보는 수밖에 없지. 나는 이디스보고 빨리 베이커 박사에게 전화하라고 했고, 이디스는 조용하고 재빠르게 행동했다네. 난 삼촌의 표정밖에 생각할 수 없었지. 도대체 뭘 봤기에, 뭘 봤다고 생각했기에 그렇게 끔찍한 표정을 지었을까. 왜 겁먹은 어린아이 같은 얼굴로 내게서 물러났을까?

난 다른 생각으로 통증을 잊게 해 드리고 싶어서 이렇게 물었네.

'언제부터 아프셨어요?'

'세 시간.'

삼촌은 눈을 뜨지 않은 채 대답했지. 몸을 웅크린 채 옆으로 비스듬히 누워 있었는데 베개 때문에 목소리가 잘 들리지 않더군.

'왜 소리를 치거나 밖으로 나오지 않으셨습니까?'

삼촌은 베개에 입을 댄 채로 말했어.

'굳이 그러지 않았다. 조만간 겪을 일이라는 걸 알고 있었으니까. 마냥 기다리기보다 지금 당하는 게 나을 것 같았어. 하지만 견딜 수가 없었다.'

삼촌은 정신을 가다듬더니 마치 구멍 밖을 내다보는 것 같은 눈빛으로 나를 올려다보았지. 아직도 약간 겁을 먹고 있었고, 씨근대는 숨소리도 불안했어.

'잘 들어라, 마크. 난 죽는다.'

그렇지 않다고 위안의 말을 늘어놓으려는데 삼촌이 말을 막았어.

'아무 말 말고, 그냥 들어라. 마크, 나무 관에 묻히고 싶다. 알겠니? 나무로 만든 관 말이다. 꼭 그렇게 하겠다고 약속해 다오.'

집요하셨지. 루시가 약과 물 잔을 가져왔는데도 눈길을 돌리지 않고 내 눈만 뚫어지게 쳐다보고 계셨다네. 내 망토를 붙들면서 나무 관 이야기만 몇 번이고 되풀이했어. 구토를 많이 해서 약을 삼키는 것도 힘들어했지만 내가 도와서 결국 삼킬 수 있었지. 그러더니 춥다고 담요를 달라고 중얼거리면서 눈을 감았어. 침대 발치에 접어 놓은 담요가 있었어. 루시는 아무 말 없이 담요를 집어 삼촌 몸을 덮어 드렸지.

나는 일어나서 더 덮어 드릴 게 없나 찾았네. 방 안에는 삼촌이 멋진 옷가지를 넣어 두는 큰 옷장이 있었는데 맨 위 서랍에 담요가 있을지도 모른다는 생각이 들었어. 옷장 문은 살짝 열려 있었지. 담요는 없었지만 다른 게 들어 있더군.

옷장 바닥, 나란히 한 줄로 정돈된 신발 바로 앞에 그날 밤 갖고 온 쟁반이 놓여 있었어. 바닥에 우유 흔적이 남아 있는 빈 유리잔도 있었고. 한데 아래층에서 올려 보내지 않은 게 보였네. 지름이 십 센티미터 정도 되는 오목한 은제 컵이었는데 표면에 올록볼록하게 특이한 무늬가 있지만 특별한 가치가 있는 건 아니었어. 내가 기억하기로는 아래층 찬장에 보관하던 물건이었지. 자네들도 혹시 본 기억 없나? 어쨌든 컵 안에는 뭔가 끈적끈적한 물질이 남아 있었어. 옆에는 이디스의 고양이 요아킴이 널브러져 있었지. 손을 대 보니 죽어 있더군.

그 순간 깨달았네."

005
☆☆☆

일이 분 동안 마크 데스파드는 깍지 낀 손만 내려다보며 침묵을 지켰다.

"자기도 모르는 사이 의혹이 쌓이고 쌓이다가 한순간 그것이 실체를 드러내거나 갑자기 문이 활짝 열리는 것 같았어.

그래, 그 순간 난 깨달았네. 난 루시도 내가 본 것을 봤나 싶어 돌아섰지. 못 본 것 같았어. 침대 발치에 서서 침대 난간을 손으로 짚은 채 이쪽으로 등을 보이고 서 있었어. 평소의 활달하던 태도에 비해 정말 무기력한 모습이었지. 방 안에는 침대 머리맡의 흐릿한 전등 하나밖에 없었지만, 그 불빛에 루시가 입은 복장이 또렷이 비췄어. 파란색이 섞이고 다이아몬드가 박힌, 치마폭이 넓은 불그스름한 실크 드레스.

그렇게 서 있는 동안 마일스 삼촌이 호소했던 증상이 하나하나 머릿속에 스쳐 갔어. 소화 불량, 코와 눈의 염증―충혈된 눈으로 사람을 쳐다보던 것 말이야― 쉰 목소리, 피부 발진과 습진. 걸을 때도 몸을 지탱하지 못할 정도로 후들거리던 다리. 전부 비소 중독 증상이었네. 삼촌이 담요 밑에서 힘들게 숨을 몰아쉬는 소리가 들렸고, 홀에서는 이디스가 전화 교환수를 급하게 다그치는 목소리가 들리더군.

나는 아무 말도 하지 않고 옷장 문을 닫았네. 자물쇠에 열쇠가 꽂혀 있기에 문을 잠그고 열쇠를 주머니에 넣었지. 그런 뒤 복도로 나가서 이디스가 통화를 하고 있는 계단참으로 내려갔어. 당장 의사를 불러야 한다는 생각뿐이었네. 간호사는 다음 날 아침까지 들어오지 않을 테고, 비소 중독일 경우 어떻게 해야 하는지 아무리 생각해 봐도 떠오르지 않았어. 이디스는 침착했지만 살짝 떨리는 손으로 전화를 끊더군. 베이커 의사는 집에 없다고 했고, 밤에 와 줄 수 있는 거리 안에는 다른 의사가 없었어. 문득 이름은 기억나지 않지만 일이 킬로미터쯤 떨어진 호텔에 의사 한 사람이 있다는 게 떠 오르더군. 내가 호텔에 전화를 거는 동안 이디스는 급히 삼촌의 방 으로 올라갔어. 누가 아프면 뭔지는 잘 몰라도 여하튼 자기가 뭔가 해 줄 수 있다고 생각하는 사람이니까. 내가 전화번호를 찾기도 전 에 루시가 복도로 나왔어.

'올라오는 게 좋겠어요. 돌아가신 것 같아요.'

사실이었네. 경련도 일으키지 않고 심장이 멈춘 것 같더군. 더 이상 고통은 없었지. 확인해 보려고 몸을 뒤집으려다 손이 베개 밑 으로 우연히 들어갔는데, 자네도 들었겠지만 그때 그 끈을 발견했 네. 길이가 삼십 센티미터 정도 되는 흔한 포장용 끈인데, 똑같은 간격으로 아홉 군데 매듭이 있었지. 무슨 의미가 있는지는 알 수 없 었지만. 지금도 마찬가지고."

마크가 말을 멈추자 파팅턴이 날카롭게 재촉했다.

"계속하게! 그 뒤에 어떻게 됐어?"

"그 뒤? 아무 일 없었어. 집안사람들을 깨우지는 않았지. 그럴 필요도 없었고, 몇 시간만 지나면 아침이었으니까. 루시와 이디스 는 침대에 들었지만 잠은 못 잤어. 나는 애도하는 뜻에서 그냥 깨어 있었어. 식구들에게는 그렇게 말했는데, 사실은 그 컵을 방 밖으로 내갈 기회를 찾고 있었던 거야. 게다가 오그던도 아직 들어오지 않 았거든. 혹시 하필 이런 때 취해서 들어올지도 모르니 내가 지키고 있겠다고 했지.

루시는 우리 방에 들어가서 문을 잠갔네. 이디스는 조금 흐느꼈고. 다들 멍한 기분으로 삼촌을 혼자 내버려 두었던 자신을 탓하고 있었지만, 난 그럴 이유가 없다는 걸 알고 있었지. 두 사람이 방에 들어간 뒤 나는 삼촌의 방으로 돌아가서 얼굴에 천을 덮어 드렸어. 은 컵과 유리잔을 옷장에서 꺼내서 손수건으로 쌌지. 지문 걱정은 하지 말게! 난 원래 늘 그랬지만…… 어떻게 해야 할지 판단이 설 때까지 증거물을 숨겨야 한다는 생각이 본능적으로 들었다네."

파팅턴이 물었다.

"공개할 생각은 없었나?"

"제때 의사를 불러와서 삼촌을 도와줄 수 있었다면, 당연히 그랬겠지. 이렇게 말했을 거야.

'이건 위염이 아닙니다. 삼촌은 독을 드셨어요.'

하지만 그러지 못했지. 그러니…… 공개할 생각은 없었네."

스티븐스는 뻣뻣한 손으로 격하게 의자 팔걸이를 붙잡는 마크를 지켜보았다.

"자네도 이해해야 해, 파팅턴. 내가 하마터면……."

"진정해."

파팅턴은 얼른 말을 잘랐다.

"하던 이야기를 계속하게나."

"난 컵과 유리잔을 아래층으로 가지고 와서 서재 책상 서랍에 넣고 잠갔어. 알겠지만 지금까지는 아무 증거가 없는 셈이니까. 고양이도 치워야 해서, 망토에 만 다음에 헨더슨 부부를 깨우지 않도록 뒷문이 아니라 옆문을 통해 밖으로 가지고 나갔네. 도로 건너 정원 반대편 끝에 최근에 파 뒤집은 화단이 있었고, 헨더슨 노인이 보통 옆문 밖의 작은 광에 삽을 보관한다는 걸 알고 있었지. 나는 고양이를 깊숙이 묻었네. 이디스는 아직 고양이가 어떻게 됐는지도 몰라. 그냥 다들 집을 나간 걸로 알고 있지. 일이 끝날 때쯤 오그던의 차가 들어오는 불빛이 보이더군. 순간 오그던이 나를 본 게 아닌가 하는 생각이 들었지만, 먼저 집 안으로 들어갔네.

당시로서는 그뿐이었어. 다음 날 나는 유리잔과 컵을 시내로 들고 가서 믿을 수 있는 분석 화학자에게 비밀리에 분석해 달라고 부탁했네. 오래 걸리지 않더군. 유리잔에는 아무것도 없었어. 컵 안에는 달걀을 섞은 우유와 포트와인 찌꺼기가 남아 있었는데, 그 찌꺼기에는 백색 비소 0.13그램 정도가 들어 있었어."

"0.13그램?"

파팅턴은 고개를 돌리며 물었다.

"그래. 많은 양이지? 관련 서적을 찾아봤는데……."

파팅턴은 음울하게 말했다.

"찌꺼기가 그 정도면 엄청나게 많은 거지. 비소 0.13그램을 복용하고 사망한 사례도 있어. 기록에 남아 있는 최소량이지만, 잔에 남은 게 그 정도였다면 음료 안에는 훨씬 많이 들어 있었다고 봐야겠지."

"일반적인 치사량은 어느 정도지?"

파팅턴은 고개를 저었다.

"'일반적인' 치사량이라는 건 없다네. 겨우 0.13그램을 복용하고 사망한 사례도 있어. 반면 13그램을 삼키고도 회복한 사례도 있는데, 이게 기록상의 최대량이야. 사람마다 편차가 심하다고 할 수 있어. 1857년 프랑스인 애인을 살해한 혐의가 있었던 글래스고의 미인 매들린 스미스 사건 들어봤나? 맞아. 랑젤리에의 위장에는 6그램의 비소가 들어 있었어. 변호사는 어떤 사람도 자기도 모르는 사이에 이렇게 엄청난 양을 마실 수는 없을 테니 자살이 분명하다고 주장했지. 이 변호는 평결에도 영향을 끼쳤어. 스코틀랜드 법정에서 '증거 불충분'이라는 평결은 '무죄이나 두 번 다시 이런 짓을 저지르지 말 것'이라는 뜻이지. 한데 그로부터 육 년 뒤 휴잇이라는 여자가 어머니를 살해한 혐의로 체스터 법정에서 재판을 받았네. 처음에는 사인에 별다른 의혹이 없었어. 의사가 위염으로 진단했거든. 한데 시체를 발굴해 보니 위장에서만 비소 10그램이 나온 거야."

턱이 파릇파릇한 파팅턴의 얼굴은 여전히 엄격한 표정을 띠고 있었지만, 혀는 술기운으로 풀려 있었고 심지어 이야기를 즐기는 것 같았다. 그는 빈 잔을 빙글빙글 돌리며 말을 이었다.

"1860년대 초 베르사유에서 발생한 마리 도브리 사건도 있어. 끔찍한 범죄였지. 사람을 닥치는 대로 죽였는데, 사람이 죽어 가는 것을 구경하는 즐거움 말고는 별다른 동기도 없었어……. 피해자

중에는 비소 0.5그램으로 죽은 사람도 있었고, 6.5그램까지 복용한 사람도 있었어. 이 여자는 매들린 스미스처럼 운이 좋지는 않았어. 단두대에서 참수당했으니까."

스티븐스는 자리에서 일어서서 책상 가장자리에 걸터앉아 있었다. 자연스럽게 그런 일이 있었냐는 듯이 고개를 끄덕이고 싶었지만, 그는 복도로 통하는 흰 문짝을 바라보고 있었다. 아까부터 문에서 이상한 점이 느껴진 것이다. 복도의 불은 서재보다 밝았다. 당연히 커다란 열쇠 구멍을 통해 빛이 흘러들어 와야 한다. 하지만 불빛이 보이지 않았다. 누가 밖에서 엿듣고 있는 것이 틀림없었다.

파팅턴이 말을 이었다.

"하지만 그게 중요한 건 아니야. 부검은 내가 하면 돼. 중요한 건 독을 언제 복용했느냐야. 자네가 말한 시각이 정확하다면, 반응이 너무 빨라. 상당한 양의 비소였다고 해 보지. 급성 중독 증상은 비소가 고체 상태였느냐 액체 상태였느냐에 따라 몇 분에서 몇 시간 사이에 나타나고, 여섯 시간에서 스물네 시간 사이에 사망에 이르게 돼. 때로는 더 길어지는 수도 있고. 심지어 며칠 뒤에 사망한 사례도 있어. 그러니 자네 삼촌의 경우 약이 얼마나 빨리 작용했는지 알겠지? 자네는 9시 30분에 삼촌을 두고 나왔는데, 그때만 해도 상당히 좋은 상태였어. 집에 돌아와서 사경을 헤매는 삼촌을 본 것은 2시 반, 오래 지나지 않아서 사망했고. 맞나?"

"맞아."

파팅턴은 생각에 잠겼다.

"음, 충분히 가능한 일이기는 해. 그럴 수도 있어. 이미 병을 앓아서 쇠약해진 상태였고 자네 말대로 서서히 독을 복용했다면, 과량을 한 번에 복용했을 경우 급사할 수도 있어. 마지막 독을 언제 마셨는지 정확한 시각을 안다면……."

"정확히 언제인지 알아. 11시 15분이야."

스티븐스가 끼어들었다.

"아, 헨더슨 부인이 수수께끼의 여자를 보았다는 시간이지? 우린 그 이야기를 듣고 싶은데 자넨 자꾸 미루는군. 도대체 무슨 이야기이기에 그래? 왜 그 이야기를 자세히 안 하려는 거지?"

필요 이상으로 지나친 관심이나 초조함을 보인 게 아닌가 하는 생각이 들었지만, 마크는 눈치채지 못했다. 그는 무슨 결론을 내렸는지 단호하게 잘라 말했다.

"지금은 이야기하지 않겠어."

"이야기하지 않겠다고?"

"나나 헨더슨 부인이 미쳤다고 생각할 게 뻔하니까."

마크는 생각을 정리하듯 천천히 말하더니 손을 들었다.

"잠깐! 잠깐만 기다려 줘. 난 이 문제를 백 번도 더 생각해 봤어. 잠도 못 잘 정도로. 하지만 처음으로 다른 사람에게 이야기를 하는 건데, 명백한 사실들은 앞에서 털어놓았지만 나머지 이야기는 황당무계하게 들릴 게 분명해……. 허황된 망상을 쫓느라 자네들을 데리고 납골당까지 파헤치려 한다고 생각할지도 몰라. 일단 마일스 삼촌의 사인부터 확실히 해 두지 않으면 안 돼. 두 시간만 내주겠나? 이야기의 전반부에 대한 결론을 내릴 때까지, 내가 원하는 건 그게 전부야."

파팅턴은 자세를 고쳐 앉았다.

"자네 변했군, 마크. 세상에! 도대체 이해할 수가 없어! 이 이야기의 어디가 그렇게 황당무계하단 말인가? 지금까지 이야기한 내용은 충분히 있을 수 있는 일이잖아. 고약한, 어쩌면 사악한 범죄이지만, 황당무계하지는 않아. 그냥 살인 사건이라고. 나머지가 뭐기에 그렇게 믿을 수 없는 이야기라는 건가?"

마크는 침착하게 말했다.

"오래전에 죽은 여자가 아직 살아 있을 수도 있다는 것."

"무슨 헛소리……!"

마크는 침착하게 고개를 끄덕였다.

"아니, 내 정신은 아주 멀쩡해. 맥을 짚어 봐. 무릎을 망치로 쳐서 반사 신경도 확인해 보라고. 당연히 나도 믿지 않네. 루시가 이번 일과 무슨 상관이 있다는 것 역시 절대로 믿지 않고. 두 가지 가설이 있는데, 둘 다 불가능해. 어쩌다 떠오른 어처구니없는 생각이라 나도 끄집어내 놓고 웃어 버리고 싶어. 하지만 지금 말하면 자네들이 무슨 생각을 할지……. 일단 납골당을 여는 것부터 도와주겠나?"

스티븐스가 말했다.

"그러지."

"자네는, 파팅턴?"

의사는 툴툴거렸다.

"오천 킬로미터를 달려와서 이대로 물러날 수는 없지. 하지만 명심해. 납골당 일이 끝난 뒤에도 그렇게 허황된 소리를 하는 꼴은 못 봐. 세상에! 안 되지! 이디스가 어떻게……."

둔한 갈색 눈동자에 분노의 빛이 번득였지만, 마크가 세 번째로 잔을 채워 주자 다정한 태도로 돌아왔다.

"납골당은 어떻게 열지?"

마크는 활기를 띠었다.

"좋아, 좋아! 힘든 일은 아니지만, 시간과 노동이 필요하고 몸도 더러워질 거야. 네 사람이 있어야 하는데……. 나머지 한 사람은 헨더슨 노인이야. 신뢰할 수 있고 이런 일을 워낙 잘하니까. 지금 집에는 헨더슨밖에 없네. 게다가 헨더슨 부부의 집은 납골당으로 통하는 길 바로 옆에 있고. 돌멩이 하나라도 건드리면 나중에 척 보고 알아볼걸……. 다른 사람들은 이런저런 핑계로 외출하게 했어. 납골당을 여는 건 고사하고 돌멩이 두 개만 건드려도 집 뒤쪽 방에 사람이 있으면 다 들리거든. 일은……."

스티븐스는 마크가 말한 장소를 떠올려 보았다. 길고 낮은 회색 저택 뒤쪽에는 자갈을 섞은 콘크리트를 대충 바른 넓은 직선로

가 있다. 양쪽은 나지막한 정원이었다. 정원을 지나면 길 양쪽에 느릅나무가 늘어서 있고, 길은 집에서 오륙십 미터 떨어진 지점까지 이어지다가 백오십 년 이상 닫혀 있는 작은 개인 예배당에서 끝난다. 예배당 앞에서 별로 떨어지지 않은 길 왼쪽에는 한때 데스파드 가문이 집안 목사를 살게 했던 작은 집이 있다. 헨더슨 부부는 지금 거기서 살고 있었다. 스티븐스는 납골당 입구가(표지판 같은 것은 없었다) 예배당 문 앞 콘크리트 길 아래 어딘가에 있다고 들은 적이 있었다.

"길 포장을 0.6제곱미터가량 뜯어내야 하네. 급히 작업을 해야 하니까 돌을 많이 깨야 할 거야. 우선 쇠로 된 긴 쐐기 십여 개를 돌 사이 콘크리트에 최대한 깊이 박아 넣은 뒤 옆으로 눕혀야 하네. 그러면 이음매가 대부분 분리되지. 그런 다음 망치로 콘크리트를 전부 두드려 깨서 조각을 들어내는 거야. 밑에는 자갈과 흙이 십오 센티미터 깊이로 깔려 있는데 그 아래에 있는 넓적한 석판을 들어내면 납골당으로 내려가는 구멍이 나와. 이 돌은 가로 이 미터, 세로 일 미터인데, 무게가 칠팔백 킬로그램쯤 돼. 그 밑으로 지렛대를 집어넣어 한쪽을 들어 올리는 일이 가장 힘들거야. 그렇게 해서 내려가는 걸세. 작업량이 많은 건 알지만……."

"정말 많군."

파팅턴은 투덜거리며 무릎을 툭 쳤다.

"해 보자구. 그런데 아무에게도 알리고 싶지 않은 거지? 그렇게 큰일을 벌이고 나서 나중에 흔적이 남지 않도록 원상 복구할 수 있을까?"

"완전히 원래대로 돌릴 순 없겠지. 헨더슨이나 나 같은 사람이 보면 표시가 날 걸세. 하지만 다른 사람은 눈치채지 못할걸. 마일스 삼촌의 장례식 날 마지막으로 팠을 때 모서리가 갈라진 부분도 남아 있고, 이런 돌길은 어차피 다 비슷해 보이니까."

마크는 초조한 기색이었다. 그는 더 이야기할 시간 없다는 듯 의자에서 일어서서 시계를 꺼냈다.

"그럼 됐어. 9시 반이군. 최대한 빨리 시작하세. 지금은 집에 일을 방해할 사람이 없어. 우리가 먼저 가 있겠네, 에드워드. 자네는 저녁을 먹고 최대한 빨리 따라와. 낡은 옷을 입는 게 좋을……."

그는 문득 뭔가 떠오른 듯 말을 뚝 그쳤다.

"세상에! 잊고 있었군! 마리는 어떻게 하지? 아내에게는 뭐라고 할 건가? 설마 이야기할 건 아니지?"

스티븐스는 문을 바라보며 말했다.

"아냐. 비밀은 지키지. 내가 알아서 하겠네."

두 사람은 스티븐스의 말투에 놀라는 듯했지만 각자 자기 걱정에 사로잡혀 있었고 또한 그를 믿는 것 같았다. 담배 연기가 가득 찬 방 안 공기와 허기 때문인지, 의자에서 일어나자 머리가 띵했다. 4월 12일 수요일 마리와 함께 이 집에 머문 날 밤의 일 한 가지가 문득 떠올랐다. 생각해 보니 그날 밤 그는 책상 위의 원고에 하마터

The Burning Court   001   82

면 머리를 박을 만큼 이상하게 졸려서 10시 30분쯤 일찌감치 잠자리에 들었다. 마리는 뉴욕에 살다가 갑자기 신선한 공기를 마셔서 그런 거라고 했다.

그는 마크와 파팅턴과 함께 복도로 나섰다. 마리는 보이지 않았다. 마크는 앞장서서 급히 집을 나섰다. 파팅턴은 현관문 앞에서 망설이더니 돌아서서 모자를 공손하게 가슴에 대고 부인에게 대신 인사 전해 달라고 중얼거린 뒤 마크를 따라 마루를 삐걱거리며 벽돌 길로 나섰다. 스티븐스는 현관문 앞에 서서 밤공기를 마시며 마크의 자동차 불빛이 움직이는 것을 지켜보았다. 시동 거는 소리, 나뭇잎이 소문 이야기라도 나누듯 바람결에 속삭이는 소리가 들려왔다. 그는 돌아서서 문을 조심스럽게 닫고 갈색 도자기 우산 꽂이를 바라보았다. 마리는 부엌에 있었다. 그녀는 좋아하는 중국 목동 노래 '비가 오네, 비가 오네, 양치는 소녀……'를 흥얼거리고 있었다. 스티븐스는 식당으로 들어가서 부엌으로 통하는 문을 밀고 들어갔다.

엘런은 집으로 돌아간 모양이었다. 마리는 앞치마 차림으로 부엌 찬장 앞에 서서 차가운 치킨 샌드위치를 자르고 양배추와 토마토, 마요네즈를 얹은 뒤 접시에 단정하게 담고 있었다. 스티븐스를 보더니 그녀는 빵 칼을 쥔 손으로 진한 금발 머리 한 가닥을 뒤로 넘겼다. 도톰한 눈두덩의 회색 눈동자가 그를 심각하게 쳐다보았지만, 얼굴에는 어렴풋한 미소를 띠고 있었다. 괴테의 희극을 소재로

한 새커리의 시가 떠올랐다.

샬럿은 참한 처녀처럼
버터 바른 빵을 자르기 시작했네.

부엌에는 흰 타일이 깔려 있었고, 냉장고에서 웅웅거리는 소리가 들려왔다. 이 모든 상황이 새삼 말도 안 되는 것처럼 느껴졌다.

"마리……."

마리는 쾌활하게 말을 잘랐다.

"알아. 외출해야 하지? 이거 먹어. 든든할 테니까."

그녀는 칼로 샌드위치를 두드렸다.

"가야 한다는 건 어떻게 알았지?"

"엿들었으니까. 하도 쉬쉬하기에. 내가 달리 어쩌기를 바란 거야?"

그녀의 얼굴이 살짝 굳었다.

"덕분에 우리는 저녁을 망쳤지만 그래도 나가 봐. 안 그러면 계속 그 생각만 하고 있을 테니까. 오늘 당신에게 주의를 주기 잘했네. 소름 끼치는 사건들에 관심 갖지 말라고. 이런 상황을 예상했어."

"예상했다니?"

"음, 정확히 말해 예상했다기보다는, 얼마 되지 않는 크리스펜 주민들이 벌써 수군대고 있거든. 난 오늘 아침에 도착했는데, 오자

마자 들었어. 데스파드 저택에 무슨 일이 있다고. 내용을 아는 사람은 아무도 없지만. 소문이 어떻게 시작됐는지 아무도 몰라. 찾을 수 없을 거야. 누가 이야기했는지 기억하려고 애써도 소용없을 거야. 부디 조심해 주지 않겠어?"

갑자기 부엌의 공기가 변한 듯했다. 모든 것이 변했다. 복도의 갈색 도자기 우산 꽂이조차 새로운 색으로 다시 칠한 것 같았다. 그녀는 에나멜을 바른 부엌 찬장에 탁 하고 칼을 내려놓더니 그에게 다가와 팔을 잡았다.

"들어 봐, 에드워드. 당신을 사랑해. 내가 당신을 사랑한다는 거 알고 있지?"

그는 온몸과 영혼으로 알고 있었다.

"다시 들어 봐, 에드워드. 당신이 나를 아는 한, 내가 당신을 아는 한 우리의 사랑은 계속될 거야. 당신 머릿속에 무슨 생각이 들어 있는지는 나도 몰라. 언젠가 귀부르라는 곳에 있는 어느 집에 대해서, 이모 아드리엔에 대해서 당신에게 말하게 될 날이 있을 거야. 그러면 당신도 이해할 테지. 하지만 이건 당신이 생각할 문제가 아니야. 그렇게 우월한 미소 짓지 말고. 난 당신보다 나이가 많으니까. 훨씬, 훨씬 더. 지금 이 자리에서 내 얼굴이 시꺼멓게 쭈그러드는 걸 본다면……."

"그만해! 당신 지금 너무 흥분했어!"

칼이 손에서 툭 떨어졌고, 그녀의 입이 벌어졌다. 그녀는 칼을 집어 들었다.

"내 정신이 나갔나. 한 가지 알려 줄까? 당신은 오늘 밤 무덤을 파헤치러 가지만 아마도…… 그냥 추측이지만…… 아무것도 찾지 못할 거야."

"그래. 나도 별다른 게 나오지 않을 거라고 생각해."

"당신은 이해 못 해. 이해할 수 없을 거야. 하지만 제발, 제발, 이 일에 너무 깊이 관여하지 마. 나를 위해서 부탁한다고 하면, 그래 주겠어? 생각해 봐. 지금 당신에게 말해 줄 수 있는 건 그뿐이야. 내가 한 말을 생각해 봐. 이해하려고 하지 말고, 그냥 날 믿어 줘. 자, 샌드위치 먹고 우유도 마시고. 그런 다음 위층으로 올라가서 옷 갈아입어. 그 오래된 스웨터가 좋겠네. 빈방 옷장에 작년에 세탁하는 걸 잊어버린 낡은 테니스 바지도 있어."

'샬럿'은 참한 주부답게 버터 바른 빵을 자르기 시작했다.

002

'죽은 자가 문을 두드리면,
열려라, 자물쇠.
문고리가 열리고,
빗장이 벗겨지고, 끈이 풀린다!'

‖ R. H. 바럼, 『잉골즈비 전설』

제 2 부

증거

006
☆☆☆

스티븐스는 킹스 애버뉴를 걸어 데스파드 저택 정문으로 향했다. 달은 없었지만 별이 총총했다. 양쪽 기둥 꼭대기에 포탄 모양의 맵시 없는 돌 장식이 달린 쇠창살 대문은 늘 그렇듯 활짝 열려 있었다. 그는 문을 닫고 빗장을 질렀다. 자갈길은 약간 오르막이었다. 집까지는 한참 걸어 올라가야 했고, 차도가 아름다운 풍경 사이로 구불구불 이어져 있었기 때문에 더욱 멀게 느껴졌다. 헨더슨이 저택 전체를 관리하기 위해 조수를 둘이나 써야 할 정도였다. 잔디 깎는 기계를 타고 돌아다니다 보면, 항상 철컥철컥하는 가위 소리와 함께 누군가의 머리가 장식용 울타리 뒤에서 나타나거나 나무에서 약간 으스스하게 튀어나오곤 했다. 여름날 정원 맨 위쪽의 간이 의자에 할 일 없이 앉아 햇빛 아래 눈부신 화단을 바라보며 이런 소리를 듣고 있으면 졸음이 쏟아진다.

차도를 걸어 올라가면서 스티븐스는 계속 이런 생각만 하고 있었다. 다른 생각은 하고 싶지 않았다. 나는 생각하지 않는다, 고로 존재한다.

돌로 지어진 저택은 T자 모양으로 납작하고 긴 모양이었고 짧은 면이 도로 쪽을 향하고 있었다. 곱게 세월을 견뎠다는 점 외에 저택에 특별한 점은 없었다. 세월에 저항한 것도 아니었고, 앙상하게 뼈만 남아서 죽을 날만 기다리는 모습도 아니었다. 그저 땅의 일부가 된 느낌이었다. 곡선을 그리는 지붕의 타일은 눈에 잘 띄지 않는 불그스름한 갈색으로 변색되어 있었고, 얇은 굴뚝은 제 기능을 할 것 같았지만 연기가 흘러나오는 일은 없었다. 창문은 17세기 후반 프랑스 양식을 따라 여닫이 방식이었다. 19세기에 누군가가 저택 정면에 낮은 포치를 증설했지만, 이제 이것조차 눈에 띄지 않을 정도로 거의 건물에 동화된 느낌이었다. 포치 등에 불이 들어와 있었다. 스티븐스는 다가가서 문을 두드렸다.

저택의 다른 곳은 전부 캄캄했다. 몇 분 뒤 마크가 문을 열었다. 그는 앞장서서 세월과 성경의 향기, 가구 광택제 냄새가 풍기는 낯익은 홀을 지나 부엌으로 향했다. 이 부엌에서는 현대적인 가재도구도 왜소해 보였고, 작업실 분위기가 풍겼다. 오래된 해리스 트위드 옷차림 때문에 아까보다 훨씬 거구로 보이는 파팅턴은 가스레인지 옆에서 묵묵히 담배를 피우고 있었다. 발치에는 검은 가방과 가죽을 씌운 커다란 상자가 놓여 있었다. 탁자에는 망치, 삽, 곡괭이, 강철 쐐기, 길이가 이삼 미터쯤 되는 납작한 쇠 지렛대 두 개가 놓여 있었고, 헨더슨이 이 장비들을 점검하고 있었다. 코듀로이 차림의 헨더슨은 체구는 작은 편이지만 아주 강인한 노인이었다. 코는 길었고, 파란 눈동자 주위에는 호두처럼 주름살이 패어 있었으며, 벗어진 머리에는 있는 듯 없는 듯 얼마 되지 않는 희끗희끗한 머리카락이 남아 있었다. 부엌에는 뭔가 음모를 꾸미기 위해 한데 모인 듯한 불편한 분위기가 감돌고 있었고, 헨더슨이 그중 가장 불편해 보였다. 마크와 스티븐스가 들어오자, 그는 퍼뜩 놀라며 목 뒤를 긁적였다.

마크가 날카롭게 말했다.

"괜찮아. 범죄를 저지르려는 건 아니니까. 준비됐나, 파팅턴? 에드워드, 자네도 할 일이 있어. 등에 기름 좀 채워 주게."

그는 싱크대 아래에서 초롱 두 개와 커다란 등유 통을 꺼냈다.

"납골당 안에서는 손전등을 쓸 생각이지만, 땅을 팔 때는 이걸 쓸 수밖에 없어. 잘되기를 바라야지. 망치 소리가 엄청날 텐데……."

그는 망설였다.

"혹시라도……."

헨더슨이 굵직한 저음으로 답답하다는 듯 말했다. 그는 계속 목을 긁으며 돌아보았다.

"마크 도련님, 이제 와서 초조해하시면 어쩝니까. 저도 별로 내키지 않고 돌아가신 어른도 마찬가지시겠지만, 그래도 도련님이 괜찮다고 하시면 저는 하겠습니다. 원하시면 망치를 천으로 싸서 소리를 줄여 보죠. 기억나십니까, 이디스 아가씨가 아프실 때 정원 벽 공사를 했던 일? 도로 끝까지 들릴 정도로 소리가 나지는 않을 겁니다. 암요, 도로 끝까지 소리가 퍼지진 않아요. 저는 혹시 마님이나 아가씨, 제 마누라나 오그던 도련님이 오시면 어쩌나, 그게 마음에 걸릴 뿐입니다. 잘 아시겠지만 오그던 도련님은 호기심이 많은 젊은 분이라 이걸 보고 이상한 생각이라도 하시면……."

마크는 짤막하게 대꾸했다.

"오그던은 뉴욕에 있어. 나머지 식구들은 안심해도 돼. 다음 주까지는 돌아오지 않을 거야. 준비됐나?"

스티븐스는 부엌 찬장에서 양철 깔때기를 찾아 초롱 두 개에 등유를 가득 채웠다. 일행은 각자 장비를 잔뜩 짊어지고 뒷문으로 나갔다. 마크와 헨더슨이 초롱을 흔들거리며 앞장섰다. 캄캄한 밤에 건널목을 비춰 주는 아늑하고 정직한 초롱 불빛이 시체 도둑들의 공구를 비춰 주었지만 역시 저택에는 어울리지 않는 것들이었다. 눈앞에 넓은 돌길이 펼쳐졌고 길 양쪽에는 낮은 정원이 계속되다가 키 큰 느릅나무로 이어졌다. 저 멀리 길 끝에는 예배당이 별빛 아래 어둑어둑하게 서 있었다. 그들은 헨더슨 부부가 사는 작은 집 앞을 지나갔다. 육 미터 정도 더 가서 예배당에서 그리 멀지 않은 지점에서 마크와 헨더슨은 초롱을 땅에 내려놓았다. 헨더슨은 부츠 뒷굽을 진흙에 박더니 파내야 할 부분을 표시하고 초롱을 적당한 위치에 놓았다.

헨더슨은 겁을 주듯이 말했다.

"곡괭이로 다른 사람을 다치게 하지 않도록 주의하시기만 하면 됩니다. 제가 부탁드릴 건 그것뿐입니다. 조심하십시오. 곡괭이로 쐐기가 들어갈 자리에 구멍을 낸 다음에는 망치를 쓰세요. 제가 드릴 말씀은……."

파팅턴이 쾌활하게 말했다.

"좋아. 어디 해 보지."

곡괭이가 쩡 소리를 내며 땅에 박히자 헨더슨이 투덜거렸다.

작업은 두 시간이 걸렸다. 스티븐스는 길옆의 젖은 풀밭 위에 주저앉아 숨을 몰아쉬며 시계를 들여다보았다. 11시 45분이었다. 찬바람에 땀이 식어 온몸이 끈끈했고 심장은 쿵쿵거렸다. 온몸을 쥐어 짜낸 기분이었다. 너무 사무실에서만 살았나? 그 때문이다. 하지만 마크를 제외하면 나머지 셋 중에서는 그가 제일 힘이 좋았는지 돌 무게를 혼자서 다 감당한 것 같았다.

길 포장을 뜯어내는 것은 그리 힘들지 않았지만, 망치 두드리는 소리가 어찌나 큰지 일 킬로미터쯤 떨어진 곳까지도 들릴 것 같았다. 얼마나 멀리까지 들리는지 마크가 시험 삼아 저택 앞까지 갔다 왔을 정도였다. 자갈과 흙을 파내는 것은 힘들지 않았지만, 원칙주의자 헨더슨이 파낸 흙을 굳이 깔끔하게 무더기로 쌓으라고 고집해서 시간이 좀 더 걸렸다. 그 뒤 거의 반 톤쯤 되는 돌을 들어 올리는 일이 가장 힘들었다. 파팅턴이 미끄러져서 돌이 위태롭게 흔들리는 순간, 스티븐스는 돌에 깔리는 줄 알았다. 돌은 자체의 무게 때문에, 넘어지지 않고 마치 상자 뚜껑처럼 한쪽 모서리로 서 있었다. 납골당 입구는 상자 안쪽으로 들어가는 모양이었고, 사방이 돌로 된 직사각형 내부로 삼 미터 정도 내려가는 돌계단이 있었다.

파팅턴은 숨을 몰아쉬며 기침을 하면서도 유쾌하게 말했다.

"다 됐군. 이제 장애물은 없나? 없으면 나는 이제부터 할 일이 있으니 집으로 돌아가서 손을 씻어야겠어."

마크는 그를 돌아보았다.

"술도 한잔하셔야지. 뭐, 그럴 자격은 있어."

그는 몸을 돌려 초롱을 들어 올리며 헨더슨을 향해 늑대처럼 웃어 보였다.

"먼저 내려가겠나, 헨더슨?"

"싫습니다. 아시지 않습니까. 전 한 번도 저 안에는 안 들어갔습니다. 도련님의 아버님 때도, 어머님 때도, 삼촌 때도요. 지금도 관을 들 때 일손이 필요한 게 아니라면 절대로……."

마크는 초롱을 더 높이 들어 올리며 말했다.

"자네가 내려가고 싶지 않으면 그런 걱정은 안 해도 돼. 무겁지 않은 나무 관이라 두 사람만 있으면 쉽게 들 수 있어."

"아, 알겠습니다. 내려간다니까요. 내려갑니다."

헨더슨은 겁먹은 기색이 역력하면서도 분개한 듯 힘주어 말했다.

"무슨 독 이야기를 그렇게 쉽게 하십니까! 독이라뇨! 주인님이 이 자리에 계셨다면 도련님한테 독을 먹이셨을 겁니다! 이렇게 어리석은 소리는 제 평생 들어 본 적이 없어요. 압니다, 알아요. 제가 무슨 힘이 있습니까. 도련님이 어렸을 때는 회초리깨나 들었지만, 이젠 죽을 때가 다 된 노인네인데……."

그는 입을 다물고 침을 뱉었다. 투덜거리던 말투 뒤에 진짜 속내는 따로 있었는지, 조용한 목소리가 이어졌다.

"정말, 누가 우릴 지켜보고 있는 것 같은 기척을 못 느끼셨습니까? 전 여기 나온 뒤로 내내 그런 기분이 들던데요."

그의 눈빛이 어깨 너머로 힐끗 향했다. 스티븐스는 굳은 주먹을 펼쳤다 쥐었다 하며 일어나 납골당 입구에 서 있는 두 사람 쪽으로 다가갔다. 마크는 초롱으로 사방을 비춰 보았다. 느릅나무 가지를 스치는 바람 소리뿐 다른 소리는 들리지 않았다.

마크는 불쑥 말했다.

"자, 파팅턴은 나중에 들어올 거야. 초롱은 여기 두지. 공기를 앗아 가거든. 저 밑에는 환기 장치가 없으니까 최대한 공기를 아껴야 해. 냄새 나지? 손전등이 있으니까……."

헨더슨이 말했다.

"손이 떨리십니다, 도련님."

"거짓말. 따라오게."

짧은 계단 안쪽에는 습기가 있었지만 축축한 느낌이 들 정도는 아니었다. 밀폐된 공기가 허파를 미지근하게 압박했다. 계단 아래에는 위쪽이 둥근 통로가 있었고, 썩은 나무 문이 납골당을 향해 열려 있었다. 사람이 들어서자 묵직한 공기가 흔들렸다. 마크의 손전등 불빛이 내부를 비추었다. 불과 열흘 전에 열었던 덕분에 들어가기 쉬운 것 같았다. 축축하고 폐쇄된 공기에는 아직도 진한 꽃향기가 가득 차 있었다.

마크의 전등 불빛에 육중한 대리석을 쌓아 올린 길이 육 미터, 폭 사 미터 정도의 직사각형 묘실이 비쳤다. 중앙에는 팔각형 대리석 기둥이 가운데가 뾰족한 천장을 받치고 있었다. 사면 중 두 면은 지하 묘지였다. 들어가면서 정면에 보이는 긴 벽면과 오른쪽의 짧은 벽면에는 일정한 간격으로 시체를 안치하는 벽감이 마련되어 있었다. 무덤 안에서도 공간을 절약하려는 실용적인 생각에서였는지, 노출된 관은 한쪽 끝만 보이도록 벽 안에 들어간 형태로 진열되어 있었고, 관이 들어간 공간은 관 자체보다 약간 더 큰 정도였다. 위쪽에 안치된 먼 조상들의 벽감에는 매끈한 대리석, 소용돌이 무늬, 하늘을 날고 있는 천사 같은 것이 장식되어 있었고 심지어 라틴어 송시까지 새겨져 있었지만, 아래쪽으로 내려올수록 보다 수수한 분위기였다. 어떤 층은 가득 차 있었고, 어떤 층은 거의 빈 상태였다.

한 층에는 여덟 개의 관이 들어갈 수 있었다.

납골당 왼쪽 면에 불빛을 비추니 이곳에 묻힌 사람들의 이름이 새겨진 커다란 대리석 판이 나타났다. 그 위에는 얼굴을 숨긴 천사가 새겨져 있었다. 석판 양쪽에 놓인 커다란 대리석 단지에는 시든 꽃이 아직도 늘어져 있었다. 바닥에도 꽃이 여기저기 흩어져 있었다. 명판에 새겨진 첫 번째 이름은 폴 데프레, 1650-1706이었다. 성은 18세기 중엽에 와서야 '데스파드'로 바뀌었다. 아마 가족이 프랑스와 인도 전쟁에서 영국을 지지했기 때문에 영국식으로 성을 바꾸는 것이 좋겠다고 생각한 것 같았다. 마지막에 '마일스 배니스터 데스파드 1873-1929'라는 글씨가 유난히 선명하게 새로 새겨져 있었다.

마크의 불빛이 마일스 삼촌의 관을 찾아 이리저리 움직였다. 관은 바로 정면 벽, 바닥에서 몇십 센티미터밖에 안 되는 맨 아래층에 있었다. 아래층 가장 마지막 벽감이었다. 왼쪽 벽의 벽감은 가득 차 있었고, 오른쪽에는 빈자리가 여러 군데 있었다. 먼지나 녹, 때가 묻은 다른 관들에 비해 새 관이라 반들거리기도 했지만 그 층에서 유일한 나무 관이라 유난히 눈에 띄었다.

그들은 잠시 말없이 서 있었다. 헨더슨의 숨소리가 어깨 너머에서 들려왔다. 마크는 돌아서서 헨더슨에게 전등을 건넸다.

"계속 비춰 줘."

그 자신도 퍼뜩 놀랄 정도로 목소리가 사방 벽에 울렸다. 목소리 때문에 먼지까지 들썩거리는 기분이었다.

"자, 에드워드. 이쪽을 잡아. 내가 반대쪽을 잡지. 혼자서도 내릴 수 있지만 둘이 내리면 더 쉬울 거야."

앞으로 나서는 순간 등 뒤 계단에서 들려오는 발소리에 그들은 깜짝 놀라 휙 돌아섰다. 계단 위쪽에서 초롱불이 빛나고 있었다. 파팅턴이 가방과 상자, 뚜껑 달린 평범한 유리병 두 개를 들고 서 있었다. 스티븐스와 마크 데스파드는 관 양편에서 벽감에 손을 집어넣어 관을 잡아당겼다.

"왜 이렇게 가벼워."

스티븐스는 자기도 모르게 말했다.

마크는 말이 없었지만 그날 밤 그 어느 때보다도 놀란 것 같았다. 관은 윤을 낸 참나무로 모서리에 소용돌이 조각이 되어 있었으며 크지 않았다. 마일스의 키는 167센티미터였다. 관 위에는 은으로 된 명판이 달려 있었고, 마일스의 이름과 생몰년이 새겨져 있었다. 그들은 관을 쉽게 살짝 들어 바닥에 내려놓았다.

"너무 가벼운데."

스티븐스가 다시 말했다.

"이건 드라이버도 필요 없을 거야. 가장자리 한복판에 긴 볼트 두 개와 죔쇠로 고정시켰을 뿐이군. 꽉 잡아."

파팅턴이 뭔가 싸려고 가져온 듯한 천과 함께 딸깍하며 유리병을 내려놓는 소리가 들렸다. 마크와 스티븐스가 볼트를 잡아당기자

관 뚜껑이 열리기 시작했다.

관은 비어 있었다.

안쪽에 흰 새틴이 깔린 관은 헨더슨이 떨리는 손으로 들고 있는 전등 불빛을 받아 희게 빛났다. 하지만 비어 있었다. 먼지 하나 없었다.

아무도 말이 없었다. 서로의 숨소리만 들릴 뿐이었다. 마크는 쭈그리고 앉아 있다가 퍼뜩 놀라 몸을 뒤로 빼는 바람에 뒤로 자빠질 뻔했다. 본능적으로 그와 스티븐스는 관 뚜껑을 닫고 은제 명판을 다시 확인했다.

"하느님 맙소……."

헨더슨은 말을 맺지 못했다.

"엉뚱한 관을 연 건 아니겠지. 그렇지?"

마크는 격하게 물었다.

"성경에 맹세코 그렇지는 않습니다."

헨더슨의 손이 너무 떨려서 마크가 전등을 받아 들었다.

"전 입관 장면을 분명히 봤습니다. 저기, 이 밑으로 관을 내릴 때 찍힌 자국도 있잖습니까. 게다가 다른 관이라니요? 다른 관은 전부……."

그는 철로 된 다른 관들을 가리켰다.

"맞아. 이건 삼촌의 관이야. 그런데 시체는 어디 있지? 어디로 간 거야?"

그들은 어둑어둑한 불빛 속에서 얼굴을 마주 보았다. 스티븐스의 머릿속에 납골당 공기처럼 숨 막히는, 불길한 생각이 떠올랐다. 상식적이기 때문인지 위스키 때문인지 파팅턴만이 침착한 것 같았다. 아니, 조금은 서두르는 것 같기도 했다.

"힘내."

그는 날카롭게 말하고 마크의 어깨를 짚었다.

"정신 차려! 전부 다! 이상하게 해석할 필요 없어. 시체가 없어졌다, 그래서? 그게 무슨 뜻인지 모르겠나? 다른 사람이 먼저 들어와서 시체를 훔쳐 간 거야. 무슨 이유에서인지."

"어떻게요?"

헨더슨은 시비라도 걸 듯 나직하게 물었다.

파팅턴은 그를 바라보았다.

"어떻게 훔쳤냔 말입니다."

헨더슨의 목소리가 높아졌다. 둔한 머릿속 구석구석까지 불길한 예감이 물처럼 스며드는 듯, 그는 두 손으로 등 뒤를 더듬으며 물러섰다. 마크가 그의 얼굴을 전등으로 비추자, 노인은 욕설을 내뱉으며 뭔가를 치우려는 듯 코듀로이 소매로 얼굴을 가렸다.

"무슨 수로 이곳에 들어왔다 나갑니까? 전 그게 궁금합니다, 파팅턴 박사님. 분명 일 분 전에 성경에 맹세코 마일스 어른의 관이 틀림없다고 말했잖습니까. 어른을 관에 넣어서 여기로 나르는 것도 틀림없이 봤습니다. 분명히 말씀드리지만 파팅턴 박사님, 여기 들어왔다가 나갈 수 있는 사람은 아무도 없어요! 보십시오. 입구를 여는 데만 우리 네 사람이 두 시간이나 걸려서 죽은 사람이 무덤에서 벌떡 일어날 정도로 온갖 시끄러운 소리를 다 냈잖습니까. 누가 여기 들어왔다면…… 저와 제 아내가 창문을 열어 둔 채 십 미터도 떨어져 있지 않은 집에서 자고 있는데 아무 소리도 못 들었겠습니까? 저는 잠귀도 밝은데요. 그것도 모자라서 뚜껑을 도로 덮고 콘크리트를 반죽해서 길을 다시 만들어요? 그럴 수 있겠습니까? 아, 한 가지 더 있습니다. 저 길은 일주일 전에 제가 깐 겁니다. 제가 한 일은 제가 알아요. 정확히 제가 깐 그대로였습니다. 하느님께 맹세코, 그 뒤로 길에 손을 대거나 무슨 짓을 한 사람은 절대 없습니다."

파팅턴은 화난 기색 없이 그를 바라보았다.

"자네 말을 의심하는 건 아닐세. 심각하게 생각하지 말자는 것뿐이야. 도둑이 그 길로 들어오지 않았다면 다른 길을 찾았겠지."

마크는 생각을 정리하며 천천히 말했다.

"벽도 화강암. 지붕도 화강암. 바닥도 화강암."

그는 발을 굴렀다.

"다른 길은 없어. 납골당 전체가 화강암 덩어리를 짜 맞추어 지은 거란 말이야. 비밀 통로 같은 걸 생각하고 있나? 나중에 찾아봐야겠지만, 그런 건 없다고 확신해."

"그럼 여기서 무슨 일이 있었다고 생각하지? 마일스 삼촌이 관에서 일어나서 납골당을 나갔단 말인가?"

헨더슨이 머뭇거리며 더듬더듬 말했다.

"아니면 누가 시체를 꺼내서 다른 관에 넣었을지도 모른다고 생각하시는 겁니까?"

파팅턴이 대답했다.

"그럴 가능성은 희박해. 그렇다 해도 수수께끼인 것은 마찬가지니까. 누가 어떻게 여기 들어와서 그 짓을 하고 다시 나간단 말인가? 관을 벽감에 넣은 시점과 납골당 문을 봉한 시점 사이에 시체를 훔쳤을 가능성은 있겠지만."

마크는 고개를 저었다.

"그럴 가능성은 절대 없어. 장례식 자체를 — 먼지는 먼지로, 이렇게 낭독하는 거 말이야 — 목사 집도하에 이 안에서 사람을 잔뜩 모아 놓고 했다고. 그런 뒤 다들 계단을 통해 나갔어."

"마지막으로 납골당에서 나간 사람은 누구지?"

마크가 냉소적으로 말했다.

"나야. 초를 끄고 초를 세운 촛대를 챙기느라. 그것도 일 분쯤 걸렸을까, 독실하신 세인트 피터 교회 목사님이 계단에서 기다리고 있었으니까, 나와 목사님 사이에 우리만 아는 비밀은 절대 없다고 맹세할 수 있어."

"그런 뜻이 아니야. 자네까지 모두 나간 다음을 말하는 거지."

"우리가 나가자마자 헨더슨과 조수들이 작업을 바로 시작해서 입구를 폐쇄했어. 그들이 무슨 짓을 저질렀다고 생각할 수도 있겠지만, 많은 사람들이 옆에 서서 작업이 끝날 때까지 지켜보았어."

"그럼 그럴 가능성도 없겠군."

파팅턴은 투덜거리며 한쪽 어깨를 으쓱했다.

"하지만 누가 이상한 장난을 치는 거라고 생각하지는 말게, 마크. 누가 절실한 이유가 있었기 때문에 시체를 훔쳐 없앴거나 다른 곳에 숨겨 놓은 거야. 무엇 때문인지 모르겠나? 우리가 오늘 밤 하려던 일을 한발 앞서서 해치운 거라고. 내 생각에 자네 삼촌이 살해당했다는 건 의심할 여지가 없어. 우리가 시체를 찾지 못한다면 살인범의 안전은 확실히 보장되지 않나. 의사는 삼촌이 자연사했다고 진단했어. 이제 시체까지 사라지면, 자네도 변호사니 알잖나. 이게 바로 범죄의 물증이란 말이야. 시체가 없는데 자연사가 아니라는 걸 무슨 수로 증명해? 강력한 부차적 증거가 있긴 하지만 그걸로 충분하다고 할 수 있나? 우유와 달걀, 포트와인을 섞은 액체에서 비소 0.13그램이 나왔고, 그것이 담겨 있던 잔이 삼촌의 방에 있었다. 좋아, 그래서 어쨌다는 거지? 삼촌이 그걸 마시는 걸 본 사람이 있나? 그가 그것을 마셨거나 무슨 관계가 있다는 걸 증명할 수 있어? 맛이 이상하다고 생각했으면 삼촌 자신이 말하지 않았겠나? 반대로 삼촌이 자기 손으로 확실히 들고 간 건 자네도 마셔 보고 이상이 없었다고 한 우유 한 잔뿐이야."

"변호사가 되셨으면 아주 잘하셨을 것 같습니다."

헨더슨이 그리 유쾌하지 않은 말투로 내뱉었다.

파팅턴은 돌아섰다.

"독살범이 시체를 훔쳐 간 이유를 설명하고 있을 뿐일세. 지금
부터 우리는 어떻게 훔쳤는지 알아내야 해. 그걸 알아내지 못하면,
빈 관밖에 없으니⋯⋯."

"완전히 빈 건 아니군."

스티븐스가 말했다.

다른 사람들이 이야기를 하는 동안, 그는 자신이 무엇을 보고
있는지 자각조차 못 할 정도로 관 안만 뚫어지게 쳐다보고 있었다.
새틴의 흰색 때문에 드러나지 않았던 것이 눈앞에 차차 모습을 드
러냈다. 그것은 관 한쪽 편, 시체의 오른손이 있었을 만한 지점에
놓여 있었다. 스티븐스는 허리를 굽히고 그것을 집어 일행을 향해
들어 보였다. 똑같은 간격으로 아홉 개의 매듭을 지은 삼십 센티미
터 길이의 평범한 포장용 끈이었다.

007
☆☆☆

한 시간 후 터벅터벅 계단을 올라 신선한 공기 속으로 나섰을
때, 그들은 두 가지 사항을 확신하고 있었다.

첫 번째. 납골당에는 비밀 통로도, 그 외에 드나들 수 있는 방법
도 없다.

두 번째. 시체는 납골당 안에도, 다른 관 안에도 없다. 그들은 아래층에 있는 관들을 최대한 끄집어내 꼼꼼히 살폈다. 모두 열어보는 것은 불가능했지만, 곱게 쌓인 먼지나 녹, 굳게 봉해져 있던 뚜껑의 상태로 미루어 볼 때 안치된 이후 손을 댄 흔적이 있는 관은 하나도 없다는 것을 알 수 있었다. 파팅턴은 포기하고 위스키를 마시러 집으로 들어가 버렸다. 하지만 헨더슨과 스티븐스는 사다리까지 가져와서 위층에 안치된 먼 조상들의 관까지 열심히 살펴보았다. 마크는 이런 모독 행위는 저지르고 싶지 않은지 찜찜한 얼굴로 거절했다. 하지만 위층은 모든 것이 살짝 건드리기만 해도 부서질 상태였기 때문에 시체가 숨겨져 있을 가능성은 더욱 없었다. 심지어 마크는 단지에서 꽃다발까지 빼서 던지고 힘을 합쳐 기울여 보았지만, 아무 소득이 없었다. 다른 곳에는 마땅한 공간도 없었기 때문에 이 시점에서 시체가 납골당 안에 없다는 것은 분명해졌다. 이곳은 문자 그대로 화강암 상자였다. 두 가지 가능성 중 두 번째도 첫 번째와 마찬가지로 불가능하다는 것이 확실해졌다. 누가 아무도 모르는 방법으로 몰래 들어와서 줄지어 늘어선 관 앞에 박쥐처럼 매달린 채—상상해 보면 푸젤리나 고야의 그림이라 해도 섬뜩할 만한 광경이었다— 시체를 관에서 빼 낸 뒤 다시 알 수 없는 이유로 다른 곳에 둔다는 신빙성 없는 상황을 가정한다 해도, 그 시체를 둘 만한 다른 공간이 없었다.

1시가 되기 조금 전에 작업을 모두 마쳤을 때 네 사람은 더 이상 납골당의 냄새와 공기를 견딜 수가 없었다. 비틀거리며 계단을 올라간 헨더슨이 길 저편 나무 사이로 사라지더니 그쪽에서 심하게 토하는 소리가 들려왔다. 그들은 헨더슨의 작은 돌집 안 좁은 거실로 들어가 불을 켰다. 곧 헨더슨도 이마를 닦으며 따라 들어와서 진한 커피를 내리기 시작했다. 그런 다음 그들은 누추한 방 안 탁자에 커피 잔을 놓고 무덤에서 부활한 사람들처럼 흙투성이로 둘러앉아 아무 말도 하지 않았다. 벽난로 위 사진 액자 사이에 놓인 시계를 보니 12시 50분이었다.

"힘내."

파팅턴이 마침내 입을 열었지만 그의 유쾌함도 차츰 바닥을 드러내고 있었다. 눈꺼풀은 무겁게 부어 있었다. 그는 느릿느릿 담배에 불을 붙였다.

"우리한테는 문제가 있어. 아주 흥미롭고 큼직한 문제. 여기 마크가 터무니없는 생각을 하기 전에 그걸 해결하는 게 좋을 것 같은데……."

마크가 쏘아붙였다.

"왜 내가 자꾸 터무니없는 생각을 한다고 하지? 자꾸 그런 소리만 하는데, 자네가 정말 해답을 알아내고 싶은지도 모르겠어. 그저 내 눈으로 본 증거를 의심해야 한다고 납득시키려는 것뿐이잖아."

그는 잔에서 눈을 들었다.

"자네 생각은 어때, 에드워드?"

"내 생각은 말하고 싶지 않네."

스티븐스는 솔직하게 말했다. 그는 마리가 했던 수수께끼 같은 말을 떠올리고 있었다. '당신은 오늘 밤 무덤을 파헤치러 가지만 아마 아무것도 찾지 못할 거예요.' 몇 가지 유쾌하지 않은 가능성이 머릿속을 돌아다니고 있었지만, 그는 자신이 최대한 나서지 않고 다른 사람들 앞에서 무표정한 얼굴을 해야 한다는 것을 알고 있었다. 파팅턴이 계속 따분한 이론을 늘어놓도록 내버려 두는 것이 최선일 것이다. 머리가 어질어질했고, 뜨거운 커피가 타는 듯이 목구멍을 넘어갔다. 편안히 몸을 의자에 기대려는데 불쑥 튀어나온 주머니가 눈에 띄었다. 뭐지? 초롱에 기름을 넣었던 양철 깔때기였다. 두 번째 초롱에 기름을 다 채운 순간, 마크가 곡괭이와 망치를 건네주는 바람에 별생각 없이 깔때기를 주머니에 넣었던 기억이 났다. 무심히 깔때기를 쓰다듬는데 문득 마리의 독특한 성향이 떠올랐다. 그녀는 양철 깔때기 같은 평범한 물건을 못 견디게 싫어한다. 도대체 이유가 뭘까? 고양이를 혐오하거나 특정한 꽃, 보석을 싫어한다는 이야기는 들어 봤어도, 이건…… 이건 석탄 통을 보면 몸서리를 친다거나 당구대가 있는 방에 들어가기도 싫어하는 것과 비슷한 이야기다.

스티븐스는 불쑥 말했다.

"무슨 가설 있습니까, 박사?"

"박사라는 호칭은 삼가 주십시오."

파팅턴은 담배를 살펴보며 말했다.

"이건 우리의 오랜 친구인 밀실 수수께끼입니다. 그것도 아주 까다로운. 살인범이 어떻게 아무 흔적 없이 밀실에 출입했는지 설명하는 것만으로 충분하지 않습니다. 단순한 밀실이 아니라는 점이 문제예요. 더 복잡하지요. 이건 화강암으로 된, 창문조차 없는 납골당입니다. 문만 잠긴 게 아니라 반 톤이나 되는 석판, 십오 센티미터의 자갈과 흙, 콘크리트로 굳힌 도로가 위를 덮고 있고 손댄 흔적이 절대 없다고 맹세하는 사람까지 있는."

헨더슨이 말했다.

"제가 그렇게 말했습니다. 바로 그 이야깁니다."

"좋아. 우리는 살인범은 물론 시체까지 이 밀실에 어떻게 출입했는지 설명해야 하는 셈이야. 아주 멋지지……. 자, 이 시대에는 웬만한 수법은 다 밝혀져 있으니 말인데……."

파팅턴은 냉소적인 미소를 지으며 그들을 둘러보았다.

"최소한 이 문제에 접근할 수 있는 유일한 방법들을 압축해 볼 수는 있겠지. 모두 네 가지 가능성이 있어. 그중 두 가지 가능성은 버려도 돼. 물론 나중에 건축가가 조사할 문제지만. 비밀 통로가 없다는 것. 시체가 현재 납골당 안에 없다는 점은 쉽게 동의할 수 있을 거야. 그렇지?"

마크가 말했다.

"동의해."

"그러면 두 가지 가능성이 남아. 첫째, 헨더슨이 자기가 아는 한 확신을 가지고 이야기했고, 이 부부가 입구에서 육 미터 떨어진 곳에서 자고 있었지만, 누군가 밤에 몰래 납골당에 들어갔다가 감쪽같이 원래대로 돌려놓았다."

헨더슨은 생각할 가치가 없다는 듯 대꾸조차 하지 않았다. 그는 등받이가 높은 등나무 안락의자에 앉아서 팔짱을 낀 채 의자가 뒤로 밀려날 정도로 힘 있게 규칙적으로 삐걱거리며 앞뒤로 흔들고 있었다.

파팅턴도 인정했다.

"그래, 사실 나도 가능성이 희박한 얘기라고 생각해. 그렇다면 마지막 가설이 남을 뿐이야. 시체는 애당초 납골당 안에 들어가지 않았다."

"아."

마크는 손가락으로 탁자를 두드리며 말했다. 이어 그가 덧붙였다.

"하지만 그것도 믿을 수 없네."

헨더슨이 말했다.

"저도 그렇습니다. 파팅턴 선생님, 계속 끼어들어서 하시는 말씀마다 트집을 잡는 것 같아 죄송합니다만, 그게 지금까지 하신 말 중에 제일 얼토당토않은 이야깁니다. 저만 그렇게 말하는 게 아닙니다. 유해가 그 안에 들어가지 않았다는 말씀은, 장의사와 조수 둘이 수상한 짓이라도 했다는 건데요. 솔직히 말해서, 파팅턴 씨, 그게 얼마나 말이 안 되는 일인지 알고 계시잖습니까. 이렇습니다. 장의사가 작업하는 동안 이디스 아가씨가 제게 당부하시기를, 필요한 일이 생길지도 모르니 옆에 지키고 서서 마일스 어르신의 유해 곁을 떠나지 말라고 하셨습니다. 그래서 전 그렇게 했습니다.

요즘은 예전처럼 시체를 관에 넣어서 거실에 내놓고 사람들이 지나가면서 마지막 인사를 하게 하지 않습니다. 그대로 침대에 눕혀 놓고 염을 했다가 매장 직전에 관에 넣고 뚜껑을 닫아서 아래층으로 운구합니다……. 저는 분부대로 그 곁을 거의 떠나지 않았고, 장례식 전날에는 우리 부부가 밤새도록 곁을 지켰습니다……. 장례식 날 관에 넣고 뚜껑을 나사로 조인 뒤 곧장 운구하는 사람들이 들어와서 관을 가져갔습니다. 제가 아래층으로 내려가는 관 뒤를 따라갔습니다. 그리고…….."

헨더슨은 가장 권위 있는 부분이라는 듯 힘주어 말했다.

"운구하는 사람들 중에는 판사, 법률가, 의사도 계셨는데, 그런 분들이 수상한 짓을 하셨을 것 같습니까?

선생님, 그분들은 관을 아래층으로 운반해서 뒷문을 통해 집을 나온 뒤 이 길을 따라 여기까지 와서, 바로 저기로 내려갔습니다."

그는 손짓을 했다.

"나머지는 따라 들어가지 않고 위에 서서 목사님 말씀을 들었습니다. 그런 뒤 내려가신 분들이 올라오고 식이 끝났죠. 곧장 제 조수 배리와 맥켈지가 젊은 톰 로빈슨의 도움을 받아 납골당을 다시 봉하기 시작했습니다. 저는 집에 들어와서 옷만 갈아입고 곧장 다시 나가 작업을 감독했지요. 그게 전부입니다."

안락의자가 끼익 소리를 내며 화분을 올려놓은 구식 라디오 쪽으로 밀려가더니 이번에는 천천히 움직이기 시작했다.

파팅턴이 소리쳤다.

"하지만 젠장, 이게 아니면 저거여야 한단 말이야! 자네 혹시 유령을 믿는 건 아니지?"

삐걱거리는 소리가 차츰 느려지더니 잠잠해졌다. 헨더슨은 천천히 말했다.

"무슨 말씀을. 저는 믿습니다."

"말도 안 돼!"

헨더슨은 계속 팔짱을 낀 채 미간을 찌푸리고 탁자를 쳐다보았다.

"사실 유령이 있느냐 없느냐는 별 관심이 없습니다. 전 유령이 두렵지 않아요. 물으시는 뜻이 그런 거라면, 유령이 지금 이 방에 돌아다닌다 해도 겁나지 않습니다. 미신을 믿는 사람이라면 유령이 두렵겠지만 전 미신을 믿지 않거든요."

그는 잠시 생각에 잠겼다가 말을 이었다.

"사십 년 전에 펜실베이니아의 제 고향 마을에 살던 밸린저 노인이 했던 말이 늘 기억납니다. 나이가 아흔은 되어 보였는데도, 늘 단정한 실크 모자를 쓰고 다니면서 젊은 사람처럼 매일같이 정원의

잡초를 뽑기도 하고 이런저런 집안일을 하며 돌아다니는 노인네였죠. 높이가 이십 미터는 되는 경사진 지붕에 올라가서 타일을 고치는 걸 보고 동네 사람들이 기겁을 한 적도 있었습니다. 셔츠에 실크모자 차림으로요, 아흔이 된 노인네가 말입니다. 어쨌든 노인의 집 옆에는 아무도 사용하지 않고 가꾸지도 않는 오래된 공동묘지가 있었습니다. 어느 날 밸린저 노인은 자기 집 지하실을 수리할 생각으로 묘지 울타리를 훌쩍 넘어 들어가서 오래된 비석을 뽑아 왔습니다. 네, 진짜로요.

노인이 땅을 팔 때 제가 그 집 뒷마당을 지나갔던 기억이 납니다. 제가 물었습니다.

'밸린저 씨, 남의 묘비를 막 가져왔다가 흉한 일이 생길지도 모르는데 걱정 안 되십니까?'

그랬더니 노인은 삽에 삐딱하게 기대서서 씹는 담배를 어깨 너머로 뱉고 말했습니다.

'조, 나는 죽은 사람은 무섭지 않아. 자네도 무서워할 필요 없어. 진짜 경계해야 할 건 살아 있는 놈들이야.'

네, 노인은 그렇게 말했고, 전 그 말을 평생 안 잊고 삽니다.

'진짜 경계해야 할 건 살아 있는 놈들이야.'

죽은 사람은 산 사람에게 해코지를 할 수 없어요. 나한테는 아무 짓도 못 한다, 저는 늘 이렇게 생각합니다. 유령이 있느냐 없느냐 하는 문제는, 얼마 전 날 밤 라디오에서 들었는데 셰익스피어가 말하길······."

마크는 헨더슨의 말을 끊지 않고 궁금하다는 눈으로 그를 쳐다보고 있었다. 헨더슨은 멍하니 심오한 표정을 한 채 탁자 가장자리만 바라보면서 의자를 계속 느릿느릿 위엄 있게 움직이고 있었다. 죽은 자가 더 위험하다고 생각하는지 산 자가 위험하다고 생각하는지는 몰라도, 둘 다 마찬가지로 아주 무서워하는 기색이 역력했다.

마크가 얼른 물었다.

"물어보고 싶은 게 있는데, 자네 부인이 자네한테도 나한테 했던 이야기를 하던가?"

"마일스 어른이 돌아가신 날 밤의 여자 이야기 말입니까?"

헨더슨은 탁자에서 눈을 떼지 않은 채 물었다.

"그래."

헨더슨은 생각에 잠기는 것 같았다.

"네, 했습니다."

마크는 다른 둘을 돌아보며 말을 이었다.

"아까는 날 믿어 주지 않을지도 모르니까 그 이야기는 꺼내지 않겠다고 했지. 하지만 이제는 이야기해야겠네. 나 자신도 뭘 믿어야 할지 알 수 없는 상황이라.

이야기 첫 부분에서 중요한 건 헨더슨 부인이 일주일 집을 비웠다가 우리가 가장무도회로 떠난 뒤에 돌아왔다는 점이야. 따라서 부인은 루시나 이디스가 무슨 옷을 입었는지 모르고 있었지······.

잠깐!"

그는 헨더슨을 돌아보았다.

"자네가 혹시 말했을 수도 있겠군. 부인이 돌아왔을 때 그 이야기를 했나?"

"저요? 아닙니다. 저도 두 분이 뭘 입었는지 몰랐는데요. 그냥 멋진 드레스를 만드신다는 건 알았지만, 멋진 드레스는 드레스이고 제 눈에는 다 똑같아 보입니다. 아무 말 안 했습니다."

마크는 고개를 끄덕였다.

"지금부터 부인이 한 이야기야. 그날 밤, 수요일 밤 말이네. 부인은 9시 35분에 역에서 집으로 돌아왔어. 먼저 그녀는 별다른 일 없나 집을 한 바퀴 돌아봤지. 별다른 것이 없었어. 삼촌의 방문을 두드리니까, 문을 열지 않고 대답을 하더라는군. 이디스처럼 부인도 걱정이 됐지. 저택 뒤쪽, 지금 우리가 있는 쪽에서는 삼촌이 창문을 열거나 소리를 지르지 않으면 아무 소리도 들리지 않아. 부인도 이디스처럼 홀에 앉아 있을까, 아니면 최소한 아래층에 있을까 하고 있었어. 한데 삼촌은 그러지 말라고 했어. 짜증까지 내면서 말이야.

'내가 무슨 내 몸 하나 감당 못 할 중병이라도 걸렸나? 계속 괜찮다고 하는데도. 집으로 돌아가게.'

부인은 놀랐어. 평소 우스꽝스러울 정도로 딱딱하게 예의를 지키는 분이 이렇게 말씀하시니. 그래서 부인은 대답했어.

'음, 그러면 11시에 와서 어떠신지 다시 여쭙겠습니다.'

그렇게 11시가 되어서 다시 돌아왔는데, 지금부터 이야기가 시작돼.

일 년쯤 됐나. 방송이 처음 시작되었을 때부터 부인이 수요일 저녁 11시 정각에 듣는 라디오 프로그램이 있어. 제목이 아마……."

마크는 재미있다기보다 혐오스럽다고 해야 할 만한 말투로 내뱉었다.

"〈인절퍼드의 달콤한 음악이 흐르는 위안의 한 시간〉. 삼십 분이고, 사실 절대 위안이 된다고 할 수 없는, 무슨 달콤한 시럽 광고용 방송인데……."

헨더슨은 진심으로 충격을 받은 듯 눈을 깜빡였다.

"좋은 음악이 나오는데요."

따뜻한 목소리가 흘러나왔다.

"아주 좋은 음악이 나오는 방송입니다. 잊지 마십시오. 마음의 휴식이 된다고나 할까요."

그는 동의해 달라는 듯 다른 사람들을 돌아보았다.

"도련님이 하시려는 말씀은, 저희 집에 라디오가 하나 있는데 괜찮은 물건입니다. 한데 이 주 정도 고장이 나는 바람에 아내가 저택 라디오로 이 방송을 들어도 되는지 여쭤 봤죠."

"맞아. 내가 굳이 인절퍼드 음악 프로그램을 강조하는 건 뭔가…… 어둠의 세계, 악의 세계를 떠올릴 만한 분위기가 아니었다는 걸 알려 두려는 거야. 무슨 말인지 알겠나? 지옥의 힘이 인간의 매끈한 철로를 타고 증기 난방의 문명에 잠입해서 세상을 지배할 수 있다면, 인절퍼드의 위안의 시간처럼 진부한 음악의 향연을 뚫고 들어올 수 있다면……. 만약 그렇다면 지옥의 힘은 아마 엄청나게 강하고 사악한 것이겠지. 인간은 도시에 모여 살면서 수백만 개의 전등으로 환한 모닥불을 만들고, 외로움을 달래기 위해 바다 건너에서 우리에게 노래를 불러 주는 목소리를 들을 수 있어. 바람 부는 밤에 황무지를 홀로 걸을 필요가 없는 멋진 공동체라고나 할까. 하지만 에드워드, 자네가 뉴욕의 아파트에서, 혹은 파팅턴, 자네가 런던의 아파트에서, 혹은 존 스미스란 사람이 세상 어딘가의 자기 집에서 밤에 혼자 있다가 평범한 방문을 열었을 때 뭔가 다른 종류의 목소리가 들렸다고 생각해 봐. 뭔가 있는 게 아닐까 하는 느낌 때문에 우산 꽂이 뒤쪽을 들여다보거나 밤에 난로를 피우러 가는 게 찜찜하다고 생각해 봐."

파팅턴은 잘라 말했다.

"이러니 내가 자네더러 생각이 많다는 거야."

"아, 그렇긴 해."

마크는 고개를 끄덕이며 씩 웃고는 깊이 숨을 들이쉬었다.

"좋아. 하던 이야기로 돌아가지. 헨더슨 부인은 11시에 라디오 프로그램을 놓치지 않으려고 급히 저택으로 왔어. 참고로 라디오는 2층 테라스에 있어. 자세한 설명은 접어 두겠네. 테라스 한쪽 끝에는 삼촌의 방으로 통하는 프랑스식 문이 있다는 것만 말해 두지. 우리는 왜 전용 공간으로 쓰시지 않느냐고 늘 물었지만—우리가 잘 안 쓰는 공간이었거든—삼촌은 어떤 이유에선지 그 테라스를 좋아하지 않았어. 유리문 앞에 늘 두꺼운 커튼을 쳐 두고 계셨지. 평범한 테라스이고, 집 안의 다른 공간보다 훨씬 현대적인데다 등나무 가구, 산뜻한 침구류, 식물 등 가구도 현대식이야.

부인은 2층으로 올라갔어. 프로그램 시작을 놓칠까 봐 걱정스러워서 삼촌 방 문 밖에서 오래 지체하지 않았지. 그냥 문을 두드리고 물었어.

'괜찮으세요?'

'그래, 그래. 다 괜찮소.'

대답을 듣고 부인은 복도를 돌아 테라스로 나갔어. 마일스 삼촌은 라디오를 사용하는 걸 간섭하지 않았다네. 이것도 나름의 이유가 있었는지 여러 번 그게 좋다고까지 해서 거리낌이 전혀 없었지. 부인은 라디오 옆 탁상 등을 켜고—이건 삼촌의 방 유리문 반대쪽 끝에 있어—앉았어. 라디오를 켜고 소리가 나오기까지 몇 초 사이에, 삼촌이 계신 방 안에서 여자 목소리가 들렸다더군.

부인은 상당히 놀랐어. 삼촌이 방에 가능하면 사람을 들이지 않으려 하는 것도 잘 알고 있었고, 게다가 식구들이 전부 외출했다는 것도 알고 있었으니까⋯⋯. 적어도 그렇게 전해 들었지. 처음에는 하녀 마거릿인가 하는 생각이 들었어. 다음 날 아침에 그렇게 말하더군. 부인도 삼촌이 한량이라는 명성을 들어 알고 있는데, 마거릿은 예쁜 처녀거든. 그녀는 삼촌이 틀림없이 마거릿한테 눈길을 준 적이 있다고 했어. 게다가 마거릿은 가끔 아무도 허락받은 적이 없는 삼촌 방에 불려 가기도 했지. 물론 간호사는 예외지만, 코빗 양은 미인이라고 할 수 없고 행실이 가벼운 사람도 아니야. 라디오에서 소리가 나기 시작하자, 부인은 라디오를 가만히 쳐다보면서 지금까지 수상스러웠던 여러 정황을 얼른 끼워 맞춰 봤어. 삼촌이 그날 밤 혼자 있고 싶다고 했던 일, 누가 문을 두드리면 짜증을 내던 일, 그런 생각을 해 보니…… 그리 유쾌하지 않은 상상이 떠올랐지."

마크는 마지막 문장을 말하기 전에 잠시 망설이며 헨더슨 쪽을 흘긋 보았다. 헨더슨은 불편한지 자세를 고쳐 앉았다.

"부인은 최대한 조용히 일어나서 유리문 쪽으로 갔네. 여자가 아직 말하고 있는지 희미한 소리가 들렸지만, 라디오가 작동하고 있었기 때문에 무슨 말인지 알아들을 수가 없었지. 그런데 그때 훔쳐볼 수 있는 구멍이 눈에 띄었어. 묵직한 갈색 벨벳 커튼이 문 바로 앞에 쳐져 있었는데, 커튼이 약간 비스듬하게 닫힌 거야. 문 왼쪽 끝 약간 위쪽에 커튼이 몰리면서 틈이 있고, 문 오른쪽 아래에도 그런 틈이 있었어. 한 눈으로 집중하면 안을 들여다볼 수 있었지. 그녀는 우선 왼쪽 틈부터 보고 반대쪽도 봤어. 테라스 반대쪽 끝에 있는 전등 말고는 불빛이 전혀 없었기 때문에 이쪽에 있는 걸 들킬 염려는 없었지……. 뭐, 안을 들여다보고 나니 성적으로 문란한 일이 벌어지는 건 아니라는 걸 알 수 있어서 부인의 도덕관념도 편안해졌지. 아내가 열쇠 구멍으로 들여다봤다가 하늘이 무너지는 장면을 목격하는 전형적인 드라마의 한 장면 같은 걸 상상했을 텐데, 조금은 실망스럽기도 했을 거야. 그런데 드라마는 이상한 방향으로 흘러가기 시작했다네…….

왼쪽 틈에서는 방 맞은편 벽 위쪽밖에 보이지 않았어. 저택 뒷벽에 해당하는 그 벽에는 창문이 두 개 있어. 두 창문 사이에는 특이하게 등받이가 아주 높은 왕정 복귀 시대풍의 의자가 있고, 호두색 벽에는 마일스 삼촌이 아끼던 그뢰즈의 작은 두상 그림이 걸려있어. 의자도 보이고 그림도 잘 보였지만, 사람은 보이지 않았어. 부인은 오른쪽 틈으로 자리를 옮겼지.

이번에는 삼촌과 다른 한 사람이 보였어. 침대 머리가 밖에서 볼 때 오른쪽 벽에 붙어 있고 옆면은 바깥을 향하고 있었지. 방 안의 유일한 불빛은 침대 머리맡의 갓을 씌운 흐릿한 전등뿐이었어. 마일스 삼촌은 잠옷 가운 차림으로 침대에 기대앉아서 펼친 책을 무릎에 엎어 놓고는 헨더슨 부인이 있는 유리창 쪽을 똑바로 쳐다보고 있었어. 하지만 부인을 보는 건 아니었지.

몸집이 작은 여자 한 사람이 유리문에 등을 돌리고 서서 삼촌을 마주 보고 있었어. 말했지만 불빛이 희미했기 때문에 몸의 윤곽만 보였지. 마치 구름 같은 형상으로 서서 미동도 하지 않았는데, '전혀' 움직이지 않는 게 좀 이상해 보였다는 거야. 그래도 워낙 가까이 있었기 때문에 옷은 자세히 보였어. 부인의 표현을 빌리자면 '회랑에 있는 그림과 똑같았어요'라고 했어. 설명을 들어 보니 브랭빌리에 후작 부인으로 추정되는 그림을 말하는 거였는데, 자기 입으로 이름을 말하지는 않더군. 자네가……."

마크는 헨더슨을 돌아보았다.

"납골당이라고 하지 않고 항상 '그곳'이라고 말하는 것처럼 말이야.

나는 그녀가 왜 그걸 보고 이상하다고 느꼈는지 갸우뚱했어. 루시와 이디스가 무슨 옷을 입었는지는 몰랐지만 그날 밤 가장무도회에 간다는 건 부인도 알고 있었거든. 그렇다면 당연히 둘 중 하나라고 생각했어야지. 부인도 다시 생각해 보더니 그렇겠다고 하더라고. 내가 강조하려는 건, 그 장면을 보고 이상한 상황이라는 느낌은 전혀 안 들었고 그냥 순간적으로 '뭔가 아주 묘하게' 보였다고 했다는 점이야. 그 묘한 느낌이 무엇 때문인지 물어보니까, 아마 삼촌의 얼굴 표정 때문이기도 했을 거라더군. 어둑한 불빛 옆에 뒤로 기대 앉아 있어서 표정은 확실히 보였는데, 분명 겁에 질려 있었대."

잠시 침묵이 흘렀다. 열린 창문을 넘어 바람결에 나무가 일제히 버스럭거리는 소리가 들려왔다.

스티븐스는 목소리를 최대한 낮췄다.

"여자는? 여자에 대해서는 별다른 게 없나? 헨더슨 부인이 여자는 못 봤어? 예를 들어 금발인지 갈색 머리인지, 이런 건?"

"그뿐이야. 머리 색깔조차 못 봤어."

마크는 억양 없는 말투로 대답했다. 그는 두 손을 탁자 위에서
모아 쥐었다.

"투명하고 얇은 천 같은 것을 머리에 쓰고 있었는데…… 얼굴
을 가리는 게 아니라 머리카락을 덮으면서 뒤로 약간 늘어져 있었
고…… 별로 크지는 않았어. 사각으로 등이 반쯤 파인 드레스에 닿
을 정도로 내려왔다는군. 여기도 '뭔가 아주 묘한' 게 있었대. 난 헨
더슨 부인의 모호한 표현을 그대로 전달하는 것뿐이야. 머리에 쓰
는 물건 같지는 않고 그냥 스카프 같았다고 했어. 부인이 하는 말로
미루어 볼 때 모든 게 그냥 아주 잠깐 사이에 받은 인상이야. 여자
의 목에서도 묘한 느낌을 받았다고 했거든. 여러 번 캐어물으니, 며
칠 뒤 부인은 나한테 와서 이렇게 말했어.

'무슨 느낌이었냐 하면, 여자의 목이 완전하게 붙어 있지 않은
것 같았어요.'"

008
☆☆☆

스티븐스는 모든 물건들을 날카롭게 의식하고 있었다. 때가 탄
벽지와 예전에 집 안에서 사용했던 듯한, 재봉선이 갈색인 한때는
고급이었던 가죽 가구. 수많은 가족 사진, 커피 잔, 탁자 위에 쌓인

정원 가꾸기 관련 잡지, 무엇보다 윤곽이 선명한 마크의 매부리코 얼굴과 연파란색 눈동자, 미간에서 서로 이어진 연갈색 눈썹. 레이스 커튼이 창가에서 조금씩 살랑거리고 있었다. 날씨는 좋았다.

그는 헨더슨의 얼굴이 흙빛으로 굳었다는 것, 안락의자가 라디오 위로 넘어질 뻔했다는 것도 역시 의식하고 있었다.

"이런. 저한테는 그런 말을 안 했는데요."

헨더슨은 속삭이듯 중얼거렸다. 파팅턴은 격하게 말했다.

"당연히 안 했겠지. 마크, 턱이 돌아가도록 한 대 때려 줘야겠군. 자네를 위해서, 이런 말도 안 되는 헛소리는 집어치우게……."

"한 판 해보자고?"

마크는 온화하게 말했다. 그는 이제 긴장이 풀린 것 같았다. 그저 평온하고 어리둥절하고 약간 피곤한 것 같았다.

"헛소리일 수도 있겠지, 파팅턴. 사실 나 자신도 그렇다고 생각해. 난 그저 내가 들은 내용을 객관적인 사례를 전달하듯이 감정을 배제하고 말하고 있을 뿐이야. 그렇게 할 수만 있다면 말이지. 그게 무엇이었든 난 이걸 해결할 방법을 찾아내야 하니까…… 계속할까? 아니면 자네 말대로 그냥 잊어버릴까?"

"아니, 계속하게."

파팅턴은 다시 자리에 앉았다.

"한 가지는 자네 생각이 옳았어. 아까 초저녁에 이 이야기를 했다면 자넬 과연 도와야 하나 하는 생각이 들었을 걸세."

"알고 있어. 분위기를 진정시키는 차원에서 말하지만, 헨더슨 부인이나 나에게는 자네들이 내 이야기를 듣고 받은 만큼의 충격은 없었다는 점을 이해해 주게. 그렇게 현실적으로 느껴지지 않았다고. 시간이 지나면서 점점 커진 거지. 루시가 바로 그런 드레스를 입고 있었기 때문에 이렇게 허황한 이야기를 늘어놓는다고 말할 수도 있겠지. 경찰이 사건을 알게 되면 무슨 생각을 할지 뻔하니까. 그래, 그렇게 말해도 좋아. 하지만 난 자네들이 진심으로 그렇게 생각하지는 않을 거라고 믿어.

말했듯이, 헨더슨 부인은 거기서 여자를 봤어. 평범한 여자, 부인은 루시나 이디스일 거라고 생각했어. 좀 이상하다는 생각 말고는 별다른 생각이 들지 않았지. 그래서 그냥 자리를 떠나 라디오 옆자기 의자에 앉아 〈위안의 한 시간〉을 들었다는군. 유리창을 두드리면서 '데스파드 부인이세요?' 이렇게 불렀다가는 커튼 틈으로 훔쳐봤다는 걸 실토하는 셈이잖아. 한데 라디오를 들어도 마음이 평온해지지 않았던 모양이야. 십오 분마다 나오는 광고 시간이 되어서 인절퍼드 시럽 선전이 나오기 시작하자 부인은 유리문으로 돌아가서 오른쪽 틈으로 들여다봤어.

브랭빌리에 후작 부인 옷을 입은 여인은 위치가 바뀌어 있었어. 하지만 앞쪽으로, 침대 쪽으로 일이십 센티미터쯤 이동했을 뿐 여전히 움직이지 않고 있었다는 거야. 보는 사람이 움직이는 것을 인지할 수 없을 정도로 아주 천천히 이동하는 것 같았어. 몸의 방향도 오른쪽으로 약간 틀고 있어서 오른손이 보였대. 오른손에는 나중에 내가 찬장에서 찾은 은제 컵이 들려 있었어. 마일스 삼촌의 얼굴에서 두려운 기색이 사라진 것 같아 부인은 마음이 놓였지. 아예 표정이 없었다고 하더군.

하필이면 그때 기침이 나서 참을 수 없었던 모양이야. 목구멍으로 올라오는 기침을 도저히 참을 수 없는 상태가 되자 헨더슨 부인은 테라스 한가운데 문으로 달려가서 최대한 작은 소리로 기침을 했어. 그런데 자리로 돌아오니 여인은 사라지고 없었어.

마일스 삼촌은 여전히 침대에 일어나 앉은 채 머리를 침대 머리맡에 기대고 있었어. 왼손에는 은제 컵을 들고 있었지만, 오른팔을 얼굴 앞으로 들어서 팔꿈치로 눈을 가리고 있었지. 여자는 사라지고 없었고.

들여다보던 부인은 안절부절못했어. 방을 더 보고 싶었지만, 틈이 너무 작았지. 그래서 유리문 왼쪽 틈으로 달려가 보니…….

아까 설명했듯 창문 두 개가 있는 반대편 벽에는 오래전에 문이 하나 있었어. 이백 년 전에 벽돌로 막고 나무판까지 붙여 놓은 문이야. 하지만 문설주의 윤곽은 아직 볼 수 있지. 문은 유리창 두 개 사이에 있는데, 예전에 그 문 반대쪽 저택이…… 무너졌을 때…….”

마크는 망설이다 말을 이었다.

“그때 문도 벽돌로 막았어. 백번 양보해서, 무슨 용도로 그런 문이 필요할지는 짐작조차 할 수 없지만, 어쩌면 오늘날까지도 비밀

문으로 사용되고 있었는지 모르지. 하지만 난 그렇게 사용된 흔적은 찾지 못했고, 내가 아는 한 그건 벽돌로 막힌 문이야.

헨더슨 부인은 자기가 잘못 본 것도 아니고, 거짓말도 아니고, 속임수일 리도 없다고 강조했어. 문이 있던 벽 한가운데에 걸린 그뢰즈의 머리 그림도 보았고, 그 사이에 있는 물건들도 전부 분명히 보았대. 등받이가 높은 의자 윗부분도 보았고, 마일스 삼촌의 옷가지가 의자 등받이에 단정하게 걸쳐져 있는 것까지 눈에 띄었다니까……. 그런데 그 막아 놓은 문이 열리더니 브랭빌리에 후작 부인의 옷을 입은 여인이 나가더라는 거야.

문이 열리고, 그뢰즈의 머리 그림도 같이 움직였어. 여인이 나가는 동안, 문은 의자 등받이에 닿았어. 지금까지는 여자가 움직이지 않는다는 점이 오싹했다면, 이제 여자가 움직이는 걸 보니―아니, 미끄러지듯이 이동했다고 해야 하나―그것 역시 마찬가지로 무섭더라는 거야. 헨더슨 부인은 죽도록 겁에 질렸다고 했는데, 내 생각에도 그녀를 탓할 일은 아니야. 내가 문에 대해서 물어보았어. 예컨대, 손잡이는 보았느냐? 어딘가에 스프링 같은 장치가 숨겨져서 진짜 비밀 문 기능을 하고 있었다면 이것도 중요한 사실일 수 있으니까. 부인은 기억나지 않는다고 했어. 여자의 얼굴도 보지 못했어. 문은 닫혔지. 다시 부인이 알던 대로 단단한 벽이 되었어. 그냥 변했다는 거야. 그렇게밖에 설명할 수가 없다는군.

부인은 라디오 있는 데로 돌아가서 처음으로 인절퍼드 프로그램이 다 끝나기도 전에 라디오를 껐어. 그리고 앉아서 생각해 보았지. 그러다가 대담하게 유리문으로 돌아가서 문을 두드렸어.

'오늘 밤 라디오는 충분히 들었어요. 필요하신 거 있으세요?'

삼촌은 전혀 화난 기색 없이 조용한 음성으로 말했어.

'없네, 고마워. 가서 좀 주무시게. 피곤할 게야.'

그녀는 용기를 내서 물었어.

'안에 누구 같이 계세요? 목소리가 들린 것 같아서요.'

삼촌은 웃었어.

'꿈이라도 꿨나. 여긴 아무도 없어. 얼른 가게!'

하지만 목소리가 약간 떨리는 것 같았대.

부인은 솔직히 더 이상 저택에 있기 싫었어. 그래서 이 집으로 달려왔지. 나중에 2시 30분경 삼촌이 돌아가셨을 때의 상황과 옷장 안의 컵에 대해서는 아까 이야기했으니 알 테고……. 부인은 다음 날 아침 겁을 먹은 채 나한테 와서 은밀하게 이야기를 해 준 거야. 루시가 그날 밤 무슨 드레스를 입었는지 알고는 어떻게 생각해야 할지 알 수 없었던 거지. 하지만 삼촌이 독살당했다는 건 아직도 모르고 있어. 자, 시체가 관에서 사라졌으니 우리 둘 다 정신이 나간 건 아니라는 걸 알 수 있겠지. 말했듯이 벽에 비밀 문이 있을지도 몰라. 하지만 문밖에 비밀 통로나 벽을 타고 내려가는 공간이 없다면, 도대체 어디로 연결되는 걸까? 저택 뒷벽이고 창문도 나 있네. 마지막으로 최소한 납골당에 비밀 통로가 없다는 건 확실해. 이게 자네가 풀어야 할 문제야, 파팅턴. 난 최대한 객관적으로 상황을 설명했어. 자네라면 이 상황을 어떻게 해석하겠나?"

침묵이 흘렀다.

헨더슨이 음울하게 의자를 흔들면서 말했다.

"저도 그 이야기는 마누라에게 들었습니다만, 세상에, 장례식 전에 어르신 곁에서 밤까지 샜는데! 마치 그 광경이 눈에 보이는 것 같았다니까요."

마크가 불쑥 입을 열었다.

"에드워드, 저녁 내내 왜 그렇게 조용하지? 무슨 일 있나? 박제된 말처럼 멍하니 앉아 있잖아. 자네 말고는 다들 자기 생각을 내놓고 있는데. 어떻게 생각하나?"

스티븐스는 정신을 차렸다. 어느 정도는 관심을 보여 주는 게 좋겠다는 생각이 들었다. 그래, 다른 사람들이 눈치 못 채게 알아내야 할 정보도 있다. 그는 담배 주머니를 더듬어 찾으며 파이프를 손목에 문질러 닦았다.

"자네가 물으니 한마디 보태 보지. 파팅턴의 표현대로 유일한 가능성이라고 할 수 있는 상황을 생각해 보세. 경찰도 틀림없이 그렇게 생각하겠지만, 혹시 루시를 의심하는 방향으로 이야기가 전개되어도 참을 수 있겠나? 루시는 절대 그런 짓을 저질렀을 리가 없다고 내가 생각하는 건 자네도 알 거야. 마리가 그런 짓을 저지를 수 있다고 절대 상상할 수 없듯이……."

그는 클클 웃었다. 마리를 빗대자 마크는 마음이 조금 가벼워진 듯 고개를 끄덕였다.

"괜찮아. 말해 보게."

"첫째, 루시가 그 은제 컵에 비소를 넣어서 삼촌에게 드린 뒤 비밀 문을 통해 방을 나갔을 가능성이 있어. 둘째, 루시가 그날 밤 어떤 옷을 입었는지 아는 사람이 비슷한 옷을 입고 루시인 척했을 가능성이 있지. 커튼의 틈은 우연히 생긴 게 아니라 의도적으로 만들어진 거야. 헨더슨 부인이 방 안을 들여다보고 등을 돌린 여자의 모습을 목격하고 루시라고 주장하도록……."

"아! 그럴듯하군!"

"마지막으로 셋째, 초현실적이라는 말은 굳이 쓰고 싶지 않지만…… 사람들은 이런 생각을 꺼리니까……. 이 일이 정말 유령, 인간이 아닌 존재, 사후 세계와 관련되어 있을 가능성."

파팅턴은 손으로 탁자를 두드렸다.

"당신까지?"

"아니, 꼭 그런 건 아니오. 난 마크와 같은 입장입니다. 나중에 폐기할 게 뻔한 가설이라도 일단은 모든 가설을 짚어 봐야지요. 절대 믿을 수 없는 결론이 나온다 해서 눈에 보이는 증거를 무시하지는 말자는 겁니다. 보고 만지고 다룰 수 있는 구체적인 증거라면 다른 종류의 증거와 똑같이 취급해야지요. 헨더슨 부인이 루시, 아니면 이디스나 다른 어떤 여자가, 마일스 아저씨에게 독이 든 컵을 주는 장면을 봤다고 이야기했다면 어떨까요? 아니면 이백 년 전 죽은 여자가 그 컵을 줬다고 이야기했다면? 실질적인 증거를 객관적인 눈으로 바라보고, 루시를 위해서라도 두 가지 가설이 똑같이 황당무계하다는 것을 입증하자는 겁니다. 순전히 실질적인 증거만 놓고 보면, 이 사건은 초자연적인 현상이 개입되었다는 증거가 더 많아요."

파팅턴은 회의적인 눈빛으로 재미있다는 듯 그를 바라보았다.

"이론적인 궤변이군요. 탁자에 발을 척 올리고 맥주라도 한 잔 시키고 싶은데요. 계속하시죠."

"첫 번째 가설부터 봅시다."

스티븐스는 말을 이으며 파이프를 물었다. 속내를 털어놓고 싶은 충동이 밀려왔기 때문에, 지나치게 많이 이야기하지 않도록 자제해야 한다는 것은 날카롭게 의식하고 있었다. 하지만 터져 나오기 시작한 이야기는 막을 수가 없었고, 목소리는 오히려 침착해졌다.

"루시가 범인이라고 해 보세. 이걸 뒤집으려면 타당한 알리바이가 있어야 해. 루시는 저녁 내내 자네와 같이 있었지?"

마크가 힘주어 말했다.

"그렇다고 할 수 있네. 루시라고 증언해 줄 사람들도 주위에 많았고. 내가 모르는 사이에 몰래 자취를 감출 수는 없었어."

"음, 가면을 쓰고 있었나?"

"그래. 그것도 그 무도회의 재미 중 하나였으니까. 서로 누구인지 애매하게 해서……."

마크는 느닷없이 입을 다물었다. 연한 파랑색 눈동자가 한곳을 뚫어지게 바라보았다.

"가면은 언제 벗었지?"

"평소처럼 자정에."

스티븐스는 파이프로 허공에 선을 그어 보였다.

"독을 먹인 건 11시 15분이었지. 여기서 세인트 데이비즈까지는 사십오 분 이내에 충분히 갈 수 있으니까 가면을 벗는 시간에 맞출 수 있어. 추리 소설에 나오는 경찰이라면 이렇게 말하겠지. '만약 남편과 파티 손님들이 본 여자가 루시 데스파드가 아니었다면 어떨까요? 두 여자가 브랭빌리에 후작 부인의 옷을 입고 있다가 가면을 벗기 전에 서로 바꿔치기했다면?'"

마크는 꿈쩍도 않고 앉아 있었다.

"아까 자네가 내게 이런 상황을 참을 수 있겠느냐고 물었으니 참겠네. 빌어먹을, 무슨 분장을 했든 내가 아내를 못 알아볼 거라고 생각하나? 다른 사람들이 몰랐을 것 같아? 그건 그냥 도미노 가면이었어. 친구들까지 속일 수는 없는 거란 말일세. 정말 자네는……."

스티븐스는 쌀쌀한 말투에 진심을 담아 대답했다.

"당연히 그렇게 생각하지 않아. 누구라도 그럴 걸세. 그게 자네가 쥔 에이스 카드야. 그렇게 증언해 줄 목격자가 많으니까……. 나는 상황을 종합해서 최악의 상황을 가정하고, 그 경우가 가능성이 없다는 걸 자네에게 보여 주려는 거야. 편견 없이 바라보면 아무것도 아니라는 걸. 이런 문제 앞에서 너무 쉽게 무너지지 말게. 세상에는 더 곤란한 문제도 있으니까."

갑자기 머릿속에 새로운 생각이 떠올랐다. 이 생각을 적절히 이용하면 연막만 피우고 아무도 범인으로 몰지 않을 수 있을 것이다. 그가 원하는 게 바로 그것이었다.

"게다가 내가 제시한 대안 말고도 이제까지 우리 중 아무도 미처 생각 못 했던 가능성이 하나 있어. 살인이 아니었다면? 초자연적이든 아니든 그 여자는 이 일과 아무 상관이 없고, 마일스 아저씨는 의사가 말한 대로 병으로 돌아가셨다면?"

파팅턴은 턱을 문질렀다. 스티븐스를 남몰래 관찰하다 마음에 걸리는 점이 생긴 모양이었다. 그는 자세를 고쳐 앉더니 미간을 찌푸리며 입에 올리기도 어리석은 소리라는 듯 농담처럼 말했다.

"나도 그런 결말이 나왔으면 좋겠습니다. 다들 그렇겠죠. 그게 가장 쉬운 길이니까. 하지만…… 납골당에서 사라진 시체는 어떻게 설명할 겁니까? 그건 초자연적인 현상이라고 몰기에는 너무나 분명한 사실이잖아요. 게다가 경찰은 비소가 담긴 컵을 든 여자 이야기를 허황된 귀신 소동이나, 그냥 누가 옷을 차려입고 장난을 친 거라고 생각하지는 않을 겁니다."

마크가 쏘아붙였다.

"경찰에게는 알리지 않을 걸세. 자네 생각을 계속 들어 보지, 에드워드. 두 번째로 누가 루시인 척했을 가능성이 있다고 했지?"

"자네가 대답해 보게. 그런 짓을 할 수 있는 사람이 누가 있지?"

마크는 탁자를 톡톡 두드리며 말했다.

"누구나 할 수 있겠지. 평범하고 악의 없고 사람 좋은 우리 주변 사람들 중에서 굳이 찾아보라면…… 뭐, 누구나 할 수 있어. 하지만 도저히 받아들일 수가 없는데. 이디스를 의심하는 것도 루시 못지 않게 황당무계하고, 하녀인 마거릿도 마찬가지야. 아니면……."

그는 잠시 사이를 두었다.

"살인 사건 실화를 읽으면서 늘 궁금했던 점이 한 가지 있어. 이십 년 동안 이웃들에게 정중하게 인사하고 보험금도 잘 내면서 살던 멀쩡하고 조용하던 신사가 어느 날 갑자기 사람을 죽이고 시체를 토막 내서 숨겼다는 식의 이야기 말이야. 무엇 때문에 그런 짓을 저질렀는지보다…… 과연 그 사람의 가족이나 친구들은 그를 어떻게 생각했을지 궁금해. 그가 변한 것을 느꼈을까? 눈빛은 이상하지 않았나? 그들이 볼 때 어딘가 달라졌을까? 모자를 다르게 쓰지는 않았나, 계속 가짜 자라 수프를 좋아했을까? 여전히 그들이 알던 존 K. 존슨이라는 사람이었을까?"

파팅턴이 무겁게 말했다.

"스스로 질문을 던져 놓고 자네 식구들은 누구 하나 살인범으로 생각할 수 없다고 답까지 하고 있군."

"그래, 인간적으로 생각해 보라고! 예를 들어 자넨 이디스가 살인을 저지를 수 있는 사람이라고 생각하나?"

파팅턴은 어깨를 으쓱했다.

"그럴 수도 있지. 만약 그렇다면 난 덮어 둘 걸세……. 하지만 이제 이디스는 내 인생과 아무 관계없는 사람이야. 십 년 전부터. 그렇기 때문에 난 객관적인 시각을 유지할 수 있어. 난 과학적으로 보려는 것일세. 자네와 루시, 이디스와 나, 에드워드와……."

마크가 대답했다.

"마리."

별 뜻 없이 쳐다보는 평범한 시선이었지만, 파팅턴과 눈을 마주 친 스티븐스는 불편한 기분을 느꼈다. 박사는 가볍게 말했다.

"맞아, 그 이름이었지. 내가 말하려는 건, 과학적으로 볼 때 우리 중 누구라도 살인을 저지를 수 있다는 이야기야. 당연한 사실이네."

마크는 현실에서 동떨어진 문제로 돌아가 천천히 말했다.

"그건 믿으면서 초자연적인 현상이 존재한다는 건 전혀 믿을 수가 없어. 내게 가장 믿기 힘든 건 첫 번째 가설이야. 초자연적인 현상은 솔직히 잘 모르겠고, 믿고 싶지도 않아. 우습지. 내겐 우리 가족 중 누군가가 살인범이라고 생각하는 것보다 그쪽이 차라리 더 그럴듯하네."

스티븐스가 끼어들었다.

"믿기지 않더라도 세 번째 가설을 잠시 생각해 보세. '죽지 않은 인간'의 존재가 관련되어 있다고 가정하고, 다른 두 가지 가설과 마찬가지로 똑같은 증거를 적용해 보면⋯⋯."

"왜 '죽지 않은 인간'이라는 표현을 쓰지?"

스티븐스의 눈이 흥미롭다는 듯 밝고 침착한 마크의 눈과 마주 쳤다. 말실수를 저질렀다는 생각은 들지 않았다. 한데 평소라면 자연스럽게 선택했을 다른 단어 대신 그 단어가 자연스럽게 흘러나온 것이다. 그는 기억을 더듬었다. 크로스의 원고에서였다. 사진이 붙어 있던 그 이야기 제목은 '죽지 않은 내연녀 사건'이었다. 그 때문에 이 단어가 머릿속에 남아 있었던 걸까?

"왜냐하면 자네 말고 그 표현을 쓰는 사람을 한 사람밖에 못 봤거든. 재미있지. 보통 사람들은 유령이나 그 비슷한 단어를 쓰는데. 구전으로 내려오는 전설에서 흡혈귀가 '불사'라고 불리기는 하지만, '죽지 않은 인간'이라니! 재미있군. 그 표현을 쓰는 사람은 한 사람 봤어."

"누구지?"

"얄궂지만 마일스 삼촌이야. 이 년 전 웰든과 이야기를 할 때 튀어나왔는데 — 자네도 웰든 알지? 대학에 있는 — 맞아, 토요일 아침에 정원에 앉아서 이야기를 하다가 화제가 정원에서 갤리언선船, 이어 유령으로 넘어갔지. 웰든은 밤에 출몰하는 다양한 존재의 형태와 종류를 하나씩 열거하고 있었는데, 삼촌이 평소보다 유난히 멍한 표정으로 다가오시더니 아무 말 없이 잠깐 듣고 계시더군. 그러다 불쑥 말씀하시기를 — 오래된 일인데 평생 책이라고는 읽지 않으시던 삼촌이 그런 말을 하시니 이상하다는 생각이 들어서 기억에 남는데 — 대략 이런 얘기였어.

'자네가 잊은 종류가 한 가지 있군. 죽지 않은 인간이라네.'

내가 말했어.

'죽지 않은 인간이라니, 무슨 말씀이세요? 살아 있는 사람은 다 죽지 않은 인간 아닙니까? 웰든도 살아 있고 저도 살아 있습니다만, 제가 죽지 않은 인간인 것 같지는 않은데요.'

삼촌은 흐릿하게 나를 바라보더니 말했어.

'그걸 어떻게 아느냐?'

그러더니 그냥 가 버리셨지. 웰든은 삼촌이 정신이 약간 이상하다고 생각했는지 화제를 바꿨어. 잊고 있었는데…… 이제 기억나는군. 죽지 않은 인간이라! 무슨 뜻인가? 어디서 그런 표현을 들었지?"

"아, 어느 책에서 봤겠지."

스티븐스는 퉁명스럽게 말하며 화제를 돌렸다.

"단어에 집착할 필요는 없으니까, 자네가 좋아하는 대로 유령이라고 해 두지. 이 저택에 유령이 나온다는 전설 같은 건 전혀 없었다고 했지?"

"전혀 없어. 물론 과거에 여기서 있었던 일을 내 나름대로 이렇게 저렇게 해석해 보기는 하지만, 그건 파팅턴도 알듯이 내가 덜 익은 사과를 먹고 복통이 나도 살인부터 생각하는 엉뚱한 사람이라서 그렇고."

"나름대로 해석해 본다는 과거의 사건은 무엇인가? 브랭빌리에 후작 부인 같은 경우는? 아까 자네 집안이 후작 부인과 긴밀한 인연이 있었다고 했는데. 산으로 얼굴이 지워진 초상화가 후작 부인일 거라는 말도 했고. 이디스는 그 그림을 좋아하지 않아서 루시가 그림을 본 떠 가장무도회 복장을 만들 때도 그냥 '몽테스팡 부인'이라고 불렀다면서. 헨더슨 부인은 이름조차 입에 올리기 싫어하고. 17세기 살인범과 20세기 데스파드 가문 사이에 무슨 관계가 있는 건가? 혹시 데프레라는 성을 쓰던 시절에 일가 중 한 사람이 살해당하기라도 했나?"

"아니야. 그보다는 더 점잖고 합법적인 인연이었어. 데프레 시절의 선조가 그녀를 잡았지."

"잡아?"

"그래. 마담 드 브랭빌리에는 사냥개처럼 쫓아오는 경찰을 피해 파리에서 도망쳤어. 리에주의 한 수녀원에 은신했지. 수녀원 안에 있는 한 경찰은 잡아갈 수가 없으니까. 그런데 당시 프랑스 정부 관료였던 영리한 데프레가 꾀를 냈어. 아주 잘생긴 분이었는데, 자네도 책에서 읽은 적이 있는지 모르겠지만 마리 드 브랭빌리에는 칼을 차고 가발을 쓴 남자라면 사족을 못 쓰는 여자였거든. 데프레는 경건한 사제로 변장하고 수녀원에 들어갔어. 부인을 만나서 애를 태운 뒤에 강가로 산책을 나가자고 했지. 부인은 얼른 따라 나왔지만 기대했던 밀회와는 전혀 다른 만남이 기다리고 있었지. 데프레가 휘파람을 불자 경찰이 다가왔어. 몇 시간 뒤 그녀는 마차에 갇혀 기마경찰의 호위를 받으며 파리로 향했어. 1676년 목이 잘리고 시체는 불태워졌지."

마크는 말을 끊고 담배를 말기 시작했다.

"데프레는 죽어 마땅한 살인범을 신속하게 잡아들인 고결한 사람이었어. 솔직히 내가 볼 때는 속이 시꺼먼 배신자로 보이기도 하지만……. 그는 데프레 가문의 영광이었고, 오 년 뒤 크리스펜과 같이 미국으로 와서 데스파드 저택을 지었지. 1705년에 세상을 떠났고, 그를 모시기 위해 납골당을 세웠어."

스티븐스는 감정 없는 목소리로 계속 물었다.

"어떻게 세상을 떠났나?"

"자연사로 알려져 있어. 한 가지 재미있는 건, 이름이 알려지지 않은 한 여자가 죽기 전에 그의 방에 들어갔다는 이야기가 있어. 별다른 의혹은 제기되지 않았으니 그냥 우연의 일치겠지."

파팅턴은 재미있다는 듯 물었다.

"설마 그 방이 지금 마일스 아저씨의 침실이라는 건 아니겠지?"

마크는 심각하게 말했다.

"아니야. 하지만 당시 데프레가 거처했던 구역은 지금 마일스 삼촌의 침실과 맞닿아 있어. 1707년 그쪽이 불탔을 때 지금은 벽돌을 쌓고 널빤지로 막은 바로 그 문을 통해 오갔던 곳이야."

그때 작은 거실 문에서 날카로운 노크 소리가 들렸다. 노크 소리가 나는 순간 헨더슨의 안락의자가 다시 라디오에 부딪혔다. 문이 열리고 루시 데스파드가 들어왔다.

발소리를 듣지 못했기 때문에 다들 깜짝 놀라 벌떡 일어났다. 루시 데스파드는 창백한 얼굴이었고 급하게 나서느라 서둘러 옷을 차려입은 것 같았다.

"역시 그들이 납골당을 열었군. 납골당을……."

마크는 잠시 뭐라 할 말을 찾지 못했다. 그는 아내에게 다가가며 진정하라는 듯 손짓했다.

"괜찮아, 루시. 괜찮아. 우리가 연 거야. 살짝……."

"마크, 괜찮은 일이 아니라는 거 알잖아. 말해 줘. 무슨 일이야? 경찰은 어디 있지?"

마크는 제자리에 우뚝 얼어붙었고, 다른 사람들도 마찬가지였다. 벽난로 위에서 째깍거리는 작은 시계 말고는 집 안의 모든 것이 멈춘 것 같았다. 순간 스티븐스는 머릿속이 텅 비는 것 같았다. 마침내 마크가 입을 열었다.

"경찰이라니, 무슨 경찰? 무슨 소릴 하는 거야?"

루시는 애처롭게 말했다.

"우린 최대한 빨리 왔어. 뉴욕에서 밤 기차를 타고, 여기 와서도 마지막 기차를 겨우 잡아타고. 이디스도 곧 올 거야. 마크, 무슨 일이야? 이걸 봐."

그녀는 핸드백을 열고 전보를 꺼내 그에게 건넸다. 그는 편지를 두 번 연거푸 읽더니 다른 사람들에게 소리 내어 읽어 주었다.

뉴욕 이스트 64가 31번지
레버턴 부인 댁, 데스파드 부인 앞
마일스 데스파드의 사망과 관련 새로운 사실 발견. 즉각 귀가 요망

필라델피아 경찰청 브레넌

009
☆☆☆

스티븐스는 커다란 느릅나무와 아직 길에서 빛나고 있는 초롱을 배경으로 루시 데스파드가 문손잡이를 쥔 채 열린 문간에 서 있던 모습을 잊을 수가 없었다. 루시의 침착하고 기민하고 사람 좋은 얼굴에는 어떤 힘이 깃들어 있었다. 검은 속눈썹으로 둘러싸인 반짝이는 연갈색 눈에서 제일 먼저 느껴지는 것은 바로 그런 기민함이었고, 루시의 외모에서 가장 아름다운 부분도 바로 그런 눈이었다. 몸집은 작고 약간 통통한 편이었지만 스스로 의식하지 않는 우아함이 있었다. 미인이라고 할 수는 없었지만 매력이 있었고, 표정에는 생기가 있었다. 그런 그녀가 핏기가 가셔서 주근깨가 도드라

져 보이는 안색으로 서 있었다. 그녀는 은근히 유행을 좇은 듯한 수수한 정장 차림이었다. 옷에서 색깔이 있는 부분은 머리에 달라붙은 수수한 모자뿐이었고, 검은 머리카락은 귀를 덮고 있었다.

마크가 전보를 읽는 동안 그녀는 그렇게 서 있었다.

스티븐스가 말했다.

"누가 장난을 친 거야. 이 전보는 엉터리라고. 무슨 경찰이 고문 변호사처럼 이렇게 정중하게 집에 오라는 전보를 보내나. 그냥 뉴욕에 전화해서 남편한테 가라고 하지. 마크, 이거 아주 수상하네."

"누가 할 소릴."

마크는 격하게 말했다. 그는 방 안을 몇 걸음 서성거렸다.

"그래. 이 전보를 누가 보냈는지는 몰라도 절대 경찰은 아니야. 어디 보자, 7시 35분에 마켓 스트리트의 웨스턴 유니언 우체국에서 접수했군. 이걸로는 별다른 걸 알아낼 수 없는데⋯⋯."

루시가 외쳤다.

"그래서 무슨 일이냐고? 납골당이 열려 있던데. 경찰이 왔어? 혹시⋯⋯."

그녀는 마크의 어깨 너머를 보더니 말을 뚝 그쳤다.

"톰 파팅턴!"

멍한 목소리였다.

"안녕하세요, 루시."

파팅턴은 유유히 말했다. 벽난로 앞에 있던 그가 루시에게 다가

갔고, 루시는 기계적으로 손을 내밀었다.

"오랜만입니다, 그렇죠?"

"그래요, 톰. 한데 당신은 여기서 뭐 하는 거예요? 영국에 계신 줄 알았는데요. 여전하시네요. 네, 여전히……. 아주 조금."

파팅턴은 의례적인 인사를 나누었다. 그가 미국을 떠날 때는 마크와 루시가 결혼하기 전이었던 것 같았다.

"그냥 잠깐 왔습니다. 오늘 오후에 도착했어요. 십 년 만이니 며칠 정도는 거둬 주실 거라고 생각해서……."

"그럼요! 우린 당연히……."

이번에도 역시 기계적으로 루시는 밖에 있는 무언가를 어떻게 해야 할지 몰라 안절부절못하는 표정으로 어깨 너머를 돌아보았다. 다른 발소리가 들리더니 이디스가 들어왔다.

이디스는 좀 더 화려한 분위기였는데, 의식적으로 그렇게 행동하는 구석이 있었다. 서른을 한두 살 넘기면서 태도가 뻣뻣해지거나 성격이 까다로워진 것은 아니었다. 단지, 루시와는 달리 어딘가 종잡을 수 없고 무슨 생각을 하는지도 가늠하기 힘든 사람이었다. 스티븐스는 이십 년 뒤에 이디스가 어떤 사람이 될지 생각하고 싶지 않았다. 그녀는 루시보다 키가 컸고 뼈대도 가늘고 날씬했다. 갈색 머리에 파란 눈, 마크처럼 오만한 분위기 등 데스파드 가문 특유의 외모를 물려받았고, 미인이지만 눈가가 점점 움푹 파이고 있었다. 그녀가 들어오자마자 헨더슨이 물러서더니 무슨 죄라도 지은 표정을 짓는 모습이 눈에 띄었다. 하지만 스티븐스는 종종 이디스가 단호한 행동력 속에 나약함을 숨기고 있는 듯한 묘한 인상을 받곤 했다. 그녀는 모피 코트를 입고 있었고 모자는 쓰지 않았으며, 뭐라고 표현해야 할까, 거침없는 옷차림이었다. 파팅턴을 보자 그녀는 우뚝 멈춰 섰지만 얼굴 표정은 변하지 않았다.

"이디스."

루시가 황급히 핸드백 걸쇠를 열었다가 다시 닫았다.

"아무 일 없대. 전보는 가짜고, 경찰이 출동한 것도 아니래."

이디스는 파팅턴을 바라보다가 그에게 미소를 보였다. 기분 좋은 목소리였다.

"이번에는 내 예감이 들어맞았다고 할 수 있겠네요. 늘 문제를 몰고 다니는 사람이란 말이야, 그렇죠?"

그녀는 왼손을 내밀었다. 그리고 방 안에 있던 사람들을 둘러보았다.

"다들 뭔가를 숨기는 것 같네. 마크, 뭐야? 루시와 난 걱정이 되어 달려왔으니 무슨 일인지 알아야겠어."

"장난이 분명해. 이 전보는……."

"오빠, 삼촌이 독살당한 거야?"

잠시 침묵.

"독살? 무슨 소리야! 왜 그런 생각을 하는 거지?"

마크는 동생의 얼굴을 쳐다보았다. 이디스의 얼굴은 루시보다 침착해 보였지만 긴장한 것은 마찬가지인 듯했다. 그때 마크의 예리한 두뇌는 이 순간을 적절하게 넘길 수 있을 기발한 거짓말을 생각해 냈다. 그는 한 팔로 루시를 안고 그녀의 등을 두드린 뒤 힐난하는 표정으로 이디스를 돌아보았다.

"어차피 곧 알게 될 일이니 지금 말하는 게 좋겠어. 대단한 문제가 있는 게 아니야. 살인 사건이라니 무슨 소리……. 도대체 어디서 그런 생각이 들었지? 경찰이 올 만한 일은 전혀 없어. 하지만 유쾌한 일은 아니지. 가짜 전보나 편지를 보내기 좋아하는 사람이 있나봐. 나도 편지를 받았어. 익명의 편지 말이야. 마일스 삼촌의 시신이 납골당에서 도난당했다는 내용이 적혀 있었지."

믿기 힘든 거짓말이라는 것을 깨달았는지 마크는 급히 말을 이었다.

"헨더슨이 이상한 걸 몇 번 목격했다고 하지만 않았어도 신경을 안 썼을 텐데. 그래서 납골당을 열고 확인해 보기로 한 거야. 이런 말하기는 좀 그렇지만, 이디스, 유해가 사라졌다."

이디스는 아까보다 한층 긴장한 기색이었다. 마크의 말을 의심하는 것 같지는 않았지만, 시신이 사라졌다는 소식 자체를 믿기 힘든 모양이었다.

"사라져? 하지만 어떻게…… 왜…… 아니, 그러니까……."

파팅턴이 자연스럽게 마크의 뒤를 이었다.

"그래, 안타까운 일이죠. 미국에서는 최근 오십 년 동안 없었던 일이지만, 이런 사례가 없는 것도 아닙니다. 1878년 스튜어트 사건 기억해요, 이디스? 백만장자의 시체를 무덤에서 훔치고 몸값을 요구한 사건. 더네흐트에서도 똑같은 일이 있었죠. 이 저택에 있는 것과 비슷한 납골당에 도둑이 든 사건. 요즘 도둑들은 이런 생각을 잘 못하나 봅니다."

루시가 외쳤다.

"정말 끔찍하네요! 시신을 유괴하고 몸값을 요구해요?"

"스튜어트 부인은 이만 오천 달러를 내고 시신을 돌려받았죠."

파팅턴은 마치 손을 잡아 이끌듯이 의도한 방향으로 사람들의 생각을 고정시키고 있었다.

"더네흐트 사건에서는 도둑단 중 한 놈이 잡혀서 시신을 찾았습니다. 판례가 없었기 때문에 재판도 특이했어요. 그때까지 기록된 시체 도난 사건은 의과 대학에 팔려는 목적으로 이루어진 것뿐이었는데, 이건 범행 의도가 달랐으니까요. 아마 오 년 형을 받았나 그럴 겁니다……. 이번 사건 같은 경우에는 아마 가문의 유서 깊은 납골당을 지키고 싶은 마음에 돈을 지불하고라도 삼촌의 시신을 되찾으려고 할 거라고 생각했나 봅니다."

루시는 심호흡을 하고 마크의 팔에서 떠나 탁자에 기댔다.

"음, 그렇다면…… 차라리…… 그 전에 말한 것보다는 낫네요. 네, 솔직하게 말해서 마음이 놓여요. 아가씨 때문에 심장 떨어질 뻔했잖아."

루시는 눈물이라도 쏟아질 정도로 안도한 기색을 감추지 못하며 혼자 웃었다.

"그래도 경찰에는 연락해야겠지만……."

마크가 말했다.

"절대 그렇게는 안 해. 내가 삼촌의 시신이 사냥개 떼의 습격을 받은 죽은 여우처럼 욕을 보도록 내버려 둘 것 같아? 아니, 그렇게는 못 하지. 파팅턴 말대로 도둑이 훔쳐 갔다면, 소란이 일어나지 않도록 기꺼이 돈을 지불할 거야. 그러니까 기운 내, 둘 다."

이디스는 아주 부드럽게 말했다.

"유감이지만 나는 단 한 마디도 믿을 수가 없어."

아름다운 노파라는 게 있을 수 있을까? 스티븐스는 생각했다. 노파라는 단어는 이디스와는 전혀 어울리지 않아서 우스꽝스러울 정도로 지나친 표현이지만, 의혹의 그늘이 얼굴에 드리워진 미인이라는 점에서 어느 정도 의미가 통할 것 같았다.

"믿을 수 없어? 아직도 독살이니 뭐니 하는 망상을 하고 있는 거야?"

"일단 저택으로 가자."

이디스는 재촉하고 헨더슨을 보았다.

"조, 저택이 추워. 난로 좀 피워 주겠어?"

"알겠습니다. 지금 가죠."

헨더슨은 공손하게 말했다. 스티븐스가 입을 열었다.

"늦었으니 괜찮다면 나는……."

이디스가 휙 돌아섰다.

"안 돼요! 같이 가요, 에드워드. 꼭 같이 가야 해요. 다 같이 이 일을 철저히 알아봐요. 뭔가 굉장한 악의가 느껴지지 않아요? 이 전보를 보낸 사람은 우리를 가지고 놀면서 웃고 있어요. 돈을 뜯어내려고 시체를 훔치는 도둑단 같은 게 아니라구요. 그렇다면 왜 이런 전보를 보냈겠어요? 안 그래도 뭔가 이런 일이 일어날 것 같은 예감이 있었는데……."

이디스는 말을 끊고 아직 빛을 내고 있는 초롱 쪽을 내다보더니 흠칫 몸을 떨었다.

일행은 말없이 길을 걸어 저택으로 향했다. 파팅턴은 이디스에게 말을 걸어 보았지만, 겉으로는 별로 서먹하지 않은 것처럼 보이던 두 사람 사이에는 벽이 있었다. 루시만이 이번 일을 별로 심각하지 않게 생각하는 것 같았다. 아주 불쾌하고 끔찍한 일이지만 세상이 무너지는 그런 일은 아니라는 분위기였다. '이 전보를 보낸 사람은 우리를 가지고 놀면서 웃고 있어요.' 이디스의 말만 자꾸 스티븐스의 뇌리에 맴돌았다.

그들은 저택으로 들어서서 넓은 홀을 지나 정면의 서재로 향했다. 그곳은 과거와 과거의 냄새, 너무 많은 것을 불러들이는 곳이라 이런 회의에는 어울리지 않는 방이었다. 서재는 길고 폭이 넓었지만 서까래가 노출된 천장은 그리 높지 않았다. 벽에는 산뜻하고 현대적인 느낌을 주기 위해 회반죽을 하고 탁한 녹색 도료를 칠했지만, 구석과 벽난로에서 원래의 방 분위기가 드러나고 있었다. 이디스는 셔터를 내린 창문을 등지고 밝은 전등 옆 푹신한 의자에 앉았다. 이런 실내 장식 스타일에서 아름다움을 느끼는 현대적인 취향이 있는 사람이라면, 마일스와 마크가 먼 곳으로 여행을 다녀올 때마다 모은 잡다한 물건들이 너무 많아서 갑갑하다고 느낄 만한 방이었다. 하지만 고풍스러운 17세기풍을 좋아하고 특히 장난감과 싸구려 장신구를 좋아하는 사람이라면 편안한 곳이라고 느낄 법했다.

루시가 재촉했다.

"이디스. 꼭 이렇게까지 해야겠어? 난 이렇게 심각한 게 마음에 들지 않아. 기차에서 내리면서 했던 말도 그렇고. 우리 그냥 잊어버리고……."

이디스는 짤막하게 대꾸했다.

"그럴 수는 없어. 저택에 무슨 일이 있다는 소문이 파다하게 퍼져 있다는 건 언니도 잘 알잖아."

마크가 휘파람을 불었다.

"소문이라니?"

"그런 소문을 처음 퍼뜨린 사람은 마거릿일 거야……. 아, 물론 그럴 의도는 없었겠지만, 말실수를 한 거지. 간호사가 내게 하는 말을 들었든지, 간호사가 의사한테 하는 말을 들었을 거야. 그렇게 놀란 표정 하지 마, 오빠. 간호사가 처음 저택에 왔을 때부터 우리를 의심했다는 거, 그 때문에 방을 비울 때마다 문을 잠그고 다닌다는 거 알고 있었어?"

마크는 휘파람을 불었다. 그는 불편한 기색으로 파팅턴과 스티븐스를 흘끗 보았다.

"설상가상이군. 다들 뭔가를 숨기고 있는 것 같아. 우릴 의심한다고? 왜?"

"누가 자기 방에서 물건을 훔쳤대."

마크는 잠시 침묵을 지키더니 짜증을 드러냈다.

"제발 찔끔찔끔 이야기하지 마. 넌 원래 단도직입적으로 쏟아내는 성격이잖아. 뭘 훔쳐? 언제? 왜?"

"마일스 삼촌이 돌아가시기 일주일 전 주말, 토요일이었어. 8일이었을 거야."

이디스는 스티븐스를 돌아보았다.

"기억하세요, 에드워드? 마리와 같이 브리지를 하러 여기 오셨잖아요. 마크 때문에 분위기가 안 좋아지고 무슨 이유에서인지 따분한 귀신 이야기로 넘어갔죠?"

루시가 말했다. 그녀는 화기애애한 표정 속에 불편한 기분을 감추려고 애썼다.

"기억나. 마크가 하이볼을 너무 많이 마셔서 그랬지. 한데 귀신 이야기를 왜 따분하다고 하는 거야? 재미있었는데."

이디스는 말을 이었다.

"다음 날 아침 코빗 양이 오더니 무슨 물건을 어디 두었는지 잘 모르겠다고 하는 거예요. 말투가 퉁명스럽다는 생각이 들어서 무슨 물건이냐고 물었죠. 그러니 좀 더 구체적으로 말하더군요. 누가 실수로 자기 방에서 무슨 물건을, 마일스 삼촌이 이런저런 상황에서 복용해야 한다고 의사에게 처방받은 것을 가져가지 않았느냐고. 정확하게 뭔지 말하지는 않고 그냥 작고 네모난 병이라고 했어요. 다른 사람들에게는 아무 필요가 없는데다 과량으로 복용하면 무서운 독약이 되니까 누가 각성제로 착각하고 가져갔다면 — 그럴 가능성은 희박하겠지만, 이라고 덧붙이더군요 — 부디 돌려주시기를 바란다고 했어요. 그렇게 이야기는 끝났죠. 우리를 의심했다고 생각하지는 않아요. 누가 장난을 친 거라고 생각했겠죠."

마크는 하마터면 말실수를 할 뻔했다. 스티븐스는 '비소를 치료 목적으로 보관할 리가'라는 말이 마크의 혀끝까지 나온 것을 눈치챘다. 그는 입을 벌렸다가 얼른 닫았다. 마크는 당혹스러운 얼굴로 파팅턴을 돌아보았다가 다시 루시를 보았다.

"당신도 이 이야기 들었어, 루시?"

루시는 난처한 얼굴로 말했다.

"아니. 하지만 당연하잖아. 다들 나보다는 이디스에게 먼저 가서 이야기하니까. 누구나 그럴 거야. 내가 그 입장이라도, 나한테는 안 올걸……. 당신도 알겠지만."

마크는 돌아보았다.

"하지만 젠장, 누가……."

그는 말을 끊었다.

"그래서 코빗 양에게 뭐라고 했지, 이디스? 어떻게 했어?"

"사람들에게 물어보겠다고 했어."

"물어봤어?"

"아니."

이디스의 현실적인 얼굴에 나약함과 의혹, 우유부단함이 떠올랐다. 그녀는 무기를 쨍그랑거리며 적군을 향해 달려가다가도 항상 마지막 순간에 주춤거리곤 했다.

"아마…… 두려웠던 것 같아. 아, 바보처럼 들리겠지만, 그랬어. 아무 말도 없이 그냥 넘어간 건 아니야. 마일스 삼촌의 약병을 말하는 것처럼 해서 여기저기 자연스럽게 물어봤는데, 아무도 모르겠다고 하더라고. 독이라는 말은 하지 않았어. 그 말은 못 하겠더라고."

"이거야 원 뒤죽박죽이군. 하지만 그럴 리가 없어. 비…… 아니, 파팅턴, 이건 자네가 생각해 줘야겠네. 어떤 종류의 약이었을까?"

파팅턴은 미간을 찌푸렸다.

"의사가 어떤 증세가 나타날 거라고 예상했느냐에 따라 다른데, 내가 직접 의사의 진단을 들은 게 아니니까. 몇 가지가 있을 텐데. 잠깐! 이디스, 간호사가 그 일을 의사에게 보고했소?"

"베이커 박사에게? 그럼요. 그래서 당연히 난……."

"베이커 박사는 망설이지 않고 당신 삼촌의 사인을 위염이라고 했고? 전혀 의심하지 않고?"

"전혀요!"

파팅턴은 간결하게 말했다.

"그러면 걱정할 필요 없소. 당신 삼촌이 돌아가실 때와 똑같은 증상을 일으킬 만한 약물이 아니라고 확실하게 말할 수 있어. 안티몬 같은 거. 뻔하지 않아? 그렇지 않았다면 의사와 간호사가 둘 다 즉시 수상하게 생각했을 텐데……. 맞아. 진정제가 아니면, 디기탈리스나 스트리크닌 같은 강심제였겠지. 이런 약은 당신도 알다시피 치명적일 수 있는데, 흔히 말하는 신경의 독약이라고 하는 겁니다. 이런 약은 단언하지만 당신 삼촌이 돌아가실 때와 같은 증상을 절대 일으키지 않아. 전혀 달라요! 그런데 뭘 걱정하는 겁니까?"

"알아요."

이디스는 초라하게 중얼거리며 손톱으로 의자 팔걸이를 긁었다.

"알고 있어요. 나도 스스로에게 계속 말했거든요. 그런 일은 있을 수 없다는 건 알고 있어요. 누가 그런 짓을 하겠어요!"

그녀는 애써 미소 지어 보였다.

"하지만 코빗 양이 방을 나갈 때마다 문을 잠그고 심지어 삼촌이 돌아가시던 날 밤에도 잠그는 걸 보았는데……. 약병도 돌아왔는데……."

마크가 냅다 말했다.

"돌아왔다고? 그래, 안 그래도 물어보려고 했어. 병은 어떻게 됐지? 베이커 박사가 그 약이 집 안에 마구 굴러다니도록 내버려 두진 않았겠지? 병은 틀림없이 돌아온 거야?"

"응. 일요일 밤이었던 것 같아. 겨우 스물네 시간 정도 사라졌던 거니까 소동을 부리고 난리칠 여유도 없었지. 맞아, 일요일 밤이었어. 마리가 다음 날 아침 에드워드와 뉴욕으로 떠난다고 막 작별 인사를 하고 간 뒤라 기억나. 나는 9시쯤 방을 나가서 위층 복도에서 코빗 양을 만났어. 코빗 양이 그러더군.

'누군가에게 대신 고맙다고 전해 주세요. 병이 돌아왔어요. 데 스파드 씨…… 삼촌 말씀이에요……. 데스파드 씨의 방 문밖 탁자에 놓아뒀더군요.'

그래서 내가 물었어.

'아무 이상 없어요?'

'네. 이상 없는 것 같아요.'"

마크가 말했다.

"이제 알겠군. 삼촌이 훔치신 거야."

이디스가 멍하니 물었다.

"삼촌이?"

마크는 새로운 생각에 잔뜩 흥분한 어조로 말했다.

"바로 그거야. 생각해 봐, 파팅턴. 혹시 모르핀이 들어 있었을 수도 있었을까?"

"그럼. 자네가 삼촌은 통증이 상당해서 잠도 제대로 못 주무셨다고 했잖나.”

마크는 다른 사람들을 향해 돌아서서 손가락으로 가리켜 보였다.

“통증이 오면 삼촌은 항상 의사가 처방한 것보다 모르핀을 더 많이 달라고 했던 것 기억나지? 맞아! 이제 삼촌이 간호사의 방에서 병을 훔쳐서 약을 몇 알 덜어 내고 제자리에 갖다 놓았다면 어떨까? 잠깐, 그렇지! 돌아가시던 날 밤 삼촌은 누가 욕실에 가서 ‘통증을 덜어 주는 약’을 가져오라고 했지? 모르핀을 훔친 다음 간호사가 자기 방에서 약을 찾아내지 못하도록 욕실 약장에 몰래 따로 넣어 두었던 게 아닐까?”

루시가 말했다.

“아니, 그렇지 않아. 모르핀은 거기 없었어. 늘 그 자리에 두는 평범한 진정제뿐이었는데.”

“좋아. 그건 그렇다 쳐도 나머지 부분은 앞뒤가 맞지 않아?”

파팅턴이 동의했다.

“그래, 충분히 가능해.”

“다들 도대체 어떻게 된 거야?”

이디스가 말했다. 처음에는 침착한 말투였지만 느닷없이 목소리가 비명처럼 날카로워졌다.

“정말 무슨 일인지 모르겠어? 아까 마일스 삼촌의 시신이 도난당했다고 했잖아. 도난이라니! 납골당에서 실려 나가서 난도질을 당했는지 어쨌는지……. 그나마 그 정도면 다행이지. 그런데 당신들은 이렇게 침착하게 앉아서 점잖은 소리로 날 속이려는 거야? 내가 모르는 줄 알아? 루시 언니도 그래, 난 참을 수가 없다구. 무슨 일이 일어나고 있는지 알아야겠어. 끔찍한 일이 벌어지고 있는 게 틀림없으니까. 난 지난 두 주 동안 너무 많은 일을 겪었다고! 톰 파팅턴, 당신은 도대체 왜 이렇게 돌아와서 날 고문하는 거죠? 이제 오그던이 돌아와서 시시한 농담이나 지껄여 대면 그야말로 완벽하겠네. 안 그래? 정말 참을 수가 없어!"

그녀의 손이 떨리고 있었다. 목도 마찬가지였다. '아름다운 노파'의 모습이 되돌아와서 커다란 의자에 앉아 금방이라도 눈물을 터뜨릴 것 같은 기세였다. 루시는 반짝이는 갈색 눈으로 지그시 이디스를 바라보고 있었다. 스티븐스는 그 갈색 눈에서 표현할 수 없을 정도의 동정심을 읽었다. 마크는 동생에게 다가가서 어깨에 손을 얹고 다정하게 말했다.

"진정해, 이디스. 진정제를 한 알 먹고 푹 자고 일어나면 괜찮아질 거야. 루시랑 2층으로 올라가면 약을 찾아 줄 거야. 이 일은 우리에게 맡겨 두고……. 무슨 일이 있었든지 잘 해결할 테니까. 알고 있지?"

이디스는 잠시 침묵을 지키다가 대답했다.

"알아. 내가 그렇게 발끈한 건 한심한 짓이었어. 하지만 솔직히 속이 시원해. 머릿속에 드는 생각을 어쩔 수 없을 때가 있잖아. (마크가 하던 말과 비슷했다.) 예전에 어느 집시 여자가 나한테 영능력이 있다고 한 적이 있는데, 물론 그런 걸 믿는다는 소리를 하려는 건 아니야. 하지만 언니, 난 언니가 그 그림의 드레스를 본떠서 옷을 만들어 입을 때부터 불길한 일이 생길 거라는 걸 알았어. 그런 건 예전부터 늘 불길하다고 여겨지던 일이야. 요즘 사람들은 그런 걸 더 이상 믿지 않아야 한다는 건 알고 있지만, 그래도 난 상식이란 걸 머리에 물동이처럼 이고 다니면서 물이 쏟아질까 봐 등 한 번 굽히지 않고 고개 한번 돌리지 않은 채 세상을 살아가는 게 싫어. 사실 달의 위상 변화가 특정한 유형의 인간 두뇌에 직접적인 영향을 끼친다는 건 과학적으로 증명된 사실 아닌가?"

파팅턴은 몽상적으로 중얼거렸다.

"어떤 사람들은 달은 광기의 어머니이고 광인lunatic이라는 단어도 달에서 유래했다고 하죠……."

"당신은 예전부터 유물론자였죠, 톰. 하지만 그것도 맞는 말이긴 해요. 초자연적인 현상 중에서……."

순간 스티븐스는 방 안에 있던 사람들의 표정이 변하는 것을 보았다. 자기 자신의 표정도 틀림없이 그랬으리라.

"……그렇게 괴상하고 터무니없는 믿음이 어디 있겠어요? 사람의 정신이 수백만 킬로미터 떨어진 존재에 영향을 받는다니……."

파팅턴이 말했다.

"수백만 킬로미터 떨어진 치즈 조각에 영향을 받으려나. 그럴 리야 없겠지만. 왜 이런 신비주의적인 이야기를 꺼내는 거요?"

이디스는 어둡게 대꾸했다.

"당신이 날 실컷 비웃으라고요. 난 치즈 조각을 보고 싶어요. 루시 언니, 기억나? 마일스 삼촌이 돌아가시던 날 밤에 보름달이 떴어. 우린 달을 보며 감탄했고 오빠와 언니는 집에 오는 길에 노래를 불렀잖아. 사람이 죽지 않은 인간에 대해 생각하기 시작하면……."

"죽지 않은 뭐? 이런, 그런 허튼소리는 어디서 들었지?"

마크는 그 말을 처음 듣기라도 하듯 재빨리 기분 좋게 받아쳤지만, 목소리가 지나치게 컸다.

"아, 어떤 책에서 읽었어……. 위층으로 올라가긴 싫고 나가서 먹을 거나 찾아봐야겠어. 같이 가자, 언니. 난 피곤해. 아주 죽도록 피곤해. 샌드위치 좀 만들어 줄래?"

루시는 힘차게 일어나더니 어깨 너머로 마크에게 윙크를 해 보였다. 그들이 나간 뒤, 마크는 어두운 표정으로 생각에 잠긴 채 방을 두어 바퀴 서성거리다가 벽난로 앞에 멈춰 서서 담배를 말기 시작했다. 헨더슨이 지하실에서 보일러를 돌리는지, 방 안 어딘가에서 숨어 있는 방열기가 털털거리기 시작했다.

"우리 모두 서로 뭔가를 숨기고 있었군."

마크는 돌에 성냥을 그어 불을 켰다.

"삼촌의 시신이 사라졌다는데도 두 사람 다 별로 놀라지 않는 거 봤나? 최소한 이디스는 그랬어. 자세하게 캐묻지 않았다고. 납골당을 들여다보겠다고 하지도 않았고……. 아, 빌어먹을. 이디스의 머리에는 대체 무슨 생각이 들어 있는 거지? 우리랑 같은 생각일까? 아니면 밤이라 그냥 이상한 생각이 든 걸까? 정말 알 수 없군."

파팅턴이 내뱉듯이 말했다.

"나라고 알겠나."

"책에서 읽었다는 그것도 그래. 죽지 않은 인간. 자네와 마찬가지로 이디스도 책에서 읽었다고 했어."

마크는 스티븐스를 보았다.

"같은 책이겠지?"

"그럴 리는 없어. 내가 읽은 건 아직 원고 상태니까. 크로스의 새 책이지. 고던 크로스. 자네도 크로스의 책을 읽은 적 있겠지?"

마크는 동작을 우뚝 멈췄다. 그가 스티븐스를 뚫어지게 바라보는 동안, 손에 든 성냥은 계속 타고 있었다. 그는 성냥을 수평으로 들고 있다가 불이 손가락까지 타들어 가기 직전에 본능적으로 흔들어 껐다. 하지만 그는 여전히 휘둥그렇게 뜬 눈으로 스티븐스를 응시하고 있었다.

"철자를 불러 봐."

그는 철자를 듣고 말했다.

"그럴 리가. 자네 말이 맞았어, 파팅턴. 나도 밤이라 이상한 생각만 하고 있는데, 이러다가는 나까지 진정제를 먹어야 할 것 같군. 그 이름을 수십 번이나 봤으면서도 단 한 번도 비슷하다는 생각을 못 했다는 게 그 증거야. 고던 크로스, 고댕 생크루아. 이야! 누가 날 좀 발로 차 주게."

"그게 어떻다는 건가?"

"모르겠나?"

마크는 병적인 열의와 환희를 띠고 있었다.

"이런 일에 얽혔을 때는 상상력을 제멋대로 돌아다니게 내버려 두면 그럴듯한 생각이 떠오르거든. 고던 크로스라는 남자는 상당히 괜찮은 책을 쓰는, 아마 됨됨이도 괜찮은 친구일 거야. 한데 이 이름을 보면 살인범과 살해당한 자가 영원히 환생하는, 죽지 않은 인간들의 순환 고리를 떠올리게 돼……. 고던 크로스, 고댕 생크루아는 마리 도브리, 브랭빌리에 후작 부인의 유명한 연인으로서 부인에게 독약에 대한 모든 지식을 처음 알려 준 사람이었어. 후작 부인보다 먼저 죽었지. 연구실에서 독약 제조용 솥 위에 쓰러져서. 안 그랬다면 독살 사건을 다루기 위해 설립된 특별 재판소에서 바퀴에 묶여 사지가 찢겨 죽는 거열형이나 화형 선고를 받았을 거야. 그런 재판소를 '화형 법정'이라고 불렀어. 법정에서는 생크루아의 죽음을 수사하다가 티크 상자 속에서 증거를 발견했는데, 이 증거를 통해 후작 부인이 용의 선상에 올랐지. 부인은 생크루아에게 싫증이 나서 미워하는 상태였는데, 그걸로는 혐의가 있다고 할 수 없지. 생크루아는 왠지 모르게 그냥 죽었어……. 뒤마의 기록에 따르면 독가스를 제조하려고 하다가 유리 가면이 미끄러지는 바람에 그 증기를 맡고 숨이 막혀 자기 솥에 머리를 박고 죽었다고 해……. 그래서 후작 부인에 대한 추적이 시작되었어."

스티븐스는 퉁명스럽게 말했다.

"오늘 밤에는 더 못 듣겠어. 괜찮다면 이제 집으로 돌아가겠네.
아침에 납골당을 봉하세나."

파팅턴은 그를 쳐다보았다.

"날씨가 좋은 밤이군요. 정문까지 같이 걸읍시다."

010
☆☆☆

그들은 커다란 가로수 아래 군데군데 우거진 관목 덤불을 따라
차도를 걸었다. 파팅턴과 스티븐스는 둘 다 한동안 말이 없었다. 마
크는 헨더슨과 마지막 의논을 하고 테니스 코트를 덮는 방수포로
납골당 입구를 덮어 놓으러 갔다. 스티븐스는 파팅턴이 무슨 생각
을 하고 있는지 궁금해져서 먼저 공격을 시작했다.

"약병이 사라졌다가 돌아온 일은 어떻게 생각합니까? 여자들에
게 말한 것 말고."

"네?"

파팅턴은 멍하니 생각에 잠겨 있다가 퍼뜩 정신을 차렸다. 그는
별빛을 바라보며 자갈 위에서 길을 찾으려는 듯 발을 끌며 걷고 있
었다. 그는 잠시 사이를 두었다.

"음, 말씀드렸지만 난 모든 일을 잘 정리하는 걸 좋아합니다. 우리는 과량으로 복용했을 때 치명적인 독이 든 작은 병이 도난당했다가 돌아왔다는 사실을 알고 있어요. 우리가 아는 건 그뿐이고, 간호사를 만날 때까지 아마 그 이상은 알 수 없을 겁니다. 그 약이 액체냐 고체냐 하는 가장 중요한 사실조차 모릅니다.

하지만 그 약이 무엇이냐 하는 점에는 두 가지 가능성이 있어요. 첫째, 스트리크닌이나 디기탈리스 같은 강심제였을 가능성. 그렇다면…… 음, 솔직히 아주 좋지 않은 경우입니다. 독살범이, 만약 독살범이 있다면 말이지만, 범죄를 아직 끝내지 않았다는 뜻이 될 수도 있으니까."

스티븐스는 고개를 끄덕였다.

"네, 나도 그런 생각을 해 봤습니다."

파팅턴은 냉정하게 말했다.

"분명히 말할 수 있는 건 그럴 가능성은 대단히 낮다는 겁니다. 그런 약이 도난당했다면 의사가 물건을 찾거나 사용처를 알아낼 때까지 집 안을 발칵 뒤집어 놨을 테니까요. 하지만 이 경우 의사도 간호사도 크게 걱정한 것 같지는 않습니다. 그냥 짜증을 냈을 뿐이지……. 아시겠지요? 마찬가지로 안티몬처럼 자극적인 약물이었다면, 의사도 절대 마일스 씨가 자연사했다는 진단서에 서명하지 않았을 거라고 장담할 수 있습니다.

두 번째 가능성이 차라리 훨씬 신빙성이 있어요. 모르핀 몇 알을 훔친 거라는 마크의 가정 말입니다."

"마일스 씨가?"

파팅턴은 이맛살을 찌푸렸다. 무엇보다 이 부분이 유독 신경 쓰이는 것 같았다.

"네, 가능한 일이죠. 가장 쉬운 해결책이기도 하고. 사람이란 게 다들 쉬운 해결책을 찾지 않습니까?"

불룩 나온 눈매가 별빛 속에서 이쪽을 흥미로운 듯 돌아보았다.

"하지만 마일스 씨가 그렇게 했다고 단정하기에는 몇 가지 이상한 점이 있어요. 병은 사라졌다가 되돌아왔죠. 마일스 씨의 방은 간호사 옆방이었습니다. 병이 사라진 뒤 간호사는 방문을 잠그고 다녔습니다. 복도 쪽 문이죠. 하지만 마일스 씨의 방으로 직접 연결되는 문이 하나 더 있는데, 환자를 돌봐야 하는데 이 문까지 잠갔을 리는 없지 않습니까. 만약 마일스 씨가 병을 훔쳤다가 돌려놓고 싶었다면 왜 바로 이어진 문으로 들어가지 않았을까요? 왜 문밖 탁자 위에 놓아두었을까요?"

"그건 간단하지 않습니까. 그랬다가는 간호사가 누구 짓인지 곧바로 눈치챌 텐데. 그녀의 방에 들어갈 수 있는 사람은 마일스 아저씨뿐이지 않습니까."

파팅턴은 차도에 우뚝 서서 나직하게 욕설을 내뱉었다.

"나이가 들어서 머리가 굳었나. 그렇군요. 게다가…… 간호사가 복도 쪽 문을 잠그면서 과연 마일스 씨의 방과 연결되는 문을 그대로 두었을까 하는 점도 확신할 수 없군요. 간호사는 아마 마일스 씨까지 의심했을 테니까."

"네, 하지만 그렇다 해도 그게 어떻다는 겁니까?"

"동기. 모르핀을 훔친 이유 말입니다."

파팅턴은 집요하게 말했다. 그는 아는 것은 많지만 적절한 표현을 찾기 힘든 듯 허공에서 손짓을 했다.

"마일스 씨가 훔치지 않았다면, 다른 누가 훔쳤겠죠. 자, 마일스 씨가 훔쳤다고 생각하면 동기는 이해할 수 있습니다. 하지만 다른 사람이 훔쳤다면? 대체 어디에 쓰려고 했던 걸까요?"

"다른 살인을 저지르기 위한 것은 아니었을 겁니다. 기껏 몇 알, 두세 알 정도가 없어졌겠지요. 그 이상 없어졌다면 의사가 난리를 쳤을 테니까. 통상적으로 모르핀은 15밀리그램 중량의 정제로 되어 있지요. 120밀리그램은 치사량이 아닙니다. 확실하게 사람을 죽이려면 250밀리그램은 필요해요. 그러니 살인이 목적은 아니었을 겁니다. 또한 집안사람 가운데 누가 약 복용자였을 가능성도 배제할 수 있어요. 그랬다면 병을 통째로 훔치고 돌려놓진 않았을 겁니다. 혹, 누군가 그냥 잠이 안 와서? 그럴 수도 있지만, 이 약을 먹으면 곧장 정신을 잃게 되는데 아주 고통스럽지 않은 이상 불필요할 정도로 독한 약을 썼을까요? 왜 약장에 있다는 평범한 진정제를 먹지 않았을까요? 그리고 두 경우 다 모르핀을 '훔칠' 정도로 비밀스러워야 할 이유가 없습니다……. 자, 이 모든 가정이 설득력이 없다면, 도둑은 무슨 목적으로 모르핀을 훔쳤을까요?"

"글쎄요."

파팅턴은 느리고 명료하게 말을 이었다.

"음, 밤에 몰래 할 일이 있는데 어떤 사람이 그 장면을 보거나 들을 가능성이 있다면? 그 사람에게 15밀리그램의 모르핀을 먹이면 안전하지 않을까요?"

그는 우뚝 멈추더니 별빛 속에서 미간을 찌푸리고 돌아보았다. 그의 시선이 스티븐스에게 고정되었고, 순간 스티븐스는 파팅턴이 무슨 말을 할지 예감했다. 마일스가 독살되던 밤, 마리와 그가 오백 미터밖에 떨어지지 않은 집에 있을 때 10시 30분도 되기 전에 이유 없이 졸려서 잠자리에 들었던 일이 마치 그림 속의 한 장면처럼 뇌리를 스쳤다.

파팅턴이 느닷없이 입을 열었다.

"가장 중대한 문제는 말이죠. 누가 납골당에 들어가서 시체를 훔친 일입니다. 만약 헨더슨 부부가 모르핀을 먹고 잠들었다면, 과연 시체 도둑들이 작업하는 소리를 들었을까요?"

"세상에, 바로 그거군!"

스티븐스는 안도감이 몰려와 큰 소리로 외쳤다. 하지만 이내 망설였다.

"하지만 그건……."

"저택에 있던 사람들이 시끄러운 소리를 들었을 거다? 누가 납골당을 건드린 흔적이 없다고 헨더슨이 맹세했다? 좋습니다. 정직한 사람이죠. 하지만 꼭 그렇게만 생각할 일이 아닙니다. 우리도 아까 일할 때 소리를 많이 내고 난리를 피웠죠. 우리가 한 일을 생각해 봅시다. 쐐기와 망치로 길에 깐 돌길을 부쉈죠. 그 길이 어떤 형태였는지 기억해 보세요. 그림 맞추기 퍼즐 조각을 접착제로 붙인 것처럼 돌 사이 빈틈을 모르타르로 채운 얇은 판형이었습니다. 그 밑에는 접착성이 강한 콘크리트는 없고 흙과 자갈뿐이었어요. 도로 전체를 길게 한 덩어리로 잘라 내서 들어 올릴 수도 있잖겠습니까? 모르타르는 부숴야겠지만 양쪽으로 얇게 조금만 부수면 됩니다. 그 밑에 깔린 석판을 들어 올렸듯이 한 덩어리로 비스듬히 세울 수 있어요. 헨더슨은 발밑의 돌길이 원래대로 붙어 있는 걸 보고 충분히 그렇게 말할 수 있는 겁니다. 흙과 돌을 들어내느라 조금 지저분해졌을 수는 있지만, 어차피 일주일 전에 납골당을 열었던 흔적이 아직도 남아 있다고 하지 않았습니까."

스티븐스는 파팅턴의 생각을 믿고 싶었다. 마음 한구석에 여전히 의혹이 도사리고 있었지만 그것은 구체적으로 규명할 수 있는 성질의 의혹이 아니었다. 그는 다른 종류의 문제, 개인적인 문제에 사로잡혀 있었다. 그와 파팅턴은 저택 정문에 도착했다. 그들은 멈춰 서서 산들바람이 부는 어둑한 킹스 애버뉴를 내려다보았다. 가로등이 띄엄띄엄 서 있고, 그 아래로 타르를 바른 도로 표면이 검은 강물처럼 빛나고 있었다. 처음 만났을 때보다 말수가 많아진 파팅턴은 원래의 모습으로 돌아갔다. 한결 정중해진 말투였다.

"말이 너무 많았군요. 요점은, 우리는 뭔가를 믿어야 한다는 겁니다. 이디스는 저를 유물론자라고 했지만, 저는 그것이 그렇게 경멸당할 일이라고 생각하지 않아요. 인정합니다. 예전에 이디스는 이런저런 이야기를 제게 많이 했었죠. 내가 그 여자에게 낙태 수술을 해 준 걸 내가 임신시켰기 때문이라고, 모든 게 그 여자가 내 사무실에서 일했기 때문이라고 생각했습니다. 그렇다면 도대체 어느 쪽이 유물론자죠?"

저택을 나서기 직전에 마지막으로 마신 술 때문에 말이 술술 나오는 것 같았다. 그는 문득 격한 기색을 보이다가도, 마찬가지로 느닷없이 잘 훈련된 자제력으로 억제하곤 했다.

"네, 사실입니다. 강가에 핀 노란 앵초는 그에게는, 아니, 적어도 내게는 노란 앵초일 뿐입니다. 현자가 그 안에서 발견하라고 하는 그런 존재가 아니에요. 그것은 자연의 상징도 아니고, 서툰 시를 치장하는 신비의 꽃봉오리도 아닙니다. 바라보기에 그보다 더 아름다운 것들은 많이 있어요. 달리는 경주마, 뉴욕의 스카이라인……. 빌어먹을 앵초는 그저 식탁 화병에 장식해 놓으면 그럭저럭 봐 줄 만한 꽃일 뿐입니다. 안 그렇습니까?"

"네, 그런 것 같습니다."

"그러니 유령이니 죽지 않은 사람이니 하는 이런 이야기들은……."

그는 약간 숨이 찬 듯 말을 멈추더니 미소 지었다.

"이제 정말 입을 다물어야겠군요. 저는 정말로 납골당에 대해 정확한 해답을 찾아냈습니다. 장의사가 무슨 술책을 쓴 것만 아니라면."

"장의사? 앳킨슨 말입니까?"

의사는 눈썹을 치켜올렸다.

"조나 노인? 네, 아시겠지만…… 괴짜죠. 데스파드 집안 장례를 대대로 몇 대나 치른 사람이라 이제 아주 늙었습니다. 헨더슨이 장의사가 수상한 짓을 했을 리가 없다고 그렇게 열을 올린 것도 그래서고요. 앳킨슨이니까. 오늘 밤 같이 올 때도 마크가 그의 집을 가리키면서 요즘은 노인의 아들이 실질적인 업무를 해서 사업에 활기가 돈다고 하더군요. 마크의 아버지가 조나 노인과 아주 친했죠. 요즘도 무슨 '찻집'에 있냐, 요즘도 그 '구석'에 처박혀 있냐 이런 식으로 자기들끼리만 통하는 농지거리를 하곤 했습니다. 무슨 뜻인지 아직도 모르겠습니다. 아마도……. 아, 그럼 이만."

스티븐스는 파팅턴이 이성과 취기의 흐릿한 경계를 넘어섰다는 것을 깨닫고 작별 인사를 한 뒤 경쾌한 걸음으로 킹스 애버뉴를 걷기 시작했다. 하지만 일부러 그런 것이었다. 그는 혼자 있고 싶었다. 자갈을 밟는 파팅턴의 발소리가 저택 안으로 사라질 때까지 그는 걸음을 늦추지 않았다.

이 어리둥절한 상태를 육체적으로 배설할 수 있는 출구를 찾고 싶었다. 주먹을 휘두른다거나, 뭔가를 친다거나, 무력하게 그냥 이를 악문다거나. 모든 상황이 너무나 막연했다. 파팅턴처럼 의혹들을 도표처럼 정리할 수 있다면, 누군가 객관적인 사람이 와서 명쾌한 질문을 던져 준다면, 훨씬 더 잘 이해할 수 있을 것 같았다. 그는 스스로에게 질문을 던져 보았다. 마리가 수상하다고 믿는가? 수상하다는 건 무슨 뜻인가? 어떤 식으로 수상하다는 말인가? 바로 이 지점에서 스티븐스의 사고는 마치 불에 덴 것처럼 물리적으로 물러서며 활동을 중지했다. 입 밖으로 낼 수 없는 질문이었기에 대답할 수도 없었다. 모든 것이 허황했다. 도대체 어떤 틈을 따라 이런 생각들이 스며들었을까? 실질적인 증거라도 있는가? 이 모든 것이 결국 손바닥보다 작은 사진 한 장과 비슷한 이름, 소름 끼칠 정도로 비슷한 외모······. 그래, 사진이 없어졌다는 사실 때문이었다. 그뿐이었다.

별장에 도착한 그는 그의 흰 별장을 올려다보았다. 현관문 위의 불은 꺼져 있었다. 거실 창문을 통해 빨간 불빛이 흔들리며 흘러나올 뿐, 불이 켜진 방은 없었다. 마리가 벽난로를 피운 모양이었다. 이상했다. 마리는 불을 무서워하는데. 불길한 예감이 스쳤다.

현관문은 잠겨 있지 않았다. 그는 문을 열고 오른쪽 거실에서 불빛이 흘러나오는 어두운 복도로 들어섰다. 아무 소리도 들리지 않고, 난롯불만 거의 귀에 들리지 않을 정도로 희미하게 지글거리며 타오르고 있을 뿐이었다. 생나무를 땐 모양이었다.

"마리!"

아무 대답이 없었다. 그는 불길한 기분으로 거실로 들어섰다. 역시 생나무였다. 큰 장작 하나가 누렇고 매캐한 연기를 뿜어내고 있었고 작고 심술궂은 불길이 연기 사이를 넘나들고 있었다. 장작이 쉿 소리를 내며 탁탁 튀는 소리가 들렸다. 연기가 돌로 된 벽난로 후드를 넘어 집 안으로 흘러들었다. 이 어둑어둑한 불빛 때문에 익숙한 집 안이 낯설게 느껴지는 것이 묘했지만, 그래도 난로 옆 원탁에 샌드위치가 담긴 접시와 보온병, 컵이 놓여 있는 것은 알아볼 수 있었다.

다시 복도로 나가니, 다리가 너무 무거워 튼튼한 목재 바닥까지 삐걱거리는 것 같았다. 그는 전화 탁자 앞을 지나치다 반사적으로 아직 그 위에 놓여 있는 서류 가방에 손을 뻗었다. 더듬어 보니 가방은 열려 있었고, 원고는 급히 꺼냈다가 다시 넣었는지 흐트러져 있었다.

"마리!"

위층으로 올라가는 발밑에서 계단이 시끄럽게 삐걱거렸다. 집 뒤쪽을 향하고 있는 침실에는 침대 옆 등이 켜져 있었지만, 방은 비어 있었고 레이스 침대 커버도 씌워진 그대로였다. 벽난로 위에서 작은 시계만 부지런히 째깍거리며 정적을 깨뜨리고 있었다. 3시 5분이었다. 그때 책상 위에 세워 놓은 봉투가 눈에 띄었다.

쪽지에는 이렇게 적혀 있었다.

사랑하는 에드워드

오늘 밤에는 나가 봐야 해. 우리의 마음의 평화가 달려 있는 일이야. 내일 돌아올게. 설명하기 힘들지만, 걱정하지 마. 당신이 무슨 생각을 하고 있든, 그건 사실이 아냐. 사랑해.

마리

추신: 차를 가져갈게. 거실에 음식을 차려 놨고 보온병에 커피도 있어. 엘런이 내일 아침에 와서 아침을 준비해 줄 거야.

스티븐스는 쪽지를 접어 책상 위에 놓았다. 갑자기 심한 피로가 몰려왔다. 그는 침대에 앉아 휑할 정도로 잘 정돈된 방 안을 멍하니 바라보았다. 그러다가 다시 일어나서 전등을 켜며 아래층으로 내려갔다. 복도의 서류 가방을 열어 보니 예상했던 대로였다. 크로스의 책은 원래 총 열두 장ʰ이었다. 하지만 지금은 열한 장뿐이었다. 1861년 단두대에서 살인죄로 처형된 마리 도브리에 대한 부분이 사라지고 없었다.

003

"하루는 로렌스가 침실에 있다가
검은 벨벳을 씌운 작은 가면이 있기에 재미로 쓰고 거울을 봤다지.
하지만 제대로 들여다볼 사이도 없이
침대에 누워 있던 백스터 노인이 버럭 소리를 질렀다네.
'내려놔, 이 바보 같은 놈! 죽은 사람의 눈으로 내다볼 참인가?'"

‖ M. R. 제임스, 『언덕 위의 풍경』

제 3 부

변론

011
☆☆☆

다음 날 아침 7시 30분 스티븐스가 샤워를 하고 깨끗한 옷으로
갈아입은 뒤 아래층으로 내려오는데, 누군가 주저하듯 현관 문고리
로 문을 두드리는 소리가 났다.

스티븐스는 계단 난간을 붙든 채 얼어붙었다. 대답하고 싶지 않
은 기분에 혀가 굳었다. 밤새도록 할 말을 연습하기는 했지만, 만약
마리라면 무슨 말부터 꺼내야 할지 알 수 없었다. 아래층 불은 아직
켜져 있었고, 거실은 독한 연기로 가득했다. 간밤에는 잠들 수 있을
것 같지 않아 침대에 들지 않았다. 머리가 약간 지끈거렸고 생각도
제대로 돌아가지 않았다. 밤새도록 같은 생각만 거듭하며 괴로워하
다가 이렇게 맞닥뜨리는 것이 막막했다. 그렇게 열심히 생각해 낸

대사조차 입 밖으로 낼 수 없을 것 같았다. 복도조차 낯설어 보였다. 새벽과 함께 숨 막힐 정도로 몰려온 차가운 흰 안개가 창밖에서 서늘하게 노려보는 것 같았다. 아까 전원을 켰던 커피포트에서 증기를 뿜어내며 보글거리는 소리가 식당에서 흘러나와 그나마 마음을 달래 주었다.

그는 아래층으로 내려가 식당으로 향한 뒤 조심스럽게 커피포트의 플러그를 뽑았다. 이른 아침의 커피 향이 좋았다. 그런 뒤 그는 문간으로 나가서 누구냐고 물었다.

"실례합니다. 혹시……."

낯선 목소리였다. 왠지 맥이 탁 풀렸다.

그는 파란색 긴 코트 차림의 통통한 여자를 내려다보고 있었다. 망설이는 태도였지만 그 안에는 억눌린 분노가 도사리고 있었다. 어딘가 낯이 익었다. 한 대 얻어맞아 푹 꺼진 것처럼 생긴 작은 파란색 모자 아래로 보이는 얼굴은 미인이 아니었지만 매력적이고 영리해 보였다. 신중해 보이는 갈색 눈동자 위의 모래색 속눈썹은 거의 깜빡이지 않았다. 솔직해 보이고 사무적이고 유능한 인상이었다. 실제로도 그랬다.

"기억하실지 모르겠는데요, 스티븐스 씨. 데스파드 저택에서 몇 번 뵈었죠. 집에 불이 켜져 있기에……. 마이라 코빗입니다. 마일스 데스파드 씨를 간호했어요."

"아, 그렇죠. 네, 기억합니다! 들어오세요."

그녀는 모자를 움켜쥐더니 저택 쪽을 돌아보았다.

"무슨 일이 있는 것 같아요. 간밤에 제게 저택으로 곧장 가 보라는 전갈이 왔는데……."

그녀는 다시 한번 망설였다. 그 빌어먹을 전보군. 스티븐스는 직감했다.

"하지만 환자를 돌보던 중이어서 한 시간 전에야 집에 돌아가서 전갈을 봤어요. 이런저런 사연이 있어서……."

분노가 한층 깊어졌다.

"가능한 한 빨리 가 봐야겠다고 생각했죠. 그런데 저택에 가 보니까 아무도 없는 것 같았어요. 문을 두드리고 또 두드렸는데 아무도 안 나오더군요. 무슨 일인지 모르겠어요. 그러다 이 집에 불이 켜져 있는 걸 보고, 혹시 잠깐 앉아서 기다리면 안 될까 해서……."

"괜찮습니다. 들어오세요."

그는 길 저쪽으로 시선을 주며 물러섰다. 아련한 흰 안개 속에 차 한 대가 라이트를 환히 켠 채 언덕을 올라가고 있었다. 차는 불안하게 곡선 도로를 돌더니 속도를 줄이고 길가에 멈춰 섰다.

"이야호! 이야호!"

고래고래 지르는 목소리. 틀림없이 오그던 데스파드였다.

자동차 문이 쾅 닫히고, 오그던의 훤칠한 형체가 안개 속에서 다가왔다. 그는 연한 낙타털 코트를 입고 있었는데 아래로 정장 바지를 입은 다리가 보였다. 오그던은 대부분의 집안에서 나타나는 격세 유전 형질을 타고난 사람이었다. 식구들 중 누구와도 닮은 데가 없었다. 그는 검은 머리에 맵시가 좋았고 뺨이 약간 움푹 들어가 있고 턱이 파르스름했다. 아침에 면도를 안 한 것 같았지만, 잘 빗질한 검은 머리는 헬멧처럼 반질거렸다. 눈 아래가 비스듬히 주름진 얼굴은 윤기가 없어서 모공 하나하나까지 다 보일 것 같았다. 눈꺼풀이 부은 눈이 재미있다는 듯 간호사에게서 스티븐스에게로 옮겨 갔다. 겨우 스물다섯 살에, 하는 행동은 더 어릴 때도 많았지만 형인 마크보다 나이가 들어 보였다.

그는 주머니에 손을 푹 찔렀다.

"안녕하세요. 한량이 돌아왔습니다. 이야! 이건 뭐지? 밀회 현장인가?"

오그던은 이런 식으로 말할 때가 많았다. 불쾌한 사람이라고까지 하기는 뭐하지만 그와 함께 있으면 편하지 않은 것도 사실이었다. 그를 만날 기분이 아니었던 스티븐스는 코빗을 복도로 들였고, 오그던은 어슬렁어슬렁 따라 들어오며 문을 닫았다.

"밤새도록 일을 하느라 집이 엉망입니다. 커피는 끓여 놨는데, 한잔 드릴까요?"

"네, 고맙습니다."

코빗은 대답하더니 흠칫 몸을 떨었다. 오그던은 한심하다는 듯 푸 하고 소리를 냈다.

"커피라니! 밤새 파티를 즐기고 온 사람한테 그런 대접이라뇨!

혹시 술이라도 좀 있으면⋯⋯."

"서재에 위스키가 있어. 알아서 들게."

간호사와 오그던이 호기심 어린 눈으로 서로를 쳐다보는 것이 눈에 띄었다. 하지만 둘 다 말은 없었고, 이상한 긴장감이 돌기 시작했다. 코빗은 무표정한 얼굴로 거실로 들어갔다. 스티븐스는 식당에 있던 커피포트를 부엌으로 가져와 뚜껑을 찾기 시작했다. 그 사이 오그던이 위스키를 잔에 가득 따라 들고 들어왔다. 그는 콧노래를 부르고 있었지만 주위를 살피는 눈빛은 여전했다. 그는 진저 에일을 찾느라 냉장고 문을 열면서 자연스럽게 물었다.

"마이라도 경찰로부터 이쪽으로 오라는 전보를 받은 모양이군요. 저도 받았어요."

스티븐스는 아무 말 하지 않았다. 오그던은 말을 이었다.

"간밤에 받았는데 한창 흥이 나 술판을 돌던 참이라 잔을 내려놓기 싫었습니다. 그래도 경찰이 나선 건 잘됐네요. 다들 알고 있는 사실을 입증해 줄 테니까."

그는 얼음 통을 꺼내 싱크대 모서리에 탁탁 두드린 뒤 얼음 한 덩어리를 잔에 조심스럽게 넣었다.

"그건 그렇고, 간밤에 마크가 납골당을 여는 걸 도우신 것 같군요."

"왜 그렇게 생각하지?"

"내가 무슨 바보인가요."

"설마. 어련하시려고."

오그던은 잔을 내려놓았다. 혈색이 나쁜 얼굴이 어딘가 일그러져 있었다. 그는 조용히 말했다.

"그건 무슨 뜻으로 하는 농담이시죠?"

스티븐스는 돌아섰다.

"이봐, 지금 기분 같아서는 자넬 저 도자기 장식장에 처박으면 속이 시원하겠어. 자네뿐 아니라 건드리는 사람은 누구든. 하지만 서로 이성을 유지해야 하니까 아침 7시 30분부터 입씨름은 벌이지 말자고. 냉장고에서 크림이나 꺼내 주겠나?"

오그던은 웃었다.

"아이고, 이거 실례. 하지만 다른 사람도 아닌 당신이 왜 그렇게 초조해하는지 모르겠네요. 탐정 같은 직감을 발휘해 볼까요. 위스키를 따르러 가 보니 서재에 마크 형이 말아 피운 담배가 두 개 있더군요. 책상 위엔 마크 형이 그린 듯한 납골당 위 포장도로 그림이 그려져 있고. 아, 맞아. 전 눈치가 빠르답니다. 도움이 되죠. 마크 형이 그런 일을 계획하고 있다는 것도 알고 있었어요. 어젯밤 형이 식구들을 모두 집에서 내보낸 건 그것 때문이니까."

그의 긴 얼굴이 날카로운 조롱기를 드러냈다.

"경찰이 와서 당신들이 납골당 입구를 뜯으며 즐거워하는 모습을 보고 뭐라고 하던가요?"

"경찰은 오지 않았어."

"네?"

"게다가 전보도 경찰이 보낸 게 아닌 것 같아."

오그던은 아랫입술을 깨물며 날카로운 눈으로 그를 쳐다보았다. 그의 표정이 어딘가 바뀌었다.

"아, 네. 그 생각도 했죠. 하지만…… 스티븐스 형, 저한테 말해 줘도 되잖아요. 어차피 저택에 올라가면 알게 될 텐데. 서재에는 세 사람이 있었죠? 잔이 세 개 있더군요. 세 번째는 누구였습니까?"

"파팅턴 박사."

"이야!"

오그던은 어딘가 즐거운 듯 생각에 잠겼다.

"이거 또 거물이 행차하셨군. 물론 면허를 박탈당한 그 의사 양반이겠지? 아무 일 없이 영국에 있는 줄 알았는데. 그가 그걸 알아내면……. 왜 진작 그 생각을 못 했을까. 이제 전부 알겠어. 그래, 오그던. (이런 혼잣말도 오그던 특유의 짜증스러운 언어 습관 중 하나였다.) 그렇지. 마크 형은 그에게 검사를 시키고 장기를 살펴보게 할 생각이었군. 자, 스티븐스, 이야기해 보세요. 뭘 찾아냈습니까?"

"아무것도."

"네?"

"문자 그대로 아무것도 없었어. 납골당 안에는 시신이 없었네."

오그던은 고개를 뒤로 약간 젖혔다. 얼굴에 자그마한 의혹이 불빛처럼 떠올랐다. 이 순간만큼 그의 얼굴이 보기 싫었던 적도 없었다. 잠시 바라보고만 있던 오그던은 손을 냉장고에 넣어 작은 사과 소스 접시를 엄숙하게 꺼내더니 스티븐스 쪽으로 밀었다.

"그 말은, 깃발을 휘날리고 출장한 굳건한 친우이자 동맹군이 불쌍한 마일스 삼촌이 독살당했다는 걸 알아냈다는 뜻이겠죠? 아무도 그 사실을 알아내지 못하게 시체는 어디다 숨겼을 테고. 마크 형이 경찰을 어떻게 생각하는지는 알고 있습니다. 제 생각을 말씀드릴까요?"

"아니. 난 있었던 일을 그대로 말했을 뿐이야. 잔 들여가게 문을 잡아 주겠나?"

오그던은 놀란 듯했지만 생각에 잠긴 채 멍하니 문을 열었다. 스티븐스는 그의 민첩한 두뇌가 구석구석을 확인하며 허점을 찾고 있다는 것을 알 수 있었다. 그는 스티븐스를 불편한 시선으로 주시했다.

"그건 그렇고 마리 형수는 어디 있죠?"

"마리는…… 아직 자고 있네."

"이상하네요."

스티븐스는 이 말에 별다른 속뜻이 없을 거라는 점을 알고 있었다. 오그던은 단순한 말 한마디를 해도 상대방을 불편하게 만드는 평소의 원칙대로 말했을 뿐이다. 그럼에도 불구하고 마음이 한층 더 불편해졌다. 스티븐스는 잔 두 개를 들고 앞장서서 거실로 향했다. 오그던은 무슨 결심을 한 듯 그를 앞질러 가서 코빗에게 잔을 들어 보였다.

"아까부터 인사를 하려던 참이었는데, 일용할 술이 간절해서. 건배!"

이따위 진부한 소리만 계속 늘어놓으면 커피 잔을 저놈의 머리에 엎을지도 모르겠다고 스티븐스는 생각했다. 무릎 위에 두 손을 침착하게 포개고 앉은 코빗은 오그던을 쳐다보았지만 흥미가 없는 표정이었다.

오그던은 말을 이었다.

"전보 말인데, 당신이 받은 전보에는 뭐라고 돼 있던가요?"

"내가 왜 전보를 받았다고 생각하시죠?"

"모든 사람에게 일일이 설명해야 하나? 좋아요. 다시 이야기하지. 나도 받았으니까요. 이분한테도 말했지만, 간밤에 받았습니다. 하지만 이 집 저 집 파티를 돌아다니느라……."

"이 집 저 집 파티를 돌아다녔는데 전보는 어떻게 배달받았죠?"

오그던의 눈이 가늘어졌다. 정곡을 찌르는 은근한 빈정거림을 한마디 던져서 상대의 콧대를 납작 눌러 주거나 앞뒤 분간 못 하도록 분노를 불러일으키고 싶은 모양이었다. 그러나 그게 쓸데없는 짓이라는 정도쯤 알 만한 분별력은 있었다.

"거짓말이라도 하는 것 같아서? 캘리번 클럽에 들렀는데, 거기와 있더군요. 아니, 이러지 말고. 나한테 솔직하지 못할 이유가 있어요? 어차피 저택에 가면 알게 될 일인데. 여기 에드워드 스티븐스 씨도 다 알고 있으니까 솔직하게 이야기해도 돼요. 게다가 한편으로는 당신이 불려 온 것이 잘된 일인지도 모르겠군. 당신의 증언이 경찰에 중요할 수도 있으니까. 모를 일이지."

코빗은 어두운 목소리로 말했다.

"고맙습니다만, 무엇에 관한 증언 말인가요?"

"마일스 삼촌이 독살당한 일에 대해서."

"무슨 근거로 그런 말씀을!"

코빗이 외치는 기세에 커피가 흘러넘쳤다.

"하실 말이 있으면 베이커 박사님께 말씀하세요. 그렇게 생각할 이유는 전혀……."

그녀는 문득 말을 끊었다.

"저도 나중에 걱정을 했던 건 사실이에요. 그런 종류의 의혹에 대해서가 아니라, 그날 밤 제가 외출했기 때문에……."

오그던은 얼른 말을 가로챘다.

"당신은 당신 방 문을 빈틈없이 잠그고 다녔죠. 그러니 삼촌이 발작이라도 했다면 아무도 당신 방에 들어가서 약을 꺼낼 수가 없었을 겁니다. 그러니 어떤 면에서는 당신이 환자를 죽인 것일 수도 있는 거지. 이게 과실 치사가 아니면 뭘까요. 이런 이야기가 흘러나오면 당신 평판에도 그리 좋지 않겠죠."

그녀가 바로 그 점을 걱정했다는 것을 다들 알고 있었다. 오그던은 능란하게 화제를 이끌어 나갔다.

"아, 물론 나름대로 이유는 있었지. 삼촌의 상태도 많이 좋아졌고, 누가 당신 방에서 치명적인 약물을 훔쳐 갔으니 어쩌면 그런 일이 재발하지 않도록 예방하려고 했던 건 올바른 행동일 수도 있죠. 하지만 그렇다고 해서 당신이 전혀 의심받지 않을까? 베이커 박사는 노망이 나도 이상하지 않은 노인네이지만, 그 사람이라고 무사히 넘어갈까? 토요일에 당신이 가지고 있던 약이 도난당했죠. 그다음 주 수요일 밤에 마일스 삼촌이 돌아가셨고. 아주 수상하단 말입니다."

오그던은 즐기고 있었다. 그 때문에 범인을 잡는 것보다 분란을 일으키려는 게 목적이라는 것이 너무 뻔해 보였다. 간호사도 그 점을 깨달았는지 무표정한 얼굴로 돌아갔다. 그녀는 피곤하다는 듯 말했다.

"다른 사람들보다 훨씬 많은 걸 알고 계시는 것 같으니 이것도 당연히 알고 계시겠죠. 도난당한 물건이 있었다고 해도 첫째, 그것으로는 사람을 죽일 수 없고, 둘째, 데스파드 씨가 보였던 증상을 유발할 수도 없었어요."

"아, 그럴 거라고 생각했어요. 그럼 비소는 아니군요. 뭐였습니까?"

그녀는 대답하지 않았다.

"게다가 누가 가져갔는지 짐작 가는 사람도 분명 있을……."

코빗은 빈 잔을 탁자 위에 아주 조심스럽게 내려놓았다. 오늘 아침 유난히 분위기에 민감한 스티븐스는 이 심문에 새로운 요소가 개입되었다는 것을 알 수 있었다. 무슨 이유에서인지 간호사가 방 안과 계단 쪽을 둘러보며 누군가를 기다리는 기색으로 귀를 기울이고 있다는 것도, 오그던만 없으면 간절히 하고 싶은 이야기가 있다는 것도 느낄 수 있었다.

"전혀 짐작이 가지 않아요."

그녀는 침착하게 답했다. 오그던은 설득하듯 말했다.

"왜 이러세요. 나한테 말하는 게 좋을 겁니다. 양심도 편해질 테고, 어차피 나도 곧 알게 될……."

스티븐스는 무뚝뚝하게 말을 잘랐다.

"그 소리는 충분히 하지 않았나? 제발 사람답게 굴어 봐. 자넨 경찰이 아니잖나. 솔직히 삼촌이 무슨 일을 당했는지는 손톱만큼도 관심이 없으면서."

오그던은 영리한 얼굴에 미소를 지으며 돌아섰다.

"그러고 보니 당신도 숨기는 게 있는 것 같은데요. 분명히 뭔가 있어. 평소의 유쾌한 분은 어디 가셨나? 마일스 삼촌의 시체가 사라졌다는 거짓말 때문인 것 같기도 하고, 아닌 것 같기도 하고. 판단은 유보하겠습니다만."

그는 간호사가 일어서자 그쪽으로 시선을 돌렸다.

"안 가십니까? 집까지 태워 드리죠."

"아니, 괜찮아요."

한층 긴장된 분위기가 감돌았다. 오그던은 위로 세운 낙타털 코트 깃 안에 목을 묻고 긴 얼굴에 여전히 의심스러운 미소를 띤 채 마치 두 명의 적을 상대하는 검술사처럼 그들을 바라보고만 있었다. 그러던 그는 자신이 이 자리에 있는 것을 무리가 달갑지 않아 하는 것 같다고 말했다. 그러고는 스티븐스에게 위스키 고맙다며 모든 상황을 감안할 때 나쁘지 않았다고 재판관처럼 한마디 하더니 돌아섰다. 현관문이 닫힌 뒤에야 간호사는 스티븐스를 따라 복도로 나왔다. 그러더니 그의 팔에 손을 얹고 빠르게 말했다.

"제가 여기 온 진짜 이유는 당신과 할 이야기가 있어서예요. 중요하지 않은 일이라는 건 알고 있지만, 그래도 미리 경고를 해 드리는 게 좋을 것 같아서……."

그 순간 현관문이 벌컥 열리더니 오그던이 문간에 나타났다. 그는 늑대처럼 씩 웃으며 말했다.

"이런 실례. 그런데 이거 진짜 밀회 같은데요. 부인이 위층에서 주무시고 계신데 너무하지 않습니까? 아니, 정말 주무시는 거 맞아요? 차고에 차가 없던데. 깨끗한 사회도덕을 수호하는 차원에서라도 당신이 저택으로 가실 때 제가 따라가야 할 것 같습니다만."

"나가게."

스티븐스는 침착하게 말했다. 오그던은 느긋하게 말했다.

"이런, 이런. 침실 불도 켜져 있더군요. 마리 형수는 불을 켜고 주무시는 모양입니다."

"나가!"

오그던의 태도에는 변함이 없었지만, 스티븐스의 말투에서 나가는 게 좋겠다고 느낀 모양이었다. 하지만 두 사람이 저택을 향해 걸어 올라가는 동안 그는 차를 아주 천천히 몰면서 끝까지 졸졸 따라왔다. 안개는 좀 걷혔지만 아직 이삼 미터 앞도 잘 보이지 않았다. 희뿌연 안개 속에서 관목 덤불, 나무, 가로등이 느닷없이 나타나곤 했고, 저택 안 풍경 역시 쥐 죽은 듯한 고요에 싸여 있었다. 그 정적 속에서 갑자기 현관문을 두드리는 날카로운 소리가 꾸준히 들리다가 잠잠해지더니 다시 울려 퍼졌다. 답답한 안개 속에서 그 소리는 유난히 불길하게 들려왔다.

오그던이 말했다.

"세상에! 혹시 저 사람……."

그때 오그던이 무엇 때문에 놀랐는지 스티븐스는 알 수 없었지만 천천히 가고 있던 차가 현관 앞 기둥에 부딪힐 뻔했다. 현관 포치에는 덩치 좋은 남자가 손에 서류 가방을 든 채 다리를 바꿔 디뎌가며 계속 문을 두드리고 있었다. 스티븐스 일행이 다가가자, 그가 돌아보더니 누구냐고 묻는 듯한 눈으로 그들을 바라보았다. 진한 청색 오버코트와 부드러운 회색 모자 차림의 단정한 모습이었다. 아래로 눌러쓴 모자 챙 아래로 유머 감각 있는 눈매와 살짝 그을린 얼굴, 넓은 턱이 보였다. 관자놀이의 머리카락이 희끗희끗한 것으로 보아 나이보다 젊어 보이는 얼굴인 듯했다. 태도는 약간 비굴해 보일 정도로 싹싹했다.

"혹시 여기 사는 분 계십니까? 이른 시각이라는 건 알고 있습니다만, 댁에 아무도 안 계시는 것 같군요."

그는 잠시 사이를 두었다.

"제 이름은 브레넌입니다. 경찰청에서 나왔습니다."

오그던은 휘파람으로 두 음을 내더니 태도가 훨씬 침착해졌다. 스티븐스는 그가 돌연 방어적으로 변했다고 느꼈다.

"이런, 이런. 간밤에 다들 늦게까지 깨어 있더니 모두 자는 모양입니다. 걱정 마시죠. 여기 어디 열쇠가 있을 텐데. 저는 여기 삽니다. 오그던 데스파드입니다. 이른 아침부터 무슨 용건으로 오셨습니까, 경관님?"

"경감입니다."

브레넌은 오그던을 보며 말했다. 오그던은 오늘 아침 아무에게도 환심을 얻지 못하는 것 같았다.

"제가 찾아온 사람은 아무래도 당신 형인 것 같군요, 데스파드 씨. 혹시……."

그때 느닷없이 현관문이 열리는 바람에 문고리 위에 있던 브레넌의 손이 난데없이 허공에 멈췄다. 포치는 안개로 자욱했고 안개에는 굴뚝에서 잔뜩 흘러나온 검댕까지 섞여 있었지만, 저택 안 홀이 오히려 더 황량하고 음울해 보였다. 옷을 잘 차려입고 수세미로 박박 문지른 것처럼 보일 정도로 수염을 바싹 깎은 파팅턴이 안쪽에서 그들을 쳐다보고 있었다.

"무슨 일이십니까?"

경감은 헛기침을 했다.

"브레넌이라고 합니다. 경찰청에서 나왔는데⋯⋯."

그때 스티븐스는 모든 것이 근본적으로 처음부터 잘못되었다고 확신했다. 파팅턴의 얼굴이 흙빛으로 변했다. 문기둥을 짚은 그의 손이 기둥을 좀 더 확실히 잡으려고 아래쪽으로 더듬더듬 미끄러졌다. 얼른 문을 잡지 않았다면 무릎에 힘이 빠져 그 자리에서 주저앉았을 것이다.

012
☆☆☆

"무슨 문제라도?"

브레넌은 아무렇지도 않은 말투로 물었다. 사무적인 말투가 도움이 된 모양이었다. 축 늘어져 있던 마리오네트의 줄이라도 당긴 듯, 순간 파팅턴은 평정을 회복했다.

브레넌은 별다른 기색 없이 다시 말했다.

"경찰청에서 나왔습니다."

"아, 그렇군요. 아뇨, 아무 문제없습니다. 말씀드려도 믿지 않으실 거고."

"왜죠?"

파팅턴은 눈을 크게 깜빡였다. 너무 어리둥절한 것 같아서 술 취한 게 아닌가 하는 생각이 잠깐 들 정도였다. 하지만 파팅턴은 새로운 생각이 떠올랐는지 그런 기색을 떨쳐 냈다.

"브레넌! 그 이름이라면 들어 보았습니다. 사람들에게 저택으로 돌아오라고 전보를 보낸 분 아닙니까?"

경감은 그를 쳐다보았다.

"뭔가 오해하신 것 같습니다만."

그는 참을성 있게 말을 이었다.

"오해가 더 커지기 전에 잠깐 들어가서 이야기해도 되겠습니까? 저는 전보를 보내지 않았습니다. 오히려 누가 나한테 전보를 보냈는지 알고 싶어서 이렇게 찾아온 겁니다. 데스파드 씨, 마크 데스파드 씨를 뵙고 싶습니다. 청장님이 제게 만나고 오라고 지시하셨습니다."

"오늘 아침 이 의사 양반이 아무래도 제정신이 아닌 모양입니다, 브레넌 경감님."

오그던은 유들유들한 말투로 입을 열었다.

"잊으셨을지도 모르겠네요, 파팅턴 박사님. 오그던입니다. 박사님이…… 여길 떠났을 때 전 아직 학교에 다니고 있었죠. 그리고 이쪽도 혹시 잊으셨나 해서 말입니다만, 이쪽은 간밤에 만나셨던 에드워드 스티븐스 씨. 이쪽은 삼촌을 간호했던 코빗 양입니다."

"그렇군."

파팅턴은 대답했다.

"마크!"

정면의 큰 방 문이 열리고 노란 불빛이 홀로 흘러나왔다. 마크가 문간에 서 있었다. 움직임 하나하나가 뭔가를 경고하듯 묘하게 억눌린 중대한 의미를 담고 있었다. 마치 관객이 아직 의미를 알지 못하는 어떤 위기의 시작을 바라보고 있는 듯한 느낌이었다. 마크는 자연스럽지만 긴장한 분위기로 서 있었고, 방의 불빛이 그의 옆얼굴을 비추고 있었다. 목 부분이 말린 두터운 회색 스웨터를 입고 있어서 어깨가 유난히 넓어 보였다.

오그던이 말했다.

"음, 무슨 골치 아픈 일이 생긴 것 같아, 형. 이쪽은 강력반의 브레넌 경감님이야."

"저는 강력반 소속이 아닙니다."

브레넌의 목소리에 희미하게 짜증이 깔리기 시작했다.

"경찰청장 직속입니다. 마크 데스파드 씨입니까?"

"네, 들어오십시오."

그는 한쪽으로 비켜섰다. '의사 선생님이 곧 오실 겁니다'라고 덧붙이면 딱 어울릴 듯한 말투였다. 마크답지 않았다. 좋지 않은 징조였다. 그는 말을 이었다.

"오늘 아침에는 집 안이 좀 어지럽군요. 동생이 밤에 상태가 좀 안 좋았습니다. 코빗 양, 올라가서 봐 주겠나? 요리사와 하녀도 집을 비워서 우리끼리 최대한 그럴듯하게 아침을 준비하던 참입니다. 이쪽으로 오시죠. 에드워드, 파팅턴, 자네들도 들어오겠나? 아니, 오그던, 넌 됐어."

오그던은 자신의 귀가 믿기지 않는다는 태도였다.

"아, 그게 무슨 소리야! 도대체 왜 그래, 형! 당연히 나도 들어가야지. 내 앞에서 대충 넘어가려고 하지 마. 나도……."

마크는 말을 이었다.

"형으로서 네게 애정을 느낄 때도 있다, 오그던. 네가 있음으로 해서 파티가 더욱 즐겁고 흥겨워질 때도 있고. 하지만 네가 있으면 방해밖에 안 될 때도 있어. 지금이 그런 경우야. 부엌으로 가서 뭐라도 찾아 먹어. 명심해."

그는 다른 세 사람이 방 안으로 들어오자 문을 닫았다. 간밤과 마찬가지로 창문의 셔터는 여전히 내려져 있었고 전등 불빛이 타고 있었다. 시간이 조금도 흐르지 않은 기분이었다. 마크가 손짓하자 브레넌은 푹신한 의자에 앉아 모자와 서류 가방을 의자 옆 바닥에 놓았다. 모자를 벗으니 브레넌은 머리가 벗어진 부분을 가리기 위해 머리카락을 조심스럽게 한쪽으로 빗어 넘긴, 예리해 보이는 중년 남성이었다. 턱선은 보기 좋았으며, 얼굴도 젊어 보였다. 그는 이야기를 어떻게 꺼내야 할지 망설이는 것 같았다. 그러다 심호흡을 하더니 서류 가방을 열었다.

"제가 왜 여기 왔는지 알고 계실 테고 여기 친구분들 앞에서 이야기해도 괜찮으리라 생각합니다, 데스파드 씨. 여기 읽어 보셔야 할 내용이 있습니다."

그는 서류 가방에서 봉투 한 통과 깔끔하게 타자를 친 서류 한 장을 꺼냈다.

"어제 아침 이 시각에 받은 편지입니다. 보시다시피 제 앞으로 쓴 편지인데, 목요일 밤 크리스펜 소인이 찍혀 있습니다."

마크는 주저하지 않고 편지를 펼쳤다. 처음에는 읽지 않고 훑어 보기만 하는 것 같았다. 그러다 그는 눈을 들지 않고 소리 내어 읽기 시작했다.

"크리스펜의 데스파드 파크에서 4월 12일 사망한 마일스 데스파드는 자연사한 게 아닙니다. 그는 독살당했습니다. 이건 장난 편지가 아닙니다. 증거를 원하면 월넛 스트리트 218번지 조이스 레드펀 분석 화학 연구실로 찾아가십시오. 살인이 있었던 다음 날 마크 데스파드는 연구실에 우유가 담긴 물 잔과 와인과 달걀이 섞인 은 컵을 가져갔습니다. 컵에는 비소가 들어 있었습니다. 이 컵은 현재 마크 데스파드의 저택 안 책상에 보관되어 있습니다. 그는 살인이 벌어진 뒤 마일스 데스파드의 방 안 어딘가에서 이 컵을 발견했습니다. 집에서 기르던 고양이의 시체는 저택 동쪽 화단에 묻혀 있습니다. 고양이는 비소가 든 액체를 마셨을 겁니다. 마크는 살인을 저지르지 않았지만 사건을 은폐하려고 하고 있습니다.

살인범은 여자입니다. 증거를 원하면 요리사 헨더슨 부인에게 물어보십시오. 부인은 사건 당일 밤 마일스 데스파드의 침실에서 한 여자가 위에서 말한 은 컵을 그에게 건네주는 것을 목격했습니다. 저택 밖에서 만나 물어보십시오. 살인이라는 것을 모르고 있으니 조심스럽게 물어보시면 많은 것을 알 수 있을 겁니다. 부인은 프랭크퍼드 리스 스트리트 92번지에서 친구들과 함께 머물고 있습니다. 이 편지를 무시하지 않는 것이 당신을 위해 좋을 겁니다.

정의를 사랑하는 사람."

마크는 편지를 탁자 위에 놓았다.

"정의에 대한 사랑은 좋은데, 문장은 썩 훌륭하지 않군요, 안 그렇습니까?"

"그건 잘 모르겠습니다만. 요점은, 데스파드 씨, 이 내용이 사실이라는 겁니다. 잠깐 기다리십시오."

브레넌은 보다 날카롭게 덧붙였다.

"어제 헨더슨 부인을 시청에서 만났습니다. 경찰청장님과 당신은 친구 사이시죠. 당신을 돕기 위해 절 보냈습니다."

"이거 상당히 재미있는 형사님이군요."

마크는 갑자기 웃음을 터뜨렸다.

브레넌도 응답으로 씩 웃었다. 스티븐스는 이보다 더 완벽하게 긴장이 해소되고 급작스럽게 적대감이 사라지는 장면을 본 적이 없었다. 그제야 그 이유를 알 수 있었다. 브레넌도 깨달은 모양이었다.

"네, 제가 이 집에 들어온 순간 당신이 무슨 생각을 하셨는지 알 것 같군요."

싱글거리던 미소가 킬킬거리는 웃음으로 이어졌다.

"한 가지 여쭤 보지요. 제가 대뜸 쳐들어와서 사람들의 얼굴에 손가락을 들이대면서 모욕적인 말을 늘어놓고 피를 보려고 덤벼들 줄 아셨습니까? 들어 보세요, 데스파드 씨. 이 점은 분명히 말씀드릴 수 있습니다. 그렇게 행동하는 경찰은 당장 서에서 쫓겨납니다. 특히 당사자가 티끌만 한 권력이라도 있거나 당신처럼 경찰청장의 친구라면 더욱. 이런 편지를 쓸 때 사람들이 잊어버리는 게 있는데, 그건 바로 정치입니다. 하지만 우리가 그걸 잊을 수는 없죠. 그뿐만이 아닙니다. 우리에게는 할 일이 있습니다. 우리는 그 일을 최대한 잘하려고 노력하고 있고, 상당히 잘하고 있다고 생각합니다. 우리는 서커스단이나 곡마단이 아닙니다. 우리를 그런 존재로 만들고 혼자 튀려고 하는 야심 찬 젊은 친구들은 경찰청 내에서 좀처럼 견디기 힘듭니다. 그게 상식이죠. 말씀드렸지만 저는 카텔 경찰청장님을 대신해서 왔는데……."

"카텔……."

마크는 중얼거리며 허리를 폈다.

"그렇죠. 그는……."

브레넌은 팔을 활짝 벌리며 결론지었다.

"그러니 사실대로 말씀해 주시겠습니까? 제 입장을 알려 드리고 청장님 지시대로 합법적인 선상에서 도움을 드리기 위해 이렇게 말씀드리는 겁니다. 어떻습니까?"

스티븐스는 이런 전략이라면 충분히 마크 데스파드를 설득할 수 있을 거라는 생각이 들었다. 브레넌 경감은 경찰청장의 대리일 뿐 아니라 아주 영리한 사람이었다. 마크는 고개를 끄덕였고, 브레넌은 서류 가방을 다시 열었다.

"일단 이게 함정 수사가 아니라는 걸 알려 드리기 위해 저희 쪽 상황부터 말씀드리죠.

말씀드렸듯이 저는 편지를 어제 아침 일찍 받았습니다. 여기 계시는 여러분에 대해서는 잘 알고 있습니다. 메리언에 제 사촌이 살거든요. 저는 편지를 청장님에게 곧바로 가져갔습니다. 청장님은 별일이 아닐 거라고 하셨고, 저도 같은 생각이었습니다. 하지만 일단 분석 화학자 조이스와 레드펀을 만나 보는 게 좋겠다는 생각이 들더군요. 그래서 확인해 보니……."

브레넌은 타자된 메모지를 손가락으로 쓸어내렸다.

"그 부분은 맞았습니다. 당신은 4월 13일 목요일에 그곳을 찾아가셨더군요. 유리잔과 컵을 분석해 달라고 했습니다. 고양이가 독을 먹은 것 같다, 여기 들어 있던 액체를 핥아 먹었다고 하셨고요. 누가 물어봐도 아무 말 하지 말라고 부탁도 하셨습니다. 다음 날 다시 찾아가서 보고서를 받으셨죠. 유리잔은 괜찮았지만 컵에는 비소 0.13그램이 들어 있었습니다. 그 컵은 지름 10센티미터, 높이 7.5

센티미터, 순은, 위쪽 가장자리에 꽃 비슷한 무늬. 아주 낡았음."

그는 눈길을 들었다.

"맞습니까?"

이후 몇 분 동안 브레넌은 의심할 여지 없이 남다른 수완을 보여 주었다. 나중에 마크는 마치 능력 좋은 세일즈맨의 감언이설에 넘어가 물건을 사는 느낌이었다고 털어놓았다. 너무나 자연스럽게, 미처 자각도 못 하는 사이에 자기가 무슨 짓을 하는지 알지도 못하고 물건을 사기로 약속했다는 것을 깨닫는 것이다. 브레넌이 희끗희끗한 머리를 수첩 위로 숙인 채 고양이처럼 부드럽고 기분 좋게 귀를 기울이는 모습은 마치 발칸 제국의 외교관처럼 은밀한 분위기를 풍겼다. 그는 날씨 이야기도 엄청난 비밀처럼 전달할 수 있는 사람이었다. 하지만 주는 만큼 틀림없이 받아 내고 있었다. 어느새 그는 마크에게서 마일스의 병과 죽음, 그날 밤에 있었던 일, 마일스의 방에서 컵을 찾아냈을 때의 이야기까지 이끌어 냈고, 만약 그가 독을 마셨다면 분명 은 컵에 들어 있었을 것이라는 사실까지 밝혀 냈다.

그런 다음 브레넌은 헨더슨 부인이 증언하러 왔을 때의 상황을 알려 주었다. 명확하지는 않았지만, 스티븐스는 브레넌이 아마 프랭크퍼드로 가서 마크의 친구인 척하며 헨더슨 부인을 만난 뒤 그녀의 수다를 좋아하는 성격을 이용했을 거라고 추측했다. 시청에 소환되어 경찰청장 앞에서 아까 했던 진술을 되풀이할 때까지 헨더슨 부인은 무슨 일이 생겼다는 의심을 전혀 하지 못했다는 이야기에서 알 수 있었다. 이후 부인은 데스파드 가문을 배신했으니 다시는 얼굴을 볼 낯이 없다면서 눈물을 흘리며 히스테리 상태로 시청을 떠났다고 했다.

브레넌은 타자기로 작성된 헨더슨 부인의 진술서에서 4월 12일 밤에 대한 내용을 읽어 주었다. 기본적으로는 마크에게 이야기했던 내용과 같았다. 경찰 기록에서 빠진 것은 단 한 가지, 이상할 정도로 미묘했던 분위기였다. 이 기록에는 초자연적인 현상이나 비정상적인 점이 전혀 없었다. 단지 오후 11시 15분에 커튼 틈으로 들여다보고 마일스의 방에서 여자를 보았다는 헨더슨 부인의 증언만 담겨 있을 뿐이었다. 그때 마일스의 건강 상태는 완벽했다. 손님은 '특이한 옛날식 옷차림', 혹은 화려한 드레스 차림의 키가 작은 여자였다. 당시 헨더슨 부인은 루시 데스파드 부인이나 이디스 데스파드일 거라고 생각했다. 둘 다 그날 밤 가장무도회에 갔다는 것은 알고 있었지만 클리블랜드에 갔다가 막 돌아온 참이었기 때문에 헨더슨 부인은 그날 밤 그들이 무슨 옷을 입고 있었는지 몰랐다. '특이한 옛날식 옷차림'을 한 손님은 은 컵을 들고 있었고 그 컵을 마일스에게 건넸는데, 컵의 묘사는 비소가 들어 있던 잔과 일치했다. 마일스가 컵을 손에 들고 있는 것은 보았지만, 실제로 마시는 것은 보지 못했다.

여기까지 진술서는 수수께끼 같은 분위기와 암시를 배제하자 한층 더 심각하게 들렸다. 한편 스티븐스는 사무적인 브레넌이 헨더슨 부인의 이야기에서 손님이 존재하지도 않는 문을 통해 밖으로 나갔다는 마지막 부분을 어떻게 처리할지 궁금했다.

브레넌이 그 이야기를 꺼냈다.

"자, 데스파드 씨, 이 증언에서 석연찮은 부분은 바로 지금부터입니다. 헨더슨 부인은 이 여자가 '벽을 통해 나갔다'고 했어요. 바로 여기예요. '벽을 통해 나갔다'. 이보다 더 명확하게 표현하려고도 하지 않았고, 그럴 수도 없다고 했습니다. 벽이 '변했다가 다시 원래대로 돌아온 것 같았다'고 했어요. 아시겠습니까? 좋습니다. 그래서 청장님이 말했습니다.

'무슨 말인지 알겠어. 비밀 통로로 이어지는 문을 말하는 거군요?'

그러면 확실히 말이 되지요. 이 집이 아주 오래된 저택이란 건 저도 알고 있으니까요."

마크는 몸이 굳은 채 의자에 등을 기댔다. 양손을 주머니에 찔러넣고 형사를 바라보고 있었다. 브레넌 못지않게 표정을 읽을 수 없는 얼굴이었다.

"그러니까 헨더슨 부인은 뭐라고 했습니까?"

"이렇게 말했습니다. '네, 그게 틀림없다고 생각해요.' 제가 여쭙고 싶은 것이 이 부분입니다. 비밀 통로 이야기는 많이 들어 봤지만, 솔직히 말해서 실제로 본 적은 한 번도 없습니다. 제 친구 한 사람이 자기 집 다락방에 있다고 한 적이 있는데 그건 가짜였어요. 그냥 두꺼비집이 있는 자리였고 자세히 보면 문도 다 보였습니다. 그래서 개인적으로 흥미로웠습니다. 그 방에 비밀 통로가 있는 거지요?"

"저도 그렇게 들었습니다."

"아니, 정말 있습니까? 저한테 보여 주실 수 있겠지요?"

이제 마크는 사실 공방보다 자신의 장기인 궤변으로 넘어갈 수 있겠다고 생각한 것 같았다.

"죄송합니다, 경감님. 17세기에는 두꺼비집이 없었지요. 네, 그곳에는 한때 문이 있었습니다. 예전에 불타 버린 쪽으로 통하는 문인데, 문제는 그 문을 여는 자물쇠나 용수철 장치 같은 건 못 찾았다는 겁니다."

"알겠습니다. 제가 그걸 물어본 이유는 단 한 가지입니다. 헨더슨 부인이 거짓말을 하고 있다는 걸 확실히 입증해 주시면, 그 여자 말고 다른 사람은 의심할 필요가 없기 때문입니다."

잠시 침묵이 흐르는 동안 마크는 마음속으로 욕설을 내뱉는 것 같았다. 경감은 말을 이었다.

"우리 쪽 상황은 이게 전부입니다. 그녀의 증언이 사실이라면 이건 명백한 사건이겠지요. 믿지 않을 것도 없고요. 전 거짓말을 하는 사람은 한눈에 알아볼 수 있거든요."

그는 손을 작게 흔들어 보이며 방 안을 둘러보았다.

"범행 시각은 11시 15분 전후로 추정하고 있습니다. 비소가 들어 있던 컵도 확보했어요. 당신 삼촌이 그걸 들고 있는 것도 목격되었고요. 여자가 입은 드레스의 모양도 알고 있습니다."

"간단히 말해 모든 걸 다 가지고 있다는 거군요. 실제 살인 사건이 있었느냐 하는 점에 대한 실질적인 증거 말고는."

"바로 그겁니다!"

브레넌은 동의하더니 서류 가방을 두드렸다. 그는 마크가 핵심을 알아주어서 기쁜 것 같았다.

"저희 입장을 이해하시는군요. 우선 저희는 베이커 박사에게 비밀리에 전화해서 마일스 데스파드 씨가 독살당했을 가능성에 대해 어떻게 생각하느냐고 물었습니다. 미친 소리라고 하더군요. 마일스 씨가 사망할 때의 증상이 비소 중독으로 인한 것일 수도 있다는 건 인정했지만, 불가능한 일이라고 했습니다. 물론 그의 입장도 이해는 할 수 있습니다. 가족 주치의라면 가능한 한 이런 문제를 일으키고 싶지 않을 테니까요. 만약 시체를 발굴해서 부검하라는 지시가 떨어지고 그가 틀렸다는 것이 밝혀지면……. 뭐, 그의 입장에서는 너무나 큰 악재이지요. 그래서 청장님은 당신과 연락을 취해 상황을 물어보려고 하셨습니다. 하지만 사무실에도 안 계시고 집에도 안 계셔서……."

마크는 냉정하고 빈틈없는 시선으로 그를 주시하고 있었다.

"전 뉴욕에 있었습니다. 영국에서 막 도착한 친구를 만나기 위해서요. 그 친구가 저기 있는 파팅턴입니다.”

깍지 낀 두 손을 무릎 위에 얹은 채 벽난로 앞에 앉아 있던 파팅
턴이 시선을 들었다. 그림자 때문에 이마에 깊이 새겨진 주름이 두
드러졌지만, 그는 아무 말도 하지 않았다.

브레넌은 짤막하게 답했다.

“네, 그것도 알고 있습니다. 자, 사실을 짚어 봅시다.”

그는 말을 이었다.

“가장무도회 복장을 한 여성이 방에 있었다. 헨더슨 부인에게서
당신 부인과 동생, 물론 당신도 사건 당일 밤 세인트 데이비즈의 가
장무도회에 참석했다고 들었습니다. 두 가지 가능성이 있는 것 같
군요. 첫째, 문제의 여성은 당신 부인이었다. 헨더슨 부인은 다음
날 데스파드 부인이 입은 의상을 보고 그 방에 있던 여자가 입은 옷
과 같다고 인정했으니까요. 아니, 진정하세요! 그냥 생각을 말씀드
리는 겁니다.

하지만 어제 당신 부인과 동생은 뉴욕에 계셨기 때문에 저희와
연락이 되지 않았습니다. 그래서 청장님은 12일 밤 여러분 모두의
행적을 추적하기로 결정하셨습니다. 파티를 연 사람도 알고 참석했
던 사람들도 많이 알고 계시니 시끄럽게 일을 벌일 필요가 없었죠.
데스파드 씨, 저는 여러분 모두의 행적에 대한 완벽한 보고서를 가
지고 있습니다. 특히 결정적인 시각인 11시 15분을 전후해서. 괜찮
으시다면 요약해서 말씀드리죠.”

좌중은 찬물을 끼얹은 듯 조용해졌다. 이백 년이라는 세월이 숨 죽이며 귀를 기울이고 있는 듯, 방 안은 후끈했다. 스티븐스는 아까 곁눈으로 문이 움직이는 것을 보았다. 누군가 처음부터 엿듣고 있었던 것 같았다. 처음에는 오그던이라고 생각했다. 하지만 문이 조금 더 열리자, 루시의 모습이 보였다. 루시 데스파드는 조용히 들어와서 두 손을 아래로 늘어뜨린 채 문 옆 구석에 섰다. 얼굴이 너무나 창백해서 희미한 주근깨가 도드라져 보였다. 거칠게 빗질해서 한쪽으로 넘긴 머리카락은 흰 피부와 대조적으로 칠흑이었다. 하지만 그녀는 당돌한 표정을 띠고 있었다.

브레넌은 루시를 쳐다보지도 않은 채 있는 줄 알아차리지 못한 것처럼 말을 이었다.

"우선 당신부터 살펴보죠, 마크 데스파드 씨. 네, 네. 당신을 목이 파인 드레스를 입은 작은 여자로 착각할 사람은 아무도 없을 거라는 건 압니다. 단지 수상한 점이 전혀 없다는 걸 증명하기 위해 짚고 넘어가는 것뿐입니다. 당신은 저녁 내내 확실한 알리바이가 있습니다. 가면도 쓰지 않으셨으니까요. 스무 명 남짓한 사람들이 해당 시각에 당신이 어디에 있었는지 기꺼이 증언해 줄 겁니다. 중요한 건 아니니 일일이 말씀드리진 않겠습니다. 어쨌든 당신이 파티장을 떠나서 여기 올 수 없었다는 건 확실하게 입증되었습니다. 이상입니다."

"계속하시죠."

마크가 말했다.

"다음으로 이디스 데스파드 양."

브레넌의 시선이 기록 아래쪽을 향했다.

"동생분은 9시 50분경에 두 분과 함께 파티장에 도착했습니다. 검은 단이 달린 후프 스커트에 흰 모자, 검은 도미노 가면 차림. 10시에서 10시 반 사이에 춤추는 모습을 목격한 사람이 있습니다. 10시 30분에 그 집 부인과 만났죠. 동생분은 후프 스커트 밑에 입은 레이스 속옷인가, 바지인가가 찢어져……."

"네, 맞습니다. 집에 올 때까지도 투덜댔죠."

"……그래서 기분이 좋지 않으셨습니다. 그래서 그 집 부인은 다른 방에 브리지 테이블이 있는데 브리지를 하겠느냐고 물었습니다. 동생은 그러겠다고 했습니다. 그 방으로 가서 자연스럽게 가면을 벗었죠. 10시 30분부터 세 분이 귀가하신 새벽 2시까지 계속 브리지를 했습니다. 증인도 많이 있고요. 그러니 알리바이는 완벽합니다."

브레넌은 헛기침을 했다.

"이제 부인을 봅시다. 부인은 파란색과 빨간색이 섞인 실크 드레스 차림이었는데 치마폭이 넓고 다이아몬드 같은 것이 붙어 있었습니다. 모자는 쓰지 않았지만 얇은 스카프를 뒤통수 쪽으로 내려뜨리고 있었고. 역시 가장자리에 레이스가 달린 파란 도미노 가면을 쓰셨습니다. 부인은 곧장 춤을 추기 시작했습니다. 10시 35분인가 10시 40분쯤 부인을 찾는 전화가 걸려 와서……."

"전화라니!"

마크가 날카롭게 말하며 허리를 폈다.

"다른 집으로 전화가 걸려 와요? 누구였습니까?"

"그건 알아내지 못했습니다. 누가 처음 전화를 받는지도 모르고요. 옛날 마을에 포고를 알리고 다니던 관리 복장을 한 남자가—집주인과 부인 둘 다 누구인지는 몰랐습니다—춤추는 사람들 사이를 돌아다니면서 관리식으로 '마크 데스파드 부인, 전화 왔어요!'라고 외쳐서 알게 됐습니다. 부인은 방을 나갔죠. 그 직후에 집사가 10시 45분경 부인이 현관 홀로 들어오는 것을 봤습니다. 확실하다고 하더군요. 홀에는 다른 사람이 없었으니까. 특히 부인이 나가는 것을 보고 문을 열어 주려고 다가갔지만 집사가 오기도 전에 급히 나가 버려서 확실히 기억한답니다. 집사는 홀에 계속 있었습니다. 그리고 오 분 정도 지나서 부인이 돌아왔습니다. 역시 가면을 안 쓰고 있었죠. 부인은 홀을 지나 사람들이 춤을 추는 방으로 향했고 타잔 복장을 한 남자에게 춤 신청을 받았습니다. 그 뒤에도 두 사람과 같이 춤을 췄는데, 이 사람들의 이름은 확보했습니다. 11시 15분에는 어떤 사람과 춤을 추는 것이 파티에 참석했던 사람들 모두의 눈에 띄었습니다. 이 미터가 넘을 만큼 키가 크고 비쩍 마르고 머리에는 해골을 쓴……."

"아, 그렇지, 맞아!"

마크는 나지막히 말하며 의자의 팔걸이를 두드렸다.

"이제 기억나는군. 케넌 씨, 케넌 판사였습니다. 고등 법원에 있는. 나중에 나도 그와 같이 술을 마셨지요."

"네. 그것도 알아냈습니다. 어쨌든 사람들이 그 모습을 봤지요. 주인이 누군가에게 이렇게 말했거든요.

'저기 봐, 루시 데스파드가 사신과 춤을 추고 있네.'

데스파드 부인이 몸을 뒤로 젖히면서 사신을 좀 더 똑똑히 보려고 가면을 벗었기 때문에 둘 다 부인을 알아본 거죠. 시각은 정확히 11시 15분. 그러니 결론은……."

브레넌은 서류를 내려놓았다.

"알리바이는 완벽합니다."

013
☆☆☆

마크 데스파드는 무거운 짐을 내려놓은 것 같았다. 그는 의자에서 허리를 곧추세우고 차차 상황을 깨닫는 것 같더니, 동요했는지 마크로서는 상당히 과장되어 보이는 행동을 했다. 그는 의자에서 일어나 루시를 향해 돌아섰다. 그리고 배우처럼 잘 울리는 목소리로 말했다.

"사신과 춤을 춘 여자분을 소개하죠. 경감님, 제 아내입니다."

하지만 과장된 동작의 효과도 잠시, 언짢은 말투가 이어졌다.

"도대체 왜 여기 도착하자마자 이 이야기를 하지 않고 이렇게 오랫동안 시간을 끌면서 우리에게 살인범이 된 듯한 기분을 느끼게 한 겁니까?"

스티븐스의 주의는 루시와 브레넌에게 집중되어 있었다.

루시는 특유의 거침없고 시원시원한 걸음걸이로 곧장 다가왔고, 그 태도가 방 안의 분위기를 한층 편안하게 해 주었다. 연갈색 눈동자는 재미있다는 듯 반짝이고 있었지만, 그녀는 아직 창백했고 겉보기만큼 진정된 것 같지 않았다. 스티븐스는 그녀가 마크를 흘끗 쳐다보는 것을 보았다.

"알고 계시겠지만, 경감님, 이야기하시는 동안 다 엿들었어요. 경감님도 그걸 바라시는 듯해서요. 하지만 진작 이 많은 일들을…… 터놓고 이야기해야 했는데 그게 지금에서야 나오니 저는…… 저는……."

루시의 얼굴이 굳어지더니 순간 울음이라도 터뜨릴 듯한 표정이 되었다.

"이번 사건 뒤에 그렇게 많은 일들이 있었다는 건 몰랐어요. 미리 알았으면 좋았을 텐데. 어쨌든 정말 감사합니다."

"아, 괜찮습니다, 데스파드 부인."

브레넌은 놀란 듯 대답했다. 그는 그녀 앞에 선 채 발을 바꿔 디디며 시선을 피하고 있었다.

"제가 오히려 감사하지요. 하지만 파티 날 밤 나갔다가 돌아오시고, 집사가 부인을 마침 본 것이 다행입니다. 이제 아셨겠지만 그러지 않았다면 부인이 곤란한 처지가 될 뻔했으니까요."

마크가 자연스럽게 끼어들었다.

"그런데 전화는 누구한테서 왔지? 나가서 어디로 간 거야?"

루시는 그를 쳐다보지 않고 손짓만 해 보였다.

"그건 중요하지 않아요. 나중에 말해 줄게요……. 브레넌 경감님, 이이가 아까 왜 이런 걸 오자마자 말씀하지 않으셨냐고 물었죠. 전 이유를 알 것 같아요. 당신에 대한 이야기를 들었거든요. 정확히 말하면, 당신을 조심하라는 경고를 받았어요."

그녀는 씩 웃었다.

"불쾌하게 생각하지 말아 주셨으면 하는데, 시청에서 '여우 같은 프랭크'라는 별명으로 통한다는 게 사실인가요?"

브레넌은 당황하지 않았다. 그는 마주 웃어 보이고 겸손한 손짓을 해 보였다.

"아, 전 제가 듣는 것을 전부 믿지 않습니다만, 부인. 그 친구들은……."

루시는 심각하게 말했다.

"속된 표현으로 말하자면, 경감님은 티끌만 한 꼬투리만 있어도 악당을 탈탈 털어서 체포한다고 하던데요. 사실인가요? 사실이라면 말씀하신 것 말고도 감추고 계신 게 더 있나요?"

"그런 게 나오면 말씀드리지요."

경감은 대답하다 말고 말을 멈췄다.

"저에 대해 누구한테 들으셨습니까?"

"누구에게? 글쎄요. 그냥 오다가다 들은 기억일 뿐이라서요. 경찰청장님한테 들었나. 왜요? 경감님한테서 집으로 돌아오라는 전보를 받았을 때…….."

"네, 문제는 그겁니다. 전 전보나 전갈을 보낸 적이 없습니다. 누가 저한테도 보냈더군요. 정의를 사랑하는 사람이라고 서명한 그 편지 말입니다. 누가 썼는지는 몰라도 모든 정보를 제대로 알고 있었어요. 누가 썼습니까?"

"제가 알 것 같군요."

마크는 방을 가로질러 벽면을 따라 놓인 잡동사니 중에서 천으로 덮인 사각형 책상 모양의 호두나무로 만든 상자 쪽으로 향했다. 덜커덕 하고 뚜껑을 열자, 먼지가 낀 스미스 프리미어 타자기와 접이식 책상이 나왔다. 마크는 종이를 찾았지만 나오지 않는지 뒷주머니에서 오래된 편지를 꺼내 뒷면이 앞으로 오도록 타자기에 끼워 넣었다.

"이 타자기로 친 활자를 편지 활자와 비교해 보십시오."

브레넌은 올빼미처럼 생긴 뿔테 안경을 진지하게 꺼내 쓰더니 피아노의 대가처럼 타자기 앞에 앉아 한동안 지켜보다가 조심조심 치기 시작했다. '이제 모든 선량한 사람들이…….' 타자기에서는 닭이 모이를 쪼아 먹듯이 콕콕 소리가 났다. 브레넌은 활자를 살펴보고 물러앉았다.

"저는 전문가는 아닙니다만, 굳이 그럴 필요도 없겠군요. 지문도 이보다 확실하지는 않을 겁니다. 같은 기계입니다. 이 저택에 사는 누군가가 편지를 썼군요. 누구인지 짐작 가십니까?"

"오그던이 쓴 겁니다."

마크는 참을성 있게 말했다.

"분명 오그던이야. 편지를 보는 순간 알았어. 집 안에서 이걸 쓸 만한 사람은 그 녀석뿐이니까. 이것 봐."

그는 새로운 생각이 떠오른 듯 격하게 스티븐스와 파팅턴을 돌아보았다.

"내가 고양이를 묻었다는 부분을 보면 알아. 간밤에 내가 자네들한테 그 이야기를 했던 거 기억 나지? 고양이를 다 묻을 즈음 오그던의 자동차 불빛이 언덕으로 올라와서 혹시 눈에 띈 게 아닌가 걱정했다고? 그때 본 거야. 말을 안 했을 뿐이지. 틀림없어."

루시의 눈이 방 안 구석구석을 돌아보고 있었다.

"그럼 우리에게 전보를 보낸 것도 그라고 생각해요? 하지만 마크, 정말 끔찍하잖아요! 무엇 때문에 그런 짓을 하겠어요?"

"모르지."

마크는 피곤한 듯 답했다. 그는 의자에 앉아 관자놀이의 머리카락을 헤집었다.

"오그던에게 악의는 없었을 거야. 그럴 리가. 절대 의도적으로……. 이해하기 힘들지 모르겠지만, 그 녀석은 잘못된 짓이라고 생각하지 않았을 거야. 그냥 사소한 소동을 일으키고 사람들이 놀라는 걸 구경하고 싶어서 한 짓이겠지. 오그던은 유쾌한 저녁 파티를 열면 원수지간으로 유명한 사람 둘을 초대해서 한 식탁에 앉히는 녀석이니까. 원래 그래, 원래 그런 녀석이야. 그런 사람들은 위대한 과학자가 되기도 하고 교활한 악당이 되기도 하는데 때로는 둘 다가 되기도 하지. 하지만 실제로 오그던이 무슨 짓을……."

"이제 그만해요, 마크."

루시가 거칠게 말했다. 그녀는 걱정 때문인지 잔뜩 흥분해 있었다.

"당신은 그냥 누군가에게 문제가 있다는 사실을 믿지 못하는 거라고요. 오그던은 어딘가 이상해요. 뭔가…… 변했어요. 이전에는 이렇게까지 나쁘지는 않았는데. 게다가 마리 스티븐스를 싫어하는 것 같아요. 죄송해요, 스티븐스. 자기 식구가 살인을 저질렀다고 고발하는 이런 편지를 쓰면서 그게 잘못된 짓이라고 생각하지 않았을 거라고요?"

"내가 어떻게 알아? 아주 일급 스파이 노릇을 했군, 애송이 자식이! 우리가 납골당을 열려고 한다는 것도……."

마크는 말을 뚝 그쳤다. 방 안에 무거운 침묵이 내려앉았다. 그때 천천히, 규칙적으로 톡 톡 하는 소리가 정적을 깨뜨렸다. 브레넌은 타자기 옆 의자에 편안하게 앉은 채 벗은 안경으로 책상을 두드

리고 있었다. 그는 섬뜩할 정도로 사람 좋은 표정으로 좌중을 둘러
보았다.

"계속하세요. 계속하세요. 멈추지 마시고, 데스파드 씨. '납골당
을 연다'고 하셨죠. 전 솔직하게 다 말씀드렸으니 데스파드 씨도 그
래 주시길 기다리고 있었습니다."

"여우 같은 프랭크……."

마크가 말했다. 그는 입을 열었다가 닫았다.

"설마 그것도 다 알고 오셨다는 거요?"

"네. 그걸로 계속 고민했습니다. 계속 그 생각이 떠나지 않았어
요. 그래서 도대체 이걸……."

여자 앞에서 코끼리처럼 묵직했던 브레넌의 태도가 무너지고
느닷없이 천둥 같은 고함 소리가 이어졌다.

"이 악몽 같은 사태를, 이 어리석음을, 이 얽히고설킨 새빨간 거
짓말들을 어떻게 해석해야 할지 몰랐던 거요! 난 당신이 납골당에
서 뭘 발견했는지 말해 주기를 기다리고 있었소."

"거기서 뭐가 나왔는지 말해도 안 믿으실 텐데요."

"믿을 겁니다. 당연하지요. 데스파드 씨, 나는 어제 당신이 뉴욕
시 57번 부두에서 파팅턴 박사를 만난 이후 당신과 당신 친구들의
행적을 모조리 알고 있습니다. 미행을 붙였으니까요."

"어젯밤 일도 말입니까?"

"들어 보세요!"

브레넌은 손가락 하나를 세우고 대화를 중지하더니 서류 가방에서 다른 서류 하나를 꺼냈다.

"당신은 파팅턴 박사와 함께 오후 6시 25분에 뉴욕에서 돌아왔습니다. 이 저택으로 돌아왔죠. 8시 5분 다시 차를 타고 집을 나서서 킹스 애버뉴 왼쪽에 있는 작은 흰 집으로 갔습니다. 스티븐스라는 사람의 집으로…… 당신이겠군요."

그는 기분 좋게 사실을 확인하는 투로 스티븐스를 돌아보며 덧붙였다.

"당신들은 8시 45분까지 그 집에 있었습니다. 그러다 당신과 파팅턴 박사는 저택으로 돌아왔습니다. 이어 헨더슨이라는 하인과 함께 저택과 헨더슨의 집을 오가며 장비를 모았지요. 9시 30분 스티븐스 씨가 합류했습니다. 9시 40분 네 사람은 납골당을 열기 시작했고, 납골당은 11시 45분에 열렸습니다."

"헨더슨이 누가 보는 것 같다고 했었지."

마크는 불만과 불안이 섞인 목소리로 중얼거리더니 브레넌을 보았다.

"하지만……."

"세 사람이 납골당으로 들어갔습니다. 파팅턴 박사는 저택으로 돌아갔다가 이 분 뒤에 따라 들어갔습니다. 12시 28분 파팅턴 박사, 스티븐스 씨, 헨더슨이 납골당에서 급히 나오는 것을 보고 미행꾼은 뭐가 잘못된 건가 싶어 따라갔습니다. 하지만 그건 그냥 냄새 때문이었지요. 스티븐스 씨와 헨더슨은 파팅턴 박사와 함께 저택에서 사다리 두 개를 가지고 12시 32분에 납골당으로 돌아갔지요. 파팅턴 박사는 12시 35분에 돌아갔구요. 12시 45분에는 무슨 대리석 항아리를 뒤집는지 시끄러운 소리가 났습니다. 12시 55분에는 모두 포기하고 헨더슨의 집으로 가서……."

"자세한 이야기는 생략하시죠."

마크의 목소리가 약간 다급해졌다.

"한 가지 물어볼 게 있습니다. 우리가 뭘 했는지는 이제 됐어요. 잘 알고 있으니까. 한데 미행꾼이 소리까지 들었단 말입니까? 우리가 이야기하는 것도 엿들었어요?"

"납골당 안이나 헨더슨의 집에 있을 때는 들렸답니다. 기억을 못 하시나 본데, 헨더슨 집 거실 창문은 열려 있었습니다. 그래서 대부분의 이야기를 들을 수 있었죠."

마크는 잠시 침묵을 지키다 내뱉었다.

"젠장."

"아니, 실망하실 건 없습니다."

브레넌은 안경을 집어 들었다.

"이런 걸 자세히 말씀드리는 이유는…… 음, 제가 왜 이른 아침부터 찾아왔는지 설명하려는 겁니다. 미행꾼은 오늘 새벽 3시까지 당신들을 지켜봤습니다. 개입하지는 않고요. 제가 그렇게 지시했으니까. 그런 뒤 저택을 나서자마자 제가 사는 체스트넛 힐로 달려와서 절 깨웠습니다. 도저히 잠을 이룰 수가 없었다고 하더군요. 버크가 그렇게 놀란 건 처음 봤습니다. 이렇게 말하더군요.

'경감님, 그 사람들은 전부 미치광입니다. 완전히 돌았다구요. 죽은 사람들이 살아 돌아온다고 하질 않나, 노인이 관에서 일어나 납골당 밖으로 나갔기 때문에 비어 있는 거라고 하질 않나.'

그 말을 듣고 최대한 빨리 와 봐야겠다고 생각한 겁니다."

방 안을 서성거리고 있던 마크는 우뚝 멈춰 차가운 웃음을 띤 채 그를 쳐다보았다.

"아, 드디어 이 이야기까지 나왔군. 이제 모든 소동의 핵심이자 원천에 접근하고 있어요. 우리가 미치광이라고 생각하십니까, 경감님?"

"그렇기야 하겠습니까."

브레넌은 잠시 생각에 잠겼다.

"꼭 그렇지는 않습니다."

"하지만 시체가 납골당에서 사라진 건 동의하시나요?"

"그래야겠죠. 버크도 그 점을 상당히 강조했습니다. 경찰에서 생각해 낼 만한 걸 여러분이 다 생각했다고 하더군요. 당신들이 떠난 뒤에는 무서워서 직접 납골당에 내려가 볼 수도 없고 아마 점점 상황이 섬뜩하게 보이기 시작했겠죠. 특히……."

그는 서류 가방 쪽을 보더니 무슨 말을 하려다 만 것처럼 입을 다물었다.

마크는 놓치지 않았다.

"아니, 잠깐. 특히 뭡니까? 이야기를 하다 보니 끊임없이 생각지도 못했던 내용이 튀어나오는군. 나도 어디 아까 루시처럼 물어봅시다. 아직 감추고 있는 게 더 있습니까?"

브레넌은 침착하게 말했다.

"네, 있지요. 예컨대 이 집 다른 식구들의 행적 말입니다. 4월 12일 밤도 철저하게 확인해 두었습니다."

그는 잠시 사이를 두었다가 말을 이었다.

"당신의 문제는, 데스파드 씨, 부인에게 너무 넋이 나가 있다는 겁니다. 아니, 무슨 뜻이냐 하면……."

그는 사과하듯 눈을 질끈 감으며 다급하게 말을 이었다.

"부인에게 죄가 있을지도 모른다는 가능성에 집착한다는 뜻이에요. 당신 여동생도 그렇고. 하지만 이 집에는 다른 사람들도 있습니다. 돌아가면서 아까처럼 살펴볼까요. 우선 당신 남동생 오그던 데스파드. 좋아요. 자, 헨더슨 부인의 증언을 들어 보니 오그던 씨는 어제 시외로 출타했다고 해서 직접 만나 볼 수 없었습니다. 아니, 그렇게 생각했죠. 그 대신 사람을 시켜 조사를 해 보라고 했는데, 운 좋게도 살인 사건이 있었던 날 밤의 행적을 알아낼 수 있었습니다."

마크는 생각에 잠겼다.

"내가 기억하는 한, 오그던은 벨뷰-스트렛퍼드의 고등학교 동창회에 참석할 계획이었던 걸로 알고 있습니다. 하지만 헨더슨 부인이 클리블랜드에서 돌아올 때까지 기다리느라 우리가 집에 오래 붙잡아 두었기 때문에 아마 못 갔을 겁니다. 9시 30분에 우리가 가장무도회로 출발할 때에도 여기 있었거든요."

"혹시……."

루시가 불쑥 말을 꺼내다 입을 다물었다.

"말씀하세요, 데스파드 부인."

"아무것도 아니에요. 계속하세요."

"음, 좋습니다. 어쨌든, 헨더슨 부인은 그가 어디로 갔는지 기억하고 있었습니다. 그는 9시 40분경 파란 뷰익을 몰고 저택을 출발했습니다. 10시 35분 시내 벨뷰-스트렛퍼드 호텔에 도착했을 때는 저녁 식사가 끝났지만 연설은 계속되고 있었습니다. 그가 들어오는 것을 본 사람이 있지요. 이후 졸업생 몇 명이 호텔에 방을 잡고 축하 파티를 열었습니다. 오그던 씨도 파티에 참석했기 때문에 10시 35분부터 2시까지는 행적을 입증할 수 있습니다. 역시 완벽한 알리바이를 가지고 있는 거죠. 물론 당신과 마찬가지로 오그던 씨를 마일스 씨의 방에 있었던 여자로 생각할 사람은 없을 겁니다. 하지만 철저하게 조사하자는 차원이니까요.

다음은 간호사 마이라 코빗."

브레넌은 기록에서 고개를 들고 씩 웃더니 손짓했다.

"뭐, 간호사가 환자를 살해하고 다닐 거라고는 생각하지 않았습니다. 하지만 확인은 해야 하니까. 유능한 친구에게 일을 맡겼는데……."

브레넌은 의미심장하게 말했다.

"행적도 조사하고 직접 만나 보기도 했습니다."

잠시 틈이 생기자 루시는 지체 없이 끼어들었다.

"그럼 코빗 양이 여기서 일하던 동안 있었던 일에 대해 이야기했다는 건가요?"

"네."

루시는 함정이라도 찾는 눈으로 그를 바라보았다.

"아직도 숨기시는군요. 코빗 양이 자기 방에서 도난당한 작은 약병에 대해서 이야기하던가요?"

"네."

마크가 답답한 듯 물었다.

"그래서? 누가 훔쳤는지 알고 있던가요?"

여우 같은 프랭크는 사람들을 찬찬히 쳐다보며 말을 이었다.

"둘 중 한 사람일 거라고 하더군요. 그건 좀 있다가 이야기하겠습니다. 우선 첫째, 행적. 12일 밤은 쉬는 날이었습니다. 코빗 양은 스프링 가든 스트리트의 YWCA에 있는 허름한 자기 방으로 갔습니다. 7시쯤 도착했지요. YWCA에서 저녁을 먹고 7시 30분 여자 친구와 함께 영화를 보고 10시경 돌아와서 잤습니다. 같이 방을 쓰는 동료 간호사가 증언해 준 사실입니다. 역시 알리바이가 완벽합니다.

마지막으로 하녀 마거릿 라이트너, 지금 필라델피아 서부의 부모님 집에 가 있는데…….”

루시가 외쳤다.

“마거릿? 마거릿까지 미행했나요? 기억나요. 그날 밤 데이트가 있어서 외출해도 좋다고 허락했죠.”

“네. 알고 있습니다. 그녀의 남자 친구도 만났고, 그날 밤 더블 데이트를 했던 커플 한 쌍도 만나 보았습니다. 네 사람은 저녁 내내 여기저기 드라이브를 했다더군요. 물론 차를 세워 놓고 밀회를 즐겼다는 뜻이죠. 어쨌든 10시 30분부터 자정까지는 페어마운트 파크의 숲 속 어디에 차를 세우고 있었다고 합니다. 그러니 하녀가―독일계 펜실베이니아 사람이더군요. 알고 계셨습니까?―11시 15분 당신 삼촌의 방에 있었던 여자일 가능성은 배제할 수 있습니다.”

마크는 눈을 찡그리며 그를 응시했다.

“그녀가 독일계 펜실베이니아 사람이라는 게 무슨 관계가 있는지는 모르겠지만, 점점 더 미궁으로 빠져드는군. 경감님, 헨더슨 부인의 이야기는 믿으시지요?”

브레넌은 생각에 잠겨 대답했다.

“네, 믿습니다.”

“그녀의 남편 조 헨더슨이 연루되었다고 생각하지도 않고요?”

"네."

마크는 허리에 양손의 주먹을 얹었다.

"그렇다면 식구들 전부 혐의가 없다는 것 아니오! 집안 식구, 관련된 사람 모두 알리바이가 있으니. 범행을 저지를 수 있는 사람이 없습니다. 경찰이 이번 일을 초자연적인 힘이 개입한 것으로 생각하고 있다면……."

브레넌은 짜증스럽게 말했다.

"이런, 그런 생각은 그만 접어 두고 그날 밤 여기서 있었던 일만 보세요. 다들 토끼처럼 긴장하고 있으니 내가 유치원 선생처럼 일일이 설명하지 않습니까. 여러분 가운데 누군가가 범행을 저질렀다거나 유령의 농간이라는 생각을 버리지 않는 한, 내 질문에 대답도 하지 않았을 테고요. 내가 당신들에게 납득시키려 했던 건 처음부터 분명했어요. 이번 사건에 대해 처음 들은 순간부터 나는 알았습니다. 이건 외부인의 소행입니다."

잠시 침묵을 지킨 뒤 그는 말을 이었다.

"그렇게 어안이 벙벙한 표정은 하지 마시죠. 희소식 아닙니까? 여러분도 생각해 보세요. 독살범은 여자였습니다. 12일 밤 범인은 당신들 대부분이 외출한다는 걸 알고 있었어요. 데스파드 부인이 가장무도회에 간다는 것도 알고 있었고, 어떤 드레스를 입는다는 것도 알고 있었습니다. 확실해요. 머리와 어깨에 둘러쓴 스카프까지 똑같이 모방했으니까. 범인은 누가 자기를 보더라도 데스파드 부인으로 착각할 거라는 걸 알고 여기 왔습니다. 어쩌면 가면까지 썼겠지요. 이게 진상입니다.

하지만 범인은 여기에서 그치지 않았습니다. 데스파드 부인은 파티에 갔고 가면을 쓰고 있었죠. 당연하지만 파티장에 있던 모든 사람들이 부인을 알아보고 이후 알리바이를 보장해 줄 위험이 있죠. 그래서 범인은 세인트 데이비즈로 데스파드 부인에게 가짜 전화를 걸자는 생각을 했습니다."

그는 날카로운 눈으로 루시를 돌아보았다.

"우리는 그 전화가 누구한테서 걸려 왔는지, 무슨 용건이었는지 모릅니다. 데스파드 부인은 이야기하고 싶지 않으신 것 같고."

루시는 입을 벌려 뭐라 말하려다 얼굴을 붉히고 망설였다.

"하지만 괜찮습니다. 전 그 전화가 핑계였다는 데 돈이라도 걸 수 있으니까요. 그건 데스파드 부인이 자기 행적을 증명하지 못하도록 밖으로 유인해서 시간을 끌기 위한 계략이었습니다. 전화가 몇 시에 왔는지 기억하십니까? 10시 40분이었습니다. 그 시각에 사십오 분, 혹은 한 시간가량 나가 있었다면? 무슨 뜻인지 알겠습니까? 하지만 데스파드 부인은 마음을 돌려 돌아왔죠.

진짜 범인은 남의 눈에 띄는 걸 두려워할 필요가 별로 없었습니다. 이유를 말씀드리죠. 비밀 통로로 들어왔기 때문입니다. 하지만 그때 헨더슨 부인이 와서 라디오를 들었습니다. 테라스로 통하는 창문 앞 커튼 사이에는 틈이 있었고요. 그래도 범인은 걱정할 게 없었습니다. 얼굴을 보이지만 않으면 데스파드 부인으로 보일 테니까요. 헨더슨 부인은 이 여자가 꼼짝도 하지 않았다, 전혀 움직이지 않았다는 말을 많이 했는데, 당연하죠! 돌아서면 다른 사람이 알아볼 수도 있으니 움직이지 않은 겁니다.

말이 많았습니다만, 지금부터는 여러분이 생각해 주셔야 합니다. 집안을 속속들이 잘 아는 사람, 아주 절친한 사람, 그날 밤 저택의 상황을 잘 알고 있었던 사람은 누굴까요? 짚이는 데가 없습니까?"

루시와 마크는 얼굴을 마주 보았다.

루시가 외쳤다.

"하지만 그럴 리가 없어요! 우리는 교류가 없는 편이라. 외출도 잘하지 않아요. 전 외출을 좋아하지만 마크가 싫어하거든요. 가장무도회는 특별한 기회였어요. 게다가 아주 절친한 친구라면 그들 말고는……."

루시는 문득 입을 다물었다. 브레넌이 재촉했다.

"누구 말입니까?"

루시는 천천히 돌아서서 스티븐스를 정면으로 응시했다.

014
☆☆☆

아까부터 그는 예감하고 있었다. 처음에는 막연하게 단어 하나, 구절 하나가 마음에 걸리다가, 다시 비켜 나갔다가 되돌아왔다가……. 전혀 움직임을 예측할 수 없어서 더욱 무시무시한 뭔가가 꾸준히 다가오며 점점 커져 가는 것을 느끼고 있었다. 앞이 안 보이는 새처럼 마구 날개를 펄럭거리던 그것이 드디어 방 안에 들어왔다. 그것을 내쫓을 힘이 그에게는 없었다.

"에드워드와 마리 말고는……."

루시는 애매하게 미소 지었다.

스티븐스는 세 사람이 동시에 직감했다는 것을 알 수 있었다. 마크와 루시는 그를 바라보고 있었다. 심문 내내 혼자 상념에 잠겨 있던 파팅턴조차 고개를 약간 들었다. 이 일촉즉발의 긴장이 흐르는 비현실적인 순간, 스티븐스는 마크의 머릿속에 무슨 생각이 흘러가는지 환히 읽을 수 있을 것 같았다. 똑같은 생각이 떠오른다. 마리의 모습을 눈앞에 그려 본다. 잠시 멍한 침묵. 믿기지 않는다는 듯 입꼬리가 치켜 올라간다. 다시 마리를 떠올린다. 믿기지 않는다는 표정이 환한 미소로 변한다.

이를 증명이라도 하듯 마크가 말했다.

"이럴 수가 있나."

성명서라도 읽듯 억양 없는 목소리였다.

"그런 생각은 추호도 못 했는데. 에드워드, 간밤에 혹시 내 아내에게 혐의가 간다면 견딜 수 있겠느냐고 자네가 물었지. 이번에는 입장이 바뀐 것 같은데. 이제 내가 자네한테 똑같은 질문을 던질 차례야."

스티븐스는 애써 자연스럽게 가벼운 말투로 대답했다.

"받아들이겠네. 솔직히 나도 그런 생각은 하지 못했어. 하지만 충분히 이해해."

하지만 그의 주의는 마크가 아닌 브레넌에게 가 있었다. 곁눈으로 보니 그는 가면처럼 정중한 표정을 한 채 이쪽으로 돌아서 있었다. 브레넌이 얼마나 알고 있는지 궁금했다. 동시에 이 모든 장면이 전에 어딘가에서 한 번 상연된 적이 있었던 듯한 묘한 기분이 들었다. 그는 지금부터 몇 분 동안이 자기 인생에서 가장 결정적인 순간이라는 것을 깨달았다. 여우 같은 프랭크와 한판 레슬링을 벌여야 하는 것이다.

"에드워드와 마리?"

브레넌은 스티븐스가 딱 예상했던 만큼 호감 가는 쾌활함을 띠며 고개를 갸우뚱했다.

"당신과 당신 부인 같군요, 스티븐스 씨?"

"네, 맞습니다."

"음, 그럼 남자 대 남자로 말해 봅시다. 두 분 중 누구라도 마일스 데스파드 씨를 독살할 이유가 있습니까?"

"아뇨, 전혀. 저희는 둘 다 그분을 잘 알지도 못했습니다. 저는 이야기를 몇 번 나눠 본 정도고, 마리는 더 적습니다. 이 집 식구들도 그 점은 잘 알고 있습니다."

"그리 놀라지 않으시는 것 같군요."

"뭐에 대해서요?"

"두 분이 혐의를 받고 있는 것에 대해서."

브레넌은 하려던 말을 중간에서 참은 듯 눈을 깜빡였다.

"'놀라다'란 말을 어떤 뜻으로 말씀하셨는지 모르겠군요. 펄쩍 뛰면서 '빌어먹을, 지금 무슨 말씀 하시는 거요?'라고 소리쳐야 합니까? 당신이 무슨 생각을 하는지는 알겠습니다, 경감님. 당신 잘못은 아니지요. 문제는, 그게 사실이 아니라는 겁니다."

"가능성을 짚어 보는 차원에서 여쭤 보는 겁니다만, 스티븐스 씨, 당신 부인은 어떻게 생겼습니까? 전 부인을 뵌 적이 없어서 말이죠. 예를 들어, 데스파드 부인과 키와 몸집이 비슷하신지? 어떻습니까, 데스파드 부인?"

루시의 눈은 묘하게 빛나고 있었지만, 그것은 자기 내면의 상념에 사로잡힌 멍한 눈빛이었다. 늘 평온하고 태평하던 루시의 얼굴에서 그런 표정을 본 적이 없었던 스티븐스는 불안한 기분이 들었다.

"네, 저와 체격이 비슷해요. 하지만…… 아, 이건 말도 안 돼요! 당신은 마리를 몰라요! 게다가…….'

스티븐스가 말했다.

"고맙습니다, 루시. 데스파드 부인이 하려는 이야기는 유감스럽지만 아마 당신의 가설에 들어맞지 않는 내용일 겁니다, 경감님. 묻고 싶은 게 있는데요. 그 여자가 다른 사람들로 하여금 루시로 착각하게 하려고 가면을 쓰고 루시와 똑같은 의상을 입었다고 생각하십니까?"

"네, 거의 확신합니다."

"좋습니다. 경감님은 드레스가 어떻든 이 여자는 모자를 쓰지 않았다고 하셨습니다. 맞습니까?"

"네, 바로 그겁니다. 그녀는 데스파드 부인을 흉내 내고 있었는데, 데스파드 부인은 모자를 쓰지 않았으니까요. 하지만 둘 다 어깨 위로 얇은 스카프를 드리우고 있었습니다."

스티븐스는 단호하게 말했다.

"그렇다면 범인이 마리라는 생각은 접으셔도 됩니다. 당신도 보면 알겠지만, 루시의 머리는 시인이라면 까마귀 날개에 비유할 만큼 새까만 색입니다. 마리는 금발이고요. 그러니……."

브레넌은 한 손을 들었다.

"이런, 잠깐! 너무 앞서 나가지 마십시오. 헨더슨 부인에게도 그걸 물어봤습니다. 부인은 여자의 머리색은 눈에 띄지 않았든지 정확히 모르겠다고 했습니다. 그러니 그걸로 결론을 내릴 수는 없어요. 헨더슨 부인은 불빛이 너무 어두웠다고 했습니다."

"머리카락 색깔도 알아볼 수 없을 정도로 불빛이 어두웠는데, 드레스 색깔은 자세히도 봤군요. 게다가 그 여자는 불빛을 배경으로 윤곽만 보였다고 했습니다. 얇은 스카프를 썼든 안 썼든, 그런 구도에서 금발 머리였다면 머리카락 윤곽이 투명하게 빛났을 겁니다. 하지만 헨더슨 부인의 눈에는 그게 띄지 않았습니다. 그렇다면 그녀가 본 여자는 루시 같은 검은 머리거나 이디스 같은 진갈색 머리였다는 걸 알 수 있습니다. 헨더슨 부인이 루시나 이디스일 거라고 생각한 것도 그 때문이었겠죠. 그게 마리였다면 머리카락이 놋쇠 주전자 같은 색으로 보였을 테니, 헨더슨 부인도 루시나 이디스일 거라고 생각하지 않았을 겁니다."

그는 잠시 사이를 두었다.

"하지만 핵심은 그게 아닙니다. 마리가 루시처럼 변장했다고 가정해 봅시다. 만약 금발 여자가 갈색 머리로 분장하기 위해 거창한 의상에 가면, 스카프까지 둘렀다면, 한번 대답해 보시죠. 과연 그 여자가 모자를 쓰지 않고 오륙 미터 떨어진 곳에서도 자기가 갈색 머리가 아니라는 것이 들통 날 부분을 드러내고 있었다는 게 말이 된다고 생각하십니까?"

마크가 손을 들어 종의 끈이라도 잡아당기는 듯한 손짓을 했다. 그는 심판처럼 말했다.

"자, 일 라운드 끝. 당신이 당한 것 같군요, 경감님. 난 여차하면 자네 변호사로 나서 줄 생각이었는데, 에드워드. 그럴 필요가 없을 것 같군. 경고하지만, 경감님, 이 친구는 무시무시한 이론가입니다. 논리를 펴기 시작하면 당해 낼 사람이 없지요."

브레넌은 생각에 잠겼다.

"한편으로는 사실이군요. 하지만 어쩌다 보니 이야기가 본론에서 벗어난 것 같습니다."

그는 이맛살을 찌푸렸다.

"다시 확실한 사실로 돌아가 보죠. 12일 밤 당신과 부인은 어디 있었습니까?"

"여기 크리스펜에 있었습니다. 그건 인정합니다."

"왜 '인정한다'는 표현을 쓰시죠?"

브레넌은 얼른 물었다.

"평소와 달랐으니까요. 보통 주말에만 여기 오는데 그날은 수요일이었습니다. 필라델피아에 일이 있었거든요."

브레넌은 루시를 돌아보았다.

"스티븐스 부인도 당신이 가장무도회에 간다는 사실을, 어떤 드레스를 입고 간다는 걸 알고 있었습니까?"

"네, 알고 있었어요. 마리는 오후에 저택에 들러서 갑작스럽게 자고 가게 됐다면서 저녁에 뭘 하는지 물었어요. 제가 드레스를 보여 줬지요. 마무리중이었거든요. 회랑에 있는 그림을 본떠서 제가 직접 만든 드레스였어요."

스티븐스가 물었다.

"한 가지 물어볼 게 있는데, 루시. 마리에게 드레스에 대해서 처음 이야기한 게 수요일 오후였습니까?"

"네, 월요일이 되어서야 그걸 만들기로 결정했어요."

"연극 의상 전문점이나 의상실 같은 곳에서 똑같은 옷을 하루

만에 구할 수 있을까요?"

루시는 힘주어 말했다.

"절대 안 될 거예요! 아주 정교하고 특이한 디자인이거든요. 말했지만, 내가 이 집의 그림을 보고 본뜬 거예요. 저도 이런 옷은 어디서도 본 적이 없다구요. 그래서 전……."

"수요일 오후 당신이 마리에게 드레스에 대해 말했을 때부터 수수께끼의 손님이 마일스의 방에 나타난 11시 15분까지, 마리가 그 옷을 직접 만들 수 있었을까요?"

루시의 눈이 커다래졌다가 다시 가늘어졌다.

"세상에, 말도 안 돼요! 절대로. 생각조차 못할 일이에요. 저도 이걸 만드는 데 사흘이나 걸렸는걸요. 재료를 구할 시간조차 없었을 거예요. 게다가 지금 생각하니 마리는 6시 30분까지 저와 같이 있었어요. 그런 다음 당신을 만나러 내려갔죠."

스티븐스는 의자에 등을 기대앉아 브레넌을 바라보았다. 이번에는 브레넌도 진심으로 당황한 것 같았다. 애써 평정을 유지하고 있었지만, 사무적인 태도 아래로 희미한 동요의 기색이 떠오르기 시작했다. 그는 미소와 자신만만한 태도로 그런 기색을 감추었다.

"그 이야기를 믿어도 좋겠습니까, 데스파드 부인? 저는 그런 일에 대해 잘 모르지만, 혹시 아주 손이 빠른 사람이라면……."

루시는 사감 선생처럼 고개를 저었다.

"절대 불가능해요. 세상에! 인조 다이아몬드를 붙이는 것만 해도 하루는 걸릴걸요. 이디스에게 물어보세요."

브레넌은 목덜미를 긁었다.

"하지만 드레스를 복제한 사람이 분명 있을 텐데! 만약…… 아니, 잠깐. 이 이야기는 나중에 다시 하지요. 또 곁가지로 샜군요. 질문으로 돌아가겠습니다."

그는 씁쓸한 표정으로 스티븐스를 마주 보았다.

"12일 저녁은 어떻게 보내셨습니까?"

"아내와 집에 있었습니다. 일찍 잠자리에 들었습니다."

"몇 시쯤 주무셨지요?"

"정확히 11시 30분."

그는 실제보다 한 시간 늦추어서 대답했다. 객관적인 사실에 대한 첫 번째 거짓말이었다. 그렇게 대답하자 여우 같은 프랭크의 눈동자가 약간 커지는 것 같았다. 혼자만의 상상인지는 몰라도 자기 목소리가 갑자기 이상하게 들렸다.

"11시 반입니다, 경감님. 정확히 기억하고 있습니다."

"기억하시는 이유라도?"

"주중에 크리스펜에 온 건 그날이 처음이었거든요. 아침에 운전해서 뉴욕으로 돌아가려면 자명종 시계를 맞춰 놔야 했습니다."

"당신 말고 증인은 없습니까? 아이나, 하녀 말입니다."

"없습니다. 하녀는 있는데, 낮에만 옵니다."

브레넌은 결론을 내린 것 같았다. 그는 안경을 코트 가슴 주머니에 넣더니 무릎을 두드리며 일어섰다. 한층 날카롭고 위험해 보이는 분위기였다.

"괜찮으시다면, 데스파드 씨. 이번 일과 관련해서 확인해 두고 싶은 점이 한 가지 있습니다. 지금 집에 간호사 코빗 양이 있습니까? 도난 사건에 대해 묻고 싶습니다만."

"이디스와 같이 있습니다. 제가 데려오지요."

경감을 바라보는 영리한 마크의 눈길에는 묘한 경계심이 있었다.

"당신이 그 이야기를 오래 물고 늘어지지 않아서 다행입니다. 드레스만으로 입증이 되지 않습니까. 물론 우리 모두는 마리가 이번 일과 절대 관련이 없을 거라고 확신합니다."

루시가 말했다.

"네. 그러면서 내가 관련이 있을 수 있다는 생각은 대뜸 하더군요."

갑자기 튀어나온 말이었다. 자기 자신도 미처 의식하지 못한 것 같았다. 루시는 순간 후회하는 빛이 역력했다. 각진 턱이 경직되고 당황한 눈길이 이리저리 움직였다. 하지만 그녀는 마크를 쳐다보지 않았다. 그녀는 달아오른 얼굴로 서서 벽난로 위의 그림만 응시했다.

마크가 물었다.

"뭘 생각했다고? 난…… 아, 빌어먹을, 생각해 봐! 드레스, 생김새…… 아니, 난 당신이 이번 일과 관련이 있다고 생각한 적이 없어! 요점은 그거라고."

루시는 그림만 주시하며 대답했다.

"그건 상관없어요. 나한테 말하기도 전에 다른 사람들과 신중하게 의논했다는 게 문제지."

마크는 정곡을 찔리자 본능적으로 반격했다.

"이 집 사람들은 이런 문제에 대해 남들과 좀처럼 의논을 안 하지 않나? 걱정했다고. 전화 한 통 때문에 당신이 무도회장에서 그런 식으로 나갈 뻔했다는 걸 알았더라면 더 걱정했겠지. 전화에 대해 듣지 못했으니까……."

"테 투아, 엠베실. (조용히 해요, 어리석긴.)"

루시는 마음을 돌렸지만 여전히 그림에서 시선을 떼지 않았다.

"레 아장 옹 데 오레유 롱그. 세 네페 파 욍 랑데부 제 타쉬레. (경찰이 듣고 있잖아요. 맹세하지만 누굴 만난 건 절대 아니에요.)"

마크는 고개를 끄덕이고 쿵쿵거리며 방을 나섰다. 팔을 원숭이처럼 흔들어 대는 작은 동작 하나에도 화가 난 기색이 역력했다. 그가 문간에서 손짓을 하자, 파팅턴이 일어나서 방 안의 사람들에게 정중히 고개를 끄덕하더니 뒤따라 나갔다. 스티븐스는 그제야 파팅턴이 있었다는 것을 기억하고 퍼뜩 놀랐다. 전날 밤 차분하지만 말수가 많았던 그의 모습을 떠올리니, 술을 몇 잔 마셔야 본모습을 볼 수 있나 싶은 생각이 들었다. 하지만 스티븐스는 브레넌이 정말 공격을 다 끝냈는지, 반격에 나설 준비를 하는 게 아닌지 하는 문제에 다시 집중했다.

루시는 시선을 내리고 미소 지었다.

"죄송해요, 브레넌 경감님. 아이 앞에서 들려주고 싶지 않은 말을 어른끼리 하듯이, 프랑스어를 주고받는 건 정말 악취미죠. 한심할 정도로 진부하고요. 당신도 이해하셨으리라 생각해요."

브레넌은 진심으로 루시가 마음에 든 것 같았다. 그는 손을 저었다.

"전화가 마음에 많이 걸리시나 보군요, 데스파드 부인. 전 그렇지 않습니다. 간단해요. 어떤 전화였는지는 모르겠지만, 아직은 추궁하지 않겠습니다. 더 중요한 일들이 남아 있으니까요."

"또 뭐가요? 그걸 여쭤 보고 싶었어요. 유령이니 하는 헛소리에다 마일스 삼촌의 시체가 사라지는 끔찍한 일까지……. 이 일은 너무나 혼란스러워서 도대체 어디서부터 시작해야 할지도 모르겠어요."

브레넌은 눈을 크게 떴다.

"저런, 시체는 당연히 찾을 겁니다. 그게 없으면 아무것도 해결이 안 되니까요. 노인은 독살당했습니다. 그 점은 의문의 여지가 없어요. 살인범은 데스파드 씨가 납골당을 열 거라는 걸 알고 겁을 먹고 시체를 훔친 겁니다. 간단해요. 시체를 찾기 전에는 그가 독살당했다는 것을 증명할 수 없으니까. 어떻게 훔쳤나? 그건 묻지 마세요! 납골당으로 들어가는 비밀 통로는 못 찾았으니까……. 아직은 말이죠."

그는 미간을 찌푸리며 스티븐스를 돌아보았다.

"한 가지 작은 정보가 있는데, 공짜로 드리죠. 저는 간밤에 납골당을 연 네 사람이 수상한 짓을 하려던 게 아니라는 걸 알고 있습니다. 오늘 아침 절 찾아와서 이야기를 했다면, 무슨 음모를 꾸몄다고 생각했을 겁니다. 하지만 당신들에게 미행을 붙였기 때문에 그렇지 않다는 걸 알고 있어요."

"네. 지금까지는 그게 우리의 유일한 행운이군요."

루시는 불안하게 물었다.

"하지만 시체를 어디서 찾을 건가요? 제 말은…… 땅을 파헤칠 거냐는 거예요. 소설에서는 흔히 그러잖아요. 초롱 같은 걸 들고 가서."

"해야 한다면 해야죠. 하지만 그렇게까지 일을 크게 벌이지 않아도 될 것 같습니다."

브레넌은 침착하게 두 사람을 주시하며 말했다.

"시체가 집 안에 있을 가능성도 충분하니까요."

"집 안에?"

스티븐스는 자신도 모르게 깜짝 놀라 물었다.

"네, 이상할 것 없지요. 납골당에는 비밀 통로가 있을 겁니다. 마일스 데스파드 씨의 방에도 분명 있을 거예요. 개인적으로는 두 통로가 서로 연결되어 있을 거라는 직감이 듭니다."

"하지만, 세상에, 경감님! 설마 그 여자가 삼촌에게 비소를 드린 뒤 비밀 문을 통해 납골당의 관 속에 다시 들어갔을 거라는 말은 아니겠지요."

"네, 난 그 정도로 미치지는 않았습니다. 하지만 이건 말씀드릴 수 있습니다. 간밤에 당신들 넷이 두 시간 동안 납골당을 여는 사이에, 범인이 거기 들어가서 시체를 꺼내 갔을 수도 있다는 겁니다. 그렇다면 시체는 납골당과 저택 사이의 통로 안 어딘가에 있을 겁니다."

브레넌은 한 손을 들었다.

"여자한테 그런 힘이 없을 거라는 말은 마세요."

그는 무슨 생각을 했는지 추억에 잠긴 눈빛으로 말을 이었다.

"우리 아버지는 술꾼이었죠."

루시는 눈을 깜빡였다.

"지금 가계 이야기를 하는 건 아니잖아요. 왜 화제를 돌리시죠?"

"아버지는 아일랜드 코크에서 태어나서 1881년 미국으로 왔습니다. 키가 190센티미터였죠. 래퍼티 술집에서 〈불쌍한 늙은 여인〉을 부르면 2가에서 독립 기념관까지 들릴 정도였습니다. 매주 토요일 밤마다 술에 흠씬 취해서 집에 돌아오면 복도 모자걸이를 지나기도 전에 그대로 자빠져서 곯아떨어졌어요. 정말 무거웠죠. 하지만 우리 어머니는 몸집이 크지도 않았는데 항상 아버지를 침대로 옮겼습니다."

브레넌은 말을 끊고 사무적으로 덧붙였다.

"제가 하려던 말이 이겁니다. 터무니없이 들립니까?"

스티븐스는 짤막하게 답했다.

"네."

"물리적인 측면을 보죠. 일단 누가 범인인지는 생각하지 말고. 그냥 누구든 여기 범인이 있다고 합시다. 납골당 안에 들어가는 통로가 있다고 할 때, 관을 여는 건 힘들까요? 뚜껑에 납땜이 돼 있거나 용접이 돼 있었습니까?"

스티븐스는 인정하지 않을 수 없었다.

"아뇨. 나무 관이기 때문에 양옆에 박은 자동식 볼트 두 개뿐입니다. 하지만 이걸 여는 게 오래 걸리지 않는다 해도, 걸쇠를 올릴 때 힘은 많이 들었습니다. 여자 투포환 선수나 원반던지기 선수라면 어떨지 모르겠지만요."

"살인범에게 공범이 있을 수도 있지요. 스티븐스 씨도 체구가 좋으신데요. 마일스 씨는 어땠습니까? 덩치가 컸나요?"

루시가 고개를 저었다. 아까처럼 당혹스러운 눈빛이 다시 떠올랐다.

"아뇨. 작은 편이셨어요. 기껏해야 167센티미터 정도일까요. 아니, 그보다 더 작았을 거예요. 저와 그렇게 차이가 나지 않았어요."

"무거웠나요?"

"아뇨. 아시다시피 건강이 좋지 않으셨잖아요. 몸이 좀 나아졌을 때 의사가 욕실 저울로 체중을 재어 보곤 했는데 그때마다 마일스 삼촌은 노발대발하셨어요. 뼈와 가죽뿐이었죠. 제 기억이 맞다면 사십구 킬로그램이었을 거예요."

"그렇다면……."

브레넌은 입을 열다가 다시 다물었다. 코빗이 마크와 함께 방에 들어와서 귀를 기울이고 있었다.

간호사는 아직 코트 차림이었지만 모자는 벗고 있었다. 스티븐스는 계속 머리카락 색깔이 신경 쓰여서 코빗이 루시나 이디스 같은 갈색 머리였으면 하고 은근히 바라고 있었다. 하지만 힘세 보이는 각진 얼굴이나 앞을 똑바로 쳐다보는 갈색 눈동자와 대조적으로, 머리카락은 아주 연하고 빛바랜 노란색이었다. 의무감이나 짜증 외에 전혀 활기를 엿볼 수 없는 표정만 아니었다면 상당히 매력적인 얼굴이었을 것이다. 브레넌은 약간 거창한 몸짓을 하며 그녀를 의자에 앉혔다.

"코빗 양? 좋습니다. 어제 오후 우리 서의 파트리지 형사와 만나셨지요? 진술도 하셨고요."

"그분 질문에 대답을 했어요."

"네, 제 말이 그 말입니다."

브레넌은 흘끗 그녀를 보았다. 그는 서류를 집어 들었다.

"4월 8일 토요일 저녁 6시에서 11시 사이, 개당 15밀리그램 모르핀 정제가 들어 있는 60그램 용량의 약병을 방에서 도난당했다고 하셨습니다."

"역시 모르핀이었군!"

마크가 말하자 브레넌이 쏘아붙였다.

"제가 진행하도록 해 주시죠. 병이 사라진 것을 알았을 때 누가 가져갔을 거라고 생각하셨습니까?"

"처음에는 데스파드 씨가 가져갔다고 생각했어요. 마일스 데스파드 씨 말이에요. 항상 모르핀을 달라고 하셨는데, 베이커 박사님은 주지 않으셨거든요. 한번은 제 방에 들어와서 모르핀을 찾는 것도 본 적이 있어요. 그래서 데스파드 씨라고 생각한 거예요."

"병이 사라진 것을 알고 어떻게 하셨습니까?"

"찾아봤죠."

간호사는 지나치게 당연한 질문이라고 생각한 듯 사무적으로 대답했다.

"루시 씨에게 말씀드렸지만, 마일스 씨가 가져간 거라고 생각했기 때문에 자세히 이야기하지는 않았고 직접 돌려받을 생각이었어요. 그런데 마일스 씨는 절대 안 가져갔다고 하시더군요. 그리고 무슨 조치를 취할 시간도 없었어요. 병은 다음 날 밤에 돌아왔으니까."

"내용물이 없어졌습니까?"

"네. 15밀리그램 정제 세 알."

마크가 끼어들었다.

"법률적인 관점에서 볼 때, 이건 사건과 관계없는 사소하고 지엽적인 문제라고 생각합니다. 도대체 왜 모르핀을 이렇게 물고 늘어지는 겁니까? 마일스 삼촌이 모르핀으로 독살당했다고 볼 이유는 전혀 없지 않습니까? 삼촌 같은 환자라도 그 약 세 알로 어떻게 되지는 않을 겁니다."

브레넌은 어깨 너머로 힐끔 마크를 쳐다보았다.

"조금 있다가 알게 될 겁니다. 코빗 양, 어제 형사에게 했던 이야기를 다시 해 주십시오. 병이 어떻게 돌아왔는지, 4월 9일 일요일 밤 무엇을 봤는지."

간호사는 고개를 끄덕였다.

"저녁 8시쯤이었어요. 저는 위층 복도 끝 욕실에 들어갔어요. 욕실 문에서는 데스파드 씨의 방 문 앞 복도와 그 앞 탁자가 똑바로 보이죠. 전등도 있구요. 이 분 정도 욕실에 있었을까, 욕실 문을 열고 복도를 내다보니 어떤 사람이 데스파드 씨의 방 문에서 나와 계단 쪽으로 향하고 있었어요. 탁자 위에 뭐가 보였는데, 멀어서 뭔지는 알 수 없었어요. 아까 욕실에 들어갔을 때는 분명 없었거든요. 탁자로 가 보니 60그램짜리 약병이 돌아와 있었어요."

"계단으로 향하고 있었던 사람은 누구였습니까?"

"스티븐스 부인이었어요."

여태까지 그녀는 치안 판사 앞에서 증거를 진술하고 얼른 임무를 완수하려는 경찰처럼 형식적이었다. 하지만 지금은 스티븐스를 돌아보더니 심각하게 힘주어 말했다.

"죄송해요. 오늘 아침 당신이나 부인을 만나 얘기하려고 했는데, 오그던 씨가 끼어드는 바람에. 어제 그 멍청한 형사에게 말했던 내용을 말씀드리고 싶었어요. 그 형사는 스티븐스 부인이 탁자에 병을 놓는 장면을 봤다고 말하도록 절 유도하더군요. 그런 건 참을 수가 없어서."

브레넌의 눈이 빛났지만 즐거워하는 눈빛은 아니었다.

"이거 이거, 감탄이 절로 나오는군요. 그 외에 생각나는 건 없습니까? 다른 사람은 아니었을까요?"

"모르겠어요. 데스파드 씨일 수도 있겠죠."

"그래서 어떻게 했습니까? 스티븐스 부인에게 이야기하지 않았습니까?"

"그럴 수가 없었어요. 나가 보니 부인은 아래층으로 내려가서 저택을 떠난 뒤였고 이후 뉴욕으로 가셨으니까요. 그날 밤에는 작별 인사를 하러 오신 거였거든요. 전 그냥 기다려야겠다고 생각했죠."

"그래서 그다음에는?"

코빗은 색이 옅은 눈썹을 치켜 올렸다.

"그게 누구였든 그렇게 어리석은 짓이 두 번 다시 벌어지도록 내버려 둘 수가 없었어요. 그래서 나갈 때는 항상 방문을 잠그고 다녔죠. 데스파드 씨의 방 문도 제 방 쪽에서 빗장으로 잠갔어요. 복도 쪽 방문은 평범한 자물쇠라 더 힘들었는데, 아버지가 열쇠공이라 저도 보고 배운 게 있었어요. 자물쇠를 분해해서 구조를 바꿔 버렸죠. 후디니가 와도 제가 열쇠 조작법을 가르쳐 주지 않는 이상 못 들어올 거예요. 그렇게까지 할 생각은 없었는데, 스티븐스 부인이

뜻밖에 다음 수요일 오후에 오셨고 그날은 제가 외출하는 날이었기 때문에……."

"마일스 데스파드 씨가 살해당한 날 오후였나요?"

그녀는 날카롭게 대꾸했다.

"마일스 데스파드 씨가 죽기 전 오후였죠. 그때는……."

브레넌은 말을 가로막고 마크를 돌아보았다.

"지금부터가 핵심입니다. 제가 왜 이런 질문을 계속했는지 아시게 될 겁니다. 스티븐스 부인이……."

그는 서류를 내려다보았다.

"스티븐스 부인이 당신에게 독약에 대한 이야기를 한 적이 있습니까?"

"네."

"뭐라고 했죠?"

"비소를 어디서 살 수 있느냐고 물었어요."

방 안에 무겁고 으스스한 침묵이 흘렀다. 스티븐스는 모든 사람들의 휘둥그레진 시선이 자신을 향하고 있다는 것을 의식했다. 코빗의 이마가 군데군데 붉게 달아올랐다. 하지만 시선은 그를 똑바로 단호하게 바라보고 있었다. 그녀의 숨소리가 들려왔다. 브레넌은 무심하고 민첩한 눈길로 어깨 너머를 돌아보았다.

"그건 중대한 혐의인데요."

"혐의라니요! 그렇지 않아요! 저는 단지 있었던 대로……."

"물론 가능하다면 다른 증거도 있어야겠죠. 그녀가 그 말을 하는 걸 다른 사람도 들었습니까?"

간호사는 고개를 돌렸다.

"네, 데스파드 부인요."

"사실입니까, 데스파드 부인?"

루시는 입을 벌렸다가 망설이더니 그들을 보았다.

"네. 사실이에요."

스티븐스는 양손으로 의자 팔걸이를 누른 채 방 안의 열기와 사람들의 시선을 의식하고 있었다. 그는 아까까지만 해도 없던 한 쌍의 눈길을 무심하게 깨달았다. 문 옆 어둑어둑한 구석에서 오그던이 입을 벌린 채 침착한 눈으로 조롱하듯 그를 바라보고 있었다.

015
☆☆☆

브레넌은 코빗의 의자 등받이에 한 팔을 올리고 기대며 루시에게 말했다.

"저는 당신의 마음이 어떻게 움직이는지 읽으려고 노력했습니다, 데스파드 부인. 표정에 많은 것이 드러나더군요. 처음 제가 이 이야기를 꺼냈을 때 당신은 놀라셨죠. 그러다가 스티븐스 부인에 대해 다시 생각해 보기 시작하셨습니다. 생각하면 할수록 많은 게 떠올랐죠. 그런 생각을 하게 되는 것이 화가 났지만 도저히 떨칠 수가 없었습니다. 그러다가 누가 그 가장무도회 드레스 이야기를 꺼냈고 그렇게 짧은 시간에 만들 수는 없다고 했습니다. 그 말을 듣고 나니 안심을 하는 것 같더군요. 당신은 스티븐스 부인이 이번 사건과 무슨 관계가 있을 리가 없다고 생각했습니다. 하지만 이젠 확실하지 않지요? 제 말이 맞습니까, 틀렸습니까?"

"전……."

루시는 빠르게 방 안을 서성거리다가 팔짱을 끼었다.

"아, 이건 정말 말도 안 돼! 제가 어떻게 알겠어요? 당신이 말해 봐요, 스티븐스."

"걱정 말아요. 내가 얘기할 테니. 제가 반대 신문을 해도 될까요, 경감?"

스티븐스가 말했다. 순전히 허세였다. 머릿속에는 아무 생각도 없었다.

"반대 신문을 할 문제가 생기면 그렇게 하시죠. 이야기로 돌아갑시다, 코빗 양. 스티븐스 부인이 비소를 어디서 살 수 있느냐고 물은 게 언제였습니까?"

"삼 주쯤 전이요. 일요일 오후였을 거예요."

"그날 일을 말해 주세요. 전부 다 들어 봅시다."

"스티븐스 부인과 데스파드 부인, 저는 식당에 있었어요. 삼월 말이라 바람이 많이 불었기 때문에 난롯불 앞에 앉아 있었죠. 우리는 버터 바른 토스트에 계피를 뿌려 먹었어요. 당시 캘리포니아에서 발생한 살인 사건 기사가 신문에 나서 그 이야기를 하다가 이런저런 살인 사건 이야기가 나왔죠. 데스파드 부인이 독약에 대해 물었고…….”

브레넌이 끼어들었다.

“스티븐스 부인이겠죠.”

“아뇨. 저기 데스파드 부인요. 직접 물어보세요. 스티븐스 부인은 그동안 한마디도 하지 않았어요. 아, 딱 한 번. 제가 수습 시절 스트리크닌을 마시고 병원에 실려 온 남자가 어떤 행동을 하더라는 이야기를 했는데, 스티븐스 부인이 그가 많이 괴로워했냐고 물었어요.”

“아, 그런 걸 알고 싶었던 겁니다. 그때 부인의 태도는 어땠나요? 어떻게 보였습니까?”

“아름다워 보였어요.”

브레넌은 짜증스럽다는 듯 그녀를 바라보고 있다가 서류를 내려다보고 다시 고개를 들었다.

“무슨 대답이 그렇습니까? 내 말뜻을 이해 못 하시는군요. 아름답다니. 그건 무슨 뜻입니까?”

“내가 말한 그대로예요. 부인은…… 솔직하게 말해도 되나요?”

“그럼요, 하시죠.”

코빗은 차가운 목소리로 또박또박하게 말했다.

“부인은 성적으로 흥분한 여자처럼 보였어요.”

차갑고 격렬한 분노가 스티븐스를 휩쓸더니 마치 폭탄이나 독한 술처럼 온몸에 쫙 퍼졌다. 그러나 그는 흔들리지 않는 눈으로 코빗을 계속 응시했다.

"잠깐, 말이 약간 심하군. 코빗 양, 성적으로 흥분한 여자는 어떤 모습인지 자세하게 말씀해 주시겠소?"

간호사의 얼굴에 핏기가 올랐다. 브레넌이 끼어들었다.

"이것 보세요! 몰아세우지 마십시오. 신사답게 행동하세요. 당신이 코빗 양을 모욕할 권리는 없습니다. 그녀는 단지……."

"모욕하려는 생각은 없었소. 그렇게 들렸다면 미안합니다. 내 말 뜻은 그건 아무 의미가 없다는 겁니다. 아니, 당신 마음대로 무슨 의미든지 담을 수 있는 자의적인 표현이지요. 난 진심으로 그게 무슨 뜻인지 알고 싶습니다. 날 뭐라고 비난해도 좋지만, 이야기를 심리학 사례 연구로 끌고 가진 말자는 겁니다. 간단하게 말하죠, 코빗 양. 내 아내가 살인광이라고 생각하는 겁니까?"

"내 말이 그 말이야."

마크 데스파드가 분노와 당혹감이 섞인 얼굴로 변호에 나섰다.

"도대체 뭘 하자는 건지 모르겠군. 이보시오, 경감. 마리 스티븐스가 범인이라고 생각한다면 무엇 때문에 우리와 이야기하고 있는 거요, 그녀를 직접 만나 보지 않고? 에드워드, 마리에게 전화를 걸어 여기 와서 직접 대답하게 하자고."

그때 새로운 목소리가 들려왔다.

"네, 그렇게 하시죠. 그에게 물어봐요, 왜 안 부르는지."

오그던 데스파드가 문간에서 어슬렁거리며 다가오더니 긴 턱이 옷깃에 닿을 정도로 깊숙이 고개를 숙였다. 아직 낙타털 코트를 벗지도 않고 옷도 갈아입지 않은 채였다. 그는 재미있어한다고는 볼 수 없는 비판적인 모습으로 스티븐스를 유심히 살펴보았다. 하지만 자신이 방 안에 있는 사람들에게 주목받고 있다는 사실을 즐기는 것은 분명했다.

"괜찮으시다면, 브레넌, 제가 이분에게 몇 가지 물어보죠. 일 분 안에 틀림없이 막다른 골목으로 몰아넣을 수 있을 테니 당신한테도 도움이 될 겁니다……. 음, 스티븐스, 왜 그녀에게 전화를 걸지 않죠?"

그는 어린아이의 대답을 들으려는 것처럼 기다렸다. 스티븐스는 분노를 감추기 위해 애써 정신을 가다듬었다. 브레넌이 공격하는 것은 괜찮았다. 그는 괜찮은 친구였다. 하지만 오그던은 전혀 다른 인간이다.

"대답을 안 하는군요. 그럼 제가 대답하게 해 드리지. 그건 그녀가 집에 없기 때문입니다. 안 그래요? 마리 형수는 달아났죠? 오늘 아침부터 집에 없었죠?"

"그래, 집에 없어."

오그던은 눈을 지그시 뜨며 계속 추궁했다.

"오늘 아침 내가 7시 30분에 들렀을 때는 형수가 아직 자고 있다고 했잖아요."

"거짓말하지 마."

스티븐스는 침착하게 말했다.

오그던은 순간 말문이 막혀 할 말을 찾지 못했다. 그는 의혹을 확인하고 들이대는 데 익숙했다. 이럴 때 상대는 보통 사실을 인정하지만 곧장 변명부터 늘어놓는다. 오그던은 그런 입장에 서는 걸 좋아했다. 상대가 추궁 자체를 부정하고 나오는 것은 새로운 경험이었다.

그는 선심 쓰듯 말했다.

"계속하세요. 거짓말 마시고. 그렇게 말했잖아요. 들은 사람도 있으니 인정하는 게 좋을 거예요. 분명히 그렇게 말했죠, 코빗 양?"

간호사는 냉정하게 대답했다.

"잘 모르겠어요. 당신들 둘은 주방에 있었잖아요. 전 이분이 무슨 말을 했는지 몰라요. 그러니까 저를 통해 입증할 수는 없을 거예요."

"좋아. 하지만 지금 마리가 집에 없다는 건 인정하지요? 어디 있습니까?"

"오늘 아침 필라델피아에 갔어."

"아, 오늘 아침 필라델피아에? 무엇 때문에?"

"쇼핑할 게 있어서."

"바로 이런 말이 듣고 싶었던 겁니다. 7시 30분도 되기 전에 일어나서 급히 쇼핑을 하러 나가셨다. 믿을 사람이 있을 것 같아요?"

오그던은 턱을 옷깃에 대고 문지르며 조롱하듯 다른 사람들을 둘러보았다.

"마리 스티븐스가 '쇼핑을 하기 위해' 그렇게 이른 시각에 따뜻한 침대에서 일어난 적이 있습니까?"

"아니, 없었네. 코빗 양 앞에서 자네에게 말한 걸로 기억하네만, 우린 밤새도록 깨어 있었어."

"그렇다고 해서 꼭두새벽부터 가게에 굳이 가야 했다고요? 이유가 뭡니까?"

"오늘은 토요일이니까. 정오에는 다 문을 닫아."

오그던은 히죽 웃었다.

"아, 토요일이었던가요? 토요일이라 남편을 두고 급하게 나갔다? 거짓말은 그만하시는 게 어때요? 간밤에 도망쳤다는 걸 당신도 알잖습니까?"

"내가 자네라면 이런 수작을 길게 부리지 않겠어."

스티븐스는 평정하게 말하고 브레넌을 보았다.

"나한테 물어볼 게 더 있습니까, 경감님? 아내가 오늘 아침 필라델피아로 간 건 사실입니다. 오후까지 돌아오지 않는다면 내가 살인을 했다고 자백하지요. 이 친구가 한 말은 별로 신경 쓰고 싶지 않군요. 익명으로 당신에게 편지를 쓰고, 당신 서명을 위조해 전보를 보낸 게 바로 이 친구니, 과연 신뢰할 수 있는 사람인지는 알아서 판단할 수 있을 겁니다."

브레넌의 얼굴은 의혹으로 가득했다. 그는 오그던과 스티븐스를 번갈아 보았다.

"중요한 문제를 꺼내려고 할 때마다 곁가지로 흐르니 이거 원. 하지만 최소한 이번만은 한번 짚어 볼 가치가 있겠군요. 사실입니까, 젊은 분? 나한테 편지를 쓰고 다른 사람들에게 집에 돌아오라는 전보를 보낸 게 당신이었습니까?"

다른 점은 접어 두고라도, 적어도 오그던은 용기는 충만한 친구였다. 그는 뒤로 두 걸음 물러나더니 차갑게 주위 사람들을 둘러보았다. 민첩한 두뇌로 어떤 행동을 취해야 할지 계산하는 것이 분명했지만 얼굴에는 아무 표정도 드러나지 않았다.

그는 한쪽 어깨를 으쓱했다.

"증거는 절대 찾을 수 없을 겁니다. 내가 당신이라면 조심하겠어요. 이건 명예 훼손이니까. 아니 모욕죄라고 해야 하나? 구별을 못 하겠단 말이야. 어쨌든 당신이 조심할 일이라는 건 확실해요."

브레넌은 오그던을 찬찬히 관찰했다. 땅딸막한 형사는 잠시 주머니에서 동전을 짤랑거리며 침묵을 지키더니 고개를 저었다.

"내가 볼 때 자네는 소설에서 배운 대로 탐정 놀이를 하려는 것 같군, 젊은 친구. 그건 시시한 짓일세. 잘못된 짓이기도 하고. 내가 정석대로 하기로 하면 깨닫지도 못하는 사이에 자넬 감방에 집어넣을 수 있어. 증거라면 어렵지 않네. 전보를 접수한 사람이 누군지 찾아내면 되니까."

오그던은 희미한 미소를 띠며 고개를 저었다.

"법률 공부를 더 하셔야겠는데요, 할아버지. 전보는 위조가 아니에요. 법률에 따르면 문서 위조란 그 행위로 인해 개인적인 이득이 직접적으로 발생했을 때 성립합니다. 내가 체이스 은행장에게 '내 개인 비서 오그던 데스파드를 소개하오니 그에게 만 달러를 지급하십시오'라는 편지를 쓰고 '존 D. 록펠러'라고 서명했다면 그때는 문서 위조죠. 하지만 '오그던 데스파드를 소개하오니 그에게 최대한 편의를 베풀어 주십시오'라고 쓰고 같은 서명을 하면 그건 문서 위조가 아니란 말입니다. 미묘한 차이죠. 그 전보에는 나를 기소할 수 있는 단어가 하나도 없어요."

"그럼 자네가 보낸 게 맞군?"

오그던은 한쪽 어깨를 으쓱했다.

"난 아무것도 인정하지 않겠습니다. 그건 현명한 짓이 아니죠. 나는 상대하기 곤란한 사람이라는 걸 자랑스럽게 생각합니다. 실제로 그런 사람이기도 하고요."

스티븐스는 마크를 돌아보았다. 마크는 벽난로 옆 책장에 느슨하게 기대서 있었다. 연파랑 눈동자는 아주 온화했고 생각에 잠겨 있었다. 주먹을 회색 스웨터 주머니에 푹 찌르고 있어서 옷이 축 늘어져 있었다.

"오그던, 도대체 네가 왜 이러는지 모르겠구나. 루시 말이 맞았어. 예전에는 이렇게까지 심하지는 않았는데. 마일스 삼촌의 유산을 한몫 받게 되어 제정신이 아닌 건지. 나중에 둘만 남으면 네가 얼마나 상대하기 곤란한 사람인지 한번 확인해 보자꾸나."

오그던은 홱 돌아서며 말했다.

"내가 형이라면 그러지 않을걸. 얼마나 많이 아느냐에 따라 세상에서의 가치가 결정되는 법이야. 난 그냥 이런저런 사실에 관심이 많아. 예를 들어 난 형이 톰 파팅턴을 여기로 부른 게 바보짓이라고 생각해. 그는 영국의 술집이란 술집의 술이 동나도록 마시고 과거를 생각하면서 잘 살고 있었어. 그는 몰랐단 말이야. 한데 이제 저넷 화이트에 대해 뭔가 알게 될지도 모르게 됐잖아. 한 번이면 충분하지 않나? 왜 그 모든 걸 새로 들추려고 하지?"

브레넌이 얼른 물었다.

"저넷 화이트가 누구지?"

"아, 어떤 여자죠. 난 개인적으로 모르는 사람이지만, 그녀에 대해서는 많은 걸 알고 있어요."

브레넌은 폭발했다.

"자넨 그렇게 많은 걸 알면서 이번 사건에 관계된 건 아무것도 모르나? 더 이상 없어? 없군. 확실해? 좋아. 그게 사실이라면 계속합시다. 비소와 스티븐스 부인에 대해서. 코빗 양, 삼 주 전 일요일 독에 대해 이야기를 나누었다고 했죠? 그 이야기를 계속하시죠."

간호사는 기억을 더듬었다.

"그렇게 좀 더 이야기를 나누다가, 제가 마일스 데스파드 씨에게 쇠고기 수프를 갖다 드릴 시간이 되었어요. 홀로 나오니 약간 어두웠는데 스티븐스 부인이 따라 나왔어요. 제 등 뒤에서 다가와서 손목을 쥐더군요. 손이 불처럼 뜨거웠어요. 그리고 비소를 어디서 살 수 있는지 물었어요."

코빗 양은 망설였다.

"그때도 좀 이상하다고 생각했어요. 처음에는 무슨 말을 하는지도 잘 알아들을 수가 없었거든요. 처음에는 비소라고 하지 않았어요. 누군가의 '처방'이라고 했죠. 누구의 처방이라고 했는지 이름은 잊었는데. 아마 프랑스 이름이었던 것 같아요. 그러다 스티븐스 부인이 다시 무슨 뜻인지 알려 주었죠. 그때 데스파드 부인이 식당에서 나왔으니, 부인도 아마 들으셨을 거예요."

브레넌은 어리둥절했다.

"누군가의 처방? 좀 도와주시겠습니까, 데스파드 부인?"

루시는 불편한 듯 미간을 찌푸렸다. 그녀는 애원하듯 스티븐스를 바라보았다.

"저도 듣긴 했지만 별로 말씀드릴 건 없어요. 그 이름도 기억은 안 나는데 아마 G로 시작한 것 같아요. 글라세 비슷했는데, 하지만 이건 아무 뜻 없는 단어예요. 말이 아주 빨랐기 때문에 목소리도 거의 알아들을 수 없었어요. 뭔가 좀 다르게 느껴졌어요."

바로 이때 마크 데스파드는 고개를 돌려 천천히 주위를 둘러보았다. 그는 마치 환한 불빛 앞에 선 것처럼 눈을 깜빡였다. 불빛에 적응하려고 노력하는 듯했다. 그는 주머니에서 손을 꺼내 이마를 문질렀다.

브레넌이 말했다.

"두 분 중 어느 분이든 스티븐스 부인이 정확히 뭐라고 했는지 기억을 더듬어 주시겠습니까? 이게 얼마나 중요한 사실인지 아시리라 생각합니다."

간호사는 성가시고 초조한 얼굴로 대답했다.

"글쎄요. 잘 알아들을 수도 없었고, 데스파드 부인 말씀대로 말투가 묘했어요. 대략 이런 말 비슷했던 것 같아요. '지금은 누가 가지고 있지? 내가 살던 곳에서는 그렇게 힘들지 않았는데, 노인은 죽었어.'"

연필로 메모하던 브레넌은 미간을 찌푸렸다.

"말이 안 되잖아! 도대체……. 아, 잠깐! 그녀가 언어 구사에 어려움을 느꼈다는 뜻인가요? 이름이 마리죠. 아까도 프랑스 이름을 말했다고 했고. 혹시 프랑스인입니까?"

루시가 대답했다.

"아뇨. 아뇨. 그녀도 우리와 똑같은 영어를 써요. 캐나다인이죠. 물론 프랑스계이지만요. 결혼 전 이름은 마리 도브리였다고 들은 적이 있어요."

"마리 도브리……."

마크가 말했다.

그의 얼굴이 공포에 질렸다. 그는 앞으로 약간 걸어 나오더니 한 마디 한 마디 뱉을 때마다 검지를 들어 보이면서 또렷하게 말했다.

"잘 생각해 봐, 루시. 생각해 보라고. 누군가의 목숨이 달린 문제일 수도 있으니까. '누군가의 처방', 이거 혹시 '글라세의 처방' 아닐까? 그럴 수도 있을까?"

"아, 그런 것 같아요. 그런데 왜요? 이게 왜 그렇게 중요하다는 거죠?"

그는 자기 생각에 몰두한 채 말을 이었다.

"당신은 이 집 안의 누구보다 마리를 잘 알고 있어. 그동안 혹시 이것 말고 그녀의 행동에서 이상한 점을 느낀 적이 없나? 뭐라도 생각나는 거 없어? 아무리 어처구니없는 소리라 해도?"

스티븐스는 철도 위에 서서 달려오는 기차를 속수무책으로 바라보는 기분이었다. 철로에서 물러나지도, 홀린 듯 기차를 응시하는 눈길을 거두지도 못한 채. 기차의 굉음이 들려왔다. 그럼에도 불구하고 그는 대화에 끼어들었다.

"말도 안 되는 소리 하지 마, 마크. 다들 전염되고 있는 것 같아. 마치 '나와 너만 빼고 온 세상이 이상하다. 그리고 너도 약간 이상하다'는 오랜 속담 같다고. 그 원칙에 입각해서 이 방의 모든 사람이 이상하다는 걸, 특히 자네가 더 이상하다는 걸 증명해 보겠네."

마크가 말했다.

"대답해 봐, 루시."

루시는 곧바로 대답했다.

"그런 적은 없었어요. 한 번도. 에드워드의 말 중에 한 가지는 확실해요. 당신이야말로 검사를 받아야 할 정도로 이상한 행동을 하고 있다고요. 당신이 살인 사건 재판 같은 것에 관심을 가지고 있는 걸 마리가 병적이라고 생각하는 건 알고 있었지만. 아뇨, 마리에게서 이상한 점을 느낀 적은 한 번도 없어요. 단지……."

그녀는 말을 그쳤다.

"단지 뭐?"

"별것 아니에요. 마리는 깔때기를 싫어했어요. 헨더슨 부인이 부엌에서 잼을 담그고 과일 주스를 짜고 있었는데…… 음, 마리의 눈가에 주름이 그렇게 많다는 건 그때 처음 알았어요. 입이 그렇게 비뚤어지는 것도 처음 봤고요."

정적이 흘렀다. 살갗에 차갑게 느껴질 정도의 정적이었다. 마크는 계속 한 손으로 눈 위에 그늘을 만들고 있었다. 그러다 손을 치운 그의 얼굴에는 평소와 같은 성실하고 순박한 표정이 돌아와 있었다.

"이것 보세요, 브레넌 경감님. 여기서 가장 빨리 빠져나가려면, 배후에 무엇이 있는지 당신에게 보여 드리는 게 좋겠습니다. 에드워드와 경감님만 제외하고 다른 사람들은 모두 나가 줘. 아무것도 묻지 말고. 부탁이니 그냥 나가 줘. 오그던, 너도 쓸모 있는 짓을 해

다오. 헨더슨의 집으로 가서 그를 깨워. 아직 안 일어난 것 같으니까. 그리고 작은 도끼와 끌을 가져오라고 해. 큰 도끼는 여기 부엌에 있을 거야. 나는 그걸 쓰지."

브레넌의 얼굴은 마크가 정신이 나간 게 아닌가 반신반의하는 빛이 역력했다. 놀란 표정은 못마땅한 분위기로 바뀌었지만, 그는 어쨌든 상황을 받아들이기로 한 듯 어깨를 똑바로 폈다. 다른 사람들은 모두 마크의 지시를 따랐다.

"아니, 도끼로 사람을 죽이려는 건 아닙니다."

마크가 말했다.

"자, 마일스 백부의 방에 있는 두 창문 사이의 벽을 검사해서 비밀 통로가 정말 있는지 확인하려면 건축가를 불러야겠지요. 하지만 그러면 시간만 더 지체될 겁니다. 직접 벽을 부수어 확인해 보는 게 가장 빠른 길이죠."

브레넌은 심호흡을 했다.

"좋습니다. 좋아요! 방이 망가져도 상관없으시다면야⋯⋯."

"하지만 그 전에 한 가지만 여쭤보지요. 지금까지 이번 사건에 대한 당신의 이론은 상당히 명쾌했습니다. 난 더 이상 말하지 않겠습니다. 직접 추론해 보세요. 하지만 한 가지만 여쭙지요. 벽에서, 혹은 방 안 어디에서도 비밀 문을 발견하지 못한다면, 그때는 어떻게 생각할 겁니까?"

"헨더슨 부인이 거짓말을 했다고 생각하겠지요."

브레넌이 즉시 답했다.

"그것 말고는?"

"없습니다."

"그리고 마리 스티븐스도 결백하다고 생각하겠지요?"

"음……."

브레넌은 조심스럽게 말하며 어깨를 으쓱했다.

"그렇게까지는 단정할 수 없겠지만…… 그래도 네, 아마 그럴 겁니다. 모든 가능성이 활짝 열리는 셈이지요. 변호인 측이 목격자가 거짓말쟁이라는 걸 밝혀낸다면, 사건을 법정으로 넘길 수는 없지 않겠습니까. 인간이 벽을 뚫고 갈 수는 없으니까요. 그건 분명하죠."

마크는 스티븐스를 돌아보았다.

"그거 참 반가운 소리군. 안 그래, 에드워드? 가세."

그들은 천장이 높은 어둑어둑한 홀로 나갔다. 마크가 부엌으로 들어가서 공구 바구니와 손잡이가 짧은 도끼를 들고나오는 동안, 브레넌과 스티븐스는 아무 말이 없었다.

위층 홀 끝, 계단을 올라가 오른편에 마일스 데스파드의 방문이 있었다. 벽에 걸린 그림들이 눈에 띄었지만, 너무 어둑어둑해서 스티븐스가 보고 싶은 그림은 찾을 수가 없었다. 마크는 마일스의 방문을 열었고, 잠시 그들은 문지방에 서서 방 안을 관찰했다.

널찍한 방이었지만, 집 안의 다른 방처럼 17세기 후반 양식을 따라 천장이 낮은 편이었다. 바닥에는 바래고 더러워지긴 했지만 청색과 회색의 밝은 무늬가 들어 있는 양탄자가 깔려 있었다. 양탄자 끝으로 울퉁불퉁한 마루가 보였다. 벽에는 이 미터 오십 센티미터 높이까지 진한 호두색 목재가 깔려 있었고, 그 위에는 참나무 대들보가 노출된 곳을 제외하고는 천장과 마찬가지로 희게 회칠이 되어 있었다. 문지방에서 볼 때 방 왼쪽 모서리에는 거대한 찬장, 아니면 옷장 같은 것이 비스듬히 놓여 있었다. 무늬가 새겨진 참나무였고, 놋쇠 손잡이가 달린 문이 약간 열려 있어서 안에 줄지어 걸린 옷가지와 신발장에 진열된 신발들이 보였다.

저택 뒷벽에 해당되는 왼쪽 벽에는 작은 유리창이 두 개 있었다. 유리창 사이에는 등받이가 아주 높은 왕정 복귀 시대풍의 검은 참나무 의자가 놓여 있었다. 그 위 벽에는 고수머리 아이를 그린 그뢰즈의 원형 초상화가 가벼운 틀에 끼워져서 걸려 있었다. 전구가 끼워진 짧은 소켓이 그림 위 천장에서 머리 위로 늘어져 있었다. 침대와 가까운 쪽 창문 옆에는 커다란 등나무 의자가 놓여 있었다.

문지방에서 볼 때 정면 벽에는 침대가 있었고, 발치가 복도 쪽 문을 향하고 있었다. 이 벽에는 놋쇠 보온 도구와 17세기 목재 장식물이 걸려 있었다. 정면 벽이 오른쪽 벽과 만나는 구석에 테라스로 나가는 유리문이 있었는데, 그 앞에는 아직 갈색 벨벳 커튼이 걸려 있었다. 오른쪽 벽에는 대단히 보기 흉한 가스난로가 있었고(벽난로는 없었다), 그다음에 간호사의 방으로 통하는 문이 있었는데 마일스의 파란 퀼트 잠옷이 걸려 있었다. 마지막으로 복도 문 벽에

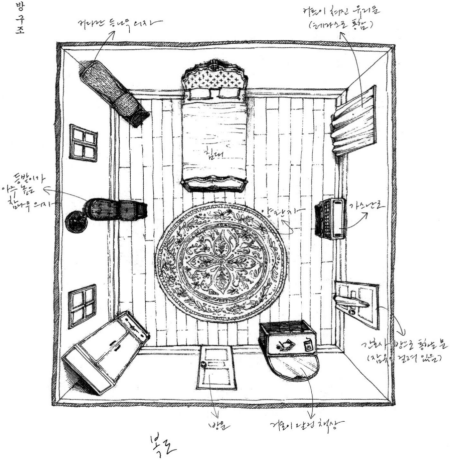

● 마일스 데스파드의 방 구조

커다란 등나무 의자

거미 쳐진 유리문
(테라스로 통함)

등받이가
아주 높은
참나무 의자

양탄자

가스난로

침대

벽

복도

발

거미 달린 책상

거미사 망므로 통하는 문
(잠겨 걸려 있음)

는 넥타이가 꽉 들어찬 화장대가 놓여 있었다.

세 사람의 주의를 끈 것은 그림과 의자가 너무나 어울리지 않게 같이 있는 벽면의 판자였다. 판자 아래쪽, 문이 있던 자리에 문설주의 윤곽을 따라 아주 희미하게 판자가 튀어나온 것이 보였다.

마크가 그쪽을 가리켰다.

"보이시죠? 저기 있던 문은 18세기 초반 화재로 불타 없어진 부분으로 통했습니다. 벽돌로 막고 널빤지를 댔지만, 문기둥은 돌이라 윤곽이 남아 있죠."

브레넌은 다가가서 벽을 살펴보고 주먹으로 쳐 보았다.

"단단한 것 같은데."

그는 돌아보았다.

"이거 낭패로군. 데스파드 씨. 만약 이게 안 열리면⋯⋯."

그는 반대편 벽의 유리문 쪽으로 다가가서 커튼을 살펴보고 눈으로 크기를 재어 보았다.

"커튼은 헨더슨 부인이 훔쳐봤을 때와 똑같은 상태입니까?"

"네. 제가 실험도 해 봤습니다."

"틈이 아주 크지는 않은데."

브레넌은 의심스럽다는 듯 중얼거리며 번갈아 들여다보았다.

"동전보다 그리 크지도 않군. 이 틈을 통해서 방 맞은편 벽의 문이 보일 거라고 생각하십니까? 예를 들어 옷장 문 같은."

"절대 불가능합니다. 직접 시험해 보십시오. 헨더슨 부인이 봤던 것밖에 안 보입니다. 그뢰즈의 그림, 의자 등받이 위쪽, 벽에 튀어나온 문기둥의 윤곽. 목을 아무리 비틀어 보아도 다른 각도는 안 나옵니다. 설사 사진과 그림, 문기둥이 없다고 해도, 방 안에 툭 튀어나와 있고 놋쇠 손잡이가 달린 저 커다란 옷장 문을 비밀 통로로 착각할 사람은 없을 겁니다……. 왜 그러십니까, 경감님? 확인해 보는 게 두려운 건 아니겠죠?"

마크는 유쾌하면서도 광포한 분위기로 도끼를 집어 들고 덤벼들 자세를 취했다. 벽이 자신에게 상처라도 입힌 듯, 그는 마치 살아 있는 생물을 보듯 벽을 쳐다보았다. 도끼를 휘둘러 벽면의 판재를 찍는 순간 집이 비명이라도 지르는 것 같았다. 마치 먼 곳에서처럼, 목소리가 들려왔다.

"이제 만족하십니까, 경감?"

방 안에는 부연 먼지구름이 피어올랐고, 모르타르 분진의 독한 냄새가 났다. 창밖의 안개처럼 차츰 걷히는 먼지구름 너머로 나지막한 정원과 돌길, 꽃이 활짝 핀 저택의 나무들이 모습을 드러냈다. 판자와 벽은 완전히 무너졌다. 목재를 완전히 제거한 뒤에는 망치와 끌로 벽돌을 파서 끄집어내고 구멍을 헤쳤다. 여기저기 햇빛이 새어 들어왔다.

비밀 문은 없었다.

016

브레넌은 한동안 말이 없었다. 벽을 부수느라 얼굴이 붉게 달아올랐고, 턱살조차 축 늘어진 것 같았다. 벽을 한참 처다보고 있더니 그는 아주 심각하게 천천히 손수건을 꺼내 무슨 의식이라도 치르는 것처럼 이마와 목을 닦았다.

"믿을 수가 없군. 믿을 수가 없어. 벽면 다른 곳에 비밀 문이 있고, 목격자는 그걸 본 게 아닐까요?"

"벽면 전체를 부수고 확인해 볼까요."

마크는 이를 드러내며 냉소했다. 그는 창문에서 흘러 들어오는 회색빛을 배경으로 느긋하게 서서 손에 든 끌을 휘릭 돌렸다.

"아무래도 경감님이 헛짚었다고 생각하는 게 맞지 않겠습니까."

브레넌은 다가가서 옷장 문을 기분 나쁘게 바라보았다.

"이상하군."

그는 중얼거리더니 뒤를 돌아보았다.

"그건 그렇고 방금 부순 판자 위에 전등이 있군요. 존재하지 않는 문을 통해 범인이 방을 나갔을 때 전등이 켜져 있었을까요? 아니, 잠깐! 부인 말로는……."

"맞습니다. 꺼져 있었어요. 침대 머리맡의 독서 등 외에는 불빛이 없었고, 그 빛도 시원찮았습니다. 그래서 범인에 대한 정보가 이렇게 없고 머리카락 색깔도 모르는 겁니다. 저 불이 방에 켜져 있던 유일한 불이었습니다. 헨더슨 부인의 말로는……."

스티븐스는 답답한 분노가 확 치밀어 올랐다. 비밀 통로가 없는 것을 확인하고 나니 마음이 놓이는 건지 알 수 없었다. 아마 그럴 것이다. 하지만 가슴이 답답한 건 분명했다.

"이번 사건에 '헨더슨 부인의 말'을 제외하고는 전혀 다른 근거가 없다는 점을 지적해도 될까요? 솔직히 이젠 '헨더슨 부인의 말로는' 이 소리만 나오면 속이 터질 지경입니다. 헨더슨 부인이 누구요? 그 여자가 대체 뭡니까? 무슨 신탁이나 예언자, 성경 말씀이라도 됩니까? 헨더슨 부인은 어딨습니까? 그 여자도 수상한 건 마찬가집니다. 자기 증언 한마디 때문에 경찰이 출동해서 난리를 피우고 있는데도 정작 본인은 이 집에 얼굴조차 보이지 않아요. 당신은 마크의 아내를 살인 용의자로 몰았고, 내 아내를 살인 용의자로 몰았습니다. 루시 씨에게는 완벽한 알리바이가 있고 마리는 브랭빌리에 부인의 드레스와 같은 옷을 구하거나 만들 시간조차 없었다는 독립된 증언이 나왔는데도 당신은 조그마한 정황만 나오면 두 사람과 연관시키지 못해 안달 아닙니까. 그래, 여기까지는 좋습니다. 한데 헨더슨 부인이 피가 골짜기를 거슬러 올라간다거나 눈에 보이지도 않는 문이 있다고 말하면, 당신은 그게 정말 앞뒤가 안 맞는 소리라는 이유만으로 그녀의 말을 철석같이 믿는 꼴이라고요."

마크가 고개를 저었다.

"생각만큼 그렇게 모순된 상황은 아니야. 헨더슨 부인이 거짓말을 했다면 뭐하러 수수께끼 같은 소리들을 덧붙였겠나? 그냥 방 안에 있던 여자가 삼촌에게 마실 것을 주는 걸 봤다고 말하지 않고? 사실이 아니라는 게 금방 밝혀져서 우리가 믿어 주지 않을 내용까지 왜 덧붙였겠느냐고."

"그 질문에는 자네가 대답했잖아. 자네가 아직 그 말을 믿고 있기 때문이야. 그렇지 않다면 나와 이렇게 말싸움 같은 것을 하고 있을 리도 없겠지."

침묵이 흘렀다. 스티븐스는 말을 이었다.

"하지만 이건 핵심에서 벗어난 문제야. 자넨 헨더슨 부인이 죽은 여자가 벽돌 벽을 지나가는 모습을 봤다고 맹세할 이유가 무엇일까 물었지? 이제 내가 묻겠네. 헨더슨 노인이 죽은 사람이 화강암 벽을 뚫고 지나갔다고 맹세할 이유는 무엇일까? 왜 봉인된 납골당에는 돌멩이 하나 건드린 흔적이 없다고 그렇게 자신 있게 주장했을까? 이 사건에는 실현 불가능한 사실이 두 가지 있어. 딱 두 가지 뿐이야. 첫째, 여자가 이 방에서 사라졌다는 것. 둘째, 관에서 시체가 사라진 것. 공교롭게도 이 사실을 목격한 유일한 목격자 두 사람이 헨더슨 부부라는 건 묘한 일 아닌가."

브레넌은 잇새로 나직하게 휘파람을 불었다. 그는 주머니에 손을 넣어 담뱃갑을 꺼내 두 사람에게 권했다. 둘 다 검을 받아 드는 결투 상대처럼 한 대씩 받아 들었다. 브레넌은 말을 이었다.

"계속하시죠."

"이 사건이 살인이라면, 살인 사건의 물리적인 상황부터 살펴봅시다. 경감님, 경감님은 살인범은 외부인이 분명하다고 주장하셨어요. 나는 그렇지 않다고 생각합니다. 이 집안 식구 중 한 사람이 살인범이라는 건 내가 볼 때 거의 확실해요. 전반적으로 간과되고 있는 사실이 하나 있는데, 그건 바로 독약을 마시게 한 방법입니다. 독약은 달걀과 우유, 포트와인을 섞은 음료에 들어 있었어요."

"그러고 보니……."

"네. 우선 외부인이 몰래 저택에 들어와서 아이스박스에서 달걀을 꺼내서 휘젓고, 우유를 꺼내고, 지하실에서 포트와인을 가져와서 음료를 만들었다? 아니면 반대로, 외부인이 이 집 찬장에 있는 은 컵에 담을 재료를 큰 그릇에 담아서 들고 들판을 걸어서 이 집으로 들어왔다? 무엇보다 어려운 부분은 이겁니다. 외부인이 주는 잔을 과연 마일스 삼촌이 순순히 받아 마셨을까? 마일스 삼촌에게 몸에 좋은 것을 권하기가 얼마나 힘들었는지는 알고 있을 겁니다. 특히 그날 밤. 외부인이 그에게 독을 먹이고 싶었다면, 그가 틀림없이 받아 마실 만한 것을 주었겠지요. 샴페인이나 브랜디 같은 것. 그렇죠. 집에서 만든 달걀 포트와인 음료 따위는 식구들이나 생각해 낼 수 있는 방법입니다. 그걸 만들 생각을 할 수 있고, 마일스 삼촌에게 먹일 수도 있는 사람. 루시라면 가능할 것이고, 이디스나 간호사일 수도 있고, 하녀일 수도 있습니다. 하지만 루시는 세인트 데이비즈에서 춤을 추고 있었고, 이디스는 브리지 게임을 하고 있었고, 코빗 양은 YWCA에서 놀고 있었고, 마거릿은 페어마운트 파크에 있었습니다. 그렇다면 알리바이에 대한 문제가 대두되지요. 당신이 아직 알리바이를 확인하거나 문제 삼지 않은 사람은 둘뿐입니다. 굳이 내 입으로 말하지는 않겠습니다. 하지만 집에서 만든 음료라는 이야기가 나와서 말인데, 둘 중 한 사람은 요리사라는 점을 잊지 마십시오. 그리고 둘 다, 마크, 자네가 말했지만, 둘 다 삼촌에게서 상당한 금액을 물려받게 됐지."

마크는 어깨를 으쓱했다.

"믿을 수가 없어. 절대로. 우선 그들은 우리 집에 워낙 오래 있었어. 둘째, 그들이 마일스 삼촌을 죽이고 거짓말을 꾸며 냈다면 왜 굳이 초자연적인 내용을 집어넣었겠나? 무슨 이득이 있지? 보통 살인범들이 평범한 거짓말을 해도 잡히는 마당에 아주 특이하고 낭만적인 방법이기는 하지만."

"한 가지 물어보지. 간밤에 자네가 헨더슨 부인이 수수께끼의 손님 이야기를 할 때 주저하면서 애매하게 말한 부분이 있다고 했지. 모습이 '어딘가 아주 묘했다'든지, 손님의 목이 제대로 붙어 있지 않았다든지……."

브레넌이 물었다.

"뭐요?"

"생각해 봐, 마크. 간밤에 우리가 생각했던 대로 자네가 그런 생각을 그녀의 머릿속에 집어넣은 걸까, 아니면 그녀가 자네 머리에 그런 생각을 넣은 걸까?"

"모르겠어. 나도 그걸 계속 고민하고 있었지만."

"부인이 아무 암시를 하지 않았다면, 과연 자네 머릿속에 그런 생각이 떠올랐을까?"

"그러지 않았겠지. 모르겠어."

"여기 우리가 잘 알고 있는 사실이 있어. 우리 넷이 납골당을 열었지. 네 사람 중에 유령을 믿는다고 분명하게 말한 유일한 사람이 누구지? 알 수 없는 존재가 우리를 쳐다보고 있는 것 같다는 소리까지 하면서 이번 사건에 초자연적인 분위기를 불어넣으려고 애쓴 게 누구였나? 납골당에 접근한 사람은 절대 없다고 그렇게 한참 동안 장담한 게 누구였지? 조 헨더슨 아니었나?"

"그래, 그랬지. 하지만 그게 참 그렇단 말이야. 자네는 오래전부터 집안에서 일한 순박한 고용인 부부가 갑자기 악마로 돌변해서 그런 짓을 저질렀다는 말인가?"

"전혀. 그들은 악마가 아니야. 악마를 불러들이고 있는 건 자네지. 그들이 좋은 사람들이라는 건 나도 인정해. 하지만 그렇게 좋은 사람들이 살인을 저지르는 경우도 있어. 그들이 자네에게 충실했다는 것도 인정해. 하지만 그들이 외국에서 오래 살다 와서 거의 모르는 사이였던 마일스 삼촌에게 충실해야 할 이유가 있었을까? 마일스 삼촌이 그들에게 유산을 남긴 것도 자네 아버지의 유언이 있었기 때문이었어. 초자연적인 이야기로 넘어가면, 그 원천은 뭘까?"

"원천?"

브레넌이 마치 지금 이 순간 자신의 심리 상태처럼 한쪽으로 삐딱하게 깊이 타들어 간 담배로 그를 가리키며 말을 가로챘다.

"이건 전부 증거도 없이 말, 말, 말뿐이군요. 그렇지만 스티븐스 씨가 하려는 말도 충분히 이해는 갑니다. 내가 이해한 대로 말해 보죠. 노인이 죽었을 때, 그가 독살당했다고 의심한 사람은 전혀 없었습니다. 당신 말고."

브레넌은 마크 쪽으로 고갯짓을 했다.

"옷장 안에서 은 컵을 찾아냈기 때문이었죠. 그때 헨더슨 부인이 당신에게 와서 여자가 벽을 뚫고 나갔다는 이야기를 합니다─나한테는 여자의 머리가 붙어 있지 않았다는 둥 하는 이야기를 한 적이 없어요. 나머지는 다 일치했지만─왜 그랬을까요? 당신이 반신반의할 테니까. 그 이야기를 들으면 더욱 쉬쉬하게 될 테니까. 최대한 조치를 취해 봤자 납골당을 여는 것밖에 없었을 테니까. 그러다 시체가 도난당한 사실을 알게 되면 더욱 더 쉬쉬하게 될 테니까. 이렇게 생각해 보면 그 부부가 우리한테 이야기한 모든 내용이 납득되지 않습니까?"

마크는 재미있다는 듯 그를 바라보았다.

"그렇다면 이 모든 거짓말과 시체 도난극은 날 놀라게 해서 사건을 비밀로 묻어 버리게 할 목적이었다?"

"그럴 수도 있지요."

"그런 경우라면, 헨더슨 부인이 어제 납골당을 열기도 전에 경찰청장 앞에서 똑같은 이야기를 한 이유가 뭘까요?"

그들은 서로 얼굴만 쳐다보았다. 스티븐스는 인정했다.

"그건 그렇군."

브레넌이 말했다.

"아, 그렇게 생각할 일은 아니에요. 당신 동생 오그던을 잊지 마십시오, 데스파드 씨. 그 친구, 영리하더군요. 그도 의심하고 있었습니다. 어디까지 의심했는지는 알 수 없고, 헨더슨 부부도 그가 어디까지 의심하는지 몰랐을 겁니다. 하지만 오그던이 이 일을 조용히 넘어가지 않을 거라는 건 알았겠죠. 그래서 헨더슨 부인은 히스테리 상태에 빠져 그런 여자들 특유의 행동을 한 건지도 모릅니다. 헤어 나올 수 없는 상황이라는 걸 깨닫고 자신의 거짓말을 밀고 나간 겁니다."

브레넌은 옷장 쪽으로 다가가서 가만히 쳐다보았지만, 이번에는 호전적인 분위기였다.

"이 사건에서 옷장이 어떤 역할을 했는지 궁금해요. 분명 무슨 관계가 있다는 직감이 오는데……. 구조적으로 무슨 문제가 있을 거라는 얘기는 아닙니다만……. 독이 담긴 컵을 발견한 게 옷장 바닥이었다고 했지요? 살인범은 왜 컵을 거기 두었을까요? 왜 독이 들지 않은 우유와 비소가 든 잔을 이 안에 같이 두었을까요? 고양이는 왜 따라 들어갔고, 왜 컵에 남은 음료를 핥았을까요?"

그는 안에 걸린 옷가지 사이를 헤쳐 보았다.

"삼촌께는 옷이 참 많았군요, 데스파드 씨."

"네. 간밤에 이 친구들에게도 이야기했지만 삼촌은 옷을 갈아입는 데 시간을 오래 보냈습니다. 하지만 자기가 그렇다는 걸 우리에게는……."

새로운 목소리가 들렸다.

"삼촌이 여기서 한 일은 그뿐만이 아니에요."

얼마나 조용히 다가왔는지, 아무도 눈치채지 못한 사이에 이디스 데스파드가 복도 문간에 서 있었다. 딱히 몰래 다가오려는 의도가 있었던 것은 아니었다. 그녀의 얼굴에는 이해할 수 없는 표정이 깔려 있었고, 이후 시간이 흐른 뒤에야 그들은 그 의미를 깨닫게 되었다. 그녀의 눈은 수면 부족으로 푸석푸석했지만 골격이 가느다란 아름다운 모습에는 확신 어린 고요함이 깃들어 있었다. 스티븐스의 눈에는 무슨 이유에서인지 간밤보다 훨씬 어려 보였다. 그녀는 팔에 책 두 권을 낀 채 다른 손 손가락으로 책을 부드럽게 두드리고 있었다. 아주 아름답고 자연스럽게 차려입은 세련된 옷차림이었다. 하지만 나중에 생각해 보니 검은 옷이었다는 것 외에는 어떤 차림이었는지 전혀 기억이 나지 않았다.

마크는 흠칫 놀랐다.

"이디스! 여기 오면 안 돼! 오늘은 하루 종일 누워 있겠다고 약속했잖아. 루시 말로는 밤새도록 한숨도 못 자고 겨우 눈을 붙인 뒤에도 악몽을 꿨다면서."

"맞아요."

이디스는 정중하고 사무적인 태도로 브레넌에게 돌아섰다.

"브레넌 경감님이시죠? 다들 제게 와서 이야기하더군요. 아까
사람들을 내보내셨을 때 말이에요."

그녀의 미소는 매력적이었다.

"하지만 저는 내보내지 않으실 거라고 믿어요."

브레넌은 상냥하지만 애매한 태도로 답했다.

"데스파드 양? 죄송하지만 지금 저희는……."

그는 부서진 벽을 턱짓으로 가리키며 기침을 했다. 이디스는 팔
에 안은 책에 손을 갖다 댔다.

"아, 그럴 줄 알았어요. 제가 당신의 난제를 해결해 드리러 왔
죠. 방금 옷장이 이번 사건과 분명 무슨 관련이 있을 거라고 말씀하
시는 걸 들었는데요. 사실이에요, 아주 큰 관계가 있답니다. 간밤에
옷장에서 이 책을 찾았어요. 둘째 권에 한 군데를 자주 펼친 흔적이
있는 걸 보니, 독서광이라고 할 수 없었던 마일스 삼촌이 뭔가 연구
할 거리를 발견한 건 아닌가 하는 생각이 들었죠. 제가 읽어 드리고
싶어요. 다들 들어 보세요. 별로 흥미를 못 느끼실지도 모르지만요.
학술적인데다 지루하거든요. 하지만 들어 보셔야 할 것 같아서요.
문을 닫아 주실래요, 에드워드?"

마크가 물었다.

"책? 무슨 책?"

"그리모의 『마법의 역사』예요."

그녀는 창가 등나무 의자에 앉더니 별다른 변명도 하지 않고 마치 세탁물 목록을 읽듯 주저하는 기색 없이 읽기 시작했다. 하지만 소리 내어 읽기 직전, 그녀는 눈을 들어 스티븐스를 쳐다보았다. 그는 그 시선에 담긴 흥미와 호기심에 놀랐다. 감정을 싣지 않고 읽어 내려가는 그녀의 목소리는 또렷하고 유창했다.

"'죽지 않은 인간'에 대한 믿음은 17세기 후반 프랑스에서 시작된 것으로 보인다. 1737년 라 마르가 처음 이에 관해 기록을 남긴 이후(『마법, 요술, 빙의, 홀림 및 주술에 관한 논고』) 한동안 과학자들 사이에서도 심각한 논의가 있었다. 비교적 최근이라 할 수 있는 1861년에도 한 형사 재판으로 인해 이에 관한 논란이 다시 촉발된 바 있다.

간단하게 말하면 '죽지 않은 인간'이란(주로 여자가 많은데) 독살죄로 사형 선고를 받고 산 채로, 혹은 사후에 화형에 처해진 사람을 말한다. 범죄학이 마법의 영역과 겹치는 것이 바로 이 지점이다.

옛날부터 독의 사용은 마법의 일부로 간주되어 왔는데, 이러한 믿음의 기원을 추적하는 것은 어렵지 않다. 독살범은 마법의 한 분야로 간주되었던 '사랑의 묘약', '증오의 묘약'을 항상 살인을 자행하는 가면으로 이용해 왔고, 로마법상에서는 무해한 사랑의 묘약을 복용하게 하는 것조차 처벌의 대상이 되었다. 중세에는 독을 이단으로 치부했다. 영국에서는 1615년까지도 독을 이용한 살인 사건에 대한 재판은 사실상 마녀재판이었다. 앤 터너가 토마스 오버베리 경을 독살한 혐의로 코크 수석 재판관 앞에서 재판을 받을 때, 그녀의 '마법이 걸려 있는 물건'이—납으로 만든 인형, 양피지, 인피 조각—증거품으로 법정에 제시되자 방청객들은 악마가 지나가는 바람을 느낄 수 있었다고 한다.

서기는 이렇게 기록하고 있다. '이 물건들과 부적, 기타 그림이 법정에 공개되자 단두대에서 삐걱거리는 소리가 들려왔고, 방청석에서는 공포와 동요, 혼란이 일었으며, 사람들은 악마가 재판정에서 지켜보고 있다가 악마의 제자가 아닌 사람들에 의해 이런 물건들이 공개되었다는 데 대해 분노하여 해를 입힐지도 모른다는 두려움에 떨었다.'

그러나 마법과 살인이 결합한 범죄가 정점에 이른 것은 동세기 프랑스에서였다. 리스본에서는 마법을 부리는 여자들이 너무나 많아서 마녀가 사는 구역이 시내에 따로 있었다는 기록이 있다. 이탈리아에서는(토파나의 비밀 결사에 소속된 여인들이 육백 명을 독살한 곳) 글라제와 엑실리가 등장하여 현자의 돌을 찾아 헤매고 비소를 판매했다. 앞 장에서 우리는 루이 14세의 궁정 여인들이 악마주의를 예찬하여 흑미사에서 여인의 복중에 있는 태아를 제물로 바친 사례를 살펴본 바 있다. 비밀의 방에서 비밀 의식이 성행했다. 마녀라 부아쟁은 생드니에서 귀신을 불러냈다. 당시 악마주의에 귀의한 여인들은 골의 표현대로 '쭈글쭈글한 얼굴, 깊이 파인 주름, 단 하나만 남은 툭 튀어나온 앞니, 사시, 새된 목소리, 험한 혓바닥을 지닌 노파들'이 아니었다. 그들은 재봉사에서 귀족 부인에 이르기까지 모두 아름답고 탐나는 여인들이었다. 그리고 그들의 남편과 아버지가 죽어 갔다.

이러한 지하 마법이 성행한다는 소문은 고해소를 통해 파리의 교황청 내사원장의 귀까지 들어갔다. 바스티유 근처 아스날에 마차 바퀴와 불로 범죄를 다스리는 그 유명한 '화형 법정'이 설립되었다. 1672년 루이 14세의 애첩이었던 마담 드 몽테스팡 부인의 수수께끼 같은 죽음은 독을 더욱 유행시켰다. 1672년부터 1680년 사이 프랑스 상류층의 여인들이 화형 법정에 불려 갔는데, 그중에는 마자랭 추기경의 조카 두 사람, 부이용 공작 부인, 외젠 왕자의 어머니였던 수아송 백작 부인도 있었다. 그러나 지하 세계의 전모가 세상에 환히 드러나게 된 계기는 1676년 석 달 동안 계속된 브랭빌리에 후작 부인의 재판이었다.

브랭빌리에 후작 부인의 활동이 발각된 것은 연인 생크루아 대위의 우연한 죽음 때문이었다. 생크루아의 유품 중에는 내가 죽은 뒤에 '뇌브 생폴 가에 사는 브랭빌리에 후작 부인에게 전할 것'이라는 지시가 달린 티크 상자가 있었다. 상자 안에는 염화 제2수은, 안티몬, 아편 같은 독약이 가득 차 있었다. 브랭빌리에 후작 부인은 도망쳤지만 데프레라는 형사의 활약으로 결국 체포되어 대량 독살 혐의로 법정에 섰다. 유능한 변호사 니벨이 변호에 나섰지만, 결정적인 증거를 확보한 것은 데프레였다. 그는 후작 부인이 사적으로 맡긴 자술서를 법정에 제출했다. 그 편지는— 실제로 자행한 사악한 범죄도 열거되어 있었지만—그녀가 도저히 저지를 수 없었던 일까지 들어 있는 히스테리컬한 문서였다. 그녀는 참수 후 화형에 처한다는 판결을 받았다.

'판결 뒤 공범을 알아내기 위해 그녀는 물고문을 받았다. 이것은 당시 사법 체제상 합법이었다. 피고를 탁자에 눕히고 가죽 깔때기를 입에 넣은 뒤 자백할 때까지 물을 부어 넣는⋯⋯."

이디스 데스파드는 여기서 잠시 눈을 들었다. 창문에서 흘러들어 오는 회색 햇빛이 머리카락을 비추고 있었고, 그녀의 얼굴에는 간절한 호기심과 흥미가 넘치고 있었다. 남자들은 움직이지 않았다. 스티븐스는 양탄자의 무늬만 응시했다. 웰든 박사가 유명한 범죄에 관심이 있으면 찾아가 보라고 했던 파리의 주소가 그제야 기억났다. 바로 뇌브 생폴 거리 16번지였다.

"세비니에 부인은 이후 후작 부인이 형장으로 끌려가는 것을 보고 웃으며 수군거렸다. 어마어마한 군중이 그녀가 흰옷을 입고 손에 불을 켠 양초를 들고 맨발로 노트르담 앞에서 참회하는 것을 지켜보았다. 그녀는 당시 사십이 세였고 인형 같던 아름다움도 거의 사라지고 없었다. 그녀는 진실한 참회와 신앙심을 보여서 위엄 있는 피로 사제도 만족했다. 그러나 데프레를 용서한 것 같지는 않았다. 교수대에 올라가면서 그녀는 알아들을 수 없는 말을 내뱉었다. 그녀의 시체는 그레브 광장에서 불태워졌다.

재판에서 밝혀진 사실 덕분에, 당국은 마침내 궁정의 지하에 펼쳐져 있던 사악한 그물을 제거할 수 있었다. 생크루아의 하인이었던 라 쇼세는 이미 바퀴에 찢겨 죽었다. 마녀이자 독살범이었던 라 부아쟁은 모든 공범들과 함께 체포되어 1680년 산 채로 화형당했다. 악마 앞에서 춤추던 사람들은 사라졌다. 그들의 재는 산산이 흩어졌고, 악마는 노트르담 위에서 홀로 미소 지었다.

그러나 모든 사람이 이를 받아들인 것은 아니었다. 이런 믿음의 근거는 알 수 없지만, 니벨 변호사는 교황청 내사원장에게 이렇게 말했다고 전해진다. '이 너머에도 아직 뭔가 있습니다. 나는 그들이 죽는 것을 봤습니다. 그들은 평범한 여자들이 아니었습니다. 이대로 고이 잠들지는 않을 것입니다.'

이 말의 의미는 무엇일까? 최근 1925년 마르셀 나도와 모리스 펠레티에 사건 수사에서도 볼 수 있지만, 현대 유럽에도 악마주의는 여전히 발발하고 있다. 흔히 여성이, 뚜렷한 동기 없이 독살과 대량 살인을 저지른 예는 굳이 자세히 소개할 필요가 없을 것이다. 예를 들어 (페로는 이렇게 주장한다.) 1811년 바바리아의 안나 마리아 숀레벤 사건, 1868년 스위스의 마리 자네레 사건이 그렇다. 스물일곱 명을 살해한 반 데 라이덴도 있고, 영국의 파머와 크림 같은 남자도 있다. 그들의 범행 동기는 무엇일까? 여성의 경우에는 피해자의 죽음으로 인해 범인이 어떤 이득을 얻는 경우가 거의 없었다. 경제적인 이익에 대한 전망, 악을 바로잡겠다는 정의감도 아니었다. 정신 이상은 아니었지만, 자기 자신조차 자신의 동기를 잘 설명하지 못했다.

그들의 동기가 그저 단순한 욕망이었고, 여왕이자 운명의 지배자가 된 듯한 힘을 주기 때문에 흰 비소 가루를 사랑한 것이라는 주장도 있다. 그러나 이것으로 모든 것을 설명할 수는 없다. 그 여자들이 살인 욕구를 가졌다고 하여, 피해자가 살해당하고 싶은 욕구를 가졌다고 생각할 수 없는 것. 하지만 모든 사건에서 가장 흥미로운 점은 피해자가, 심지어 자신이 독살당하는 것을 분명 알고 있을 때조차도, 독살을 운명적으로 받아들이고 편안하게 순응했다는 점이다. 반 데 라이덴 부인은 피해자에게 직접 말했다.

'한 달 뒤에는 당신 차례야.'

제다고는 말했다.

'내가 가는 곳마다 사람들이 죽지.'

그러나 그들은 고발당하지 않았다. 마치 살인범과 피해자 사이에 주술이나 최면과 다르지 않은 악마적인 결속이 있었던 것 같다.

이런 이론은 1737년 라 마르가 같은 해 파리를 발칵 뒤집히게 했던 사건을 언급하면서 처음 막연하게 주장했다. 19세의 소녀 테레즈 라 부아쟁은—1680년 마녀로 몰려 화형당한 부아쟁과 같은 성이었다—여러 건의 살해 혐의로 체포되었다. 그녀의 부모는 샹티이 숲에서 숯을 만드는 사람들이었다. 그녀는 글을 읽지도 쓰지도 못했다. 출생은 평범했으며, 십육 세까지 정상적으로 자랐다. 그러나 그 주변에서 여덟 건의 살인 사건이 발생하자 아무리 둔한 형사라도 이상하게 생각하지 않을 수 없었다. 묘한 점은 모든 피해자의 베개나 담요 밑에서 아홉 군데 매듭을 지은 끈이 나왔다는 점이었다. 보통 머리카락이었지만, 끈이나 머리카락 다발도 있었다.

그들은 이것을 이렇게 해석했다. 아홉은 삼의 배수로서 신비적인 숫자이며, 전 세계 어디에서나 마법의 의식과 자주 연관된다. 끈에 아홉 군데 매듭을 만든 것은 피해자가 마녀의 힘에 저항하지 못하도록 주문을 걸기 위한 것이라고 생각했다.

당국이 부아쟁의 집을 급습했을 때, 그녀는 근처 숲 속 덤불 밑에서 벌거벗은 채 경찰 한 사람의 표현을 빌리면 '늑대 눈'을 하고 있었다. 파리로 압송해서 심문하자 그녀는 진술서를 썼다. 그녀는 불을 보면 비명을 질렀다. 부모는 그녀가 글을 모른다고 했지만, 읽고 쓸 줄도 알았다. 그녀는 살인을 저지른 것을 자백했다. 그들에게 건 주술의 의미를 묻자 그녀는 말했다.

'그들은 이제 우리 중 한 사람이에요. 우리는 숫자가 너무 적어서 다른 사람들이 필요해요. 그들은 진정으로 죽지 않았어요. 이제 다시 살아났죠. 믿기지 않으면 관을 열어 보세요. 그들은 관 속에 없을 거예요. 한 사람은 어젯밤 사탄의 축제에 있었어요.'

적어도 관이 비었던 것은 사실인 것 같다. 이 사건에서 또 한 가지 이상한 점은 재판에서 그녀의 부모가 범행 중 한 건에 대해 했던 알리바이 증언이었다. 범행을 저지르려면 아주 짧은 시간 동안 이 킬로미터를 걸어야 하고, 무슨 수를 쓰든 잠겨 있는 집 안으로 들어가야 했다는 것이다. 라 부아쟁은 이렇게 대답한 것으로 알려진다.

'그건 중요하지 않아요. 나는 풀숲으로 들어가서 몸에 고약을 바르고 전에 갖고 있던 드레스를 입었어요. 그러면 아무 문제없어요.'

'전에 갖고 있던 드레스'가 무슨 뜻이냐고 물으니 그녀는 답했다.

'나는 드레스가 많아요. 이건 아름다운 드레스지만, 불에 들어갈 때는 입지 않았어요.'

불을 언급하는 순간 갑자기 뭔가 떠오른 듯, 그녀는 미친 듯이 비명을 질러 댔다……."

"들을 만큼 들었습니다."

브레넌이 무겁게 말을 잘랐다. 그는 얼굴이 아직 거기 있는지 확인하려는 듯 한 손으로 얼굴을 쓸어내렸다.

"실례지만 데스파드 양, 저는 할 일이 많은 사람입니다. 지금은 사월이지 핼러윈 축제 기간은 멀었어요. 빗자루를 탄 여자 이야기는 제 분야와는 거리가 멉니다. 여자가 마일스 데스파드 씨에게 주술을 걸고 자기 몸에 고약을 바르고 몇백 년 된 옷을 입고 벽을 뚫고 나갔다면…… 음, 전 범인을 기소하려면 최소한 대배심까지 올라갈 만한 증거를 찾아야 한다는 말씀밖에 드릴 수가 없군요."

이디스는 약간 건방진 표정을 지었지만 물러서지 않았다.

"그래요? 그럼 이건 어때요? 제가 정말 읽어 드리고 싶었던 부분은 사실 이 뒤에 나와요. 하지만 얻을 것이 없다고 생각하시면 굳이 읽어 드리진 않겠어요. 1861년 참수된 마리 도브리라는 여자 이야기죠. 브랭빌리에 후작 부인의 결혼 전 이름과 같답니다. 경감님이 17세기나 18세기에 대해 어떻게 생각하는지는 몰라도 1860년대가 아주 미개한 시대라고 생각하지는 않으실 텐데요."

"마녀로 몰려 참수되었다는 겁니까?"

"아뇨. 살인죄였어요. 자세한 내용은 그리 유쾌하지 않고 일일이 말하고 싶지도 않아요. 단지 그녀가 피고석에 올라서는 모습을 보고 근대적인 사고를 가진 기자가 쓴 인물 묘사를 읽어 드리려던 거예요. 이렇게 적혀 있어요.

'사건이 대중의 이목을 끈 것은 피고의 미모와 비교적 유복한 집안 때문만이 아니라 검사의 직설적인 말에 학생처럼 얼굴을 붉힐 정도로 겸손한 태도 때문이기도 했다.'

여기 있네요.

'그녀는 재판장에게 목례를 하고 피고석으로 올라섰다. 그녀는 깃털이 꽂힌 갈색 벨벳으로 된 배 모양의 모자를 쓰고 있었고, 갈색 실크 가운을 입고 있었다. 한 손에는 은 뚜껑이 달린 각성제 병을 들고 있었고, 다른 쪽 손목에는 루비를 입에 문 고양이 머리 모양의 고리가 달린 특이한 골동품 금팔찌를 끼고 있었다. 베르사유의 한 저택 위층에서 열렸던 사탄의 축제와 루이 디나르 독살 사건에 대해 증인들이 증언을 시작하자, 흥분한 방청객 몇 명이 그렇지 않아! 그렇지 않아! 하고 소리를 쳤다. 그녀가 동요한 기색을 보인 것은 손목의 팔찌를 손가락으로 만지작거리는 행동뿐이었다.'"

이디스는 책을 탁 하고 덮었다.

"진실은 밝혀지게 되는 법이에요, 에드워드. 이것과 똑같이 생긴 팔찌를 낀 사람을 알고 계시죠?"

스티븐스는 물론 알고 있었다. 그는 그날 밤 사라진 1861년 마리 도브리의 사진에서 그 팔찌를 보았다. 그러나 지금 그는 아무 말도 하지 못할 정도로 멍한 상태에 빠져 있었다.

마크가 맥없이 말했다.

"그래. 나도 그렇게 생각했어. 한데 이렇게 밝혀지고 보니, 도저히 받아들일 수가 없군."

브레넌이 툭 쏘았다.

"아니, 뭐가 어떻다는 겁니까? 당신들이 무슨 생각을 하는지 알겠는데, 지금 나는 오히려 스티븐스 씨 편입니다. 이것 때문에 그렇게 묘한 얼굴을 하고 있다면 걱정 마십시오. 재미있군요. 데스파드 씨는 이 실없는 이야기를 듣기 전까지만 해도 스티븐스 부인을 강력하게 변호했는데. 나는 그때까지만 해도 열심히 공격했고요."

이디스의 목소리가 날카로워졌다.

"옛날에 마법이 성행했다는 걸 부정하는 건가요?"

"부정하진 않습니다. 바로 여기 현대 미국에도 마법이 행해지고 있는데요. 아홉 매듭을 만든 끈 저주에 대해서는 잘 알고 있습니다. 마녀의 사다리라고 부르죠."

마크는 멍하니 쳐다보았다.

"하지만, 세상에! 당신은……."

"당신이 어디 사는지 잊었습니까? 신문도 안 읽어요? 당신이 사는 이 마을은 요즘도 마녀가 밀랍 인형을 만들고 소에 주술을 거는 독일계 펜실베이니아인이 모여 사는 지역 경계선에 있어요. 아니, 얼마 전에도 저주 살인이 있었습니다. 우리 형사 한 사람이 그쪽에 경고하러 갔지요. 기억하시겠지만 아까 여기 하녀 마거릿도 원래 독일계 펜실베이니아인이라고 제가 강조했는데, 당신이 그게 무슨 상관이냐고 했죠. 아마 이런 부분과 크게 관련이 있을 겁니다. 물론 그 하녀의 짓이라고 생각하지는 않지만요. 매듭지은 끈 이야기를 듣자마자, 저는 그 동네 마녀가 당신 삼촌에게 주술을 걸려고 했거나 그런 척한 게 아닌가 하는 생각이 들었습니다. 그러다 방금 헨더슨 부부에 대한 스티븐스 씨의 가설을 듣고 보니 그게 누군지 알 것 같습니다. 그래서 물어보는데, 헨더슨 부부는 어디 출신입니까?"

"원래는 레딩일 겁니다. 가족 중 일부가 클리블랜드로 이주했죠."

아이버 존슨 6연발 Iver Johnson Revolver

무기와 자전거, 오토바이 등을 만든
미국 생산업자인 아이버 존슨이 개발한 권총.

"흠, 레딩은 좋은 동네죠. 마녀가 득실거리는 고장은 아니지만, 독일계 펜실베이니아인 마을은 맞습니다."

"도대체 무슨 소린지. 경감, 당신의 말은 정말 놀랄 일투성이군요. 그럼 정말 마법을 행할 수 있다고 믿는 거요? 정말 그렇다면⋯⋯."

브레넌은 팔짱을 끼고 고개를 갸우뚱한 채 마크를 쳐다보았다. 그의 눈에 과거를 회상하는 듯한 빛이 다시 떠올랐다.

"어렸을 때 권총을 참 갖고 싶었습니다. 휴, 얼마나 갖고 싶었는지! 상아색 손잡이가 달린 커다란 아이버 존슨 6연발. 세상 그 무엇보다도 그 총이 갖고 싶었죠. 주일 학교에서 가르치기를 간절히 원하는 게 있으면 기도하라, 그러면 가질 거라고 했습니다. 그래서 기도를 했죠. 그 권총을 달라고 기도하고, 또 기도했습니다. 내가 그 권총 때문에 기도한 만큼 열심히 기도해 본 사람은 없을걸. 당시 아버지는 악마 이야기를 많이 하곤 했어요. 특히 술에서 깨서 다시는 한 방울도 안 마시겠다고 맹세할 때 말이죠. 아주 종교적인 분이었는데, 한번은 악마가 거실 문 구석에서 고개를 빼꼼이 내밀고 자기를 가리키면서 이렇게 말했답니다.

'샤머스 브레넌, 앞으로 위스키 한 잔만 더 마시면 내가 잡으러 간다.'

악마는 빨간 옷을 입고 있었고 삼십 센티미터 길이의 구부러진 뿔이 달려 있었다는군요. 나는 그 말을 들으면서, 악마가 나타나서 클랜시 총포점 유리창에 진열돼 있는 상아색 손잡이가 달린 커다란

6연발 권총과 내 영혼을 교환하자고 제안하면 받아들이겠다고 생각했습니다. 하지만 아무리 기도해도 권총은 결국 갖지 못했죠.

이것과 비슷한 겁니다. 마법을 행한다? 물론 얼마든지 할 수 있죠. 내가 싫어하는 사람들의 밀랍 인형 같은 건 얼마든지 만들 수 있어요. 주로 공화당 놈들 위주로 만들겠지만. 하지만 그게 인형에 핀을 꽂으면 사람들이 죽는다는 뜻은 아닙니다. 그러니 당신 삼촌이 살해당하고 유령단의 일원이 되는 마술에 걸렸다, 납골당 안의 관에서 일어나 언제든지 이 방에 걸어 들어올 수 있다고 하면……실례되는 말씀입니다만 그건…….”

방문이 쾅 하고 열리는 바람에 모두 깜짝 놀랐다. 마크는 욕설을 내뱉으며 돌아섰다. 안색이 창백하고 땀에 젖은 오그던 데스파드가 문기둥에 기대서 있었다. 그 모습을 본 스티븐스는 뚜렷한 이유도 없이 지금까지 느꼈던 그 어떤 공포보다도 끔찍한 예감이 밀려오는 것을 느꼈다. 오그던은 오버코트 소매로 이마를 닦았다.

“헨더슨이…….”

“헨더슨이 왜?”

마크가 물었다.

“형이 나더러 그 집에 가서 헨더슨한테 공구를 가지고 집으로 오라고 전하라고 해서 깨우려고 했는데, 오늘 아침 일찍 저택에 올라오지 않은 이유가 있었어. 발작을 일으킨 모양이야. 제대로 말도 못 하고, 말하려고 하지도 않아. 다들 가 봤으면 좋겠어. 그가 마일스 삼촌을 봤대."

브레넌은 다시 또렷하고 사무적인 말투로 돌아가서 물었다.

"시체를 찾았다는 뜻입니까?"

오그던은 분을 터뜨리며 말했다.

"아뇨. 그런 뜻이 아닙니다……. 그러니까, 헨더슨이 마일스 삼촌을 봤다고 했다고요."

004

"'코는 어디 갔나?'
산초는 변장을 하지 않은 그의 얼굴을 보고 물었다.
'여기 주머니 안에 있네.'
그는 이렇게 말하며 광택제를 바른 변장용 종이 코를 꺼냈다⋯⋯.
'맙소사!' 산초가 말했다.
'이게 누구야, 내 친구이자 이웃 토메 세시알?'
'반갑네, 내 친구 산초.' 기사의 종자가 말했다.
'그가 어떤 흉계와 꼬임에 빠져 이곳으로 왔는지 곧 말해 주겠네'."

‖ 『유명한 라만차의 돈키호테의 생애와 업적』

제 4 부

요
약

017
☆☆☆

　넓은 돌길 옆 느릅나무 아래 작은 돌집의 문이 활짝 열려 있었
다. 이제 안개가 완전히 걷혀 청명하고 시원한 날씨였고, 신선한 산
들바람이 느릅나무의 녹색 레이스 같은 어린잎을 흔들고 있었다.
돌길 끝에는 폐허가 된 예배당이 푸르스름한 하늘을 배경으로 서
있었고, 출입구는 판자로 막혀 있었다. 예배당으로부터 약간 떨어
진 납골당 입구 위에 자갈과 부서진 돌, 테니스 코트 방수포가 흩어
져 있었고, 방수포 네 귀퉁이는 돌로 고정되어 있었다.
　헨더슨의 집 안으로 들어가니, 간밤에 네 사람이 있었던 작은 거
실의 가죽 의자에 헨더슨이 누운 채 반쯤 뜬 눈으로 천장을 쳐다보
고 있었다. 육체적으로 아픈 기색과 저항심이 섞인 어두운 표정이

었다. 움푹 꺼진 왼쪽 관자놀이에는 멍이 심하게 들어 있었고, 듬성듬성한 머리카락은 흐트러진 거미집처럼 여느 때보다 더 엉켜 있었다. 옷은 간밤의 차림 그대로 씻지도 않은 것 같았다. 담요는 가슴까지 끌어 올려 덮고 있었고, 뱀 같은 힘줄이 불룩불룩 튀어나온 손은 떨리고 있었다. 집 밖에서 나는 발소리를 들은 그는 몸을 움직이지 않은 채 고개만 갑자기 쳐들었다가 다시 누워 버렸다.

마크와 브레넌, 스티븐스는 문간에 서서 그를 관찰했다. 마크가 놀리듯 물었다.

"일어났나, 조?"

헨더슨의 얼굴이 순간 퍼뜩 떨리더니 굴욕감 같은 것이 떠올랐다. 그의 표정은 이번 고통이 인간이 견딜 수 있는 한계를 넘어섰다고 말하는 것 같았다. 시선은 여전히 음울하게 천장에 고정되어 있었다.

"괜찮아, 조."

마크는 동정의 빛을 띠며 말했다. 그는 헨더슨에게 다가가 그의 어깨에 손을 짚었다.

"과로한 거야. 나이가 들었는데도 황소처럼 일했으니……. 마일스 삼촌을 봤다는 헛소리는 또 뭐야?"

브레넌이 조용히 말했다.

"저, 데스파드 씨. 왜 이랬다 저랬다 합니까? 왜 헛소리로 취급하는 거죠? 방금 전만 해도 당신은 유령이니 죽지 않은 인간이니

하는 소리를 진지하게 받아들였는데. 이제는 반대가 되는군요."

"저도 모르겠습니다."

마크는 자신도 이제야 깨달은 듯 말했다.

"단지…… 당신이 어떻게 생각할지는 알고 있습니다. 당신은 에 드워드의 가설이 그럴듯하다고 했죠. 게다가 이제 헨더슨 부부 중 다른 한 사람까지 유령을 봤다고 하니……. 당신한테 이게 어떻게 들릴지 압니다. 지나친 우연의 일치라고 생각하겠지요."

그는 노인에게 돌아서서 날카롭게 말했다.

"힘을 내, 조! 기분이 어떤지는 모르겠지만, 정신을 차려 보게. 경찰이 와 있어."

헨더슨이 눈을 번쩍 떴다. 도저히 못 견디겠다는, 최악의 시련이 라는 듯한 표정이었다. 그는 잠시 울 것 같은 표정을 짓더니, 반쯤 늘어진 자세에서 몸을 일으켜 충혈된 눈으로 그들을 쳐다보았다.

"경찰…… 누가 불렀습니까?"

"당신 아내가."

브레넌이 짤막하게 답했다.

"그럴 리가! 거짓말 마시오. 믿을 수 없어."

"그걸로 싸우진 맙시다. 내가 궁금한 것은 당신이 오그던 데스 파드 씨에게 마일스 씨의 유령을 봤다고 한……."

"유령이 아니었습니다."

헨더슨은 목구멍을 억지로 짜냈다. 스티븐스는 그가 정말로 제

정신을 잃을 정도로 겁을 먹은 것을 보자 불안해졌다.

"최소한 내가 들어 본 그 어떤 유령과도 달랐습니다. 만약 그게 유령이었다면 겁을 먹지 않았을 겁니다. 그건…… 그건……."

"살아 있었다?"

"모르겠어요."

헨더슨은 가련하게 답했다. 마크가 말했다.

"그게 무엇이었든 일단 말해 보게. 진정하고, 조. 어디서 봤나?"

그는 방문을 가리켰다.

"저기 침실에서요. 저쪽이었습니다. 잊기 전에 생각을 하겠어요. 어젯밤 이디스 아가씨와 루시 사모님이 여기 오셨죠. 우리가 그…… 그 일을 하는 동안. 그리고 다들 저택으로 올라가셨습니다. 이디스 아가씨가 화덕에 불을 크게 지피라고 하셔서 전 그렇게 했습니다. 여러분은 정면 방에서 이야기를 하시다가 3시 전에 자리를 파하셨지요. 기억하십니까?"

"그래."

헨더슨은 고개를 끄덕였다.

"이걸 분명히 말씀드려야겠어요. 도련님과 저는 테니스장 옆 헛간에서 방수포를 가져다가 그곳 입구에 덮을 생각이었지요. 한데 도련님이 워낙 피곤해 보이기도 하고 큰일도 아니고 해서, 먼저 침실로 가시라고, 알아서 하겠다고 하지 않았습니까? 도련님은 고맙다고 하시고 저한테 술을 한 잔 주셨죠. 저는 그러고 나서 뒷문으로 나와 도련님이 문을 잠그는 소리를 들었습니다……. 그제야 이제 그 길을 걸어가서 이 집에서 혼자 자야 한다는 생각이 들었습니다. 테니스장은 남쪽 정원 끝에 있기 때문에 거기 가려면 제가 늘 찜찜하게 생각하는 작은 숲을 지나야 합니다.

남쪽 정원으로 걸음을 옮기려는데 거기 갈 필요가 없다는 생각이 들었습니다. 올해 방수포를 수선해서 이 집 안에 두었다는 게 떠올라서요. 재봉틀 밑에 말입니다. 그래서 저는 이리 돌아왔습니다. 방의 불이 꺼져 있어서 스위치를 켰지만 전구가 안 켜졌습니다. 기분이 찜찜했지만 초롱이 있었어요. 저는 재봉틀 밑에서 방수포를 집어 들고 달려 나가 입구에 깔았습니다. 평소보다 빨리 작업하고 모서리를 돌로 눌러 놨지요. 이런 생각이 들었거든요. 누가 계단을 올라와서 밖으로 나오려는 것처럼 방수포 밑에서 툭 튀어나오면 어쩌나 하고 말이죠.

일을 마치니 아주 기뻤습니다. 전에 말씀드렸지만 저는 그런 걸 겁낸 적이 없습니다. 오래전 밸린저 씨가 말한 그대로요. 그분은 이렇게 말했습죠.

'조, 죽은 사람은 무서워할 필요 없어. 진짜 경계해야 할 건 살아 있는 놈들이야.'

하지만 방수포 까는 일은 기분이 안 좋았습니다.

그렇게 일을 마치고 집으로 돌아와서 문을 잠갔습니다. 불을 다시 켜 봤지만 소용없더군요. 초롱불이 약한 것 같아서 심지를 돋우려고 했습니다. 근데 뭘 잘못했는지, 손이 제대로 안 움직였는지, 심지가 낮아져서 불이 오히려 꺼지기 시작했습니다. 어떻게 할 시간이 없었죠. 침실에는 전등이 있으니 안에 들어가서 문을 잠가야겠다고 생각했습니다.

그래서 침실로 갔습니다. 그런데 들어가자마자 흔들의자가 삐걱거리는 소리가 들리는 거예요. 특유의 소리가 있거든요. 창가에 있는 의자를 쳐다봤더니 뭔가 앉아서 앞뒤로 흔들고 있었습니다.

어두웠지만 마일스 어른이라는 건 충분히 알아볼 수 있었습니다. 어르신이 저를 찾아오실 때 늘 그러셨던 것처럼 의자에 앉아서 흔들고 있었어요. 얼굴도 또렷이 보였습니다. 손도 보였습니다. 희끄무레하지만 윤기는 별로 없었고 부드러워 보였습니다. 손을 내밀고 저랑 악수를 하려고 하셨기 때문에 알았죠.

저는 방에서 뛰쳐나왔습니다. 막무가내로 뛰어나와서 문을 쾅 닫았습니다. 한데 열쇠가 안쪽에 있었죠. 그때 어르신이 일어나서 문 쪽으로 오는 소리가 들리는 겁니다.

저는 뭔가에 걸려 넘어져서 머리를 부딪혔습니다. 그 뒤에는 잘 기억이 안 납니다. 이 의자 모서리에 부딪혀 쓰러졌는데 담요 같은 게 깔려 있었다는 것 말고는. 의자에서 반대편으로 굴러 숨을까 하는 생각도 했던 것 같습니다. 말씀드릴 수 있는 건 이것뿐입니다. 그리고 오그던 도련님이 오셨죠. 저기 창문을 넘어와서 절 흔드셨습니다."

헨더슨은 팔꿈치를 의자에 기대고 알아들을 수 없는 말을 더 중얼거렸다. 이마에 땀이 배었고 힘줄이 튀어나와 있었다. 그는 누워 눈을 감았다.

일행은 서로의 얼굴을 쳐다보았고, 마크는 헨더슨의 어깨를 두드렸다. 브레넌은 잠시 어떻게 해야 할지 몰라 머뭇거리다가 방을 가로질러 전등 스위치를 보았다. 불이 들어왔다. 그는 몇 번 더 스위치를 올렸다 내렸다 하면서 헨더슨을 쳐다보았다. 스티븐스는 그의 옆을 지나 신선한 공기 속으로 나갔다. 브레넌이 침실로 향하는 것이 보였다. 잠시 후 브레넌도 집 밖으로 나왔다.

"이제 저한테 볼일이 없으시면 집에 가서 아침이나 먹어야겠습니다."

"그러시지요. 하지만 오늘 당신과 부인을 뵙고 싶으니 가급적 집 근처에 계십시오. 부인이 저녁 전에 쇼핑을 마치고 돌아오셔야 할 텐데요. 그동안 저는 할 일이 많습니다. 아주 많군요."

그는 마지막 말을 느릿느릿 무겁게 내뱉었다.

돌아섰던 스티븐스는 몸을 다시 휙 돌렸다. 그는 집 쪽으로 턱짓을 해 보였다.

"어떻게 생각하십니까?"

"흠, 저 사람이 거짓말을 하고 있다면, 그는 아마 내가 지난 삼십 년 동안 만난 사람 중 최고의 거짓말쟁이일 겁니다."

"알겠습니다. 그럼…… 오후에 뵙죠."

"네. 부인이 그 전에 돌아오셨으면 합니다, 스티븐스 씨."

스티븐스는 느긋한 걸음으로 저택을 나와 언덕을 내려왔다. 시계를 보니 11시가 지나 있었다. 이 시간이면 돌아왔을지도 모른다. 하지만 집에 도착해 보니 마리는 여전히 없었다. 엘런이 왔다 갔는지 집 안은 깔끔했다. 엘런의 글씨체로 아침을 오븐에 준비해 놓았다는 쪽지가 붙어 있었다.

그는 부엌 식탁에서 완숙으로 익힌 달걀과 베이컨을 천천히 먹었다. 먹는 도중 그는 일어나서 현관으로 나갔다. 전화기가 놓인 복도의 탁자에 크로스의 원고가 여전히 서류 가방에서 절반쯤 삐져나와 있었다. 그는 원고를 잡아당겨 제목을 보았다.

'고금을 망라한 독살범의 범행 동기 연구, 고던 크로스, 필딩홀, 리버데일, 뉴욕'.

그는 원고를 반듯하게 편 뒤 탁자에 앉아 수화기를 들었다.

"교환수? 어젯밤 이 번호로 장거리 전화를 건 적이 있는지 알려 주실 수 있습니까?"

알려 줄 수 있다고 했다.

"어디로 걸었나요?"

"네. 리버데일, 3, 6, 1번입니다."

사무적인 목소리가 대답했다.

그는 수화기를 내려놓고 거실로 들어가 『배심원석의 신사』를 책장에서 꺼냈다. 뒷표지의 크로스의 사진이 그를 바라보고 있었다.

마르고, 지적이고, 약간 음울한 인상, 반쯤 감은 듯한 눈, 약간 희끗희끗한 검은 머리. 책 선전 문구에 인용되었던, 닐 크림 재판에 대한 크로스의 이야기를 쓴 사람은 틀림없이 공판을 직접 방청하고 있었을 것이라고 했던 박식한 판사의 말이 떠올랐다. 논란이 한창이던 시절 신문에서 크로스의 나이가 마흔 살이라고 했던 구절도 생각났다. 그는 책을 다시 꽂고 다른 책들과 나란히 정렬되도록 두드린 뒤 위층으로 올라갔다. 침실에서 그는 마리의 옷장을 열고 거기 걸려 있던 원피스를 하나하나 살펴보았다. 대부분의 옷은 뉴욕의 아파트에 있었기 때문에 별로 볼 것은 없었다.

위층, 아래층에서 시계가 계속 째깍거리고 있었다. 욕실에서 늘 들리는 물 새는 소리, 계단의 나무가 삐걱거리는 소리, 빈집 안에서 온갖 외로움의 소리가 메아리치고 있었다. 그는 책을 읽으려고 애썼다. 라디오도 틀었다. 술을 마실까 하는 생각도 해 보았지만, 지금 상태에서는 그러지 않는 것이 좋을 것 같았다. 4시가 되어 담배가 떨어졌고 사러 나가야 한다고 생각하자 안도감이 느껴졌다. 브레넌의 발소리가 언제쯤 들려올까 노심초사하고 있었기 때문이었다. 너무 조용했다. 데스파드 저택 주위에 악마의 기운이 뭉게뭉게 몰려들고 있는 것 같았다.

집을 나서자 빗방울이 얼굴에 떨어졌다. 그는 킹스 애버뉴를 건너 기차역으로 향하는 짧은 길을 걸었다. 키 큰 나무의 꼭대기가 고개를 끄덕이며 춤을 추었다. 모든 것이 어둑어둑했다. 빨강색과 녹색 유리창 안쪽으로 이미 환히 불이 밝혀져 있는 가게에 거의 다 와 갈 즈음, 간밤에 언뜻 들었던 목소리가 다시 들렸다. 누군가 그의 이름을 부르는 것 같았다. 두 개의 유리창 사이에 'J. 앳킨슨, 장의사'라는 간판이 붙은 문이 열려 있었다. 문간에서 누가 손짓을 했다.

그는 길을 건넜다. 그를 부른 사람은 사무적이고 활기찬 중년 남자였다. 조금씩 배가 나오기 시작하는 몸매에 격식을 차린 옷을 입고 있었다. 숱이 적은 검은 머리는 마치 물고기 뼈다귀처럼 양쪽으로 빗질해 넘기고 있었다. 얼굴은 통통하고 친절했으며 태도도 호감이 갔다.

"스티븐스 씨, 말씀을 나눈 적은 없지만 동네에서 여러 번 봤습니다. 저는 앳킨슨, 조나 앳킨슨 주니어입니다. 아버님은 은퇴하셨지요. 잠깐 들어오시겠습니까? 드릴 것이 있습니다."

창문 너머 비밀스럽게 느껴졌던 검은 커튼은 밖에서 보기와는 달랐다. 스티븐스가 생각했던 것보다 더 길었다. 커튼 안쪽은 작은 대기실이었는데, 푹신한 양탄자가 깔려 있고 묘하게 환상적인 느낌이 들었다. 의도된 평화스러운 분위기였다. 납골당에 있었던 것과 비슷한, 문 양쪽의 거대한 대리석 항아리를 제외하고는 장의사라는 느낌이 들지 않았다. 조나 앳킨슨은 절제된 동작으로 방 한쪽에 있는 탁자에 다가갔다. 일종의 호기심이 엿보이는 태도였지만, 그것을 억누르기 위해 최선을 다하는 것 같았다.

그는 스티븐스에게 돌아오더니 1861년 살인죄로 참수당한 마리 도브리의 사진을 내밀었다.

"이걸 돌려 드리라는 부탁을 받았습니다. ……저런! 어디 불편하십니까?"

악몽을 꾸는 것 같다는 느낌을 어떻게 표현할까? 조나 앳킨슨의 편안한 성품조차, 생선 뼈처럼 빗질해 넘긴 검은 머리조차 그런 분위기를 풍겼다. 단순히 사진 때문에 든 기분은 아니었다. 사진이 놓여 있던 탁자 위에는 평범한 잡지가 쌓여 있었는데, 그중 한 권의 책갈피에서 불규칙한 간격으로 매듭을 지은 끈 하나가 빼딱하게 튀어나와 있었던 것이다.

"아, 아닙니다. 아니에요."

전에 공상했던 이 장의사에 대한 탐정 소설 줄거리가 떠올랐다.

"이건 어디서 났습니까?"

앳킨슨은 미소지었다.

"기억하실지 모르겠지만, 간밤에 7시 35분 기차로 크리스펜에 오셨지요. 저는 여기 대기실에서 일을 하고 있었는데, 우연히 창밖을 내다보니 당신이……."

"네, 네. 저도 사람을 본 것 같았습니다!"

앳킨슨은 약간 의아한 듯한 표정이었다.

"길가에 차가 기다리고 있었죠. 차가 방향을 돌리는 순간, 누가 길에서 외치는 소리가 들리더군요. 역 플랫폼으로 올라가는 계단에서 누가 팔을 흔들면서 소리치는 것 같았습니다. 무슨 일인가 싶어

문을 열어 봤지요. 매표소에서 시간제로 일하는 남자가 당신이 탄 차를 쫓아 계단을 내려오더군요. 당신이 기차 안에서 이 사진을 무슨 원고에서 흘린 것 같다면서. 차장이 사진을 발견하고 기차가 다시 출발하기 직전에 퇴근하는 매표소 직원한테 던져 줬답니다."

스티븐스는 기차 안에서의 일을 떠올렸다. 사진을 더 잘 보려고 원고에 끼운 클립에서 떼어 냈었지. 그러다 웰든이 나타나서 급히 원고 아래로 밀어넣었고…….

앳킨슨은 약간 초조한 기색으로 말을 이었다.

"차가 떠난 뒤 직원이 도로까지 내려왔을 때 저는 아직 문간에서 있었습니다. 퇴근한다면서 저한테 혹시 당신을 보면 전해 줄 수 있겠느냐고 하더군요. 묘한 사진이라고 생각한 것 같았습니다. 저한테 사진을 내밀며 자기 직업보다는 제 직업에 더 어울리는 사진 같다면서."

앳킨슨은 사진 아래쪽에 적힌 '단두대'라는 표현을 가리켰다.

"어쨌든 여기 있습니다. 꼭 필요한 사진일지도 모른다는 생각이 들어서."

스티븐스는 천천히 말했다.

"제가 이걸 찾아서 얼마나 기쁜지 모르실 겁니다. 모든 문제가 이렇게 쉽게 풀렸으면 좋겠군요. 저, 한 가지 궁금한 게 있는데, 엉뚱하다고 생각하지 않으셨으면 합니다만. 아주 중요한 문제라서요."

그는 탁자를 가리켰다.

"저 끈은 어디서 난 겁니까? 저 매듭이 있는 끈 말입니다."

사진에 대해 궁금증이 역력하던 앳킨슨은 퍼뜩 정신을 차리더니 돌아보았다. 그는 약간 당황한 듯 끈을 낚아채 주머니에 넣었다.

"이거요? 아, 이건 아버지가 만든 겁니다. 습관이죠. 이런 걸 만들어서 아무 데나 놓아두신다니까요. 약간 정신이…… 아시겠지요. 옛날부터 늘 하던 일입니다. 손이 심심할 때 습관적으로 담배를 피고 단추를 비틀고 열쇠를 짤랑거리듯이, 아버지는 끈에다 매듭을 잡아매시죠. 예전에는 '구석의 노인'이라는 별명도 있었죠. 탐정 소설 읽으십니까? 오르치 남작의 시리즈 작품에 나오는, '찻집' 구석에 앉아 항상 끈에 이런저런 모양으로 매듭을 짓는 노인 기억나세요?"

앳킨슨은 날카로운 눈으로 스티븐스를 보았다.

"늘 이런 걸 만드셨는데, 이렇게 아무렇게나 만든 건 처음이군요. 그건 왜 물으십니까?"

앳킨슨의 말을 듣는 동안 기억이 파노라마처럼 되살아났다. 간밤에 파팅턴이 취해서 조나 앳킨슨에 대해 했던 이야기가 떠올랐다.

'마크의 아버지가 조나 노인과 아주 친했죠. 요즘도 무슨 '찻집'에 있냐, 요즘도 '구석'에 처박혀 있냐, 이런 식으로 자기들끼리만 통하는 농지거리를 하곤 했습니다. 무슨 뜻인지 아직도 모르겠습니다.'

앳킨슨은 말을 이었다.

"이번에는 제가 여쭙고 싶은데요, 어째서 이런 걸 물어보십니까? 저한테는 중요할 수도 있는 문제라. 혹시 어디서⋯⋯."

그는 말을 끊었다.

"데스파드 집안과 가까운 사이시죠? 데스파드 씨의 장례는 저희가 담당했습니다. 혹시 거기서⋯⋯."

"무슨 문제라도 있었냐고요? 아뇨, 전혀 없습니다."

설사 문제가 있다 해도 그런 말을 해도 좋을지 알 수 없는 노릇이었다.

"혹시 그런 끈이 마일스 데스파드 씨의 관에도 들어갔을까요?"

"그럴 수도 있겠지요. 공식적으로는 아직 아버지가 책임을 지시거든요."

앳킨슨은 이렇게 대꾸하더니, 갑자기 전문가답지 않은 태도로 덧붙였다.

"맙소사! 그건 있을 수 없는 일이죠! 설마⋯⋯."

그래, 하지만 그렇다고 해서 앳킨슨의 아버지가 항상 변함없이 아홉 개의 매듭만 만든다고 장담할 수 있을까? 게다가 앳킨슨이 장례를 치르기도 전, 마일스 데스파드가 죽기 전에 아홉 개의 매듭이 있는 줄이 베개 밑에서 발견된 것은 어떻게 설명해야 할까? 이 사실로 분명해지는 것은 거의 없다. 스티븐스는 아들 앳킨슨이 하는 말에 건성으로 동의하면서 이런 생각을 하고 있었다.

명확해진 점도 있지만 한편으로는 더 모호했다. 사진은 이제 설명이 된다. 어젯밤이었다면 모든 것이 분명해졌다고 생각했을 것이다. 하지만 지금은…… 최소한 마일스의 시체가 납골당에 운반될 때는 관 안에 있는지 확인할 수 있을지 모른다. 장의사에게 밝힐 수 있는 만큼만 설명한 뒤, 스티븐스는 질문을 던졌다. 앳킨슨은 단호하게 대답했다.

"그럴 줄 알았어."

그는 손으로 탁자를 부드럽게 두드렸다.

"저택에 무슨 심상찮은 일이 있는 줄 알았다니까요! 어딜 가나 다들 수군거리니까요. 아, 네. 물론 비밀로 해 드려야지요. 하지만 질문하신 점이라면 확실하게 말씀드릴 수 있습니다. 데스파드 씨의 시신이 관에 들어간 건 분명합니다. 제가 입관을 도왔는걸요. 관을 운구하는 사람들이 곧바로 뒤를 맡았습니다. 제 조수들도 모두 증언해 줄 겁니다. 아시겠지만, 운구한 분들은 곧장 납골당으로 관을 날랐고요."

대기실 문이 조용히 열리더니 도로에서 한 남자가 들어왔다.

흐릿한 회색 불빛이 도로를 비추고 있었고, 유리창에는 빗물이 흘러내리고 있었다. 막 들어온 손님은 그 불빛을 등지고 있었다. 큰 모피 코트를 입고 있었지만, 몸집은 아주 작은 남자였다. 신사답게 멋을 부린 모피 코트 때문인지, 앞으로 푹 눌러쓴 세련된 갈색 중절모 때문인지, 어딘가 섬뜩한 느낌이 들 정도로 마일스 데스파드를 연상시켰다. 그러나 죽은 사람은 리무진을 타고 다니지 않는다. 길가에 메르세데스가 서 있었고 운전석에는 운전수가 앉아 있었다. 무엇보다도 손님이 겨우 두 발짝 다가오자 마일스가 아니라는 것을 분명히 알아볼 수 있었다.

모피 코트는 화려한 것이 아니라 삼십 년 전 보수적인 남자들이 입고 다니던 고풍스러운 분위기의 것이었다. 남자의 나이는 칠십이 넘어 보였다. 눈에 띌 정도로 못생긴 얼굴이었다. 매부리코이지만 원숭이처럼 주름진 얼굴. 하지만 매력이 없지는 않았다. 어디서 아주 많이 본 것 같다는 느낌이 들었지만, 어디서 보았는지 기억이 나지 않았다. 마치 번져 버린 그림처럼 흐릿했다. 냉소적이고 약간은 야만적인, 원숭이처럼 밝은 눈이 방 안을 이리저리 둘러보았다. 이어 시선은 스티븐스를 향했다.

"갑작스럽게 방해하게 되어서 죄송하오. 잠시 이야기를 나눌 수 있겠소? 밖에서 보고 따라 들어왔어요. 당신을 만나러 아주 먼 길을 왔거든. 내 이름은 크로스. 고던 크로스요."

018
☆☆☆

"그렇소, 사실이오."

새로 등장한 인물은 차분하게 말했다. 그는 코트 안에 손을 집어넣어 명함 한 장을 꺼냈다. 그러더니 재미있다는 듯 약간 조급한 눈으로 스티븐스를 바라보았다. 그는 자기 얼굴을 손으로 가리켰다.

"이 얼굴이 책 표지에 나온 사진보다 약간 더 늙고 매력 없는 얼굴이라고 생각하셨군. 당연하지. 그렇지 않다면 책에 싣지 않았을 테니까. 하지만 잘 보면 삼십 년 전 내 얼굴과 닮은 점이 보일 거요. 그 사진은 감옥에 가기 전에 찍은 거지."

그는 장갑을 낀 손을 들었다.

"게다가 내 인세도 뭐, 상당하긴 하지만 저런 차를 탈 정도로 보이진 않는다?"

그는 바깥의 차를 가리켰다.

"그것도 맞아. 감옥에 가기 전에 돈이 얼마간 있었소. 돈을 쓰지 못하는 사이 넉넉한 이자가 붙다 보니까 엄청난 재산이 되더군. 감옥에서 작품을 써서 번 돈도 합칠 수 있었고. 그게 금융업자와 작가의 차이요. 금융업자들은 돈을 벌고 나서 감옥에 가지. 작가는 감옥에 가서 돈을 벌고. 앳킨슨 씨, 우리는 이만 실례하겠소. 스티븐스 씨, 같이 가 주시겠소?"

그는 문을 열어 주었다. 스티븐스는 놀라 멍한 상태로 그를 따라 나갔다. 운전사가 차 문을 열어 주었다.

"타시오."

"어디로 갑니까?"

"나도 모르겠소. 일단 아무 데로나 몰아 보게, 헨리."

차는 부드럽게 출발했다. 회색 가죽이 깔린 리무진 뒷자리는 따뜻했다. 크로스는 한쪽 구석에 앉아 손님을 진지하게 쳐다보았다. 야만과 냉소가 밴 그의 얼굴에는 스티븐스가 읽어 낼 수 없는 또 다른 표정이 섞여 있었다. 그는 엄숙하게 담뱃갑을 꺼내 권했다. 담배 생각이 간절하던 참이라 스티븐스는 한 대 받아 들었다.

"그래서?"

그는 무게감과 냉소가 섞인 태도로 모자를 벗더니 머리 위에 잠시 붙들고 있었다. 머리 양쪽은 아직 숱이 많았지만, 모자를 들어 올리니 완전히 벗겨진 정수리에는 머리카락 한 가닥만이 곧추서서 흔들리고 있었다. 묘하게도 우스꽝스럽다는 느낌은 들지 않았다. 아마 원숭이처럼 밝은 눈동자가 엄격한 빛을 띠고 있었기 때문이리라.

"그래서 뭐 말입니까?"

"아직도 질투로 괴로워하시오? 내 평생 한 번도 본 적이 없는 당신 아내가 간밤에 먼 거리를 달려와서 한밤중에 날 깨우더니 질문 세례를 퍼부은 것 말이오. 부인은 우리 집에서 잤소. 그렇다고 밀회 같은 건 아니고. 내가 가정부 머겐로이스 부인과 같이 잔다는 건 차치하고라도, 내 나이를 보면 밀회가 아니라는 점은 보증이 될 거요. 당신 부인이 내게 왔다는 건 짐작하고 계셨겠지? 지능이란 게 있다면 그 점은 짐작하셔야 할 텐데. 슬슬 의심이 되기는 하지만."

"오그던 데스파드를 제외하고 내가 아는 사람 중에 가장 배짱이 두둑하신 분이군요. 솔직하게 털어놓는 분위기라 드리는 말인데,

당신이 어딜 보나 경계할 만한 상대가 아니라는 점은 인정합니다."

"아, 이제 좀 낫군."

크로스는 킬킬 웃더니 날카롭게 덧붙였다.

"한데 왜? 당신에게는 젊음이 있지. 그래, 건강도. 하지만 내게
는 지능이 있어. 당신 편집장 이름이 뭐더라, 몰리? 그 사람이 나에
대해 전혀 이야기하지 않던가?"

스티븐스는 기억을 더듬었다.

"아뇨. 당신을 만나 본 적이 있냐고 물었는데, 그뿐입니다. 마리
는 지금 어디 있습니까?"

"당신 집에. 아니, 잠깐!"

그는 차 문 쪽으로 팔을 뻗었다.

"나가지 마시오, 아직은. 시간은 많아."

그는 뒤로 물러앉아 생각에 잠긴 채 담배를 피웠다. 얼굴의 주
름이 더욱 깊어졌다.

"젊은 친구, 난 예순다섯 살이고 백일흔다섯 살 먹은 사람이 공
부했을 만한 양보다 형사 사건을 더 많이 연구했지. 직접적인 경험
이 있었기 때문이기도 해. 이십 년 동안 감옥살이를 했거든. 난 당
신 아내를 위해 조언을 하러 왔소."

스티븐스는 마찬가지로 진지한 어조로 말했다.

"고맙습니다. 방금 한 이야기는 잊어 주십시오. 하지만 이번 일
은……."

그는 마리 도브리의 사진을 주머니에서 꺼냈다.

"도대체 이게 무슨 뜻인지 알려 주시겠습니까? 아내는 왜 당신에게 갔죠? 고던 크로스가 당신 본명이 맞다면, 이름의 기원이나 가계도 궁금합니다."

고던 크로스는 건조하게 킬킬 웃더니 다시 진지한 표정을 띠었다.

"음, 추리를 열심히 하셨나 보군. 당신 아내는 그래서 걱정하던데. 그래, 고던 크로스는 그 이름에 대한 권리가 내게 있다는 의미에서는 내 본명이 맞소. 스물한 살 때 법적으로 개명한 이름이지. 태어났을 때 이름은 앨프리드 모스바움이라오. 오해하지 마시오. 난 유대인이고, 우리 종족이 낳은 수많은 위인들과 마찬가지로 내가 유대인이라는 걸 자랑스럽게 생각해. 유대인이 없었다면 당신들은 아무런 근본 없이 살고 있을 테고, 이 작은 세상은 지옥이 됐을 거요. 하지만 나는……."

그는 약간 불필요한 말을 덧붙였다.

"자기중심적인 사람이기도 해. 앨프리드 모스바움이라는 이름은 나라는 사람을 표현하기에는 지나치게 어감이 좋지. 안 그렇소?

나에 대해 좀 더 알려 주는 게 좋을 것 같군. 범죄는 내 취미요. 젊었을 때부터 그랬지. 물론 크림이 체포되고 재판을 받았을 때 나는 영국에 있었소. 프란지니가 재판을 받을 때는 프랑스에 갔고. 아는 사람이 거의 없는 보덴 사건도 알고 있어. 삼십 대 후반에는 범죄가 아주 간단하다는 것을 보여 주기 위해 범죄를 저질렀지. 반박하고 싶을 거요. 처벌을 피하는 것이 얼마나 간단한지 보여 주기 위해서 이십 년 동안 감옥살이를 했느냐고. 그것도 맞는 말이야. 하지만 나는 내 범죄가 발각될 수 있었던 유일한 방법으로 발각됐지. 내 입으로 말했으니까. 술에 취해서 자랑하고 다녔어."

그는 담배 연기를 한 모금 내뿜고 손으로 휘저었다. 그리고 다시 원숭이처럼 밝은 눈동자를 그에게 향했다.

"얼마나 좋은 기회였는지! 나는 감옥에서 교도소장의 오른팔이 됐어. 이게 무슨 뜻인지 아시오? 모든 형사 사건에 대한 자세한 기록을 직접 접할 수 있었다는 뜻이오. 그 교도소의 기록뿐만 아니라 소장이 요청한 다른 모든 곳의 기록까지. 어떤 사건은 재판을 담당한 판사나 형벌을 내린 배심원보다 범인과 더 잘 알고 지내는 사이였지. 범인을 잡은 경찰들까지 알았어. 그래서 난 가석방도, 감형 신청도 하지 않네. 이보다 더 살기 좋은 곳이 어디 있겠나? 내 돈은 저축해 놓고 다른 사람의 돈으로 살고 있으니. 출소하면 부자가 되는 게 아닌가."

"그런 시각으로 볼 수도 있겠군요."

"한 가지 단점은 있었어. 당신도 인정하겠지만 그 이후, 특히 글을 쓰기 시작했을 때 받은 사회적인 반감이었지. 나는 고던 크로스라는 특이한 이름으로 형기를 치렀소. 내 스스로 깃발을 흔든 거지. 나는 꼭 필요할 때가 아니면 앨프리드 모스바움이라는 이름 뒤에 숨지 않았어. 하지만 워낙 기억에 남는 이름이어야 말이지. 나는 혜

성처럼 등장한 탁월한 작가 고던 크로스가 1895년 살인 사건으로 감옥에 갔던 고던 크로스와 동일 인물이라는 걸 알리고 싶지 않았소. 그래서 나이를 마흔 살이라고 하고, 동일인이라는 것을 알아보지 못할 정도로 젊은 시절 사진을 책에 실은 거요."

"살인이었습니까?"

"물론이지."

크로스가 사악한 범죄를 이토록 간단하게 답하는 것을 보고 스티븐스는 놀랐다. 크로스의 장갑 낀 손이 코트에 떨어진 재를 떨어냈다.

"내가 왜 그렇게 정확한 사실을 바탕으로 글을 쓰는지 당신이 이해해 줬으면 했소. 당신 아내가 왜 내게 왔는지 물으셨소? 말씀드리지. 각주가 안 들어가 있는 단락이 하나도 없는 내 새 책의 첫 장을 힐끗 보는 순간 당신 아내는 내가 모든 사실을 알고 있다는 것을 직감한 거요. 자신이 모르는 사실을."

"무엇에 대한 사실 말입니까?"

"1676년 마리 도브리에 대해서. 1861년 마리 도브리에 대해서, 그녀의 가계에 대해서, 아니, 보다 정확하게 말하면 그녀가 자기 조상이라고 생각하는 사람들에 대해서."

스티븐스는 천천히 말했다.

"제가 고민하고 있는 점들을 잘 알고 계시거나 짐작하시는 것 같군요. 지금 제가 생각하는 건…… 현재뿐만이 아니라 과거와 그보다 더 오랜 과거입니다. 죽은 인간과 죽지 않은 인간. 이런 이야기들에 진실이 있습니까?"

"없소, 유감이지만. 최소한 그녀의 경우에는."

스티븐스의 머릿속에 이런 생각이 떠올랐다. 나는 편안한 리무진에 앉아 아주 좋은 시가를 피우고 있으며, 옆에는 스스로 살인범이라고 털어놓는 사람이 앉아 있다. 이 사람을 믿을 수 있는지 알 수는 없지만, 이 매력적인 미라 같은 노인의 존재는 마음속의 짐을 한결 덜어 주고 장의사의 가게에서 설명을 들었을 때보다 더 정확한 시각으로 사건을 바라보도록 도와주고 있다. 그는 차창 밖을 내다보았다. 줄줄 흘러내리는 회색 빗물 너머로 랭카스터 고속 도로가 내다보였다.

크로스는 눈을 깜빡이며 말했다.

"삼 년 전에 결혼했다고 하던데, 아내에 대해 아는 게 있나? 아니, 없어? 왜? 여자들은 수다를 좋아해. 남편이 자기 삼촌에 대해 말하면 여자도 자기 삼촌 이야기를 하지. 남편이 존경받던 대고모가 예전에 고양이한테 토마토를 던졌는데 경찰이 맞았다고 말하면, 여자도 자기 친척 이야기 중에서 비슷한 일화를 꺼내기 마련이야. 그런데 당신은 왜 그런 일화를 들은 적이 없을까? 아내가 속에 감추고 있었던 게 있기 때문이오. 어째서 아내는 입버릇처럼 어떤 것들을 병적이라고 했을까? 그런 것이 두려웠기 때문이야. 하! 나는 십 분 안에 당신 아내한테서 모든 이야기를 끌어냈어. 또한 나는 그런 두려움을 확인해 주거나 부인해 줄 수 있는 입장이었지.

들어 보게. 캐나다 북서부에 귀부르라는 깡촌 마을이 있는데, 브랭빌리에 후작 부인을 낳은 도브리 가문의 먼 후손들이 그곳에 살고 있어. 자네가 거기 사진을 갖고 있는 마리 도브리도 이 가문의 후손이지. 지금까지는 전부 사실일세. 내가 이 사실을 알게 된 것은 신작을 준비하면서 이 주 동안 그 깡촌에서 지내면서 가계 기록을 추적했기 때문이야. 이 '죽지 않는 인간' 전설의 실례를 더 찾아보고 싶었거든. 난 전설은 관심이 없어. 출생 증명서와 교구 기록만 찾았지. 자네 아내는 자신이 그 가계와 관련이 있다고 생각하지만, 사실은 아무 관계가 없어. 세 살 나던 해에 그 사악한 가계의 유일한 후손이었던 아드리엔 도브리에게 입양된 거지. 내 본명이 크로스가 아니듯이, 그녀도 원래 도브리가 아닐세. 진짜 어머니는 프랑스계 캐나다인이고 아버지는 스코틀랜드계 노동자였네."

"도대체 우리가 마법이 지배하는 세상에 살고 있는 건지, 상식의 법칙이 지배하는 세상에 살고 있는 건지 모르겠군요. 하지만 사진을 보십시오. 놀랄 정도로 닮았고…….."

"왜 하필 그녀가 입양되었을까?"

"하필?"

"그래. 꼭 닮았기 때문이었어. 다른 이유는 없었네. 미혼이었던 아드리엔 도브리는, 비유적으로 말하자면, 마녀 같은 노파였어. 나도 귀부르에서 오래 머물렀다면 슬슬 그녀가 진짜 마녀라는 생각이 들었을 정도로. 들어 보게. 귀부르는 늘 흐리고 일 년 내내 눈이 오는 곳이야. 귀부르라는 지명의 어원을 알고 있나? 17세기에는 흑미사를 '귀부르의 미사'라고 불렸네. 도브리 집안은 전나무가 덮인 언덕배기의 낮고 긴 집에서 살고 있어. 삼림을 소유하고 있어서 유복하지만, 볼일이 있어도 통 외출을 하지 않아. 날씨 때문에 벽난로 앞에서 사진을 들여다보는 것 말고는 할 일이 없지. 아드리엔 도브리가 스코틀랜드 노동자의 아이를 입양한 목적은 단 하나, 아이를 죽지 않은 인간의 후예로 키워서 언젠가 진짜 '죽지 않는 인간'이 그녀의 몸속에 들어오도록 하려는 것뿐이었네. 그녀는 딸에게 사진을 보이고, 전설도 이야기해 주고, 전나무 숲에서 이런저런 것들을 알려 주었어. 벌을 내릴 때는 조상이 당했던 것처럼 깔때기로 물고문을 했지. 화형이 어떤 기분인지 알려 주기 위해 불에 지지기도 했어. 더 자세히 이야기해야 하나?"

"아뇨."

스티븐스는 손에 얼굴을 묻었다.

아드리엔 도브리의 모든 소행을 일종의 예술 작품이라고 생각하는지 크로스의 말투는 아주 활기를 띠고 있었다. 그는 물러앉더니 평온하게 시가를 피웠다. 시가가 몸집에 비해 너무 커서 악마적인 분위기가 전혀 살지 않았다. 그는 한결 부드럽게 말했다.

"당신은 그런 여자와 같이 살고 있었네, 젊은이. 그녀는 비밀을 잘 지켰지. 문제는…… 아마 이런 것 같아. 그녀는 당신과 결혼함으로써 과거를 거의 잊을 수 있었지. 한데 자네가 데스파드 가족과 교유하게 되면서 몇 가지 사건 때문에 기억이 되돌아오기 시작한 걸세. 마크 데스파드 부인이 어느 일요일 오후 아픈 삼촌을 돌보는 간호사가 있는 자리에서 독에 대한 화제를 꺼냈는데……"

크로스는 스티븐스를 날카롭게 쳐다보았다.

"알고 있습니다."

"허, 알고 계시나? 당신 아내는 너무나 오랫동안 악마 같은 기억을 상자 속에 가두고 뚜껑을 닫은 채 억눌러 왔는데, 그 순간 악마가 튀어나온 거야. 독에 대한 이야기 때문이었어. 자네 아내의 종잡을 수 없는 표현을 빌리자면, '다시 묘한 기분이 들었어요', '내게 저주가 내렸다고 샬럿 부인이 외쳤어요'라는 기분이었다는군."

크로스는 한심하다는 듯 운전석과 뒷자리 사이의 칸막이 쪽으로 담배 연기를 뿜어냈다.

"세상에! 방에서 나가는 간호사를 쫓아나가서 독에 대해 지껄이기까지 하다니. 왜 그랬는지 모르겠다고 하더군. 정신과 의사한테 물어보면 알겠지. 그녀에게 문제는 전혀 없다네. 기본적으로 아주 정상적이고 건전한 사람이야. 그렇지 않은 사람이었다면 아드리엔의 가르침을 받고 완전히 괴짜가 되었겠지. 하지만 독에 대해 그런 대화를 나누고 삼 주도 채 안 돼 그 가족의 나이 많은 삼촌이 세상을 떠났지. 자네는 내 원고를 들고 와서 이상한 말만 늘어놓고. 거기다 마크 데스파드라는 사람이 얌전한 의사와 같이 찾아와서 자네에게(문밖에서 엿들었다는군) 삼촌이 독살당했다는 증거가 있다는 둥, 브랭빌리에 후작 부인의 옷을 입은 여자가 삼촌의 방에서 목격되었다는 둥 했으니. 별다른 설명은 하지 않았지만 초현실적인 느낌을 여러 번 풍겼다면서. 이 시점에서 아내가 어떤 심정이었을지 이해할 수 없다면, 당신은 내 예상보다 훨씬 멍청한 사람이겠지. 당신 아내는 자기 조상에 대해 알아야 했던 거요."

스티븐스는 얼굴을 손에 파묻은 채 자동차 바닥의 회색 깔개만 내려다보았다. 잠시 후 그가 부탁했다.

"차를 돌려 주시겠습니까? 집에 가 봐야겠습니다. 세상에, 내가 살아 있는 한 다시는 그런 악몽에 시달리지 않게 돌봐 줄 겁니다."

크로스는 칸막이 사이의 수화기를 통해 운전사에게 지시했다. 그리고 원숭이 나라의 귀족처럼 위엄 있게 말했다.

"이건 내게 아주 흥미로운 일이오. 부부 사이를 중재하는 역할은 처음인데, 솔직하게 말하자면 머리가 지끈거려. 어쨌든 본인이 꺼리는 것 같아서, 그녀가 당신을 만나기 전에 일면식도 없는 내가 모든 걸 대신 알려 주겠다고 한 거요. 이유는 전혀 짐작할 수가 없지만 그녀는 당신을 사랑하는 것 같더군. 묻고 싶은 게 있소?"

"아, 네. 혹시 그녀가…… 그녀가 모르핀에 대해 무슨 이야기를 하던가요?"

크로스는 짜증스러운 기색이었다.

"아, 잊고 있었군. 맞아, 그녀가 모르핀을 훔쳤어. 이유를 알겠나? 아니, 대답하지 말게. 자네는 몰라. 자네와 그녀는 어느 날 밤 그 유명한(내게는 성가신 곳이지만) 데스파드 저택에 있었소. 날짜를 기억하시오?"

"정확히 기억합니다. 4월 8일, 토요일 밤이었습니다."

"그래. 데스파드 저택에서 그날 밤 뭘 했는지 기억하나?"

"음, 브리지를 하러 올라갔지만……."

그는 사이를 두었다.

"하지 않았죠. 저녁 내내 유령 이야기를 했습니다."

"사실이야. 당신들은 유령 이야기를 했어. 컴컴한 밤에, 아무에게도 밝힐 수 없는 두려움으로 벌써 반쯤 미쳐 가고 있던 여자 입장에서는 아주 불쾌한 이야기였겠지.

그녀가 하고 싶었던 건 한 가지뿐이었어. 자고 싶었지. 침대에 든 뒤에 행여 잠에서 깨지 않도록 깊이 잠들고 싶었어. 불을 끄면 튀어나오는 악몽과 노파를 뇌리에서 지워 버리고 싶었어. 자네가 깨닫지 못한 건 놀랄 일도 아니지만, 데스파드 가족까지 그걸 눈치채지 못한 건 이해할 수가 없네. 데스파드 가족은 당신들 둘에게 아주 악영향을 끼친 것 같아. 마녀를 불러들인데다……."

부드러운 엔진 소리에 이어 희미하게 천둥이 으르렁거렸다. 차창에 빗물이 규칙적으로 떨어지기 시작했다. 크로스는 창문을 약간 열고 시가를 던지더니 빗물이 들어오자 욕설을 뱉었다. 하지만 스티븐스는 머릿속이 깨끗하게 정리되는 기분이었다. 한 가지만 제외하고. 그 문제는 여전히 남아 있었다.

"마녀를 불러들인다. 그래, 바로 그겁니다. 이제 상황이 완전히 다른 시각에서 보이는 것 같아요. 하지만 한 가지, 절대 이해할 수 없는 불가능한 사실이 하나 있습니다. 사람의 시체가 납골당에서 사라졌는데……."

"아, 그렇지. 그거."

크로스는 원숭이가 장대 위로 뛰어오르듯 물었다.

"그 이야기도 하려던 참이네. 자네 아내의 부탁으로 조언을 하러 왔으니, 상황을 알아야겠어. 집에 도착하려면 십 분은 걸릴 테지. 이야기를 해 봐."

"그러죠. 그런데 어디까지 이야기해야 할지 모르겠습니다. 경찰도 와 있으니 조만간 다 알게 될 일이지만. 브레넌 경감은……."

"브레넌?"

크로스는 순간 경계하며 두 손을 무릎 위에 얹었다.

"프랜시스 자비에르 브레넌? 여우 같은 프랭크? 자기 아버지 이야기를 입에 달고 다니는 친구?"

"맞습니다. 아십니까?"

크로스는 생각에 잠겼다.

"프랭크 브레넌은 경사 시절부터 알던 친구지. 매년 그에게서 크리스마스 카드가 와. 포커 솜씨는 좋은데, 한계가 있어. 어쨌든 내 말을 들을 거야. 계속해 봐."

귀를 기울이는 동안, 재미있거나 불쾌한 기분이 들 때마다 크로스의 얼굴은 마술처럼 젊어 보이기도 하고 늙어 보이기도 했다. 가끔 '멋지군!'이라고 중얼거리기도 하고, 세련된 모자챙을 튀기기도 했지만, 운전사에게 딱 한 번 좀 더 천천히 가라고 말했을 뿐 이야기를 끊지 않았다.

"자넨 이걸 모두 믿나?"

"제가 아직까지 뭘 믿고 있는지 저도 모르겠습니다. 마법 이야기까지 나오니……."

크로스는 자극적인 단어로 쏘아붙였다.

"마법은 무슨. 이따위 사기극을 고상한 흑마법에 빗대는 건 모욕이지. 이건 살인일세, 친구! 살인이야. 그럴싸한 연출에 어쩌면 세련된 미학적 구상도 조금 깃들어 있는 것 같긴 하네만. 연출가는 망설임이 많고 허점도 많은 친구야. 가장 훌륭한 부분은 순전히 우연히 들어간 걸세."

"그럼 이 사건이 어떻게 일어난 건지, 누가 저지른 건지 아시겠단 말씀입니까?"

"당연하지."

바로 위의 하늘에서 어마어마한 천둥이 울리더니 하늘을 따라 우르릉거리며 메아리쳤다. 거의 동시에 번개가 번득이더니 쏟아지는 빗물에 창밖은 더욱 어두워졌다.

"그렇다면 살인자는 누구입니까?"

"당연히 식구 중 한 사람일세."

"미리 말씀드리지만, 모두 확실한 알리바이를 갖고 있습니다. 헨더슨 부부만 빼고……."

"헨더슨 부부는 이 일과 아무 관계가 없어. 이건 마일스 데스파드의 죽음과 보다 밀접한 관계가 있는 사람, 그로 인해 헨더슨 부부보다 더 큰 영향을 받는 사람이 저지른 짓일세. 알리바이 따위 난 관심 없어. 죽어 마땅했던 로이스를 살해했을 때 나도 완벽한 알리바이를 갖고 있었네. 웨이터까지 포함해서 스무 명이 내가 델모니코에서 저녁을 먹었다고 기꺼이 증언해 주었지. 시간만 있다면 얼마나 기발하고 재미있는 수법이었는지 이야기해 주겠네만. 내가 처음 생계 밑천을 마련하기 위해 도둑질을 했을 때도 마찬가지였어. 하지만 이 사건에는 독창적인 구석이 전혀 없네. 납골당에서 시체를 훔친 방법도 솜씨는 그럴듯하지만, 내 친구 배스티언의 수법이 훨씬 나았어. 이 친구는 1906년에 형기를 마쳤는데 불행히도 교도소를 떠나 영국으로 돌아가서 교수형을 당했지. 그래도 미학적인 견지에서 상당히 칭찬할 만한 업적을 남겼다네. 이제 도착한 것 같군."

스티븐스는 차가 낯익은 대문 앞에 완전히 멈추기도 전에 보도에 내려섰다. 집에는 불이 전혀 켜져 있지 않았다. 그러나 현관문으로 이어지는 보도의 시작점에 눈에 익은 뚱뚱한 사람이 우산을 쓰고 서 있었다. 그가 이쪽을 돌아보자 우산이 흔들리면서 빗물이 깔끔한 오버코트에 튀었다. 브레넌 경감이었다.

크로스가 말했다.

"프랭크, 이리 오게. 차에 타."

"아니, 선생님이…… 죄송합니다, 크로스 씨. 지금은 시간이 없어요. 여기 볼일이 있습니다. 나중에……."

"이 여우 같은 강도 녀석 같으니. 난 겨우 십 오 분 동안 자네가 하루 종일 알아낸 것보다 이 사건에 대해 더 많이 알아냈어. 내가 도와주지. 깜짝 놀랄 만한 솜씨를 보여 줄 테니까 차에 타게. 할 이야기가 있어."

브레넌은 우산이 뒤집어지는 바람에 차에 타지 않을 수가 없었다. 스티븐스는 고마운 빗물을 얼굴에 맞으며 그들이 멀어지는 모습을 지켜보았다. 말을 할 수가 없었다. 목구멍이 꽉 막혔고, 안도감 때문에 현기증이 일었다. 그러나 그는 돌아서서 현관문으로 이어지는 길을 올라갔다. 마리가 기다리고 있었다.

019
☆☆☆

그들은 거실 뒤쪽 창가에 서서 정원을 내려다보았다. 그는 그녀의 몸에 팔을 두르고 있었고, 이제 두 사람의 마음은 평화로웠다. 6시쯤 되었을 것 같았다. 처마를 두드리던 빗줄기는 거의 잦아들었다. 아직 해가 질 시각은 아니었다. 정원에는 흰 안개가 깔려 있었다. 안개 속으로 촉촉한 잔디와 느릅나무의 윤곽, 색깔과 모양을 분별할 수 없는 화단이 아련하게 보였다.

마리는 그의 허리에 감은 팔에 힘을 주며 말했다.

"왜 당신한테 이야기할 수 없었는지 모르겠어. 가끔은 너무 허황된 이야기 같고, 가끔은 너무 끔찍해서. 당신은 언제나 상냥했지. 모든 것에 대해서. 하지만 아드리엔 고모의 기억은 쉽게 지워지지 않아. 성인이 되면서 그 집에서 도망치긴 했지만."

"이제 다 끝났어, 마리. 그런 이야기는 할 필요 없어."

"있어!"

마리는 고개를 약간 들었다. 하지만 떨고 있지는 않았다. 회색 눈동자는 미소를 담고 있었다.

"이야기를 안 해서 이런 문제가 생긴 거잖아. 난 항상 알고 싶었어. 파리에서 우리가 처음 만난 것 기억해?"

"그래. 뇌브 생폴 거리 16번지."

"그 집은……."

그녀는 말을 끊었다.

"그 집에 가서 정원에 앉았어. 느껴지는 게 있지 않을까 생각했지. 이렇게 이야기하고 있으니 아드리엔 고모가 무슨 대단한 힘을 갖고 있었다는 게 정말 말도 안 되는 일처럼 느껴지는데. 당신은 그 집에 안 가 봤지, 에드워드. 절대 보여 주고 싶지 않아. 집 뒤에 언덕이 있었는데……."

그녀가 고개를 뒤로 젖히자 목덜미의 윤곽이 보였다. 목선이 떨리고 있었지만 두려워서 그런 것은 아니었다. 그녀는 웃고 있었다.

"이제 모든 걸 치료할 수 있는 특효약이 생겼어. 앞으로 내가 혹시 다시 악마에 사로잡히거나 움찔하거나 잘 때든 깨어 있을 때든 악몽을 꾸는 것 같으면, 당신은 이렇게 속삭이기만 하면 돼.

'매기 맥태비시'.

그럼 괜찮아질 거야."

"매기 맥태비시가 뭐지?"

"내 본명이야. 사랑스러운 이름이지? 마법의 이름이니까. 아무리 노력해도 그것만은 다른 것으로 바꿀 수 없어. 하지만 데스파드 집안은 제발…… 제발……. 아니, 내가 무슨 말을 하려는지도 모르겠네. 저 집은 예전에 내가 살던 집과 너무 비슷해서 전부 잊었다고 생각했는데도 모든 기억이 되돌아왔어. 웃기지. 그런데도 저 집을 도저히 멀리할 수가 없으니. 저 집이 나한테 달라붙었든지, 내가 저 집에 달라붙은 거겠지. 들어 봐, 에드워드. 비소를 어디서 살 수 있는지 내가 물어보다니! 그게 가장 끔찍해. 도대체 어떻게……."

"매기 맥태비시."

"아, 괜찮아. 하지만 절정은 토요일 밤에 유령 이야기를 할 때였어. 마크가 그 무시무시한 이야기를 하는데…… 난 금방이라도 비명을 지를 것 같았어. 한동안 잊어버리지 않으면 정신이 나갈 것 같더라고. 그래서 모르핀을 훔치고 병은 다음 날 갖다 뒀어. 에드워드,

당신이 그런 생각을 했던 것도 무리는 아니었어! 내가 범인이라는 증거가 잔뜩 쌓였으니 나라도 아마 내가 저지른 짓이라고 생각했을 걸. 그보다 덜한 죄를 저지르고도 화형을 당한 사람들이 많은데."

스티븐스는 그녀를 돌려세우고 한쪽 눈꺼풀에 손을 댔다.

"순전히 지적인 호기심에서 묻는 건데, 혹시 그다음 주 수요일 밤 나하고 당신 둘 다 모르핀을 먹은 건 아니지? 그게 가장 마음에 걸렸어. 그날 밤 졸려서 10시 반에 잤잖아."

"아니. 그러지 않았어. 사실이야, 에드워드. 그럴 수도 없었어. 모르핀은 한 알만 가져왔는걸. 그걸 절반으로 잘라서……."

"한 알이라니! 없어진 건 세 알이었는데."

그녀는 어리둥절해하더니 당연하다는 듯 말했다.

"그럼 다른 누군가가 약병에 손을 댔겠지. 난 무서웠어, 정말로. 자살을 하든지 무슨 짓을 할 것만 같아서. 에드워드, 도대체 그 사건은 어떻게 된 걸까? 누군가 불쌍한 마일스 삼촌을 죽였어. 내가 꿈에서도 안 그랬다는 건 확실히 알아. 그날 밤 11시 반까지 잠도 제대로 못 잤으니까. 약을 먹지도 않았고, 취하지도 않았고. 당신 옆에 누워 있었기 때문에 기억해. 그게 기억난다는 게 얼마나 도움이 됐는지 당신은 모를 거야. 하지만 저택의 누군가가 내 고민을 알고 있었던 것 같아. 당신은 이디스가……."

그녀는 갑자기 화제를 돌렸다.

"세상에! 에드워드, 이제 마음의 고민에서 풀려났다고는 하지만, 이 모든 상황에 대한 과학적인 해답이 밝혀진다면 비교할 수 없을 정도로 홀가분해질 것 같아. 살인 말이야. 해답이 있을까? 그럴 수 있을까? 크로스 씨는……. 그건 그렇고, 당신은 그를 어떻게 생각해?"

스티븐스는 생각해 보았다.

"늙은 악당이지. 자기 입으로 본인이 살인자이자 도둑이라고 했고 또 무슨 짓을 했는지 모르니까. 물론 그게 허풍이 아니라면 말이야. 그가 원하는 걸 내가 갖고 있다면, 두 눈 크게 뜨고 있어야지, 안 그러면 내 목을 따서 가져갈 사람이야. 도덕관념이란 게 전혀 없는 사람 같아. 만약 17세기라는 유물이 인간의 형태로 남아 있다면, 그건 아마 크로스라는 인간의 모습을 띠지 않을까……."

"그런 말은 하지 마."

"잠깐만, 매기. 이 말은 다 끝내고. 그럼에도 불구하고 크로스는 대단히 매력적인 인간이야. 당신에게 반한 것 같던데? 그렇게 영리한 사람도 없을 거야. 만약 그가 이 수수께끼를 해결한다면 초판 삼천 부 인세를 이십오 퍼센트로 올려 줄 생각이야."

그녀는 몸을 떨더니 몸을 앞으로 내밀고 유리창을 열려고 했다. 그가 대신 열어 주었다. 상쾌한 공기가 흘러 들어왔다.

"안개가 꼈네. 연기 냄새가 나는 것 같았는데. 이번 일이 다 끝나면 휴가를 얻어서 여행이나 가지 않을래? 아니면 아드리엔 고모를 여기로 불러서 귀부르 밖으로 나온 그녀는 그저 추한 노파에 지나지 않는다는 걸 확인하는 것도 좋을 것 같아. 내가 흑미사의 제문을 진짜 외운다는 거 알아? 구경한 적도 있어……. 역겨운 의식이지. 언제 그 이야기도 해 줄게. 참, 그러니 생각나네. 잠깐."

그녀는 그의 팔을 풀고 복도로 달려 나갔다. 위층으로 올라가는 소리가 들렸다. 돌아온 그녀는 고양이 머리가 달린 금팔찌를, 마치 닿으면 화상이라도 입는 물건인 양 내밀었다. 어둑어둑한 창가의 불빛으로도 그녀의 얼굴이 달아오르고 가슴이 오르락내리락하는 것을 알 수 있었다.

"여기. 이게 내가 가진 고모의 마지막 물건이야."

그녀는 눈을 들었다. 스티븐스는 회색 홍채 안에 바늘구멍 같은 검은 동공을 볼 수 있었다.

"예쁘기도 하고 행운을 주는 물건이라고 해서 갖고 있었어. 하지만 18세기의 그 여자 사진을 보고 나니 이따위는 차라리 녹여 버리거나……."

그녀는 창밖을 내다보았다.

"그래, 창밖으로 던져 버려."

마리는 주저했다.

"하지만 비싼 물건인데……."

"집어치워. 내가 더 좋은 걸 사 줄게. 자, 이리 줘."

자신에게 느껴졌던 분노가 팔찌에 집중되는 것 같았다. 스티븐스는 포수가 2루에 공을 던지듯 창밖으로 팔찌를 길고 낮게 휙 던졌다. 팔을 그렇게 휘두르고 나니 한결 안도감이 차올랐다. 팔찌는 나뭇가지를 스치며 느릅나무 옆을 지나 안개 속으로 사라졌다. 그때 안개 속에서 느닷없이 고양이 우는 소리가 들려왔다.

"에드워드, 그러……."

이렇게 외치던 마리는 문득 말했다.

"들었어?"

"들었어. 무거운 팔찌고 안개도 꼈으니까. 고양이가 갈비뼈에라도 맞아서 울었겠지."

마리는 잠시 동안의 침묵 후 말했다.

"누가 오고 있어."

젖은 잔디 위를 걷는 발소리가 들리더니 자갈길로 이어졌다. 급한 걸음으로 성큼성큼 다가오는 사람의 형상이 안개 속에서 나타나기 시작했다.

"그래. 당신은 무슨 깊은 지옥에서 악령이라도 불러낸 줄 알아? 루시 데스파드잖아."

마리는 묘한 말투로 말했다.

"루시? 루시? 그런데 왜 뒷문 쪽에서 오지?"

두 사람은 루시가 노크를 하기 전에 뒷문으로 나갔다. 루시는 부엌으로 들어와서 젖은 모자를 벗더니 검은 머리를 거칠게 어루만졌다. 코트를 급히 껴입은 듯 옷차림이 어수선했고 눈꺼풀은 붉게 충혈되어 있었다. 하지만 울음은 그친 상태였다. 그녀는 흰 의자에 앉았다.

"미안해. 잠시 신세 져도 되겠지?"

루시는 궁금한 눈으로 마리를 찬찬히 보았지만, 새로운 걱정이 머릿속에 떠오른 듯 쉰 목소리로 말을 이었다.

"저 집에서는 더 이상 견딜 수가 없어. 아…… 마실 것 좀 줄래? 끔찍한 일들이 있었어. 에드워드……. 마리……. 마크가 집을 나갔어요."

"집을 나가? 왜?"

그녀는 잠시 바닥을 내려다보며 침묵을 지켰다. 마리가 그녀의 어깨에 손을 짚었다.

"내가 쫓아 버린 거나 다름없어. 그리고 다른 일들도……. 점심 때까지는 괜찮았어. 그 괜찮은 경찰분, 여우 같은 프랭크한테 같이 점심을 먹자고 했는데, 굳이 나가서 사 먹겠다고 하더라고. 그때까지 마크는 조용했어. 그때도 마찬가지였고. 말도 없고 성질도 내지 않고. 그런데 오히려 그런 모습을 보니 무슨 일이 생겼다는 예감이 들더라고. 모두 식당으로 들어가서 식탁에 앉으려는데, 마크가 오그던에게 다가가더니 얼굴을 때리는 거야. 마구 두들겨 팼어. 얼마나 때렸는지! 보고 있을 수가 없을 정도였어. 아무도 말릴 수가 없고. 마크 성격 알잖아. 실컷 때리더니…… 아무 말 없이 방을 나가서 서재에 가더니 담배를 피우더라고."

그녀는 떨리는 호흡으로 숨을 깊이 들이마시고는 고개를 들었다. 마리는 어리둥절하고 불안한 얼굴로 스티븐스를 바라보다가 다시 루시를 쳐다보았다.

"끔찍한 광경이었겠네. 하지만 솔직히 말해서 루시, 그렇게 큰일이 벌어진 건 아니잖아. 정말로 솔직하게 말하면, 그동안 왜 아무도 오그던을 그렇게 내버려 두는지 난 오히려 그게 이해가 안 됐어. 예전에 혼을 냈어야 했다고."

스티븐스도 동의했다.

"맞아. 편지와 전보 때문이겠죠? 마크답군."

"네, 오그던도 자기 짓이라고 인정했어요. 하지만 그것만이 아니에요."

루시는 억양이 없는 목소리로 말했다.

"오그던을 적으로 돌리는 사람은 바보예요."

마리가 말했다.

"그럴까? 난 오그던을 적으로 돌리고 싶은 심정인데? 그는…… 음, 전에 은근히 내게 수작을 부린 적도 있어. 내가 전혀 관심을 보이지 않으니까 오히려 놀라더라고."

"잠깐만. 그뿐만이 아니야. 이디스와 나는 오그던의 얼굴을 씻기고 정신을 차리게 했어. 기절할 만큼 맞았거든. 오그던은 자기 발로 일어서자마자 모두를 부르더니 할 말이 있다고 했어. 마크도 들으라는 듯이 마크 옆방으로 가더니……. 난…… 톰 파팅턴 사건에 대해 얼마나 알고 계신지 모르겠는데. 파팅턴 박사 말이야. 그는 예전에 이디스와 약혼한 적이 있어. 한데 낙태 수술을 집도했다는 게 밝혀져서 형사 처벌을 피하기 위해 해외로 도피했지. 이디스는 수술을 받았던 여자가 그의 애인이라고 생각했어. 정말 그렇게 믿었는지 말만 그렇게 한 건지는 모르겠지만. 솔직히, 난 이디스가 그를 좋아했는지도 모르겠거든. 이디스는 품위 있는 사람이지만 차가워. 얼음처럼 차가워. 난 이디스가 남들 이목 때문에 결혼하려고 했던 거라고 생각해. 그래서 이디스는 그 여자 때문에 파혼했는데, 그 여자 저넷 화이트……. 한데 오늘 오그던이 진실을 말해 준 거야. 그 여자는 톰 파팅턴의 애인이 아니었어요. 마크의 애인이었어."

잠시 사이를 둔 뒤 루시는 여전히 억양 없는 목소리로 말을 이었다.

"톰은 마크와 가장 친한 친구 사이였는데도, 마크는 그에게 말하지 않았어. 아무에게도. 이디스가 계속 그렇게 생각하도록 내버려 둔 거야. 톰 파팅턴도 여자가 말해 주지 않으니까 남자가 누군지는 몰랐고. 마크는 톰이 이디스를 얼마나 사랑하는지 알면서도 그렇게 침묵을 지키고 있었던 거야. 아시겠지만 마크는 당시 나와 약혼한 상태였으니 말하는 게 두려웠겠지."

스티븐스는 부엌 안을 서성거리며 생각했다. 세상일은 너무나 복잡하고 알 수 없다. 마크 데스파드가 그런 짓을 했다면, 그는 오그던이 한 그 어떤 짓보다 더 비열한 짓을 한 셈이다. 그렇다고 해서 내 기준에 마크가 더 저열한 사람이 되지는 않는다. 내게 마크는 언제나 호감이 가는 사람이고, 오그던은 점잖게 표현하자면 전혀 다른 사람이니까. 놀랍게도 마리 역시 그런 기분이 드는 것 같았다.

마리는 경멸 섞인 어조로 말했다.

"그럼 오그던이 고자질을 한 셈이구나."

스티븐스가 끼어들었다.

"그게 중요한 게 아니야. 파팅턴은 어떻게 나오던가요? 그도 거기 있었습니까?"

"아, 네."

루시는 눈을 차갑게 번쩍이며 고개를 끄덕였다.

"하지만 그렇게 심하진 않았어요. 크게 신경 쓰지 않는 것 같더군요. 그냥 어깨만 으쓱하더니 상당히 이성적으로 이야기했어요. 이제 와서 미움을 품기에 십 년은 긴 세월이다, 특히 연애 문제는. 요즘은 여자보다 술이 좋다고요. 소란을 피운 건 톰이 아니었어요. 나였죠. 난 끔찍한 말들을 퍼부었어요. 마크에게 다시는 보고 싶지 않다고 했고, 그는 조용히, 침통하게 내 말대로 하더군요."

"도대체 왜?"

마리는 눈을 커다랗게 뜨며 외쳤다. 스티븐스는 드레스덴 도자기 인형 같은 이 여인이 특유의 신비로운 표정을 띤 채 너무나 실질적인 관점에서 접근하는 모습에 몹시 놀랐다.

"아니, 내 말은, 굳이 그렇게 말해야 했어? 루시, 그런 짓을 한 번도 않은 남자가 있다면, 아니, 얼마나 한심한 남자라면 그렇겠어? 그리고 십 년 전 일이잖아. 게다가 파팅턴 씨도 그렇게 심한 충격을 받지 않았고. 물론 나쁘고 끔찍한 일이지. 인정해. 하지만 오히려 마크가 당신을 얼마나 사랑했는지 알 수 있지 않아? 나라면 그게 가장 중요할 것 같아."

스티븐스는 루시에게 술을 따라 주었고, 루시는 기다린 듯 잔을 받았다. 그녀는 잠시 망설이다 잔을 내려놓았다. 얼굴의 홍조가 점점 짙어졌다.

"내가 그렇게까지 말한 건, 그가 그 뒤로도 그 여자를 만나고 있었기 때문이야."

"같은 여자를? 저넷 화이트?"

"같은 여자."

스티븐스는 씁쓸하게 물었다.

"그리고 그 정보를 전해 준 사람은 이번에도 오그던이었겠죠? 난 오그던의 머리가 어떻게 된 거라고 생각합니다. 쾌활하고 불량스럽지만 근본은 좋은 척하는 겉모습 속에 오랜 시간 적개심을 숨기고 있다가 삼촌의 재산을 받고 보니 세상 무서운 게 없어진 거예요."

루시는 스티븐스의 얼굴을 뚫어지게 주시했다.

"기억해요, 에드워드? 세인트 데이비즈 무도회장에서 날 밖으로 끌어내리던 수수께끼의 전화 말이에요. 조그마한 행운이 없었다면 알리바이가 없어질 뻔했던 전화. 그건 익명의 전화였는데……."

"그것도 오그던의 수법이죠."

그녀는 잔을 집어 들었다.

"네, 오그던이었어요. 그래서 내가 그 말에 따를 뻔한 거죠. 오그던은 비호감일지 몰라도, 항상 정확해요. 그 전화는 마크가 '옛 애인 저넷 화이트'를 다시 만나고 있다는 내용이었죠. 그때 난 파팅턴 사건에 연루된 여자 이름을 들은 적이 없었어요. 아니, 들었는데 기억을 못 했는지도 모르죠. 둘이 같은 사람이라는 건 전혀 몰랐어요. 한데 그 둘이 같은 사람이었던 거예요. 그리고 마크는…… 더 이상 내게 마음이 없는 것 같아요."

그녀는 힘들게 이 말을 내뱉었다. 그러더니 잔을 훌쩍 비우고 맞은편 벽만 응시했다.

"전화 통화로, 가면을 쓰고 있기 때문에 자기가 어디 있는지 내가 모르는 걸 이용해서 마크가 집에 돌아가서 이 여자를 만날 거라고 했어요. 우리 집에서요. 십오 분만 파티장을 나와서 크리스펜으로 돌아가 보면 확인할 수 있을 거라고. 처음에는 나도 믿지 않았어요. 그런데 무도회가 열리는 집을 샅샅이 둘러보았지만 마크가 없는 거예요. 사실 그는 집 뒤쪽 방에서 친구 두 사람과 당구를 치고 있었죠. 이건 나중에 알았어요. 나는 밖으로 나가려다가 문득 우스꽝스러운 상황이라는 생각이 들어서 파티장으로 돌아갔죠. 그런데 오늘 오후 오그던이 저넷 화이트가 파팅턴 사건에 연루된 여자라고 하니까, 나는…… 나는……."

스티븐스가 물었다.

"그게 사실이란 건 확실합니까? 그날 오그던이 전화로 말한 게 사실이 아니었다면, 이번 일도 틀렸을 수 있지 않습니까."

"마크가 인정했다니까요. 그는 떠났어요. 에드워드, 그를 찾아줘요! 나를 위해서가 아니라 그를 위해서. 마크가 사라졌다는 걸 알면 브레넌 경감은 이번 사건과 관련 없는 온갖 일까지 의심할 게 뻔해요."

"경감님은 아직 모르고 있습니까?"

"아직요. 그는 아까 나갔다가 괴상한 모피 코트 차림의 재미있어 보이는 작은 남자와 같이 왔어요. 하지만 난 재미있어할 기분이 아니라서. 브레넌 경감은 그 남자가 범죄자의 심리를 손바닥 들여다보듯이 아는 사람이라면서 같이 있어도 괜찮겠느냐고 묻더군요. 크로프트였나, 크로스였나. 두 사람은 같이 납골당에 들어갔다가 올라왔는데, 브레넌 경감은 얼굴이 시뻘게져 있고 작은 남자는 배를 잡고 폭소를 하고 있더군요. 결국 비밀 통로를 찾지 못한 것 같아요. 조 헨더슨에게 두 사람이 밑에서 뭘 했는지 물어보니…… 납골당으로 내려가는 계단 밑의 낡은 나무 문 알죠? 잘 안 닫히는."

"네, 그게 왜?"

"헨더슨 말로는 크로스가 그 문을 앞뒤로 움직여 보더니 다시 웃었대요. 무슨 일인지는 모르겠지만 어쨌든 겁이 나요. 그러다 두 사람은 테라스로 올라갔죠. 마일스 백부님의 방으로 통하는 유리문이 있는 테라스 말이에요. 커튼을 살펴보고 틈을 들여다보기도 하면서 한참 시간을 보냈다는군요. 무슨 의미가 있는지 아세요?"

"아뇨. 하지만 그것 말고도 마음에 걸리는 게 있군요, 루시. 이게 다가 아니죠? 뭡니까?"

루시의 턱이 굳었다.

"정확히 말해서 걱정이 되는 건 아니에요."

그녀는 거의 알아듣지 못할 정도로 빠르게 답했다.

"어떤 집이든 그럴 거예요. 브레넌도 그걸 찾아내고 그렇게 말했으니까. 별 의미가 없을 수도 있겠죠. 그래도 우리 모두 수요일 밤에 완벽한 알리바이가 있었기 망정이지, 그렇지 않다면 끔찍할 정도로 걱정할 만한 일이에요. 당신이 집을 나가고 얼마 뒤에 브레넌 경감이 집에서 비소를 발견했어요."

"비소라니, 세상에! 어디서요?"

"부엌요. 기억만 났다면 거기 있다고 내가 미리 말했을 텐데. 하지만 내가 그걸 생각할 이유도 없었고 그럴 기회도 없었잖아요. 안 그래요? 아무도 오늘까지 내게 비소에 대해 말한 적이 없어서……."

"누가 산 거죠, 루시?"

"이디스가 샀어요. 쥐를 잡으려고요. 하지만 이디스도 까맣게 잊고 있었어요."

침묵이 흘렀다. 루시는 다시 한번 빈 잔을 들이켜려고 했다. 마리는 몸을 약간 떨더니 뒷문 쪽으로 가서 문을 열었다.

"바람이 바뀌었네. 오늘 밤에도 폭풍이 올 것 같아요."

020
***

그날 밤에도 폭풍이 왔다. 스티븐스는 마크를 찾기 위해 차를 몰고 필라델피아를 샅샅이 뒤졌다. 물론 그가 도시로 나갔다는 보장은 없었다. 하지만 차도 가방도 가져가지 않았다. 어디로 갔을지 알 수 없다. 처음에 스티븐스는 그가 도저히 감당할 수 없는 괴로움 때문에 술이나 진탕 마시고 있을 거라고 생각했지만, 클럽과 그의 사무실, 그 외 자주 가는 곳 어디에도 마크가 보이지 않자 차츰 불안해지기 시작했다.

스티븐스는 비에 흠뻑 젖어 낙심한 채로 밤늦게 크리스펜으로 돌아왔다. 크로스는 스티븐스의 집에서 밤을 보내기로 되어 있었지만, 자정이 가까워질 때까지 나타나지 않았다. 스티븐스는 우선 데스파드 저택으로 가서 루시에게 마크에 대한 걱정은 하지 말라고 억지로 위로해 주었다. 저택은 조용했고, 깨어 있는 사람은 루시뿐인 것 같았다. 스티븐스가 자기 집으로 돌아와 보니, 크로스와 브레넌이 집 밖 리무진 안에 앉아 있었다.

"찾았습니까?"

브레넌은 어쩐지 침울한 것 같았다.

"네, 살인범은 찾은 것 같습니다. 한 가지 확인해야 할 게 있어요. 지금 시내로 가서 알아볼 생각입니다. 그 뒤에는…… 네, 모든 게 끝나겠죠."

크로스가 차에서 고개를 내밀었다.

"일반적으로 나는 범죄 연구와 아무 관계도 없는 이런 인도주의적인 생각을 개탄하는 편이지만, 이번만은 이 여우 같은 친구 말에 동의하지 않을 수 없소. 이번 사건은 워낙 추악하고 불쾌한 사건이라, 범인이 전기의자에 앉는다 해도 안타까운 마음이 전혀 안 들 것같아. 스티븐스 씨, 오늘 밤 당신의 집에서 지내라는 호의를 받아들이지 못하게 되어 유감이오. 나는 브레넌과 같이 가서 내 추리를 증명하겠소. 확실하게 해결하겠다고 보장해. 내일 오후 2시 정각에 부인과 함께 데스파드 저택으로 오면 살인범을 소개하지. 헨리, 가세. 추적을 시작해."

마리는 크로스가 오늘 밤 같이 지내지 못하게 된 것은 섭섭하지 않다고 말했다.

"저분은 좋은 분이고 정말 감사하긴 하지만 어쩐지 섬뜩한 데가 있어요. 상대가 무슨 생각을 하고 있는지 정확하게 꿰뚫어 보는 것 같더라구요."

그들은 자정에 잠자리에 들었다. 전날 밤 전혀 잠을 이루지 못했는데도 스티븐스는 눈을 감을 수가 없었다. 신경이 곤두서 있어서 너무 피곤했다. 침실 시계가 째깍거리는 소리가 유난히 크게 들렸다. 밤이 깊도록 천둥이 쉴 새 없이 치는데다 평소 잘 들리지 않던 고양이 소리가 집 주위에서 계속 들려왔다. 마리는 불편하게 선잠에 빠졌다. 2시가 되어 갈 무렵 마리는 몸을 뒤척이면서 뭐라 잠꼬대를 중얼거렸다. 스티븐스는 아내가 악몽을 꾸면 깨울 생각으로 침대 옆 전등을 켰다. 안색은 창백하고 진한 금발 머리가 베개 위에 흐트러져 있었다. 불빛 때문인지, 비 때문인지, 후덥지근한 날씨 때문인지, 고양이 소리가 점점 가까이 다가오는 것 같았다. 그는 창밖으로 던질 만한 것이 없나 주위를 둘러보았지만, 마리의 화장대에 있는 빈 화장품 병 말고는 별다른 것이 없었다. 창문을 열고 두 번째로 물건을 휙 던지자 사람 목소리 같은 울음소리가 들려왔다. 스티븐스는 문을 닫았다. 3시경 간신히 잠든 그는 일요일 아침 교회 종소리가 울릴 때까지 깨지 않았다.

2시가 다 되어 데스파드 저택으로 출발하기 위해 그들은 교회에 갈 때처럼 옷을 잘 갖춰 입었다. 구름이 해를 가려 흐리긴 했지만, 따뜻하고 포근한 날씨였다. 일요일 특유의 고요함이 크리스펜과 데스포드 저택을 감싸고 있었다.

현관문을 열어 준 사람은 헨더슨 부인이었다.

처음 보는 사이였지만 스티븐스는 새삼 관심을 갖고 그녀를 살펴보았다. 뚱뚱한 몸매, 매력 없는 얼굴, 무뚝뚝한 표정이었지만 친절해 보였다. 희끗희끗한 머리를 귀 위쪽에서 쪽지어 올렸고, 가슴은 풍만했으며, 턱은 심술궂어 보였다. 잔소리가 많을 것 같았지만 유령을 볼 사람 같지는 않았다. 일요일이라고 차려 입은 가장 좋은 정장의 솔기가 터질 것 같았다. 게다가 울고 있었던 모양이다.

그녀는 점잖게 말했다.

"올라오시는 걸 봤습니다. 다들 위층에 계세요. 데스파드 부인만 빼고요. 왜 부인은……."

주일을 경건하게 보내는 뜻에서 참자고 생각했는지, 헨더슨 부인은 서글프게 입을 다물고 돌아서더니 발소리를 울리며 앞장섰다. 그녀는 어깨 너머로 어둡게 덧붙였다.

"오늘은 시끌벅적하게 떠드는 날이 아닌데."

위층 어딘가에서 들려오는 시끄럽고 굵은 목소리 때문에 이러는 모양이었다. 테라스로 안내하는 것으로 보아 거기 있는 라디오에서 들려오는 소리 같았다. 스티븐스는 건물 서쪽 위층 복도를 지나가다, 누가 문 안쪽으로 재빨리 숨는 것을 보았다. 얼굴에 멍이 얼룩덜룩한 것으로 보아 오그던 같았다. 그는 테라스에서 열리는 회의에 참석할 의지는 없는 것 같았지만 그래도 엿들을 생각인 것이다. 모퉁이를 도는데 목을 길게 뺀 오그던의 그림자가 바닥에 길게 늘어져서 따라왔다.

테라스는 건물 서쪽에 유리로 지어진 길고 넓은 방이었다. 진한 장미색 커튼을 활짝 젖혀서 햇빛이 환히 들어오고 있었다. 반대편에는 간호사의 방으로 통하는 프랑스식 유리창이 있었고, 이 유리창을 통해 그 방에도 햇빛이 들어갔다. 길쭉한 테라스 한쪽 끝에는 마일스의 방으로 통하는 유리문이 있었다. 갈색 커튼이 쳐져 있었지만, 노란 불빛이 새어 들어가는 두 군데의 틈이 보인 것 같았다.

테라스의 가구는 모두 희게 칠하고 밝은 색 천을 씌운 등나무였고, 화분도 몇 개 있었다. 딱딱하고 형식적인 분위기가 좌중에 감돌고 있었다. 한쪽 구석에는 헨더슨이 어색하게 서 있었다. 이디스는 큰 의자에 새침하게 앉아 있었고, 가까운 소파에는 파팅턴이 늘어져 있었다. 오늘은 술기운도 없었고 약간은 냉소적인 분위기를 풍겼다. 브레넌 경감은 창틀에 불편하게 기대어 서 있었다. 코빗 양은 여전히 사무적인 태도로 셰리주와 비스킷을 나눠 주고 있었다. 루시나 오그던은 보이지 않았지만, 다들 오그던이 어딘가에서 듣고 있다는 것은 느끼고 있었다. 가장 눈에 띄는 것은 마크가 없다는 사실이었다. 마치 일상에 구멍이 뚫린 듯 공허한 분위기를 느낄 수 있었다.

그럼에도 불구하고 방의 분위기를 좌지우지하는 것은 크로스였다. 그는 테라스 한쪽 끝에서 마치 설교대나 책상에 기대듯 라디오에 기대고 서 있었다. 머리털이 한 가닥 까딱거리는 대머리를 한쪽으로 기울이고 있었고, 원숭이 같은 얼굴은 상냥했다. 코빗 양은 그에게 셰리주 한 잔을 건넸고, 그는 청취를 방해받고 싶지 않다는 듯 잔을 라디오 위에 놓았다. 라디오에서는 아직도 굵은 목소리가 흘러나오고 있었다. 주일 설교였다.

"오셨습니다."

헨더슨 부인이 굳이 하지 않아도 되는 말을 꺼내며 두 사람을 가리켰다. 이디스의 눈이 재빨리 마리에게 향했다. 눈빛이 미묘하게 변했다. 하지만 입을 여는 사람은 아무도 없었다.

헨더슨 부인은 신경질적으로 소리쳤다.

"안식일에 굳이 라디오를 그렇게 크게……."

크로스는 스위치를 껐다. 목소리가 갑자기 사라지자 정적이 종소리처럼 울려 퍼졌다. 사람들의 긴장을 좌지우지하려는 의도였다면 성공이었다.

크로스는 몸을 곧게 펴며 말했다.

"부인, 일요일은 안식일이 아니라는 걸 무식한 사람들에게 몇 번이나 알려 드려야 하오? 안식일을 의미하는 사바스는 헤브루어로 토요일이오. '마녀의 안식일'도 그래서 토요일이지. 하지만 마침 이야기가 나왔으니 하는 말인데, 오늘 우리는 마법과 가짜 마법에 대해 토론하기 위해 모였소. 당신, 헨더슨 부인은 이번 수사 내내 수수께끼 같은 목격자였어. 당신이 우리의 어려움을 해결해 줄 수 있소. 완전히 앞뒤가 맞지는 않았지만 최소한 저 문을 통해 무엇을 봤는지 구체적인 이야기를 해 주었으니까."

헨더슨 부인이 말했다.

"난 그런 말 안 믿어요. 우리 목사님이 안식일이라고 했고 성경에도 안식일이라고 되어 있으니 허튼소리 말아요. 남이 말하지 않아도 내가 뭘 봤는지는 내가 잘 알고 있고……."

"앨시어."

이디스가 침착하게 말했다. 헨더슨 부인은 입을 다물었다. 그들은 모두 이디스를 두려워하는 것 같았다. 이디스는 꼿꼿한 자세로 앉아 한 손가락으로 의자 팔걸이를 두드리기 시작했다. 파팅턴은 무심하게 셰리주를 홀짝거렸다.

크로스는 아랑곳하지 않고 말을 이었다.

"당신이 본 것을 제대로 알고 있는지 확인하기 위해 그렇게 물어본 거요. 지금 저 문을 들여다보시오. 4월 12일 수요일 밤에 커튼이 쳐져 있던 상태 그대로 조정해 놨으니까. 다른 점이 있으면 말씀해 주시오. 방 안에 불도 켜져 있소. 마일스 데스파드의 침대 머리맡에 있는 등이지. 방에는 커튼이 쳐져 있으니 그럭저럭 어둡기는 할 거요. 자, 이제 가서 커튼 왼쪽 틈을 들여다보고 뭐가 보이는지 알려 주시겠소?"

헨더슨 부인은 망설였다. 남편이 가 보라는 듯 손짓을 했다. 스티븐스의 등 뒤에서 오그던 데스파드가 다가오는 발소리가 들렸다. 하지만 아무도 돌아보지 않았다. 헨더슨 부인은 약간 창백해진 얼굴로 이디스를 바라보았다.

"시키는 대로 해요, 앨시어."

크로스는 말을 이었다.

"그날 밤 상황을 재현하기 위해 라디오도 켤 거요. 그때는 음악이었던가? 음악? 좋아. 그러면……."

헨더슨 부인이 테라스 끝으로 향하는 동안, 크로스는 라디오 다이얼을 돌렸다. 스피커에서 공허하게 지직거리는 소음이 들리더니 이내 밴조와 달콤한 목소리가 또렷하게 흘러나왔다. 오, 나는 샐을 만나기 위해 하루 종일 랄랄라 노래하며 남쪽으로 향했네. 샐은 사랑스러운 아가씨. 랄랄라.

갑자기 노랫소리가 들리지 않았다. 헨더슨 부인이 비명을 지른 것이다.

크로스는 스위치를 껐다. 정적이 흘렀다. 헨더슨 부인은 창문에서 퍼뜩 물러나더니 멍한 눈으로 그들을 바라보았다.

"뭘 보셨소? 다들 앉으시오! 일어나지 마. 뭘 보셨소? 똑같은 여자?"

그녀는 고개를 끄덕였다.

"똑같은 문도?"

"아…… 네."

크로스는 단호하게 지시했다.

"다시 한번 들여다보시오. 물러서지 말고. 엉덩이를 차 버릴 테니까. 다시 보시오."

나는 수지 애나를 만나러 루이지애나로 간다네. 랄랄라…….

"좋아."

크로스는 다시 라디오를 껐다.

"다시 말하는데 아직 아무도 일어나지 마시오. 프랭크, 자네가 저 젊은이를 막아 주게. 무슨 짓을 할지 모르니까."

오그던은 어느새 테라스 모퉁이를 돌아 들어와 있었다. 얼굴이 보기 좋은 꼴은 아니었는데도, 그것조차 깡그리 잊은 것 같았다. 그가 유리문으로 다가가려는 순간, 브레넌이 손을 뻗어 쉽게 그를 제지했다.

"여러분이 허락하신다면, 우선 이번 사건에서 가장 작고, 가장 뻔하고, 어디까지나 우연에 불과했던 부분부터 설명하겠소. 이건 범인이 전혀 의도한 바가 아니었지. 오히려 살인범의 계획을 완전히 망쳐 버릴 수 있었던 일이었소. 바로 생각지도 못한 유령 사건이었지.

사건 내내 여러분은 마일스 데스파드와 그의 방에 대해 두 가지 사실을 놓고 고심했을 거요. 첫째는 원래 그쪽으로 허영심이 좀 있는 사람이기는 했지만, 자기 방에 틀어박혀 다양한 색깔과 스타일로 옷을 갈아입는 것 말고는 하는 일 없이 시간을 보냈다는 점이오. 둘째는 방 안의 조명이 극도로 빈약했다는 점이오. 방 안에는 조명이 두 개밖에 없는데 둘 다 빛이 세지 않아. 하나는 침대 머리맡 등, 하나는 천장에서 유리창 사이로 늘어진 등. 마지막으로 마일스 데스파드 씨가 자기 방에 틀어박혀 있었던 것은 대부분 저녁 시간이었소.

피곤하시겠지만 집중력을 발휘해서 이 점을 주목하시면, 최소한 그 의미를 희미하게나마 깨달을 수 있으실 게요. 옷을 계속 갈아입어 가며 자기 모습에 감탄하는 남자에게 필수적인 것이 무엇일까? 옷 자체를 제외하면 두 가지야. 자신의 모습을 비춰 줄 불빛, 그리고 자신의 모습을 비춰 줄 거울.

방 안에는 당연히 책상과 거울이 있소. 하지만 책상은 낮에는 창문에서 햇빛을 받을 수 없고 밤에는 전등 불빛도 받을 수 없는 위치에 있지. 하지만 한 가지 흥미로운 사실이 있어. 의자와 그림 말고는 아무것도 비추지 않는 전등이 창문 사이 천장에 매달려 있는데, 이 전등은 아무것도 없는 빈 벽을 비추는 것 말고는 소용이 없는 것처럼 보인단 말이지. 어떤 종류의 등일까? 이건 보통 책상 위에 매다는 전등이오. 좀 더 조명을 잘 받으려면, 밤에는 두 유리창 사이로 책상을 옮겼을 거요…….

그러려면 책상을 제자리로 옮길 때까지 저 값비싼 그림을 임시로 다른 곳에 걸어야 해. 어디다 걸까? 놓고 있는 고리나 못은 방 안에 하나밖에 없소. 간호사의 방으로 통하는 문에 박힌 못이지. 오늘 오후에 보니 그림이 걸려 있는 것과 비슷한 높이에 파란 침실 가운이 걸려 있더군. 마찬가지로 의자도 다른 곳으로 옮겼을 거요. 누가 갑자기 들어오는 것을 데스파드 씨가 아주 싫어했다고 하니 못 들어오게 하려면 의자 등받이를 간호사 문 손잡이 밑에 쐐기처럼 괴어 두어야겠지.

이제 방 안의 상태는 다음과 같소. 책상 위 불은 꺼져 있고 침대 머리맡의 희미한 불빛밖에 없어서 목격자는 여자의 머리 색도 알아보지 못할 정도다. 커튼에는 작은 틈이 있는데 위쪽만 보이기 때문에 수수께끼의 여자는 허리 위쪽밖에 보이지 않는다. 판자가 사방벽을 둘러싸고 있고 책상 위의 거울 맞은편에 문이 하나 있다. 이것은 간호사의 방으로 통하는 문인데, 이것이 유리에 희미하게 비칠 것이고 문에도 벽처럼 판자가 붙어 있어서 보통 벽처럼 보일 거요. 간호사 방으로 통하는 문에는 그뢰즈의 그림이 걸려 있고, 그 아래에 책상이 있소. 이 모든 장면을 캄캄한 어둠 속에서 바라보는 거요. 발소리나 문 닫는 소리는 라디오에서 들리는 음악 소리 때문에 들리지 않을 거고. 그러므로 목격자가 본 것은 바로 책상 위 거울에 비친 간호사의 방 문이었던 거요.

데스파드 부인, 이제 나와 주시오……."

테라스 끝의 유리문이 열렸다. 치마를 사락거리는 소리가 들리더니, 화려한 새틴과 벨벳 드레스를 입은 루시가 테라스로 나왔다. 진한 빨강과 파란색 천은 반짝이는 가짜 다이아몬드의 광택으로 빛을 발하는 듯했다. 루시는 머리에 쓴 얇은 스카프를 뒤로 넘기고 천천히 좌중을 돌아보았다.

"데스파드 부인께서 친절하게도 작은 실험을 도와주셨소. 캄캄한 방 안에 들어갔다가 나오는 부인의 모습이 유리창 사이에 놓인 책상 거울에 비친 거지."

크로스는 원숭이처럼 밝은 눈을 커다랗게 뜨며 흥에 겨워 말을 이었다.

"하지만 여기 한 가지 불가능해 보이는 게 있어. 수수께끼의 여자가 방 안에 어떻게 들어갔든, 코빗 양의 방으로 통하는 문을 통해 아주 평범하게 다시 나갔을 거라는 점이오. 헨더슨 부인은 여인이 나가는 장면을 거울을 통해 틀림없이 보았지. 그런데 그날 밤 코빗 양은 특별한 조치를 취했어. 우선 자기 방 쪽에서 빗장을 걸었지. 그리고 복도 쪽 방문 자물쇠도 분해해서 자기가 가진 열쇠 말고는 열지 못하도록 개조했소.

둘 다 열 수 없는 문이란 말이지. 마일스 데스파드에게 독약을 먹인 뒤 방을 나간 수수께끼의 여자가 빗장이 걸린 문을 통해 나갔을 리가 없단 말이야. 설사 그게 가능했다 해도 코빗 양의 방에서 복도로 나갈 수가 없어. 창문도 있지만 테라스로 나온 뒤 창문을 걸어 잠갔을 리도 없고. 게다가 헨더슨 부인도 테라스에 있는데 말이야. 그러니 이번 사건에서 살인을 저지를 수 있었던 사람은 한 사람뿐이라는 결론에 이르게 돼. 11시경에 집에 돌아와서 살인을 저지를 수 있었던 사람, 자신을 제외한 다른 사람이 사용법을 전혀 모르는 열쇠로 간호사의 방 복도 문을 열 수 있었던 사람, 마일스의 방으로 통하는 문의 빗장을 연 사람, 독이 든 잔을 약인 척 들고 들어간 뒤 자기 책무를 이용해서 그에게 약을 마시게 한 사람, 이후 자기 방으로 돌아가서 문에 빗장을 걸고 복도 문을 다시 잠근 뒤 나간 사람……."

크로스는 술잔이 전혀 흔들리지 않을 만큼 살며시 라디오 위에 손을 내려놓았다. 그는 약간 허리를 굽혀 절을 하더니 말했다.

"마이라 코빗, 당신을 체포한다는 사실을 알려 드리게 되어 대단히 영광이오. 영장은 당신이 지금까지 사용해 온 가명이 아니라 본명으로 발부되었을 거요. 저넷 화이트."

021
☆☆☆

그녀는 전에 자기가 살았던 방을 향해 열려 있는 프랑스식 창문 쪽으로 약간 물러섰다. 지금은 간호복이 아니라 잘 어울리는 단정한 파란 옷을 입고 있었다. 안색은 그리 좋지 않았지만, 얼굴에 갑자기 핏기가 오르자 활기가 돌면서 원래 상당한 미인이라는 것을 느낄 수 있었다. 곱슬곱슬하게 머리에 딱 붙인 옥수수색 머리카락에는 생기가 없었다. 얼굴에 활기가 도는데도, 눈빛은 겁에 질려 있었고 어딘가 불쾌했다.

마이라 코빗은 입술을 핥았다.

"당신 미쳤군요. 이 미친 자식! 증거도 없으면서."

"잠깐."

브레넌이 무겁게 앞으로 나왔다.

"멋대로 말해 봐. 이건 정식 체포는 아니니까. 하지만 말조심하는 게 좋을 거요. 당신 본명이 저넷 화이트라는 걸 부정하는 건가?

아, 대답할 필요 없어. 여기 알 만한 사람이 있으니까. 파팅턴 박사, 어떻게 생각하십니까?"

파팅턴 박사는 잠시 침묵을 지키며 바닥을 내려다보더니, 어둡고 무거운 표정으로 얼굴을 들었다.

"네, 저넷 화이트 맞습니다. 말씀대로 제가 잘 알고 있어요. 어제 그녀에게 아무 말도 하지 않겠다고 약속했지만, 그녀가 범인이라면……."

브레넌은 매끄럽게 말을 이었다.

"어제, 박사는 처음 저를 만났을 때 기절할 것처럼 놀라셨죠. 내가 이 집 문을 두드리고 경찰청에서 나왔다고 말씀드렸을 때, 당신은 내 어깨 너머로 예전에 사무실에서 일하던 여자, 당신이 불법 낙태 수술을 해 준 여자를 봤던 겁니다. 국외로 도피해서 형사 처벌을 면했다고 들었는데요. 마크 데스파드가 불러서 위험을 무릅쓰고 돌아오셨지요. 어제 나와 이 여자가 같이 있는 걸 보고 그렇게 놀랐던 건 그 때문이었지요?"

"네, 맞습니다."

파팅턴은 두 손에 얼굴을 묻었다. 브레넌은 마이라 코빗 쪽으로 돌아섰다.

"한 가지 물어보지. 일 년쯤 전부터 마크 데스파드를 다시 만나기 시작한 것도 부정하는 건가?"

"아뇨, 내가 뭐하러 부정하죠?"

그녀는 외쳤다. 그녀가 손톱으로 옷자락을 틀어쥐는 소리가 들렸다.

"부정하지 않아요. 자랑스럽다구요. 그는 날 사랑해요. 지금의 부인을 포함해 그가 사귄 어떤 여자보다 내가 더 낫다구요. 하지만 이건 살인과는 다른 문제잖아요!"

브레넌은 화가 나고 피곤한 표정이었다.

"4월 12일 수요일 밤 당신 알리바이도 거짓으로 밝혀졌어. 어제 내가 처음 의심한 것은 저기 스티븐스 부인이었지."

그는 마리 쪽을 턱짓으로 가리켰다. 마리는 간호사를 호기심 어린 눈으로 바라보고 있었다.

"그 이유는 그날 밤 부인의 알리바이를 증언할 수 있는 사람이 단 한 사람, 같은 방에서 잔 남편뿐이었기 때문이었어. 단 한 사람의 증언에 알리바이를 의존하고 있는 사람이 또 한 명 있다는 걸 까맣게 잊고 있었던 거지. 바로 당신이야, 저넷 화이트. YWCA에서 같은 방을 쓰는 여자가 증언했어. 당신은 그 여자에게 10시부터 거기 있었다고 말해 달라고 한 거야. 다른 사람들은 전부 여러 명의 목격자가 있어. 심지어 하녀조차 더블데이트를 했고……. 어쨌든 그날 밤 당신은 여기 왔어, 안 그런가?"

여기서 그녀는 처음으로 당황했다. 그녀는 숨을 몰아쉬며 말했다.

"마크를 만나러 왔어요, 네. 맞아요. 하지만 데스파드 씨는 보지 않았어요. 보고 싶지 않았어요. 위층으로 올라가지도 않았다구요.

마크와 약속도 어긋났어요. 이 집에 오지 않았으니까. 아마 부인이 영리하니까 틀림없이 알아챌 거라고 생각한……. 마크는 어디 있죠? 마크가 말해 줄 거예요! 그에게 물어보세요! 그가 증언해 줄 거예요. 하지만 그가 여기 없으니……."

브레넌은 부드럽게, 하지만 단호하게 말했다.

"그래, 그는 여기 없어. 아마 그를 찾는 데엔 상당히 시간이 걸리겠지. 문제는 그가 상황을 눈치챘다는 거야. 당신과 마크 데스파드는 이번 살인을 공모했어. 당신은 실제 범행을 담당했고 그는 사건 은폐를 맡았지."

약 이십 초 동안 아무도 입을 열지 않았다. 스티븐스는 몰래 좌중을 둘러보았다. 오그던 데스파드는 어둑어둑한 그늘 속에 서 있었기 때문에 표정은 읽을 수 없었지만, 퉁퉁 부은 입가에는 만족감이 떠올라 있었다.

루시가 침착하게 말했다.

"믿을 수 없어요. 저 여자에 대한 감정은 감정이지만, 살인이라니 믿을 수 없어요. 어떻게 생각하세요, 크로스 씨?"

크로스는 상황을 은근히 즐기며 라디오에 기대어 서 있었다.

"모두 혼란스러워하는 상황을 보니 보다 냉정하고 지능적인 두뇌를 지닌 사람이 나설 때가 된 것 같군. 데스파드 부인, 내게 호소해 봐야 소용없소. 내 의견을 묻는 게 다들 습관이 된 것 같지만. 불행하게도 당신 남편은 코빗 양과 살인을 모의했고 이후 범행을 은

폐했소, 데스파드 부인. 그는 공범이지만 그래도 한 가지 칭찬해 줄 점은 있군. 혐의가 당신에게 돌아가도록 꾸민 건 그와 아무 상관이 없는 일이거든. 그는 상황이 벌어질 때까지 모르고 있었소. 당신에게 혐의가 돌아가지 않도록 다시 상황을 만들려다 보니, 완벽히 평범한 살인 사건이 복잡하고, 혼란스럽고, 수수께끼 같은 사건으로 둔갑한 거요.

미학적인 관점에서 생각해 봅시다. 미학적으로 사고할 능력이 없으면, 최소한 답 없는 난센스라고 생각하지 않도록만 노력해 보시오. 이 사건에서 가장 의미심장한 지점이자 또한 범행이 드러난 지점은 두 공범, 두 개의 두뇌가 서로 묘하게 손발이 맞지 않은 부분이었소.

원래 계획은 군더더기가 없었어. 마크 데스파드는 돈이 필요했기 때문에 이 입이 거친 여인과 공모해서 마일스 데스파드를 죽이기로 결심했소. 자연사처럼 보여야 했지. 누가 의문을 제기하겠나? 당연히 자연사지. 마일스는 위염으로 죽어 가는 병자였어. 주치의는 호기심도 없고 머리도 둔해진 노인네였고. 의혹이 생길 가능성이 거의 없었지. 비소가 들어 있는 은 컵을 죽은 고양이와 함께 보란 듯이 옷장에 넣을 계획도 없었소. 나중에 넣은 마법서도 마찬가지고.

마크 데스파드가 처음 착안한 것은 이렇게 간단한 범행이었소. 자연사로 보이도록 한다. 하지만 마이라 코빗은 그것으로 만족하지 못했지. 절대로. 코빗 양은 마일스 데스파드뿐만 아니라 루시 데스파드도 제거하고 싶었소. 정부가 애인의 아내에 대해 그런 감정을 품는 건 드문 일도 아니야. 그녀는 마일스가 죽으면 살인이란 것이 밝혀지고 루시 데스파드가 범인으로 몰리도록 하고 싶었지.

마크 몰래 이 계획을 실행하는 건 어렵지 않았소. 브랭빌리에 후작 부인의 드레스를 입은 수수께끼의 여자는 처음부터 이 집 식구라는 것이 분명했지. 내 친구 스티븐스에게도 이야기했지만, 나는 알리바이에 그다지 의존하지 않아. 하지만 데스파드 부인이나 이디스 데스파드를 의심하려면 워낙 수많은 목격자들이 입을 모아 확인해 준 알리바이를 부정하지 않을 수 없는데, 나조차 그런 의심은 할 수가 없더군. 그렇다면 그 둘은 브랭빌리에 후작 부인으로 가장한 수수께끼의 여인이 아니라고 할 수 있소. 그럼 누굴까? 그 점을 예리하게 지적한 사람도 있지만, 누군가 그 의상을 복제해서 갖고 있지 않으면 안 돼. 외부인은 무리요. 일단 데스파드 부인이 회랑에 있는 그림을 본떠 옷을 만들 계획이라는 건 집안 식구가 아니면 알 수가 없고, 둘째, 헨더슨 부인을 속일 수 있을 정도로 똑같은 옷을 만들려면 그림을 자세히 관찰해야 하는데, 외부인은 불가능하지. 제2의 옷이 극비리에 힘들게 제작되고 있었다면, 옷을 만드는 사람이 하지 않으면 안 되는 일이 한 가지 있어."

"뭡니까?"

스티븐스가 자기도 모르게 물었다.

"자기 방 문을 잠가 놓는 거요."

크로스는 기분 좋게 말을 이었다.

"기적적인 행운이었다고나 할까, 아주 좋은 핑계가 있었지. 스티븐스 부인이 토요일 밤 모르핀 약병을 간호사의 방에서 훔쳤다가 일요일에 다시 갖다 놓은 거요. 루시 데스파드가 브랭빌리에 후작 부인의 드레스를 만들어서 가장무도회에 입고 가기로 결정한 것은 월요일이 되어서였다고 들었소. 그러니 마이라 코빗이 방을 잠글 구실이 생긴 셈이지. 나머지는 간단했소. 코빗은 데스파드 부인과 똑같은 드레스를 입고, 가면을 쓰고, 아마 가발도 썼을 거요. 그렇게 하면 목격한 사람이 있다 해도 상관없을 뿐 아니라, 오히려 목격당하고 싶었지.

그러나 한 가지 주의할 점이 있었소. 가장무도회가 열리는 집에 전화를 걸어 데스파드 부인을 밖으로 불러내야 했어. 단순히 그 집 밖으로 불러내는 게 아니라 저택까지 오게 하고 싶었어. 그래야 알리바이를 깨뜨리고 완벽하게 혐의를 씌울 수 있으니까.

코빗 양은 저택에 돌아와서 변장을 했소. 헨더슨 부인이 라디오를 들으러 11시에 테라스로 올 거라는 것도 알고 있었지. 집 안에 아무도 없으니 그녀는 걱정 없이 부엌에서 와인과 달걀을 섞은 음료를 만들었소. 헨더슨 부인은 납골당 옆 돌집에 있으니까. 이건 몸에 좋다는 이유로 억지로 먹일 수 있는 음료였어. 그녀는 11시 전에 마일스의 방으로 갔소. 마일스는 그녀의 의상을 보고도 놀라지 않았지.

간호사가 초대됐는지는 몰랐을지라도, 그날 밤 가장무도회가 있다는 걸 알고 있었으니까. 가장무도회라서 가발도 수상하지 않았어.

그럼에도 코빗 양은 헨더슨 부인의 눈에 띄고 싶었소. 그래서 커튼에 틈을 낸 거요. 의심하는 분이 있다면, 한 가지 알려드리지. 이 테라스를 잘 보시오. 헨더슨 부인은 테라스 맨 끝, 내가 서 있는 여기 라디오 옆에 앉아 있었소. 마일스의 방은 반대쪽 끝이지. 문은 닫혀 있고 커튼도 쳐져 있어서 소리도 막아 줘. 라디오까지 켜져 있었고. 그런데도 목격자는 방에서 여자의 목소리를 똑똑히 들었소. 살인범의 목소리가 아주 작았다면 그건 이해할 수 있소. 보통 목소리였대도 괜찮아. 한데 피해자에게 독이 든 컵을 건네면서 그렇게 커다란 목소리로 말했다니, 이건 도저히 이해할 수 없는 일이지. 애당초 자기의 존재를 알리려는 용의주도한 의도가 아니었다면. 범인이 남의 주목을 끌려고 했던 이유는 여러분 상상에 맡기겠소.

거울에 비친 범인의 모습을 볼 수 있는 두 번째 틈이 있었다는 건 계산에서 빗나간 착오였소. 그러나 그때 이미 범행은 끝난 상태였지. 마일스에게 독을 주었지만, 그는 전부 마시지 않았어. 그녀는 남은 독을 마침 그 방에 있던 고양이에게 먹였소. 그리고 비소 0.13 그램이 남아 있는 컵을 눈에 잘 띄도록 옷장 바닥에 놓아두었지. 용의주도하게, 굵은 펜으로 살인이라는 사실에 밑줄을 죽 그은 행동이었다고나 할까. 피해자가 자연사로 죽은 것처럼 꾸미려고 했다면 그렇게 엄청난 양의 비소를 먹였을 리가 없다는 점도 지적하고 싫소.

자, 마일스 데스파드는 자신이 독을 먹었다는 사실을 몰랐지. 그는 책상을 반대편 벽 원래 자리로 밀어 놓은 뒤 그림을 다시 걸고 의자도 옮겼어. 이렇게 움직이는 바람에 그렇게 단시간 안에 감당할 수 없을 만큼 극심한 복통이 시작된 거요. 집에는 아무도 없었고, 부를 사람도 없었어.

2시가 조금 지나 마크 데스파드가 돌아와 보니 예상대로 삼촌은 죽어 가고 있었소. 한데 살인의 명백한 증거품이 방 안에 마치 핏자국처럼 떡 놓여 있는 거야. 아마 대경실색했겠지. 그날 밤 마일스가 괴상하고 초현실적인 말을 했다고 증언한 사람은 마크 데스파드 한 사람뿐이었다는 걸 주목하시오. 섬뜩한 소리를 주절거렸다는 둥, 나무 관에 묻히고 싶다는 둥, 심지어 베개 밑에서 아홉 개의 매듭이 있는 줄을 발견했다는 것도 그였소. 마크 데스파드 말고 마일스 씨가 나무 관에 묻히고 싶다는 이야기를 들은 사람 있소? 그 시점에 아홉 개의 매듭이 있는 줄을 본 사람 있소? 없을 거요. 전부 나중에 꾸민 이야기니까.

마크 데스파드가 식은땀을 흘리며 당황한 것도 무리는 아니지. 유리잔과 컵을 숨기고 고양이의 시체를 묻은 것도 그래서였소. 한데 더 난처한 상황이 생겼어. 다음 날 아침 헨더슨 부인이 자기 아내와 똑같은 드레스를 입은 여자가 마일스에게 컵을 건네는 걸 봤다고 하는 거야. 그제야 그는 자신의 정부이자 공범이 자기 아내에

게 범행을 뒤집어씌우려고 수작을 부린 것을 깨달았지. 어떻게 해
야 할지 알 수가 없었소. 일단 그는 헨더슨 부인에게 비밀을 지키라
며 아주 무시무시하고 복잡한 맹세를 하게 했는데……."

크로스는 잠시 말을 끊고 헨더슨 부인을 바라보았다. 부인은 땀
으로 번들거리는 창백한 얼굴로 고개를 끄덕였다.

"어쩔 수가 없었어요. 저분이…….."

그녀는 손가락으로 브레넌을 가리켰다.

"어찌나 말씀을 잘하시는지 나도 모르게 그만."

크로스는 말을 이었다.

"그러나 그는 우선 이것이 정말 살인 도구였는지, 유리잔이나
은 컵에 독이 들어 있는지 확인해야 했소. 화학 분석 보고서를 받
아 본 뒤 확실히 알 수 있었소. 하지만 더한 일이 일어났지. 사건 시
작부터, 마일스 데스파드가 죽은 바로 그날부터 살인이라는 소문이
끈질기게 돌기 시작한 거요. 마크는 도저히 이 소문을 막을 수가 없
었소. 이대로 갔다가는 시체를 발굴해야 할 판이었지(마크가 이것
을 깨달은 것은 사망 다음 날, 목요일이었지). 소문을 퍼뜨린 사람
이 누구인지는 다들 짐작하시리라 믿소.

그는 이 사태를 막아야 했소. 배 속의 결정적인 증거물인 비소
가 들어 있는 시체를 없애야 했지. 장례식은 토요일에 열리게 되었
소. 그러나 장례식까지 의심받지 않고 시체를 없앨 기회가 없었어.
우선 당국에서 나와 있었고, 둘째, 이쪽이 더 큰 문제였지만, 공범

이 지키고 있다가 막을 것이 뻔했기 때문이야. 비밀리에 움직여야 했소.

마이라 코빗의 행동도 기발했어. 환자가 사망한 직후 독살 같다고 밝힐 수도 있었거든. 의사에게 즉시 부검을 해야 한다고 말할 수도 있었어. 하지만 너무 위험했지. 어떤 식으로든 자신이 주목받는 것은 피해야 했어. 마크와의 관계가 발각될 가능성이 있었으니까. 독살당했다는 걸 어떻게 알게 됐느냐고 누가 추궁할 수도 있고. 간호사로서, 기계 같은 존재로서 아주 안전한 위치에 있는데, 남의 이목을 끌었다가는 유리한 입장을 잃을 수도 있었어. 가장 안전한 방법은 일단 마일스를 매장하고 자연사로 알린 뒤…… 한 달 정도 지나서 자신이 심어 놓았던 증거가 은밀한 경로로 세상에 드러나도록 하는 것이었소. 그때쯤 되면 그녀의 존재는 전혀 눈에 띄지 않을 테니까 안전할 수 있는 거지.

이렇게 해서 두 사람의 각개 전투가 시작된 거요. 마크는 자기 계획을 뒤집었소. 아마 목요일 아침 여자가 '벽을 뚫고 나갔다'는 이야기를 듣고 착상했을 수도 있겠지. 이 부분은 그를 체포해야 알 수 있겠지만. 어쨌든 이 이야기와, 마일스가 예전에 깊은 인상을 받았다는 마법에 관한 책, 그중에서도 '죽지 않는 인간'에 관한 내용을 통해 착상한 것으로 보여. 그는 상황을 최대한 모호하게 할 생각으로 우선 친구 에드워드 스티븐스에게 베개 밑에서 아홉 개의 매듭이 있는 끈이 나왔다는 이야기를 하고, 이어 '여자가 벽을 뚫고 나왔다'

는 이야기도 넌지시 던졌소. 이 계획의 진짜 핵심은 마일스가 나무 관에 묻히고 싶어 했다는 증언이었지. 자기밖에 입증해 줄 사람이 없는 이 유언이 은근슬쩍 묻어 갈 수 있도록 연막을 터뜨린 거요.

상식에서 벗어난 요구지. 평범한 사람이라면 묘하게 생각할 정도로. 하지만 제임스 1세가 말했듯이 '끔찍한 마법의 죄를 저지른 자는 흔히 나무나 돌로 된 관을 좋아하고 철로 된 관을 싫어한다'는 이야기도 있으니 훌륭한 위장이 되는 셈이야."

파팅턴이 의자에서 일어서서 불쑥 물었다.

"무슨 위장 말입니까? 마크가 납골당에서 시체를 훔쳤다면, 무슨 방법으로 그랬다는 겁니까? 관이 철이냐 나무냐 하는 게 뭐가 중요합니까?"

크로스는 답답한 듯 대답했다.

"움직이기가 훨씬 쉽지 않소. 마크 데스파드만큼 힘이 엄청난 남자라도 철로 된 관은 힘들지."

"관을 움직여요?"

"시체와 납골당에 대해 몇 가지 사실을 짚어 봅시다. 첫째, 볼트 두 개를 뽑는 것이 조금 힘들 뿐, 관은 쉽게 열 수 있다. 둘째, 마일스 데스파드는 사십구 킬로그램밖에 안 나가는 아주 작고 가벼운 사람이었다. 셋째, 납골당으로 내려가는 계단 밑에는 썩은 나무로 된 문이 달려 있어서 안쪽이 보이지 않는다. 금요일 밤 납골당을 뒤졌을 때는 이 문이 닫혀 있었다고 들었소. 넷째, 납골당 안에는 꽃을 꽂아 놓은 커다란 대리석 항아리가 두 개 있는데……."

스티븐스는 그 장면을 생생히 떠올리며 끼어들었다.

"잠깐. 시체가 그 항아리 안에 접혀 있었다고 말하고 싶으시다면, 불가능합니다. 제가 들여다봤습니다."

크로스는 한창 즐겁게 이야기를 하다 흥이 깨진 듯 짜증스럽게 말했다.

"내게 도움을 요청하신 분들이 설명이 끝날 때까지 기다려 주신다면, 무슨 말을 하려는지 이해할 수 있을 거요.

마지막으로 이것이 진실을 알려 주는 핵심이지만 다섯째, 금요일 밤 납골당에 들어갔을 때 항아리 아래 바닥에 꽃이 많이 흩어져 있었다고 했지. 꽃은 왜 바닥에 있었을까? 분명 항아리에 꽂혀 있던 거겠지. 하지만 장례식은 보통 단정하게 치르는 게 상례인지라, 장례식 도중에 소동이 벌어지지 않은 이상 상식적으로 납득할 수 없는 일이오.

이제 4월 15일 토요일 장례식 중에 있었던 일을 검토해 봅시다. 마크 데스파드가 해 준 이야기가 대략은 맞았소. 이해관계가 없는 목격자들이 많았으니 사실대로 이야기할 수밖에 없었지. 하지만 다시 한번 생각해 봅시다.

그 자신이 말했듯 마크는 납골당에서 마지막으로 나갔소. 마크가 붙잡은 목사를 빼고 다른 사람들은 다 나갔지. 하지만 목사가 정말 납골당에 있었을까? 아니오. 역시 마크 본인이 말했지만, 납골당 공기는 사람이 오래 견디기가 힘들지. 목사는 공기를 마시려고 계단 위쪽에서 기다리고 있었소. 그와 납골당 사이에는 나무 문이 시야를 가리고 있었고, 그동안 마크는 쇠로 된 촛대를 거둔다는 핑계로 뒤에 남았소. 일 분도 채 안 있었다고 했는데, 그걸 의심할 이유는 없겠지. 육십 초 정도면 충분했을 테니까. 내가 지금 말하는 동작을 실행해 보고 얼마나 걸리는지 시계로 재 보면 충분하다는 걸 확인할 수 있을 거요.

그는 다음과 같은 동작을 했소. 관을 꺼낸다. 볼트를 뺀다. 시체를 들고 납골당 건너편으로 간다. 몸을 접어서 항아리 안에 밀어 넣는다. 관을 다시 잠그고 벽감에 넣는다. 쿵 부딪히는 소리라든지, 볼트 긁히는 쇳소리라든지, 무슨 소리가 났다 해도 목사의 귀에는 쇠로 된 촛대를 거두는 소리로 들렸을 거요. 시체는 이제 엄청난 꽃 아래 안전하게 숨겨져 있지. 누가 납골당을 들여다본다 해도 유일한 흔적은 바닥에 널린 꽃밖에 없었어.

이 모든 건 그저 준비였어. 무대가 마련되었으니 기적을 행할 차례가 된 거지.

이 기적에는 두 가지 목적이 있었소. 온갖 수수께끼 같고 비밀스러운 분위기를 만들어 냈으니 사람들이 시체가 초자연적인 힘에 의해 도난당했다고 생각해 줘도, 뭐, 나쁘지 않았겠지. 그의 목적은 비소가 들어 있는 시체를 옮기기 위해 매사에 연막을 치는 것이었으니까. 하지만 시체를 납골당에서 빼내는 기적을 행할 때까지는,

초자연적인 요소를 지나치게 강하게 밀고 나가면 역효과가 돼. 사람들이 돌았다고 생각하고 협조해 주지 않을 테니까. 그는 사람들의 도움이 필요했소. 납골당은 반드시 비밀리에 열어야 했어. 훤한 대낮도 아니고, 경찰의 간섭도 없고, 자신이 깔아 놓은 암시의 연막을 흐트러뜨릴 방해물이 전혀 없는 상황에서.

우선 그가 당신들을 어떻게 속였는지 그 수법을 간단히 설명하지. 이 부분은 탁월한 연기력을 부정할 수 없으니 나도 칭찬할 수밖에 없어. 관에 시체가 없다는 사실을 발견하는 순간의 심리적 효과가 중요했기 때문에, 당신들의 기분을 아주 정교하게 계산에 넣었던 거요.

당신들은 납골당에 내려갔지. 마크는 전등을 가진 유일한 사람이었소. 공기 소모가 크기 때문에 초롱은 들고 가면 안 된다고 했지. 당신들은 관을 열고…… 시체가 없는 것을 알았소. 당연히 놀랐지. 자기 눈을 의심하는 단계가 지나고 나서, 처음 마크가 당신들 머릿속에 집어넣은 암시가 무엇이었지? 시체가 없다는 것을 발견했을 때 그가 가장 먼저 한 말이 무엇이었소? 기억하시는 분 있나?"

스티븐스는 멍하니 대답했다.

"네. 기억합니다. 마크는 벽감 위 단을 올려다보고 불빛을 비추면서 말했죠.

'엉뚱한 관을 연 건 아니겠지. 그렇지?'"

크로스는 엄숙하게 허리를 굽혔다.

"이 말은 납골당이 비어 있으니 시체는 그 안 어딘가에 있는 게 틀림없다는 생각을 당신들의 머릿속에 각인시켰소. 물론 그때 시체는 항아리 안에서 꽃에 덮여 있었지. 하지만 마크는 엄청나게 유리한 고지에 서 있었소. 불빛을 가지고 있었으니까. 그가 그냥 소송을 지휘하듯 불빛을 다른 관에 비추니, 당신들은 자연스럽게 다른 관에 시체가 들어 있을 거라고 생각해 버린 거요. 자, 그래서 어떻게 됐지? 우선 아래 단부터 열어 봤지만 시체는 없었지. 그다음에는 위 단에 있을지도 모른다는 이야기가 나왔어. 간단했지. 같이 있던 사람들을 모두 몇 분 정도 납골당에서 저택으로 보내고 혼자 남는 것이 마크의 목적이었거든. 이제 핑계가 생긴 거요. 헨더슨과 스티븐스는 사다리를 가지러 집으로 돌아갔고, 파팅턴은 술을 마시러 갔지. 당시 상황을 지켜보던 경찰의 증언에 따르면, 12시 28분 스티븐스, 파팅턴, 헨더슨이 납골당을 나와서 집으로 갔다. 스티븐스와 헨더슨은 12시 32분, 파팅턴은 12시 35분에 돌아왔다. 경찰이 이 결정적인 순간 납골당을 계속 보고 있었다면, 계획은 수포로 돌아갔을 거요. 하지만 그는 그 자리를 떠났지. 다른 사람들을 따라 저택으로 갔소. 따라서 12시 28분부터 12시 32분까지 사 분 동안 마크 데스파드는 아무도 보는 사람 없이 혼자 남았던 거요.

그가 무엇을 했는지 굳이 말해야겠소? 그는 시체를 항아리에서 꺼내 들고 계단을 올라가서 헨더슨의 집으로 향했어. 그리고 시체를 숨겼지. 아마 침실이었겠지? 그런 뒤 다른 사람들이 납골당으로 돌아오자 마음 놓고 이렇게 말한 거요.

'마지막으로 항아리를 뒤집어 보세.'

당신들은 그렇게 했고, 당연히 안에서는 아무것도 나오지 않았소."

이때 조 헨더슨이 떨리는 걸음으로 앞으로 나왔다. 그는 지금까지 한마디도 하지 않았다. 관자놀이의 멍은 시퍼렇게 변해 있었다.

"그럼 그날 밤 제가 침실에서 뵌…… 창가 안락의자에 앉아 계시던 마일스 어른은……."

크로스는 라디오 위에서 셰리주 잔을 집어 들었다가 다시 내려놓았다.

"아, 맞아. 초자연적인 귀신의 장난, 조작된 유령의 등장도 이쯤에서 짚고 넘어가야겠군. 이것도 마크의 짓이었지만, 전적으로 의도하지 않은 우연이었어. 자넨 마일스의 유령을 본 게 아닐세. 진짜 마일스를 본 거지.

이렇게 잠시 사건의 경과를 검토해 봐도 알 수 있지만, 납골당에서 시체를 빼냈으니 계획은 마무리된 것이나 다름없었네. 이제 환상의 여자가 벽을 뚫고 지나갔다는 이야기도 마음 놓고 할 수 있었지. 마일스의 방에 마법에 대한 책도 놓아둘 수 있었고. 나중에 이 책은 데스파드 양이 발견했지. 아홉 개의 매듭이 있는 줄을 관속에 놓아둔 것이 '구석의 노인' 조나 앳킨슨일까 하는 의문은 끝까지 풀리지 않을 것 같군. 그게 만약 앳킨슨 노인의 짓이었다면 마크는 정신이 나갈 정도로 놀랐겠지. 게다가 어제 갑자기 스티븐스 부인에게 혐의가 돌아가는 상황에서는, 아마 내 머리가 어둠의 세계에 물든 건 아닌가 하는 생각까지 들었을 게야. 그때는 그도 정말 놀랐던 것으로 보여.

시체를 처리하는 부분은 간단했어. 납골당에서 시체를 빼낸 뒤에는 스티븐스와 파팅턴을 최대한 빨리 보내 버릴 생각이었지. 스티븐스는 자기 집으로 보내면 되고, 취한 파팅턴은 저택으로 보내면 되고. 남은 건 헨더슨이었는데, 이때 시체는 그의 집 침실에 숨겨져 있었어. 하지만 이건 어렵지 않았소. 모르핀이 도난당했다는 이야기는 자주 듣지 않았나. 스티븐스 부인이 훔쳤지만 사실 그녀가 가져간 건 한 알뿐이었소. 나머지 두 알은 마크 본인이 훔쳤지. 공범이 알고 있었는지는 모르겠지만.

스티븐스와 파팅턴을 보낸 뒤, 마크는 독한 술에 약을 잔뜩 타 헨더슨에게 먹일 생각이었소. 노인의 눈이 가물가물해지고 몸에서 힘이 빠지면 시체를 침실에서 갖고 나와 처리할 수 있으니까……."

이디스가 불쑥 입을 열었다.

"처리해요?"

"태워 버리면 간단하지. 지난 이틀 동안 지하실 화덕에서 센 불을 지피고 있었으니까. 이 집 밖에 유난히 연기가 자욱하고 집 안이 후끈거리는 건 여러분도 느꼈을 거요……. 하지만 여기에 약간 문제가 생겼소. 데스파드 부인과 데스파드 양이 전보를 받고 갑자기 현장에 나타난 거요. 이 때문에 계획은 틀어지고, 시체는 그대로 침실에 남았지. 사실 약간 연기됐을 뿐이야. 사람들이 모두 자러 가고 손님이 집으로 돌아간 뒤 마크는 헨더슨에게 혼자 가서 방수포로 납골당을 덮으라고 지시했소. 방수포를 가져오려면 숲을 지나 저택 반대편 들판까지 몇백 미터를 걸어야 하니까, 시체를 헨더슨의 집에서 끌어내 화덕에 넣을 시간은 충분하지.

그런데 불행히도 헨더슨이 테니스장이 아니라 자기 집에 방수포를 둔 것을 기억해 낸 거야. 헨더슨이 돌아왔을 때, 마크는 사실 그 작은 돌집에 있었소. 하지만 다행히 미리 조치는 취해 둔 상태였지. 아까 모르핀을 넣은 술을 마셨기 때문에, 약효가 나타나기 시작했던 거요. 전등은 소켓에서 살짝 돌려 빼 두고, 시체는 유령 대신 소품으로 인형처럼 의자에 앉혀 놓고, 한 남자가 의자 뒤에 숨어 안락의자를 밀고 시체의 손까지 들어 올리고……. 이미 겁을 먹고 있던 노인에게는 이 정도로도 충분했지. 나머지는 모르핀이 해결해 줬어. 그가 쓰러지자 마크는 마음 놓고 시체를 화덕으로 옮길 수 있었소."

크로스는 잠시 말을 멈추고 도시적인 매력을 풍기며 활짝 웃었다.

"이미 짐작하셨겠지만 한 가지 덧붙이자면, 오늘 오후 이 집이 유난히 춥다고 느끼셨을 거요. 그래서 위층에 계시라고 한 거지. 브레넌 경감의 부하들이 지금 화로 안을 비우고 있소. 아무것도 안 나올지 모르겠지만 그래도……."

마이라 코빗은 두 걸음 걸어 나왔다. 무릎이 부들부들 떨리는 것이 역력했다. 겁에 질려 추해진 얼굴이었다.

"믿을 수 없어! 믿을 수 없어. 마크가 그럴 리가 없어. 그랬다면 나한테 이야기했을 텐데……."

"아, 마일스 데스파드를 독살한 사실은 인정하시는군. 그건 그렇고 여러분, 우리 친구 저녯과 관련해서 한 가지 남은 사실이 있소. 그녀가 어제 스티븐스 부인을 범인으로 몰 만한 이야기를 한 것은 사실이오. 놀랍게도 스티븐스 부인은 비소를 어디서 살 수 있는지 정말 물어본 적이 있고, 이디스 데스파드 양도 비소를 산 적이 있지. 한데 그 이야기에서 간호사가 굳이 강조하던 부분이 어딘지 아시오? 온갖 독약과 그 효과에 대한 이야기를 누가 먼저 꺼냈지? 코빗 양은 루시 데스파드였다고 했소. 스티븐스 부인이 아니라 데스파드 부인이었다고 주장했지. 계속 일관되게 그렇게 주장하다가 데스파드 부인에게 확실한 알리바이가 있다는 게 분명해지자 입장을 바꾼 거요. 그러니 그녀가 독을 먹인 것이 자신이라고 인정한다면……."

마이라 코빗은 기도하듯 두 손을 내밀었지만, 낮게 으르렁대는 듯한 목소리 때문에 간절한 느낌은 그다지 효과를 발휘하지 못했다.

"난 죽이지 않았어요! 정말이에요. 생각조차 한 적이 없어요. 돈도 원하지 않아요. 제가 원하는 건 마크뿐이에요. 마크가 도망친

건 그런 짓을 해서가 아니에요. 그는…… 자기 아내에게서 도망친 거예요. 내가 노인을 죽였다는 건 절대 증명할 수 없을걸요. 시체를 못 찾으면 증명할 수 없죠. 나한테 무슨 짓을 하든 상관없어요. 죽을 때까지 매질을 한다 해도 아무 말도 하지 않을 거예요. 당신도 알잖아요. 난 인도 사람들처럼 고통을 참아 낼 수 있어요. 절대로……."

그녀는 목이 막히는 듯 말을 끊었다. 그러다 문득 겁이 난 듯 처량하게 덧붙였다.

"날 믿어 주시는 분은 없나요?"

잔뜩 얻어맞아 엉망이 된 오그던 데스파드가 손을 내밀었다.

"난 믿음이 가는군요."

그는 사람들을 돌아보며 차갑게 말했다.

"과거에 내가 무슨 짓을 했든, 내게는 그런 일을 할 권리가 있었습니다. 반박하려면 해 보시죠. 하지만 당신들의 추리에는 한 가지 잘못된 점이 있어요. 최소한 이 여자는 가장무도회 날 밤 세인트 데이비즈에 전화를 하지 않았습니다. 내가 했으니까요. 마크가 옛 애인과 다시 만나기 시작했다는 이야기를 들으면 루시가 어떤 반응을 보일지 궁금했어요. 범죄는 아니니까 그냥 조용히 들으시는 게 좋을 겁니다."

브레넌은 다리를 바꿔 디디고 말없이 그를 쳐다보기만 했다. 크로스는 원숭이처럼 예의를 차리며 셰리 잔을 오그던에게 들어 보인 뒤 마셨다.

"아무 짝에도 쓸모없는 자네 인생에서 한 번이라도 타인에게 도움이 되는 일을 했다고 하니, 치하하는 뜻에서 잔을 들겠네. 내 추리는 틀린 적이 없지만, 나는 실수를 흔쾌히 인정하는 열린 마음을 아직 갖고 있다네. 내 인생 마지막으로 한마디 말을 남기라고 한다면……."

그는 말을 뚝 그치더니 유리잔으로 뭔가 손짓을 했다. 사람들이 앞으로 나서는 간호사를 돌아보는 순간, 쿵 하는 소리가 들려왔다. 크로스는 라디오 위로 엎어진 채 몸을 뒤집으려는 듯 꿈틀거리고 있었다. 안구가 튀어나와 있었다. 그는 부푼 입술 사이로 애타게 숨을 들이마시려는 듯 했다. 마침내 그는 몸을 뒤집었지만, 저항할 힘이 다한 듯 그대로 바닥에 쓰러지고 말았다. 사람들은 오랫동안 그 자리에 얼어붙어 있었다. 크로스는 황갈색 정장 차림으로 손에 유리잔을 든 채 라디오 옆에서 경련을 일으키다가 파팅턴이 다가갔을 때는 더 이상 움직이지 않았다.

"죽었습니다."

파팅턴이 말했다.

나중에 돌이켜 보니, 이 순간 의사가 다른 어떤 말을 했다 해도, 아무리 믿기지 않는 이야기나 허무맹랑한 소리를 했다 해도 다 믿었을 것이다. 하지만 이 말만은 믿을 수가 없었다.

"미쳤군!"

브레넌이 침묵을 깨고 외쳤다.

"그냥 쓰러진 거요. 정신을 잃었거나. 그냥 그렇게…… 죽을 수는……."

"죽었습니다. 직접 확인해 보세요. 냄새를 맡아 보니 청산가리 같군요. 즉사했어요."

브레넌은 서류 가방을 조심스럽게 내려놓고 다가왔다.

"그래. 죽었어."

브레넌은 마이라 코빗을 돌아보았다.

"당신이 건넨 잔이지. 술병이나 잔에 손을 댄 사람은 당신뿐이야. 그는 당신에게서 잔을 받고 혼자 라디오 쪽으로 걸어갔어. 아무도 가까이 가지 않았고, 당신 말고는 잔에 독을 넣을 수 있는 사람이 없어. 하지만 그는 당신이 원했던 대로 술을 곧장 마시지 않았지. 워낙 배우처럼 극적인 효과를 좋아하는 사람이었으니까. 건배를 할 만한 적절한 구실이 생길 때까지 기다렸던 거야. 이 악마 같은 것, 아까까지만 해도 배심원 앞에 내놓을 만한 증거가 없었는데, 이제 끝났어. 당신도 이제 자신이 어떻게 될지 알고 있겠지? 전기의자에서 바싹 구워질 거요."

여자는 약하게, 바보처럼, 믿기지 않는다는 듯 미소를 지었다. 여태까지의 자기 통제력은 완전히 사라지고 없었다. 위층으로 올라온 브레넌의 부하들은 그녀를 부축해서 끌고 나가야 했다.

005

"이러한 경향이 너무 심한 나머지
우려스러운 마음으로 자문하게 될 정도다.
'그렇다면 극도의 사악함은 찾아볼 수 없는가?'
역사에서 극악무도한 악당이 완전히 없어진다는 것은
미학적 견지에서 재앙으로 보지 않을 수 없기 때문이다."

‖ 토머스 새넘, 『열두 명의 악인』

제 5 부

평결

에필로그
☆☆☆

　맑고 소슬한 가을 날씨의 황혼이 밤으로 저물어 가고 있었다. 차츰 거세어지는 바람 속에서 꽃병의 그림처럼 색을 잃은 나뭇잎 몇 장이 아직 나무에 매달려 있었다. 계곡은 온통 갈색이었다. 아늑한 방 안 책상 위의 달력에는 붉은 글씨로 10월 30일이라는 숫자가 찍혀 있었다. 핼러윈 전야였다.

　방 안의 탁자에는 통통하니 둥근 갓을 쓴 전등이 놓여 있고, 의자에는 불그스름한 기가 도는 밝은 오렌지색 천이 씌워져 있었다. 렘브란트의 〈연인〉 복제화가 벽난로 위에 걸려 있었다. 긴 의자 위에는 신문이 펼쳐져 있었고, 헤드라인 아래 기사의 일부가 보였다.

악마 간호사 전기의자를 피하다

종신형을 선고받은 마이라, 나는 결백하다

항소심은 작가 고던 크로스 살인 혐의로 10월 9일 사형을 선고받은 뒤에도 무죄를 주장해 온 마이라 코빗, 일명 '악마 간호사'에 대해 종신형으로 감형한다는 판결을 내렸다. 피고 측 변호인 G. L. 셔피로는 '환상의 공범' 마크 데스파드의 종적이 묘연하다는 사실은 인정했으나…….

검은 헤드라인 위에서 벽난로 불빛이 일렁였다. 방 안의 빛은 벽난로뿐이었다. 불빛은 평범한 사물도 왜곡하고 낯설어 보이게 했다. 뒤쪽 창가에 한 여인이 서서 정원을 내다보고 있었다. 검은 유리에 그녀의 얼굴이 비쳤다. 진한 금발 머리가 곱슬거리는, 통통하고 아름다운 얼굴이었다. 유리창에 어렴풋이 비친, 부은 듯한 눈꺼풀 아래 회색 눈은 신비롭다고 해야 할 표정을 띠고 있고 얼굴은 희미하게 미소 짓고 있었다. 그녀는 생각하고 있었다.

—죽지 않게 되어서 유감이군. 나에 대한 이야기를 떠벌린 것만으로도 죽어 마땅해. 노인이 복용하던 약에 대해 물어본 것은 내 실수였지만, 워낙 오랫동안 사용하지 않았으니. 그녀가 사실 결백하다는 것도 유감이야. 죄를 저질렀다면 우리 편에 들어올 수 있었을 텐데. 이제 우리 편의 숫자는 아주 많겠지.

바깥의 어두운 정원에서는 시월의 섶나무 연기가 가볍게 흐르고 있었다. 밝은 별 세 개만이 반짝이고 있을 뿐, 하늘도 캄캄했다. 정원 너머 옥수수밭 위로 안개가 자욱했다. 여자는 고개를 움직이지 않은 채 섬세한 손만 움직여 창문 사이의 작은 책상을 짚었다.

—이제 기억이 나기 시작하는 것이 다행이야. 처음에는 지금 유리창에 비친 내 모습처럼 희미한 기억밖에 없었지. 예전에 귀부르의 미사에서 연기가 피어오를 때도 그런 기억이 나는 것 같았어. 누군가의 눈, 누군가의 코끝, 칼이 꽂힌 갈비뼈. 고댕은 언제쯤 다시 볼 수 있을까? 그의 모습은 어쩐지 비뚤어진 듯 보였어. 모자가 달라서 그랬을까. 하지만 곧바로 알아볼 수 있었어. 최소한 그에게 도움을 청해야 한다는 건 분명히 알 수 있었지. 이번에는 판사들에게서 안전하다는 건 확실했어. 하지만 남편이 의심하는 건 원치 않았어. 아직은. 나는 그를 사랑해. 정말 사랑해. 그도 곧 우리 편이 될 거야. 만약 내가 그를 고통 없이 변화시킬 수 있다면, 아니면 매우 고통스럽게.

손이 책상 위를 미끄러졌다. 손에는 열쇠가 들려 있었다. 열쇠는 특이하게 생긴 서랍을 열기 시작했다. 서랍 안에 또 다른 서랍, 다시 서랍. 하지만 얼굴은 여전히 유리를 응시하고 있었다. 손은 독립된 생명과 의지를 지닌 듯 움직였다. 마지막 서랍 안에는 티크 상자와 작은 병이 있었다.

—그래, 나는 그가 고댕이라는 걸 알 수 있었어. 그도 나를 찾고 있었던 것 같았지. 그가 영리하다는 건 부정한 적이 없어. 물리

적인 설명을 생각해 낸 건 대단히 영리했지. 크기와 모양이 있는 물체, 벽돌로 된 벽, 아무것도 설명해 주지 않는 그런 사물들 속에서 내가 준비했던 설명을 혼자 이끌어 내다니. 나는 전혀 준비가 되어 있지 않았는데. 그렇게까지 교묘하게 해내다니, 놀라웠어. 나는 머리가 좋지 않으니까. 마크 데스파드를 범인으로 몬 건 유감이었지. 난 마크가 좋았는데. 사람들 말대로 나는 머리가 좋지 않을지 몰라도, 결국 고댕을 이겼어. 그는 자기가 한 짓의 대가를 치른 거야. 그가 내게 돌아오고 싶어 한 건 불행한 일이었어. 그런 사람을 연인으로 한다는 건 불가능한 일이니까. 고약을 사용하기 전에는 고댕도 육체가 있는 인간이었어. 금방 되살아날 테지만, 지금은 나의 승리야.

흰 손이 뱀처럼 거침없이 움직이며 상자를, 이어 병을 만졌다. 아직도 거울 속의 통통한 얼굴은 움직이지 않은 채 묘한 미소를 짓고 있었다……. 별장 바깥문에서 열쇠 소리가 들리더니 문이 열리는 소리, 복도를 걷는 발소리가 이어졌다. 병에서 손을 떼는 순간, 벽을 감싸던 빛, 혹은 투명함 같은 것이 사라져 버렸다. 그녀의 얼굴은 아름다운 아내의 얼굴로 변했고, 그녀는 남편을 맞으러 달려 나갔다.

의자 옆을 지나치는 순간, 신문이 치맛자락에 스쳐 바닥에 떨어졌다. 페이지가 넘어가면서 이어지는 기사가 드러났다.

'환상의 공범' 마크 데스파드의 종적이 묘연하다는 것은 인정했으나 그를 찾기 위한 노력을 아끼지 않아야 한다고 주장했다. 셔피로 변호사는 새로운 증거를 내놓은 것으로 알려져 있다. '악마 간호사' 재판의 절정은 셔피로 변호사가 잔에 청산가리를 넣은 것은 작가 크로스 자신일 수도 있다는 주장을 내놓았을 때였다. 간호사가 독살범이라는 자신의 추리를 입증하기 위해서라는 것이다.

지방 검사 쉴즈는 이렇게 말했다. "누군가 자신의 이론을 입증하기 위해서 청산가리 0.25그램을 자신의 술잔에 집어넣었다는 것이 변호인의 주장이라면, 검찰은 여기서 반론을 끝내겠습니다."

셔피로 변호사는 반박했다. "변호인의 주장은, 실제로 살해할 목적으로 크로스에게 이 약을 전해 주면서 소량의 비소일 뿐이니 약간 아프기만 할 거라고 속인 공모자가 있을 수도 있다는 뜻입니다. 알약 형태로 복용하면……."

이때 방청석에서 소란이 일자, 데이비드 R. 앤더슨 판사는 법정에서 계속 웃음소리가 들리면 방청석에 퇴정을 명령하겠다고 선언했다.

작가
정보

●

존 딕슨 카 또는 카터 딕슨

John Dickson Carr or Carter Dickson

애거사 크리스티, 엘러리 퀸과 함께 추리 소설 황금기를 이끈 존 딕슨 카는 불가능 범죄, 밀실 트릭, 역사 미스터리부터 평전과 비평에 이르기까지 다양한 활약을 보인 미국 최고의 미스터리 작가 중 한 사람이다.

1906년 펜실베이니아에서 태어나서 대학을 졸업한 그는 어린 시절을 워싱턴에서 보냈다. 독서를 좋아했던 아버지의 영향을 받아 어릴 때부터 책을 좋아했는데, 프랭크 봄의 '오즈의 마법사' 시리즈, O. 헨리, 코난 도일, 펠 박사의 모델이기도 한 체스터턴, 『사고 기계』의 잭 푸트렐, 『노란 방의 비밀』의 가스통 르루, 캐롤라인 웰스의 밀실 미스터리 등을 독파했다. 역사 소설이나 모험 소설에도 마음을 빼앗겼는데, 알렉상드르 뒤마의 『삼총사』는 특히 좋아하는 작품이었다.

1927년 8월, 카는 유럽행 배에 올라 파리를 중심으로 삼 개월에 걸쳐 유럽에 체재한다. 그 기간 동안 역사 소설을 썼지만 작품이 마음에 들지 않아 불쏘시개로 썼다고 전해진다. 파리 유학을 마치고 미국으로 돌아온 카는 파리를 무대로 한 '앙리 방코랭' 시리즈의 한 편을 써서 필명으로 발표하는데, 이 작품은 데뷔 장편 『밤에 걷다 It Walks by Night』(1930)의 원형이 되는 소설로, 문제편과 해답편으로 나뉘어 두 달 동안 연재되었다. 카는 이 중편을 다시 써 대형 출판사에 투고한 끝에 1930년 2월 '밤에 걷다'라는 제목으로 영국과 미국에서 동시 출판했다. 미국에서는 두 달 만에 7쇄를 찍는 기염을 토한다.

카가 묘사하는 작품 속 세계는 미국인이 그렸다고는 생각할 수 없을 정도로 영국적인데, 이것은 그가 1933년 영국에 간 이후 그곳에서 오랜 세월을 보내고 커다란 애정을 쏟았기 때문이다. 카의 작품은 당시 미스터리 비평의 일인자였던 도로시 세이어즈에게 인정받아 영국 추리 클럽 Detection Club에 미국인으로서는 처음으로 입회를 승인받는 영예를 얻기도 한다.

밀실 수수께끼와 불가능 범죄의 대가

수수께끼로 가득 찬 퍼즐 미스터리를 좋아하는 독자라면 정교하게 구성된 카의 독창적 이야기를 좋아하지 않을 수 없다. 상식적으로는 도무지 일어날 수 없는 사건과 기발하고 정교한 트릭에 정통한 그는, 범인이 누구인가(whodunit)보다는 어떻게 범죄가 벌어졌는가(howdunit)에 초점을 맞춘 작가다. 추리 소설에서 가장 어려운 분야로 밀실을 꼽았던 그는 특히나 밀실 수수께끼에 정통하여 '밀실의 카'라고 불린다.

카는 호러와 오컬트에 심취하여 종종 미스터리에 고딕 분위기를 혼합시켰다. 그의 작품에는 오래되고 으스스한 저택 같은 기괴한 장소, 늪, 잘린 머리, 수상한 공작과 공작 부인, 창백한 신부, 박쥐와 밤에 날뛰는 짐승들이 등장한다. 이러한 요소들은 『화형 법정』(1937), 『밤에 걷다』 등에서 발견할 수 있다. 그가 어쩌면 추리 소설과 부합하지 않을 법한 초현실적인 요소를 작품에 끌어들인 것은 합리적인 추리를 극대화시키기 위한 하나의 방법으로 보인다.

하지만 이러한 트릭과 독특한 분위기는 뛰어난 연출력과 스토리텔링 능력이 아니었다면 빛을 발하지 못했을 것이다.

카 의 탐 정 들

존 딕슨 카가 창조한 탐정 중 가장 잘 알려진 인물은 법학 박사이자 왕립 역사학회 회원이며 런던 경찰청의 명예 고문인 기드온 펠이다. 펠 박사가 처음 등장한 『마녀가 사는 집Hag's Nook』(1933)은 독자 사이에서도 평가가 높은 작품.

『세 개의 관The Three Coffins』(1935)은 밀실 수수께끼 소설 인기투표에서 단독 1위에 오른 장편이다. (그 외에는 『구부러진 경첩The Crooked Hinge』(1938)과 『유다의 창The Judas Window』(1938)이 4위와 5위에 뽑혔다.) 두 개의 불가능 범죄가 이야기의 중심에 자리 잡고 있는 『세 개의 관』은 카가 고안한 수

많은 수수께끼 중에서도 가장 복잡하며 교묘한 것으로 알려져 있다. 또한 흡혈귀 전설과 생매장, 그림의 비밀 등 부차적인 수수께끼가 더해져 최대의 효과를 올리고 있다. '밀실 강의'라고 붙여진 17장의 장난기와 독자를 향한 서비스 정신, 많은 곳에 숨겨진 복선과 서술의 함정 등 모든 것이 밀실물의 최고봉이라고 하기에 모자람이 없는 작품이다.

부처상을 닮은 거구의 법정 변호사 헨리 메리베일 경도 유명하다. 메리베일 경 시리즈는 카터 딕슨이라는 이름으로 발표했는데, 가장 유명한 작품은 『유다의 창』. 불가능 범죄를 전담하는 런던 경찰청의 D3과 소속 형사인 마치 대령도 있다. 카의 탐정은 다른 등장인물과 마찬가지로 비현실적일 만큼 화려한 구석이 있다. 파이프로 담배를 피우고 갈색 머리카락과 수염을 가진 마치 대령은 단편에만 등장한다.

시리즈 탐정이 등장하지 않는 것으로는 『화형 법정』과 『황제의 코담뱃갑』이 대표작으로, 모두 명작이라는 이름이 어색하지 않은 장편 소설이다. 과거와 현재 사건의 교차와 결말의 반전이 이 장편의 특징으로 모든 작품을 통틀어 가장 강렬한 인상을 남긴다. 『황제의 코담뱃갑』은 추리 소설의 여왕 애거사 크리스티도 혀를 내둘렀다는 심리 트릭으로 유명하다.

역 사   미 스 터 리

딕슨 카가 남긴 또 하나의 위대한 업적이라면 역사 미스터리라는 새로운 장르를 개척한 것이다. 역사 미스터리에는 해결되지 않은 역사적 사건의 진상을 추리하는 것과 사실을 어느 정도 살려서 독자적인 이야기를 만들어 내는 것 두 가지 형식이 있는데, 카는 양자 모두 선구라고 할 수 있는 작품을 써 냈다. 많은 사람들이 이 시기에 카의 작품이 질이 낮아졌다고 이야기하곤 하지만 이런 그의 영향으로 이후 조지핀 테이의 『시간의 딸』과 같은 작품이 태어날 수 있었다고 볼 수 있다.

말년에 이르러 필력이 떨어진 것은 사실이나 루스 렌들이나 피터 러브시 같은 작가의 재능을 가장 빨리 간파하고 따뜻하게 격려하기도 하는 등 신인 발굴과 미스터리 비평에도 크게 기여했다. 1949년에는 도일의 유족 공인 평전 『아서 코난 도일 경의 생애The Life of Sir Arthur Conan Doyle』를 써서 베스트셀러 작가의 반열에 오른다. 1954년에는 이 평전 집필 당시 친해진 도일의 아들 에이드리언 코난 도일과 합작하여 『셜록 홈즈 미공개 사건집The Exploits of Sherlock Holmes』을 펴낸다. 에드거 상을 수상한 코난 도일 평전을 비롯하여 그의 사십 년에 걸친 미스터리 저술에 대한 공로를 인정받아 1970년에 에드거 상 특별상을 수상한다.

미스터리 강국으로 알려진 일본에서도 존 딕슨 카의 영향을 받은 작가들이 탄생했다. 주로 본격 추리 작가들로, 우리에게도 잘 알려진 소년 탐정 김전일의 할아버지 '긴다이치 고스케' 시리즈를 내놓은 요코미조 세이시, 『문신 살인 사건』의 다카기 아키미쓰, 야마구치 마사야를 비롯하여 『점성술 살인 사건』의 시마다 소지와 '관' 시리즈의 아야쓰지 유키

토도 직간접적인 영향을 받았다. 하지만 장점으로 손꼽히는 밀실 트릭이나 오컬트 분위기 때문에 오히려 다소 마니아 취향의 작가라는 인식이 강하다.

한국에서 존 딕슨 카는 애거사 크리스티나 코난 도일에 비해 대중적 인기가 떨어지는 편이다. 그가 미스터리 분야에 끼친 영향력과 업적으로 보자면 평가를 제대로 받지 못하고 있다 할 수 있다.

그는 1977년 폐암으로 사망했다.

/

작 품   목 록

존 딕슨 카로 발표한 소설(이하 '역사 미스터리'까지)

Poison In Jest (1932)

The Burning Court (1937) - 『화형 법정』(유소영 옮김, 엘릭시르, 2013, 미스터리 책장 시리즈)

The Emperor's Snuff-Box (1942) - 『황제의 코담뱃갑』(이동윤 옮김, 엘릭시르, 2016, 미스터리 책장 시리즈)

The Nine Wrong Answers (1952)

Patrick Butler for the Defense (detective Patrick Butler) - 1956

Most Secret (1964)

The Hungry Goblin: A Victorian Detective Novel (1972, 윌키 콜린스가 탐정으로 등장)

앙리 방코랭 시리즈

It Walks By Night (1930) - 『밤에 걷다』(임경아 옮김, 로크미디어, 2009)

Castle Skull (1931)

The Lost Gallows (1931)

The Waxworks Murder (1932, 미국 판 제목은 The Corpse In The Waxworks)

The Four False Weapons, Being the Return of Bencolin (1938)

기드온 펠 박사 시리즈

Hag's Nook (1933)

The Mad Hatter Mystery (1933)

The Blind Barber (1934)

The Eight of Swords (1934)

Death-Watch (1935)

The Hollow Man (1935, 미국 판 제목은 The Three Coffins) - 『세 개의 관』(이동윤 옮김, 엘릭시르, 2017, 미스터리 책장 시리즈)

The Arabian Nights Murder (1936) - 『아라비안 나이트 살인』(임경아 옮김, 로크미디어, 2009)

To Wake the Dead (1938)

The Crooked Hinge (1938) - 『구부러진 경첩』(이정임 옮김, 고려원북스, 2009)

The Black Spectacles (1939, 미국 판 제목은 The Problem Of The Green Capsule) - 『초록 캡슐의 수수께끼』(임경아 옮김, 로크미디어, 2010)

The Problem of the Wire Cage (1939)

The Man Who Could Not Shudder (1940)

The Case of the Constant Suicides (1941)

Death Turns the Tables (1941, 영국 판은 The Seat of the Scornful라는 제목으로

1942년 출간)

Till Death Do Us Part (1944)

He Who Whispers (1946)

The Sleeping Sphinx (1947)

Below Suspicion (1949)

The Dead Man's Knock (1958)

In Spite of Thunder (1960)

The House at Satan's Elbow (1965)

Panic in Box C (1966)

Dark of the Moon (1968)

역사 미스터리

The Bride of Newgate (1950)

The Devil in Velvet (1951) - 『벨벳의 악마』(유소영 옮김, 고려원북스, 2009)

Captain Cut-Throat (1955)

Fire, Burn! (1957)

Scandal at High Chimneys: A Victorian Melodrama (1959)

The Witch of the Low Tide: An Edwardian Melodrama (1961)

The Demoniacs (1962)

Papa La-Bas (1968)

The Ghosts' High Noon (1970)

Deadly Hall (1971)

카터 딕슨으로 발표한 소설(이하 '헨리 메리베일 경 시리즈' 포함)

The Bowstring Murders (1934)

Fear Is the Same (1956)

Drop to His Death (1939, 존 로드와 합작. 미국 판 제목은 Fatal Descent)

헨리 메리베일 경 시리즈

The Plague Court Murders (1934)

The White Priory Murders (1934)

The Red Widow Murders (1935)

The Unicorn Murders (1935)

The Punch and Judy Murders (1936, 미국 판 제목은 The Magic Lantern Murders)

The Ten Teacups (1937, 미국 판 제목은 The Peacock Feather Murders)

The Judas Window (1938, 미국 판 제목은 The Crossbow Murder) - 『유다의 창』(임

경아 옮김, 로크미디어, 2010)

Death in Five Boxes (1938)

The Reader is Warned (1939)

And So To Murder (1940)

Murder in The Submarine Zone (1940, 미국 판 제목은 Nine - And Death Makes
Ten. Murder in the Atlantic라는 제목으로도 출간된 적 있음)

Seeing is Believing (1941, 또는 Cross of Murder)

The Gilded Man (1942, 또는 Death and The Gilded Man)

She Died A Lady (1943)

He Wouldn't Kill Patience (1944)

The Curse of the Bronze Lamp (1945, 영국 판은 Lord of the Sorcerers라는 제목으
로 1946년 출간)

My Late Wives (1946)

The Skeleton in the Clock (1948)

A Graveyard To Let (1949)

Night at the Mocking Widow (1950)

Behind the Crimson Blind (1952)

The Cavalier's Cup (1953)

단편집

The Department of Queer Complaints (1940, 카터 딕슨) - 『기묘한 사건 사고 전담
반』(임경아 옮김, 로크미디어, 2010)

The Third Bullet and Other Stories of Detection (1954)

The Exploits of Sherlock Holmes (1954, 에이드리언 코난 도일과 공저) - 『셜록 홈즈 미공개 사건집』(권일영 옮김, 북스피어, 2008)

The Men Who Explained Miracles (1963, 펠 박사 및 메리베일 경 등장)

The Door to Doom and Other Detections (1980, 라디오 극본 포함)

The Dead Sleep Lightly (1983, 라디오 극본)

Fell and Foul Play (1991)

Merrivale, March and Murder (1991)

논픽션

The Murder of Sir Edmund Godfrey (1936)

The Life of Sir Arthur Conan Doyle (1949)

화형 법정
THE BURNING COURT
/

1판 1쇄 2013년 2월 8일 / **1판 2쇄** 2020년 7월 6일

지은이 존 딕슨 카 / **옮긴이** 유소영 / **펴낸이** 염현숙

책임편집 임지호 / **편집** 지혜림 이현 / **아트디렉팅** 이혜경 / **본문조판** 강혜림 / **그림** 황성원
저작권 한문숙 김지영 이영은 / **마케팅** 정민호 정진아 함유지 김혜연 김수현
홍보 김희숙 김상만 지문희 우상희 김현지 / **제작** 강신은 김동욱 임현식 / **제작처** 영신사

펴낸곳 (주)문학동네 / **출판등록** 1993년 10월 22일 제406-2003-000045호 / **임프린트** 엘릭시르

주소 10881 경기도 파주시 회동길 210
문의 031-955-8892(편집) 031-955-3579(마케팅) 031-955-8855(팩스)
전자우편 editor@elmy.co.kr / **홈페이지** www.elmy.co.kr

ISBN 978-89-546-2044-4 (03840)

엘릭시르는 출판그룹 문학동네의 임프린트입니다.